KB012243

# 악역의 엔딩은 죽음뿐

## III

# III

권겨을 장편소설

# 악역의 엔딩은
# 죽음뿐

D&C
BOOKS

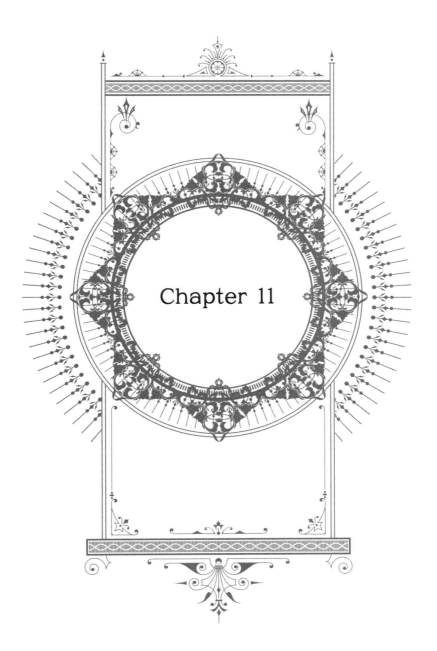

Chapter 11

팡이를 품속에 집어넣었다. 잘 훈련된 모습이었다.

지난번, 뷘터 놈의 호감도 폭락 때 나를 도와준 전적이 있어서 그런지 퍽 반가웠다. 알은체를 하고 싶었으나, 어차피 알아볼 것 같지 않아 관뒀다.

"일단…… 안으로 들어가서 얘기를 나누시죠."

덩달아 품속에 지팡이를 집어넣은 뷘터가 한쪽 손가락을 까딱였다. 철커덕. 끼이이익―. 그와 동시에 내 등 뒤, 굳게 잠겨 있던 문이 거짓말처럼 열렸다.

"들어가시죠."

계단을 올라 다가온 뷘터가 정중한 태도로 내게 권했다. 왠지는 모르겠지만 나를 내려다보는 군청색 눈동자에 착잡함이 담겨 있는 것 같았다.

나는 신경 쓰지 않고 당당하게 안으로 들어섰다. 한 번 와 본 그의 사무실은 한 치의 변화도 없이 그대로였다.

"앉으시죠."

나는 그의 두 번째 권유에 순순히 소파에 앉았다. 그런데 뒤따라 들어온 그는, 사자 가면 소년을 밖에 그대로 둔 채 문을 닫아 버렸다.

의아한 눈으로 바라보자, 뷘터가 아무렇지 않게 답을 내주었다.

"뒷문으로 들어갈 겁니다."

외투를 벗어 옷걸이에 건 그가 마침내 내 맞은편에 착석했다. 그리고 전과 같이 누군가를 부르듯 손짓했다.

벽에 붙어 있는 찬장 문이 절로 열리고 주전자와 찻잔이 휙휙 날아왔다. 보글보글 끓는 주전자가 알아서 차를 붓는 모양새를 멍하니 구경하고 있을 때.

"지난번에도 금방 오셨기에 빠르게 일을 보고 돌아오던 참이었는데……."

뷘터가 불쑥 말을 걸었다.

"이렇게 빨리 오실 줄은 몰랐습니다."

군청색 눈동자가 빤히 나를 응시했다. 어디서 들어 본 말이었다. 그 생각이 듦과 동시에, 불현듯 잊고 있던 사실 하나가 떠올랐다.


— 의뢰자분들은 보통 연락을 받고 하루나 이틀 후에 찾아오시기 마련인지라…… 이렇게 빨리 방문하실 줄 몰랐습니다.


이곳의 오만한 귀족 놈들에게는 게으른 관례가 있다는 것을.

'망할, 또 오라는 소리 듣고 헐레벌떡 달려온 꼴이 됐잖아!'

얼굴이 화끈 달아올랐다. 당황한 나는 헛기침과 함께 아무 말이나 내뱉었다.

"……크흠! 시간 끌 것 없이 빨리빨리 처리하는 게 좋겠지."

"…….'

"……요."

정말 아무 말이었다. 뒤늦게 '요' 자를 붙이자, 토끼 가면에 뚫린 구멍 사이로 얼핏 눈꼬리가 휘어지는 게 보였다.

"그냥 하던 대로 편히 말씀하십시오."

뷘터 놈은 웃기 섞인 목소리를 애써 감추며 배려해 주었다.

"어차피 이곳에 있는 이상 저는 일개 상단주에 불과합니다."

"그럴까?"

나는 사양하지 않고 덥석 그 배려를 받아들였다. 절대 민망해서 그런 건 아니었다.

"그런데 그건…… 외형 변화 마법을 새긴 팔찌입니까?"

문득 뷘터의 시선이 내 손으로 옮겨 갔다. 여전히 자줏빛을 뿜어 내고 있는 데릭이 준 팔찌가 보였다.

"응. 몰래 나오느라."

"제 의미를 알아들으셔서 다행입니다."

이해한다는 듯 뷘터가 고개를 끄덕이며 덧붙였다.

"저 또한 어떤 식으로 전언을 보내는 게 좋을지 고민을 많이 했 습니다."

'뭔 고민?'

나는 고개를 갸웃거렸다. 그러자 놈이 곧장 말을 이었다.

"저번처럼 토끼를 보내려 했는데……."

"……."

"너무나도 기겁을 하시기에."

너무나도 기겁하다. 적나라한 놈의 말에 입이 스르륵 벌어졌다.

'그, 그걸 다 보고 있었단 말이야?!'

얼굴이 그 어느 때보다 뜨겁게 달아올랐다. 그와 동시에 갑작스 럽게 몰아친 돌풍과 천 조각에서 흘러나온 걸걸한 목소리에 경악 했던 아까의 일이 떠올랐다.

"그, 그럼 오늘도……."

"아. 동물 교감 마법은 저 또한 희미하게 동물의 오감을 느낄 수 있어 가능합니다. 하지만 무생물은 불가능합니다."

어쨌든 처음 토끼를 보냈을 때의 반응은 다 보였다는 것이다. 나 는 그의 말에 웃어야 할지 울어야 할지 알 수 없어졌다.

"어떤 식으로 전해 드려야 덜 놀라실까 고민하다가, 마법을 걸었던 손수건이 떠올랐습니다."

"……."

"미약하게 남아 있던 마력에 기대를 건 것인데, 그래도 전달이 잘 된 것 같아 다행이군요."

머리를 까딱이며 걸걸한 남성의 목소리를 내는 손수건도 기괴한 건 매한가지였다. 그러나 그것을 입 밖에 꺼내면, 오늘도 소스라치게 놀라 꽥 비명을 지른 것을 내 입으로 실토하는 꼴이 된다.

나는 잠시 숙연해졌다가, 이내 입을 열었다.

"그래서 말인데. 이건 그만 돌려주려고."

품을 뒤적여 조심스럽게 토끼 모양의 손수건을 꺼냈다. 다행히 순간 이동을 한 덕에 크게 모양이 흐트러지거나, 눌리지는 않은 상태였다.

테이블 위로 스윽 내밀자 뷘터는 한동안 말이 없었다. 그는 우두커니 내가 내민 손수건을 내려다보기만 했다. 그런 그의 모습이 조금 의아했지만, 나는 개의치 않고 말했다.

"앞으로 연락은 가급적 서신을 통해서 했으면 좋겠어."

매번 이런 식으로 연락하다간 심장이 남아나질 않을 것이다.

내 말을 들은 뷘터가 천천히 고개를 들었다. 다시 드러난 군청색 동공이 왜인지, 얕게 흔들렸다.

"그 말씀은……."

"……."

"저와 계약 생각이 있다는 것으로 받아들여도 됩니까?"

나는 그의 말에 어리둥절해졌다. 그럼 계약하러 온 거지, 내가

"당신이 어떤 사람인지, 어떤 사고와 가치관을 가지고 있는지, 제가 이렇게 행동하면 어떤 반응을 보일지 궁금했습니다."

"……."

"그런데 레이디와 접점을 만들기 위해 제가 이용할 수 있는 것이, 상단과 계약뿐이더군요."

그가 깔끔하게 말을 마쳤을 때, 내 시선은 이미 군청색 눈동자를 벗어나 그의 정수리 위로 향한 상태였다. 선명한 보랏빛 게이지 바.

'뭐야. 보라가 사랑의 색이야……?'

나는 이런 연애 쪽으로는 둔한 편이었다. 그러나 검붉은색을 가진 이클리스나 연분홍색을 띠는 공포의 주둥이가 내게 호감을 가졌다는 사실을 알아차리지 못할 정도는 아니었다.

그런데 아무리 색깔이 뭘 뜻하는지 모른다지만, 보라색을 사랑이라 말하는 건 너무하지 않은가.

'아니면…… 그냥 변태?'

오싹한 생각이 들어서, 나는 말까지 더듬거리며 되물었다.

"그, 그런 게…… 왜 궁금한데?"

"저는 정보를 수집해서 사고파는 사람입니다."

뷘터는 마치 준비하기라도 한 양 막힘없이 대구했다.

"그런 만큼 사람을 잘 파악할 줄 안다고 생각했는데……."

"……."

"아직도 잘 모르겠습니다. 당신이 어떤 사람인지."

그의 대답을 들으면 들을수록 혼란만 가중되었다. 나야말로 그가 어떤 인간인지 종잡을 수 없었기 때문이다. 나는 이해할 수 없다는 얼굴로 물었다.

"……알게 되면? 뭔가 달라지는 게 있나?"

"있을 수도, 없을 수도 있지요."

애매모호한 답변이었다. 그는 곧바로 덧붙였다.

"마법사들은 호기심이 많은 족속들입니다. 그 호기심을 충족하기 위해서 물불을 가리지 않는 편이지요."

이 상단 계약이 아니더라도 어떻게든 나를 알아내기 위해 물불 가리지 않겠다는 말로 들렸다. 나는 눈살을 찌푸렸다.

"협박인가?"

"제안입니다."

눈꼬리가 얄밉게 휘어졌다. 기가 막혀서 헛웃음이 터져 나왔다. 다행히 그는 어처구니없는 변명 이후 다시 본론으로 돌아왔다.

"보석에 손을 대지 않은 것은, 시장을 쉽게 점유할 수도 있기 때문입니다."

"……."

"제국에서 저만큼 강력한 마법을 원석에 새길 수 있는 마법사는 없습니다. 가공 과정 중에 실패할 확률 또한 거의 없을 거라고 확신합니다."

대단한 자신감이었다. 나는 놀란 눈으로 뷘터를 돌아보았다.

순도 높은 광물일수록 마법을 새기기가 극히 까다로워진다. 가공 과정에서 광물이 변성되거나 그냥 깨져 버릴 확률이 컸기 때문이다.

그래서 마법사가 소속된 상단을 찾아 계약을 해도, 바로 판매 개시로 이어지는 것은 아니었다. 섣부르게 진행하다가 채굴한 원석들이 모두 깨져 버리면 광산이 부도나는 지름길이기에.

그러나 뷘터는 그런 것 따위 모른다는 듯, 무척이나 당당한 태도로 거침없이 내뱉었다.

"원석 가공과 유통을 제게 맡겨 주시면 그 어떤 상단보다 빨리, 단시간에 최고의 수익률을 낼 수 있습니다. 그러니……."

"……."

"제게 맡겨 주십시오, 레이디."

나를 지그시 응시하는 군청색 홍채에 알 수 없는 빛이 감돌았다. 고민 끝에 그와 비밀스러운 계약을 맺으려고 설득하러 온 것은 나인데, 지금 봐서는 오히려 그쪽에서 이 계약을 맺어 달라고 간청하는 것처럼 들렸다.

'……왜지?'

나는 또다시 의미 모를 감정에 휩싸였다. 정말로 내가 어떤 사람인지 알고 싶다는, 어처구니없는 호기심으로 인해서라고는 믿기지 않았다.

나는 일순 눈을 가느다랗게 뜨고 그를 살폈다.

'이미 여주를 만나고 언제쯤 공작저로 돌려놓으면 좋을지, 나를 떠보는 건가?'

그렇다 한들 내가 당장 할 수 있는 일은 없었다. 뷘터가 무슨 꿍꿍이든, 이것이 수많은 루트 중 하나라는 것은 변하지 않았다.

게다가 그와의 계약이 필요한 것은 나 또한 마찬가지였다.

"……에메랄드 광산 계약을 진행하도록 하지."

나는 의구심을 거두고, 순순히 그의 제안에 긍정적으로 답했다. 그러다 갑자기 억울해져서 입을 삐쭉였다.

"어차피 이미 다른 상단이랑 계약도 할 수 없게 경매장에 아예 공포를 해 놨던데?"

"하하."

믿지 않게 눈을 흘기자 그가 어색한 웃음을 흘렸다.

"하지만 그 건은 집사와 이야기를 나누도록 해."

내 본 목적은 그게 아니었으므로, 나는 바로 선을 그었다.

"오늘 내가 집사를 보내지 않고 직접 찾아온 것은, 에메랄드 광산에 대한 계약이 아니라 개인적인 의뢰를 맡기기 위해서야."

"무슨……."

뷘터가 의아한 눈으로 나를 바라보았다. 나는 품에서 가지고 온 것을 꺼내어 테이블 위에 올려놓았다.

"이건……."

"내 소유의 다이아몬드 광산이야."

흰 봉투를 그쪽으로 스윽 밀며 말했다. 가면 틈새로 보이는 뷘터의 눈이 이번에는 놀라움으로 물들었다.

"다이아몬드…… 말씀이십니까?"

"응. 이걸 어떻게 굴릴지 곰곰이 생각해 봤는데, 채굴부터 시작해서 유통, 가공, 판매 전 과정을 맡아 줄 대리인이 필요해."

"……."

"이에 대한 것들을 나와 따로 계약해 줬으면 좋겠는데."

그는 조금 얼떨떨한 기색을 비치며 내가 내민 흰 봉투를 바라보았다. 에메랄드 얘기를 하다가 갑자기 다이아몬드가 튀어나왔으니, 그가 놀랄 만도 했다.

하지만 아무리 생각해도 이 방법이 최선이었다. 데릭까지 알아 버린 이상 에메랄드 광산은 내 온전한 사재라고 볼 수만은 없었다.

장부 관리도 집사가 맡아 할 예정이었다. 내가 딱히 사치를 부리

합니다.

(남은 보유 자금 : 68,000,000 골드)


아직 본격적인 보석 사업이 개시되진 않아 내 보유 자금은 여전히 사냥 대회의 우승 상금뿐이었다. 그러나 나는 그것을 신경 쓸 새가 없었다.

[호감도 52%]

뷘터의 호감도가 부쩍 상승해 있었기에.

'마지막으로 봤을 때, 44%였던가?'

이제는 부쩍 절반을 넘긴 상태라 새삼스러운 기분이 듦과 동시에 허탈함이 몰려왔다.

노멀 모드의 여주가 등장하기까지 한 달조차 남지 않은 시기. 이클리스를 제외한 남주들의 호감도가 이제야 한두 명씩 절반에 가까워진 것이 아닌가.

한 번의 에피소드로 10~15%씩 팍팍 오르던 노멀 모드에 비하면, 그야말로 치가 떨리는 난이도였다.

'진짜 휴대폰으로 플레이하는 중이었으면, 하다가 빡쳐서 게임 종료하고 삭제 각이야.'

나는 맞잡은 손에 움찔움찔 들어가는 힘을 간신히 참았다. 이것은 내게 현실이었으므로 게임을 종료할 수도, 멈출 수도 없었다.

'아니야. 죽지 않고 이 정도까지 온 게 어디야.'

애써 나를 다독일 즈음 뷘터의 정수리 위 흰 글씨가 다시 [호감도 확인하기]로 변했다. 나는 그때까지도 그가 내 손을 꼭 붙잡고 있다는 사실을 깨달았다.

"이제 그만 놔줬으면 좋겠는데."

애매한 얼굴로 아래쪽을 흘깃거리자, 그가 퍼뜩 손을 놓았다.

"……계약서는 제 쪽에서 작성하여 서신을 통해 은밀하게 보내도록 하겠습니다."

"고마워. 이만 가 봐야겠군."

대충 대꾸한 뒤 돌아갈 채비를 했다. 뷘터가 덩달아 일어나 나를 배웅했다.

나가는 입구 앞에 도달했을 때, 불현듯 그가 잊고 있었던 것이 생각났다는 듯 물었다.

"그런데 오늘은 타고 돌아가실 마차를 가지고 오셨습니까?"

"타고 돌아갈 마차……?"

나는 바보 같은 얼굴로 되물었다. 뷘터가 고개를 끄덕였다.

"예. 아까 보니 혼자 오신 듯하여……."

"……."

정적이 흘렀다. 망할 순간 이동. 이곳에 온 지 너무 오래돼서 또 까먹어 버렸다.

"의뢰를 하나 더 추가하지."

나는 결국, 시뻘게진 얼굴로 애써 아무렇지 않은 척, 원래 그러려고 했던 척 말할 수밖에 없었다.

"나를 헤밀튼 스트리트로 데려다줘."

이번에는 나지막한 웃음소리가 명백히 울려 퍼졌다. 나는 연신 벌게진 얼굴에 손부채질을 해야 했다.

오랜만에 볕이 좋았다. 나는 책을 들고 바깥으로 나왔다.

항상 자리 잡고 독서하는 나무 밑에 철퍼덕 주저앉아 막 몇 페이지를 읽는 찰나였다. 어디서부턴가 흰 나비들이 하나, 둘 주변을 맴돌며 바닥에 사뿐 내려앉았다.

원래 정원 주변에는 나비들이 많이 날아다녀서, 처음에는 눈치채지 못했다.

무언가 이상하다는 것을 알아차린 것은, 한 무리의 나비들이 모조리 한 군데에 모였을 때였다. 마치 봐 달라는 것 같은 속도로 날개를 펼쳤다 접기를 반복하는 모습에 시선이 저절로 돌아갔다.

"뭐, 뭐야."

책에서 눈을 뗀 나는 직사각형 모양으로 네모나게 정렬된 나비들을 보고 당황했다.

내 시선이 닿을 때까지 계속해서 날개를 퍼덕이던 그것들은 마침내 원하는 목적을 이루자, 하얗게 빛을 발하기 시작했다.

'뭐야, 나비가 왜 이래?'

나는 영문을 몰라 휘둥그레 눈을 뜬 채 그 과정을 가만히 바라보았다.

그리고 얼마 후. 네모난 나비들이 흰빛과 함께 사라지고, 그 자리에 흰 봉투 하나가 덩그러니 나타났다. 내 눈으로 보고도 믿기지 않는 광경이었다.

멍하니 봉투를 바라보던 중, 이내 그 위에 새겨진 것을 발견했다. 흰 토끼 문양이었다.

"빈터……?"

— ……계약서는 제 쪽에서 작성하여 서신을 통해 은밀하게 보내도록 하겠습니다.

어제 그가 했던 말이 떠올랐다. 서신을 통해서 연락해 달라는 내 말을 들어준 것이다.

"의외네. 이런 방법도 쓰고."

걸걸한 남자 목소리를 내는 토끼보다 훨씬 나았다.

나는 곧바로 바닥에 놓여 있는 봉투를 주워 들고 자리에서 일어났다. 서둘러 방으로 돌아온 후, 책상 앞에 앉아 페이퍼 나이프로 봉투 겉면을 뜯었다.

안에는 다이아몬드 원석 가공 및 유통 계약서와 자산 관리 대리 계약서, 그리고 짤막한 메모 하나가 들어 있었다.

**[계약서를 읽어 보시고 서명란에 피 한 방울을 떨어뜨려 주십시오. 그리고 계약 이행을 위해 내일 아침 10시에 해밀튼 스트리트로 데리러 가겠습니다. 계약서는 그때 가지고 나와 주십시오.]**

"……계약 이행?"

고개를 갸웃거리던 나는, 이내 계약서를 읽으며 그것이 무엇인지 깨달았다. 놈이 나를 파악하고 싶다며 내건 조건인 '만남'이었다. 계약을 하자마자 그것을 이행하라고 난리니, 참 철두철미한 놈이었다.

나는 잠시 짜게 식은 눈으로 메모를 바라보다가, 이내 한숨처럼 중얼거렸다.

"그래. 이왕 할 거, 남주와의 데이트라고 생각하자."

연애 시뮬레이션 게임인데 지금까지 데이트 한번 못 하고 살아남기 급급했지 않은가. 이제 좀 연애다운 에피소드가 나온 것일 테다.

슬금슬금 드는 불안함을 나는 애써 내리눌렀다.

다음 날 이른 아침.

나는 조용히 에밀리를 방 안으로 불러들여 치장을 부탁했다.

"아가씨, 외출하시게요? 저 말고 더 솜씨 좋은 애들을 불러 모으시는 게……."

"몰래 나갔다 올 거야."

"모, 몰래요?"

그녀의 눈이 화등잔만 해졌다. 몰래 나가겠다고 마음먹은 이유는 별거 없었다. 집사에게 말하면 분명히 공작이나 데릭의 귀에 들어갈 테고, 외간 남자를 만나러 간다는 사실까지 알려지면 귀찮아지지 않겠는가.

"응. 그러니까 내가 돌아올 때까지 내 방에 사람들 얼씬거리지 못하게 네가 잘 막아 줘."

"하지만……."

그녀는 내 말에 불안한 표정을 지었다.

"정 뭣하면, 내가 오늘 몸이 안 좋다는 핑계라도 대."

"그, 금방 돌아오시는 거죠?"

"오늘 안에는 돌아오겠지, 뭐."

나는 화장을 해 주는 그녀의 부드러운 손길을 받으며 대수롭지 않게 말했다.

대충 화장과 머리 손질이 끝난 후, 나는 무릎길이의 하늘하늘한 하늘색의 드레스로 갈아입었다. 보색 효과가 있어서 그런지, 진분홍색 머리칼과 퍽 잘 어울렸다.

중간중간 짙은 청색으로 포인트를 준 드레스의 자수들이 섬세했다. 나름 빈터 놈의 눈 색깔을 고려해서 고른 것이었다.

'남주와의 데이트를 위해서 이 정도 준비는 해 줘야지.'

나는 거울을 바라보며 흡족한 미소를 지은 채 고개를 끄덕였다.

"어때? 예뻐?"

살랑 몸을 돌려 에밀리에게 묻자, 그녀가 두 손으로 입을 막으며 탄성처럼 쏟아냈다.

"너무너무 아름다우세요. 신전에 새겨진 벽화에서 막 튀어나온 여신 같으셔요."

"칫, 아부는."

닭살 돋는 에밀리의 호들갑에 눈을 흘겼지만, 내심 기분이 좋았다.

"자, 이제 나가서 복도에 사람 나다니나 망 좀 보고 와."

치장이 모두 끝났으니, 본격적인 탈출 시간이었다.


다행히 이른 아침의 공작저는 다들 하루를 시작하며 제 일을 하기 바빠 돌아다니는 사람들이 별로 없었다.

나는 수월하게 저택의 뒷문을 빠져나와 연무장으로 가는 길에 올랐다. 개구멍을 이용할 생각이었다.

 근처에서 훈련 나온 기사들을 마주칠까 우려스러웠기에, 별수 없이 에밀리까지 끌고 나왔다. 들키면 산책하는 것처럼 보이기 위해서였다.

 다행히 전부 훈련 중인지, 개구멍 근처는 아무도 없었다. 익숙하게 수풀을 옆으로 밀어 치우는 나를 보며 에밀리가 경악했다.

 "세상에, 아가씨! 대체 이런 곳은 언제 또 찾아내신 거예요?"

 "나 나가면 원상태로 돌려놔. 알았지?"

 "구, 굳이 이렇게 나가셔야겠어요?"

 나는 대답 없이 드레스를 걷어 올리고 바닥에 맨 무릎을 댔다. 치장을 하고 망을 보는 데 시간을 꽤 잡아먹어서 벌써 10시에 가까워졌기에 마음이 조급했다.

 바닥에 납죽 엎드려 개구멍을 기어나가는 사이, 에밀리는 연신 '세상에, 세상에' 하며 탄식했다. 금방 바깥쪽으로 나온 나는 흙에 쓸린 무릎을 탁탁 털어 내며 구멍 안에 손을 휘휘 흔들었다.

 "나 갔다 올게."

 "어, 언제 돌아오실지는 정말 안 알려 주실 거예요?"

 "해 지기 전엔 돌아오겠지."

 아무렴, 제 호기심 채우자고 밤늦도록 나를 붙들어 놓지는 않을 것 아닌가. 걱정하는 하녀를 뒤로한 채 다급하게 걸음을 옮겼다.

 얼마 후 메인 스트리트로 나온 나는, 뷘터가 나를 데려다주던 인적 드문 골목 구석으로 곧장 이동했다. 역시 좀 늦었는지, 골목 안에 이미 도착해 있는 커다란 장신이 보였다.

"많이 기다렸……."

알은체를 하려던 나는 문득 멈칫했다. 골목 안에는 빈터 혼자만이 아니었기 때문이다. 엊그제 본, 사자 가면이 그의 뒤에서 빼쭉 튀어나와 나를 바라보았다.

'데이트에 왜 애를……?'

내 눈치를 보는 듯한 아이의 말똥말똥한 눈에 한순간 기분이 이상해졌다. 꼭, 애 딸린 남자와 교제하는 것 같지 않은가.

멍하니 둘을 번갈아 가며 바라보는 중, 빈터와 눈이 마주쳤다. 군청색 동공이 서서히 커다래지는 것이 보였다.

"오늘은 왜…… 변장을 하고 오지 않으셨습니까?"

놈이 당황한 기색으로 물었다. 나야말로 당황해서 되물었다.

"……변장을 하고 왔어야 했나?"

"저번에 그랬기에 이번에도 당연히 그러실 줄 알았습니다."

"데이트하자는 거 아니었어?"

"……."

골목 안에 잠시간 썰렁한 정적이 내려앉았다. 그것을 깬 것은 어린아이의 키득거림이었다.

"키킥, 데이트 아닌데~! 데이트 아닌데~!"

사자 가면이 놀리듯이 외쳤다. 나는 여전히 어안이 벙벙한 상태로 버벅였다.

"그, 그럼 어디 가려 했는데?"

"우리 빵 나눠 주러 가는 거예요!"

"빵……?"

아이가 해맑게 외쳤다. 그 순간이었다. 불현듯 눈앞에 흰 네모 창이 떠올랐다.

〈SYSTEM〉 ~메인 퀘스트 : 사라진 아이들의 행방~
[첫 번째. 마법사와 함께 빈민가 봉사 활동하기] 퀘스트를 진행하시겠습니까? (보상 : 뷘터의 호감도 +5%, 명성 50)
[수락 / 거절]

"봉사…… 활동……?"
나는 내 눈을 의심했다. 눈을 부릅뜬 채 시스템 창의 글씨를 한 번 더 되뇌고 있는데, 제게 한 말인 줄 잘못 받아들였는지 뷘터가 어색한 표정을 지었다.
"미리 말씀드리지 못해 죄송합니다. 당연히 바지를 입고 오실 줄 알고……."
혼자 데이트라고 착각한 것이 민망할 틈도 없었다. 그와 동시에 시스템 창 안의 글씨가 변했기 때문이다.

〈SYSTEM〉 메인 퀘스트이므로 5초 후 자동 수락됩니다.
〈SYSTEM〉 5
〈SYSTEM〉 4

'이 미친 게임…….'
나는 부들부들 떨리는 손으로 [수락]을 눌렀다. 그러자 새로운 네모 창이 떴다.

〈SYSTEM〉 [마법사의 도움]을 받아 퀘스트 장소인 [트라탄]으로 이동하시겠습니까?

[예. / 아니오.]


[예.]를 선택하자, 뷘터가 내게 한 손을 내밀었다.

"우리는 트라탄으로 갈 겁니다. 마법으로 이동할 것이니 불편하시지는 않을 겁니다."

일전에 한번 겪어 본 방식이었다. 하지만 그의 손을 별로 잡고 싶지 않았다. 나는 '트라탄'이 어딘지도 몰랐다. 이 게임에 빙의된 지 꽤 오래됐지만, 처음 들어 보는 지명이었다.

'조짐이 좋지 않아.'

"⋯⋯레이디?"

망설이는 나를 뷘터가 의아하게 바라보았다. '봉사 활동'이라는 글자를 봤을 때부터 마음이 삐뚤어져서 그런지, 어서 계약을 이행하라는 무언의 압박처럼 느껴졌다.

'⋯⋯그래. 설마 봉사 활동하러 산간 오지까지 가겠어. 수도 근처에도 빈민가가 얼마나 많은데.'

슬쩍 드는 섬뜩함을 내리누르며 나는 울며 겨자 먹기로 그의 손을 맞잡았다. 작은 소망을 되뇌는 사이, 사자가 훌쩍 다가와 비어 있는 내 손을 잡았다.

"삐라띠오, 트라탄!"

기괴한 발음의 주문과 함께, 눈앞이 하얗게 점멸했다.


끼룩끼룩─.

가 조용히 천막 뒤로 가서 새 음식을 꺼내 가지고 왔기 때문이다.

좀 황당한 일이 발생한 것은 분주했던 주변이 어느 정도 한산해졌을 때였다. 제 몫의 배식을 다 먹고도 가지 않고 얼쩡거리던 검은 머리의 아이 한 명이 또다시 줄을 서서 배식을 타 갔다.

'배가 많이 고팠나?'

그런데 그 아이는 먹지 않고 어딘가로 후다닥 사라지더니, 얼마 후 또다시 와서 아닌 척 줄을 섰다. 가면을 쓴 뷘터는 무서웠는지, 수프는 무시하고 곧장 내게서 빵을 받아 가는 것이다.

그 애뿐만이 아니었다. 계속해서 처음인 척 빵을 받아 가는 애들이 몇몇 보였다. 내가 아무 말 없이 빵을 내주자, 점점 더 대담해져서 줄을 서는 간격도 짧아졌다.

"……그렇게 주다간 끝도 없을 겁니다."

다섯 번째로 검은 머리에게 빵을 주려고 하던 순간. 보다 못했는지 뷘터가 내 행동을 막아섰다.

"헉!"

제게 대놓고 뭐라 한 것도 아닌데, 아이가 지레 겁을 먹고 후다닥 도망갔다. 멀어지는 아이의 뒷모습을 바라보다가 나는 이내 뷘터를 향해 고개를 돌렸다.

"……넉넉하게 준비해 온 것 아니었나?"

"물론 음식은 남을 만큼 넉넉하게 준비해 왔습니다. 그러나 무조건 많이 준다고 능사가 아닙니다, 레이디."

그가 가르쳐 주듯 조곤조곤 설명했다.

"몇 번이나 배식을 받는 아이들은 아마 집에 숨겨 두고 또 받으러 오는 것이겠지요. 아니면, 고아들을 통솔하는 패거리들에게 상납하는 중일 겁니다.”

“그 정도는 나도 알아.”

나는 새침하게 대꾸했다.

“알면서도…… 그러셨단 말입니까?”

군청색 동공이 당혹감으로 물들었다. 꾀를 부리는 것을 알면서도 빵을 퍼 준 거냐는 뜻이 느껴졌다.

‘봉사 활동 처음 와 보는 철없는 아가씨처럼 느껴지려나.’

나를 바라보는 뷘터의 머릿속을 상상하며 나는 입을 열었다.

“그럼 좀 어때.”

“……..”

“오늘 그대가 여기 올 때까지 거리에 떨어진 빵조각 하나 없나 지켜보면서, 쫄쫄 굶었을 텐데.”

먼 과거 어느 때를 떠올리며, 나는 씁쓸하게 웃었다.

“몇 개 좀 쟁여 두게 놔두면 안 돼? 그래 봤자, 며칠 아껴 먹고 다시 쫄쫄 굶을 거야.”

군청색 동공이 천천히 커다랗게 확장되는 것이 보였다. 마냥 생각 없이 배식하던 내가 이런 소리를 할 줄 전혀 예상치 못한 사람 같았다.

“……제가 아는 누군가는.”

잠시 입술을 달싹이며 할 말을 찾던 그가, 이윽고 답했다.

“저런 아이들을 붙잡고 차라리 이 자리에서 실컷 먹고 가라고 그러더군요.”

순간, 사고가 정지했다.

‘여주를 만났구나.’

그것을 알아보기 위해 그를 만난 것이지만, 나는 새삼 충격을 받았다. 그는 이미 여주와 봉사 활동을 한 것이다.

'그럼 나는 이제 어떡하지?'

예상했던 일이었다. 게임 스토리대로 진행된 게 맞는데. 막상 진짜로 뷘터가 여주를 만나 곧 데리고 올지도 모른다고 확신하게 되자 덜컥 겁이 났다.

제 말 한 마디에 생명의 위협을 느끼는 나와는 달리, 그는 알 수 없는 감정이 담긴 눈으로 나를 응시하며 차분하게 말을 이었다.

"……가져가 봤자 힘이 더 센 아이들에게 빼앗길 바엔, 먹어 둘 수 있을 만큼 배부르게 먹어 두라고요."

맞는 말이었다. 하지만 그건 집에 최소한의 먹을거리가 존재하는 가난에 해당됐다.

"오늘 많이 먹는다고 내일 배가 안 고픈 건 아니잖아."

상념에서 깨어난 나는 어깨를 으쓱하며 대수롭지 않게 대꾸했다.

"게다가 며칠 굶은 상태에서 과식하면 탈 나. 안 겪어 봤나?"

가면 틈새로 드러난 뷘터의 동공에 찰나, 선명한 감정이 비쳤다 사라졌다.

"……레이디께선 꼭 겪어 보신 것처럼 말씀하시는군요."

"글쎄. 어떨 것 같아?"

나는 나오지 않는 웃음을 쥐어 짜내어 빙긋 웃었다. 그리고 지금 뷘터가 할 만한 생각들을 예측해 보았다.

평민에서 하루아침에 제국의 하나뿐인 공녀가 된 여자가 감히 가난을 운운하는 걸 괘씸하게 여기고 있을까. 아니면, 불우한 환경에서도 천사처럼 베푸는 '진짜 공녀'를 가엾이 여기고 있을까.

"오늘 날 부려먹으면서 내가 어떤 사람인지, 실컷 알아보도록 해."

"……."

"내가 일일이 다 알려 주면 재미없잖아."

그가 무슨 이유로 날 봉사 활동에 끌고 왔는지는 이제 상관없었다. 이미 게임은 원 궤도에 올랐으니까.

마음속에서 '뷘터 베르단디'란 이름 위로 빨간 엑스가 그어졌다.

배식이 얼추 끝나자 우리는 자리를 이동했다. 아직 나눠 줄 곳이 한 군데 더 남았기 때문이다.

"괜찮겠습니까?"

하늘하늘한 옷차림새 때문인지, 뷘터는 연신 미안한 표정을 지었다.

"괜찮아."

홀로 착각한 내 잘못도 있기에 나는 괜찮다는 말밖에 할 수 없었다. 게다가 가만히 서서 아무 생각 없이 빵만 나눠 주는 일이라 정말 괜찮았다.

우리는 구불구불한 골목길을 가로질러 마을의 가장 끄트머리로 이동했다. 외곽으로 갈수록 건물도, 길을 오가는 사람들도 점점 더 줄어들었다.

그리고 마침내 도달한 마을의 끝, 바다와 맞닿은 절벽 위의 넓은 평야. 건물도 아닌, 허름한 판자로 이루어진 집들이 옹기종기 모여 있는 판자촌이 나왔다.

나는 지나오면서 본, 전쟁으로 황폐해진 마을보다 더 열악한 환경에 경악을 금치 못했다.

"여긴 대체 어디야?"

"마을 사람들에게 쫓겨난 마력을 보유한 사람들이 사는 곳입니다."

"마력을 보유한 사람들? 그럼, 마법사들이란 말이야?"

"아니요. 마법사라 하기에는 자질과 배움이 부족한…… 말 그대로 보유만 한 사람들입니다. 폭격 이후 마력을 확인하는 수정구를 들여와 대대적으로 검증을 했지요."

그 말에 나는 더더욱 미궁 속으로 빠지는 것 같았다. 제국인들이 알게 모르게 마법사들을 배척한다는 사실은 이미 들어 알고 있었다. 그러나 다 같이 어려운 처지에 일부 사람들을 더 궁지로 모는 것은 너무 심하지 않은가.

"왜 그렇게까지 하는 거야? 같은 잉카 제국인이잖아."

나는 눈살을 찌푸린 채 물었다.

"전쟁의 영향도 있지만, 트라탄의 복구가 쉽지 않은 것은 레일라 신국의 주기적인 공격 때문입니다."

"레일라 신국?"

"네. 그들의 지향점은 마법사들을 이 세상에서 모두 없애는 것이니까요. 그러니 트라탄 지역민들은 이들을 문제의 원흉으로 여기는 겁니다."

꽤 해묵은 갈등인지, 뷘터의 목소리엔 별다른 감정이 느껴지지 않았다. 나는 여전히 납득이 가지 않았다.

"왜 병사를 보내지 않는 거지? 여긴 영주 없어? 공격이 잦다면 숨어 있다가 소탕하면 되잖아."

"전쟁에서 패해 주둔지를 잃은 신국의 잔당이 아르키나 제도에 숨어든 후 마법으로 공격을 하는 겁니다."

"아."

"그런데 그 주변은 파도가 무척 가파르고 협곡도 많아 접근하기가 어려운 편입니다. 진퇴양난이지요."

그는 말을 마치고 품 안에서 무언가를 꺼내 들었다. 그리고 내게로 한 걸음 바짝 다가와 허리를 숙였다.

"무, 무슨……."

물러설 새도 없이 토끼 가면이 훅 다가오더니, 불현듯 목덜미가 묵직해졌다.

"이걸 꼭 목에 걸고 계십시오, 레이디."

그가 내게 걸어 준 것을 내려다보았다. 별 모양의 화려한 장식 가운데에 커다란 하얀색 구슬이 박혀 있었다.

"이건……."

나는 이것이 무엇인지 잘 알았다. 노멀 모드에서 여주가 페넬로페의 독에 당한 것을 증명할 때 요긴하게 쓰인 것이었다.

"고대 유물입니다."

그의 대답과 동시에, 눈앞이 환해졌다.

〈SYSTEM〉 히든 퀘스트 [고대 마법사의 유물] 획득 완료!
〈SYSTEM〉 [마법사]의 신뢰를 확인했습니다. 보상으로 [뷘터의 호감도 +3%]를 얻었습니다.

호감도가 오르는 중인지 뷘터의 머리 위 보라색이 깜빡거렸다. 나는 갑자기 뜬 시스템 창을 보고 눈을 의심했다.

"근처에 독성을 가진 물질이 있을 시에 색이 변합니다. 특히, 원색을 띨수록 위험한 것이니 즉시 자리를 피하십시오."

뷘터가 제가 준 것에 대해 설명해 주었다. 나는 얼이 빠진 목소리로 물었다.

"이걸…… 왜 나한테 줘?"

왜 여주가 아니라 내게?

"혹시 모를 상황에 대비하는 겁니다."

그가 내 물음에 곧바로 답했다. 내가 원하는 방향은 아니었다.

"아까 배식했던 곳과는 달리 이곳은 외부인에겐 좀 위험합니다. 레일라 신국의 잔당들이 숨어 있을지도 모르니까요."

"……."

"혹시 모르니 목이 마르더라도, 누군가 주는 것은 물 한 모금 마시지 마십시오."

뷘터는 진중한 어투로 주의사항을 일러 주었다.

"……고마워. 주의하도록 하지."

나는 여전히 얼떨떨한 얼굴로 고개를 끄덕였다. 여전히 가까운 토끼 가면, 그 틈새로 보이는 그의 눈이 예쁘게 접혔다.

"이곳은 인구가 적으니 금방 나눠 주고 수도로 돌아갈 수 있을 겁니다."

모처럼 반가운 말을 하며 그가 내게로 숙였던 허리를 폈다. 그리고 우리는 곧장 이동했다.

판자촌을 가로질러 걷는 도중, 그를 알아본 건지 음울한 표정의 사람들이 하나둘 오두막에서 나왔다.

신이 나서 달려오던 마을 안쪽의 아이들과는 달리 여기는 그런 아이들조차 있지 않았다. 멀거니 우리가 하는 양을 바라보기만 할 뿐. 짙은 절망의 냄새에 숨이 턱 막혔다.

절벽의 가장 끄트머리에 선 뷘터는 이내 아까 전 마을에서 했던 것들을 반복했다.

주머니를 꺼내고 그 안에서 축소된 것들을 모조리 꺼냈다. 다른 점이 있다면, 마력을 보유한 자들의 앞이라 그런지 마법을 대놓고 쓰는 것에 거침없다는 점이었다. 좌절한 사람들에게 희망을 주려고 일부러 그러는 거란 것을 금방 알아차릴 수 있었다.

사람들은 모든 것이 다 갖춰지고도 한참이 지난 후에야 주춤주춤 초라한 통을 들고 다가왔다. 그 이후로는 아까와 별다를 바 없는 배식의 반복이었다.

수가 적어서 그런지, 뷘터의 말처럼 줄도 금방 끝이 나 버렸다.

"끝이 난 것 같으니 잠깐 앉아서 쉬고 계십시오, 레이디."

돌연 뷘터가 의자 하나를 끌고 와 내게 권했다. 의아한 눈으로 그를 바라보자 그가 용건을 말했다.

"잠깐 이곳의 촌장님 좀 뵙고 오겠습니다."

"촌장님?"

"그는 마법사입니다."

판자촌의 우두머리를 맡는 마법사가 있다는 것이 신기했다. 나는 내색하지 않고 순순히 그러라 했다.

"편히 일 보고 오도록 해."

"감사합니다."

뷘터는 내게 짧게 묵례하고 서둘러 등을 돌려 경사 아래쪽으로 내려갔다. 마침 나도 다리가 뻐근하게 아파 오던 참인지라 잘됐다.

"아이고, 다리야."

나는 그가 끌고 온 의자 위에 앓는 소리를 내며 철퍽 주저앉았다.

때마침 선선한 바닷바람이 불어와 노동으로 발생한 열기를 식혀 주었다. 나는 앉은 채로 의자를 좀 더 절벽 끝으로 끌어당겨 앉았다.

데이트가 아니라 난데없이 일을 한 것은 아무리 생각해도 어이없었지만, 그래도 확 뚫린 바다를 보니 기분이 나쁘지만은 않았다.

"……뭐, 가끔 착한 짓 하는 것도 나쁘지 않네."

끝도 없이 펼쳐진 푸른 바다, 어느새 뉘엿뉘엿 노을이 지려는 붉은 하늘. 바로 뒤에 펼쳐진 판자촌과는 영 어울리지 않는 그림 같은 풍경이었다.

아름다운 바다와 절벽 아래를 쭉 구경하던 중이었다. 먼 지평선 너머로 흐릿하게 점 하나가 보였다.

'저기가 혹시…… 아르키나 제도인가?'

맞는다면 생각보다 가까운 거리였다. 뷘터가 오면 물어봐야겠다고 생각하던 때였다. '까르륵!' 하는 아이들의 웃음소리와 함께.

"페넬로페!"

뒤쪽에서 누군가 나를 큰 소리로 불렀다. 돌아보니 라온이 아이들에게 둘러싸인 채 내게 한 손을 흔들었다. 그 애의 다른 쪽 손에 들린 지팡이에서 비눗방울들이 '뽕뽕' 뿜어져 나왔다.

'같은 처지의 친구들이랑 있어서 그러는 건가?'

아까는 철저하게 마법을 쓰지 않던 라온이 지팡이를 꺼내 들고 있는 모습이 썩 편안해 보였다. 라온은 밝은 표정으로 내게 외쳤다.

"저 잠깐 친구들 따라서 절벽 아래 해변에 갔다 와도 돼요?"

"안 돼."

나는 칼같이 잘랐다. 라온은 실망하는 기색도 없이 해맑게 되물었다.

"왜요?"

"네 스승님한테 물어봐."

"스승님 없어서 페넬로페한테 허락받는 건데……."

들고 보니 맞는 말이었다. 허락해 줘야 하나 고민이 들었지만, 곧 단호하게 고개를 저었다. 어차피 빈터가 오면 곧 수도로 돌아갈 것이기에.

"……아무튼, 위험하니까 안 돼. 이 주변에만 있어."

"히잉……."

우는 소리를 내는 라온을 뒤로한 채 다시 고개를 돌리던 찰나였다. 불현듯 붉은 노을을 배경으로 눈앞이 환해졌다.

〈SYSTEM〉 ~메인 퀘스트 : 사라진 아이들의 행방~

[첫 번째. 마법사와 함께 빈민가 봉사 활동하기] 퀘스트 완료!

〈SYSTEM〉 보상으로 [빈터] 의 [호감도 +5%] 와 [명성 50]을 얻었습니다. (명성 total : 460)

'이제 끝난 건가? 참 보람찬 하루였어.'

시스템 창을 바라보며 억지웃음을 짓고 있을 때였다. 문득 주변이 이상하리만치 고요하다는 자각이 들었다. 더럭 느껴지는 위화감에 휙 뒤 쪽으로 고개를 돌렸다.

"……라온?"

분명, 좀 전까지 맑은 웃음소리를 내며 아이들이 몰려 있던 자리가 텅 비어 있었다.

나는 스르륵 일어나 주변을 둘러보았다. 그러나 어디에도 라온은 없었다.

"라온! 장난치지 마."

나는 주춤주춤 절벽을 내려오며 아이를 불렀다. 하지만 라온은 물론이고, 그 주변을 둘러싸고 있던 아이들의 자취조차 보이지 않았다.

"라온?"

어스름이 내려앉은 판자촌은 기이할 정도로 고요하게 느껴졌다. 원래도 사람 수가 적은 곳이었지만, 갑자기 한순간에 모든 이들이 증발한 것처럼.

섬뜩함이 등골을 타고 흘렀다. 몇 초. 잠깐 시스템 창을 확인한 그 몇 초 짧은 사이에.

타닥타닥— 절벽을 내려가는 발걸음이 점점 빨라졌다.

"라온, 장난하지 말고 어서 나와!"

나는 정신없이 판자촌 사이를 뛰어다니며 라온을 불렀다.

'분명 아이들이랑 숨바꼭질을 하고 있는 거야.'

수십 개의 오두막 뒤편까지 일일이 확인하며 나는 애써 긍정적으로 생각했다. 그러나 어디에도 라온은 없었다. 어디에도.

나는 별수 없이 남의 세간살이까지 마구 들춰 확인하기에 이르렀다.

"라온!"

나무판자와 천을 얼기설기 엮어 만든 판잣집 안은 대부분 비어 있었다. 그나마 누군가 있어도 라온은 아니었다.

"이봐! 뭐 하는 거야!"

"죄, 죄송합니다. 혹시 아까 저와 같이 배식하던 사자 가면 쓴 아이 못 보셨나요?"

"몰라! 당장 나가!"

분명 아이를 애타게 찾는 내 목소리를 들었음에도 판자촌 사람들은 매정하게 나를 쫓아냈다. 외부인에 대한 경계와 두려움이 강하게 느껴졌다.

판잣집들을 샅샅이 뒤졌지만 결국 라온을 찾지 못했다. 촌장을 만나러 간다던 뷘터 또한 돌아오지 않는 것은 마찬가지였다.

"하아, 하아……."

나는 어느새 절벽의 초입, 경사로에 선 채 하염없이 흔들리는 판자촌을 바라보았다.

"얘가 대체 어디 간 거야."

어느새 노을 진 하늘은 해가 뉘엿뉘엿 넘어가기 직전이었다.

'혹시, 그 레일라 신국인지 뭔지 하는 놈들에게 잡혀간 거 아닐까?'

앞서 뷘터로부터 외부인에게는 위험한 곳이라는 경고를 들어서일까. 별별 안 좋은 예감들이 다 들기 시작했다.

'만약 그래서 또 호감도가 폭락하면 어떡하지?'

라온이 사라진 이 순간, 아이에 대한 걱정에 앞서 든 것은 '호감도 폭락'이란 두려움이었다. 이런 내가 이기적이고 못됐다는 걸 잘 알았다.

하지만 나는 아직도 종종, 흰 토끼 가면을 쓴 뷘터를 처음 만났을 때의 악몽을 꿨다. 나를 향해 겨눠진 빛을 뿜는 지팡이, 손쓸 틈도 없이 와르르 떨어져 내리던 호감도.

비밀 공간에 들어선 것만으로도 분노할 만큼 구해 온 아이들을 끔찍이 여기는 그였다. 그런데 그 잠깐 새 아이 하나 제대로 보지 못한 나를 알면.

설상가상으로 최악의 상황까지 치닫게 되다면, 간신히 절반을 넘긴 호감도가 다 무슨 소용인가.

거기까지 생각이 이르자, 순식간에 눈에 열이 몰리고 호흡이 거칠어졌다.

"생각해. 어떻게 해야 할지."

나는 치밀어 오르는 감정들을 필사적으로 내리누르며 냉정하게 생각하려고 노력했다. 이 상황을 타파하기 위해서는 이성적으로 머리를 굴려야 했다.

그 순간이었다.


— 페넬로페! 저 잠깐 친구들 따라서 절벽 아래 해변에 갔다 와도 돼요?


라온의 맑은 목소리가 귓가를 스쳐 지나갔다.

"아."

너무 당황해서 방금 전에 라온과 했던 대화도 까맣게 잊고 있었다. 그 애는 마법을 쓸 수 있으니, 몰래 순간 이동했을 가능성도 무시할 수 없었다.

나는 곧장 방향을 틀어 비탈길을 빠르게 달려 내려갔다. 절벽 아래, 인위적으로 조성된 것이 아닌 자연 그대로 층층이 쌓여 있는 커다란 암석들을 밟고 내려가기란 여간 쉽지 않았다. 단화로는 더더욱.

나는 결국 암석 위에 신발을 벗어 놓은 채 드레스를 들쳐 올리고 힘겹게 암석에서 뛰어내렸다.

발바닥에 고운 모래 입자가 닿을 적엔, 해가 완전히 저문 상태였다.

"라온!"

나는 사방을 두리번거리며 다시 라온을 찾았다. 그러나 백사장은 너무 넓고 어두컴컴해서 어린아이의 작은 몸을 바로 알아보기 쉽지 않았다. 그럼에도 나는 무작정 드넓은 해변을 맨발로 내달렸다.

그렇게 얼마쯤 뛰다, 걷다, 주변을 둘러보길 반복했을까. 드디어 저 멀찍이서 움직이는 그림자들이 보였다.

"라온—!"

나는 목청껏 아이의 이름을 부르짖으며 그쪽으로 마구 뛰어갔다.

그런데 뭔가 좀 이상했다. 나를 알아본 건지 인영들이 주춤하는 듯하더니, 이내 서둘러서 바다 쪽으로 움직이기 시작했다.

얼추 그림자들의 형체가 보일 만큼 거리가 좁혀졌을 때였다. 화악— 문득 그쪽에서 푸른빛이 터져 나왔다.

그 탓에 어둑해서 잘 보이지 않았던 인영들이 선명히 드러났다. 검은색 로브를 입은 사람 여섯 명이 원형으로 서 있었다.

그리고 그 가운데, 포박된 아이들이 서로의 등에 기대어 늘어져 있는 것이 보였다. 무슨 짓이라도 한 건지, 모두 정신을 잃은 듯했다.

'레일라 신국의 일당들!'

나는 눈을 부릅떴다. 우려가 현실이 되었다.

"멈춰!"

나는 이를 악물고 달렸다. 바보가 아닌 이상, 놈들이 마법을 써서 이동하려는 것을 모를 리 없었다.

놈들의 주변으로 푸른빛이 점점 번져 나오더니, 그들의 발밑에 알 수 없는 문양이 빠르게 새겨졌다.

죽기 살기로 달리고 있지만, 과연 놈들이 텔레포트 하기 전에 도달할 수 있을지. 도달하더라도, 과연 나 혼자서 놈들을 저지할 수 있을지 알 수 없었다.

'어떻게 해야 하지?'

그 순간이었다. 놈들에게서 터져 나오는 푸른빛보다 더 환한 네모 창이 눈앞에 떠올랐다.

〈SYSTEM〉 돌발 퀘스트 발생!

마법 주문을 외워 [아이들]을 납치하려는 [악의 세력]을 저지하시겠습니까? (보상 : 뷘터의 호감도 +3%, 명성 +50% 외 기타.)

[수락 / 거절]

'수락! 수락!'

뭔가 전개가 이상하다는 것을 느낄 새도 없었다. 나는 미친 듯이 [수락]을 연타했고, 곧바로 네모 창 안의 글씨가 변했다.

〈SYSTEM〉 [악의 세력]을 향해 마법을 쓰십시오! (마법 주문 : 썬더피룸)

"썬더피룸—!"

마지막 주문만 빠르게 외운 나는 숨 돌릴 새 없이 외쳤다. 그와 동시에 하늘에서 번쩍, 하는 섬광이 일었다. 그리고 엄청난 굉음과 함께 여러 줄기의 빛이 놈들의 머리 위로 정확히 내리꽂혔다.

콰앙—!

"으아악—!"

원형으로 모여 있던 놈들이 팝콘처럼 사방으로 튕겨 나갔다.

"으, 으으윽……."

빠르게 번져 나가던 푸른빛이 꺼지고, 놈들이 신음하며 바닥을 기었다.

'뭐야, 왜 이렇게 강력해.'

나는 잠깐 달리는 것을 멈춘 채 그 광경을 멍하니 바라보았다. 이런 식이라면 충분히 여섯 명을 상대할 수 있을 것 같았다.

그때, 바닥에 쓰러져 있던 놈들 중 한 명이 꿈틀거리며 나를 손가락질했다.

"으, 으…… 저, 저 계집을…… 저 계집부터 제거하고……!"

"썬더피룸!"

나는 헐레벌떡 다시 주문을 외웠다.

콰앙—! 다시 번쩍, 하는 섬광과 함께 놈의 위로 빛줄기가 내리쳤다. 놈은 비명조차 지르지 못한 채 다시 모래사장에 얼굴을 박았다. 그 위로 푸시시, 거뭇한 연기가 솟아났다.

"으으."

나는 끔찍한 그 광경에 몸서리를 쳤다.

'완전 아프겠다.'

그러나 공격을 받고도 아직 정신이 있는 놈들을 가만히 놔둘 수는 없었다.

"썬더피룸!"

"썬더피룸!"

"썬더피룸!"

쾅! 쾅, 콰앙—!

꿈틀거리던 세 명의 놈들 위로 추가적인 징벌을 내렸다. 순식간에 놈들은 첫 번째 놈과 같이 연기를 뿜어내며 잠잠해졌다.

사방이 고요해지자, 나는 허겁지겁 아이들이 있는 쪽으로 달려갔다. 정신을 잃은 아이들 틈엔 당연히 사자 가면도 껴 있었다.

"라온!"

나는 조그만 몸을 들쳐 안았다. 살살 흔들어 봤지만, 라온은 미동도 하지 않았다.

가면을 벗기고 아이의 상태를 살펴야 하는지, 아니면 다른 애들은 차치하고 얘라도 데리고 빨리 자리를 떠야 하는지 잠시 고민하던 때.

"으으……."

품에 안겨 있는 몸이 움찔거렸다. 이어서 라온이 미약한 신음을 내며 눈을 떴다.

"라, 라온! 정신이 들어?"

"페넬로페……."

"안 되겠어."

다른 아이들한테는 정말 미안한 말이지만, 우선 라온만이라도 데리고 자리를 떠야겠다. 그래서 어디로 갔는지 모를, 빌어먹을 뷘터 놈을 만나서 전해 주고 나머지를 데리고 오든 어쩌든…….

고민을 마친 나는 자리에서 벌떡 일어났다. 그리고 바로 걸음을 옮기려던 찰나, 작은 손이 덥석 내 옷자락을 잡았다.

"뒤, 뒤에……."

불현듯 섬뜩한 감각이 등줄기를 타고 흘렀다.

"죽어라!"

지척에서 느껴지는 살기에, 퍼뜩 등을 돌렸을 때는 이미 늦은 후였다. 어느새, 소리 소문 없이 검은색 로브 하나가 내 뒤로 바짝 다가와 있었다.

날카로운 빛을 내는 무언가가 시시각각 내 위로 다가오는 것이 영원처럼 흘러갔다.

나는 입을 벌렸다. 주문을 외쳐도 피하기엔 이미 늦었다는 것을 알았지만, 라온을 지키기 위해서였다.

"……뻬라띠오."

그런 나보다 한발 앞서 작은 속삭임이 품 안에서 전해졌다. 눈앞이 하얗게 점멸했다.

다시 눈을 뜨자, 눈앞에는 격전이 벌어진 해변이 아닌 전혀 다른 공간이 펼쳐졌다.

나는 거짓말처럼 판자촌이 있는 절벽 위, 풍경을 구경하던 의자 위에 앉아 있었다. 방금까지 품에 안고 있던 아이도, 나를 향해 시시각각 가까워지던 칼날도 온데간데없이 사라졌다.

"이게 대체……."

혼란스러운 얼굴로 주변을 둘러보고 있을 때, 불현듯 납치범의 칼날에 맞기 직전, 라온이 작게 주문을 속삭인 것이 떠올랐다. 트라탄으로 올 때 골목길에서 외쳤던 주문과 같았다.

'이동 마법 주문이야.'

나는 눈을 부릅떴다. 결정적인 순간 라온이 주문을 외워 나를 안전한 곳으로 이동시킨 것이다.

나는 벌떡 자리에서 일어나 절벽 끝으로 달려갔다. 해변을 보기 위해서였다. 그러나 거리가 멀고 시야가 어두워서 잘 보이지 않았다.

그런데 저 멀리서 일순 푸른빛이 폭발하듯 터져 나왔다. 납치범들이 분명했다.

"라온—!"

내가 당장 할 수 있는 것이 시스템에서 제공해 준 주문 하나뿐이란 사실이 끔찍하게 느껴졌다. 하지만 그럼에도 나는 허겁지겁 입을 열 수밖에 없었다.

"썬더……!"

"위험합니다, 레이디."

그때였다. 절벽 끄트머리에서 거의 떨어질락 말락 서 있던 나를 누군가의 팔이 막아섰다.

나는 휙 고개를 돌렸다. 보라색 게이지 바가 가장 먼저 보였다. 그 뒤로 눈에 익은 토끼 가면이.

"대체……!"

대체 어디 갔다가 이제야 온 거냐고. 그를 보자 뜨거운 것들이 목구멍까지 단숨에 치올랐다. 그러나 이를 꽉 깨물고 내리눌렀다. 당장 중요한 건 그런 게 아니었으니까.

"라온이, 라온이 납치됐어."

나는 거친 숨을 몰아쉬며 닥친 현실을 알렸다. 조금 전 라온이 사라진 것을 알았을 땐 뷘터의 호감도가 폭락할까 봐 두려웠다. 그런데 막상 우려하던 일이 닥치자 그런 것 따위 걱정할 틈도 없었다.

나는 푸른빛이 터져 나온 까마득한 절벽 너머를 손가락질하며 다급히 말했다.

"빨리 막아야 해. 라온이, 납치범들이 저기……!"

"진정하십시오, 레이디."

그런데 뷘터는 기이할 정도로 차분했다. 당장에 호감도 게이지 바가 반짝이며 분개할 줄 알았는데, 그는 오히려 나를 걱정했다.

"어디 다치신 데는 없습니까?"

"난 괜찮아. 그러니까 어서 라온부터……!"

"라온은 괜찮을 겁니다."

"……뭐?"

"시간이 많이 늦었습니다. 그만 수도로 모셔다 드리도록 하지요."

나는 도무지 놈이 무슨 말을 하는지 이해할 수 없었다. 그때였다. 뷘터의 뒤로 하얀빛이 터져 나오더니.

〈SYSTEM〉 [아이들]이 납치되었습니다.
〈SYSTEM〉 [악의 세력 저지하기] 퀘스트 실패!

나는 돌아가는 상황이 믿기지 않아서 황망히 허공을 바라보았다. 그런 나를 뷘터가 재촉했다.

"그만 가시죠."

"애가 납치됐는데, 어딜 가!"

"이런 때를 대비해서 수십 번 훈련해 온 아이입니다."

그는 격양된 나를 단칼에 잘라 냈다.

"안전장치를 여러 개 준비해 두었으니, 걱정하실 만큼 위험한 일은 일어나지 않을 겁니다."

즉, 네가 걱정하지 않아도 알아서 해결할 테니 신경 *끄*라는 소리였다.

아이러니하게도, 선을 긋는 놈의 말에 깨달음이 찾아왔다. 찬물을 뒤집어쓴 것처럼 머리가 차가워졌다. 나는 냉정한 눈으로 그를 응시했다.

"처음부터 이럴 생각이었나? 아이를 미끼로 쓰고, 내가 어떻게 나오는지 시험해 보려고?"

"······그런 것이 아닙니다, 레이디."

"그럼 내가 이 상황을 어떻게 받아들여야 하는데? 그냥 이 모든 것을 우연이라 치부하고 돌아가서, 계약을 없었던 걸로 하면 될까? 그대가 원하는 게 그거야?"

"······."

공격적인 내 말투에 뷘터는 답이 없었다. 꽤 오래 침묵하던 그는 이윽고 나지막한 한숨을 쉬며 물었다.

"저야말로 이 상황에 대해 레이디께 묻고 싶습니다."

"······."

"대체 마법은 어떻게 쓰신 겁니까?"

이번에 말문이 막힌 것은 나였다.

"번개 마법은 다루기 어렵고 파괴력이 강해서 마법사들도 잘 쓰지 않는 공격 마법입니다."

"······."

"그런데 당신은, 작은 실수도 없이 완벽하게 적들만 공격했지요."

그는 이어서 손가락으로 나를 가리켰다. 그를 따라 나는 고개를 내렸다. 쇄골 아래, 뷘터가 아까 걸어 준 마법 목걸이가 자리 잡고 있었다.

"그 목걸이는 독성뿐만 아니라 마력으로 인한 성질 변화도 감지

할 수 있습니다.”

놈이 목걸이에 숨겨져 있는 또 다른 기능을 털어놓았다. 화려한 별 모양의 장식 한가운데에 박혀 있는, 색이 변한다는 구슬. 내 눈에 비친 구슬은 여전히 처음과 같은 하얀색이었다.

“보십시오. 마법을 쓴 직후인데도, 색 변화가 없습니다. 당신에게 마력이 조금도 없다는 증거입니다.”

“…….”

“그런데 저는 방금 전에도, 사냥 대회 전야제 때도 당신에게서 엄청난 마기를 느꼈습니다. 이상하지 않습니까?”

누가 뒤통수를 망치로 때리는 듯한 기분이 들었다. 시스템에 의한 움직임을 이상하게 여기는 사람이 있는 줄은 상상도 하지 못했다. 게다가 마력이나 마기는 또 뭐란 말인가.

나는 다시 고개를 들었다. 가면에 가려져 있어서 뷘터가 지금 무슨 표정을 짓고 있는지 알 수 없었다. 확실한 건.

“……봉사 활동은 핑계였군.”

정말로 이 에피소드는 데이트가 전혀 아니었다는 것뿐.

“내가, 레일라 신국과 관련되었는지 시험해 보려 했던 거였어.”

“저는 확인을 해야 했습니다.”

뷘터가 다급하게 덧붙였다.

“마력을 가진 아이들이 매달 놈들에게 납치당하고 있습니다. 작은 의구심 하나 쉬이 넘길 수…….”

변명처럼 주절거리던 그는 문득 내 표정을 보고 말을 멈췄다.

“……불쾌하게 해 드렸다면 죄송합니다. 레이디.”

그는 더 변명하지 않고 내게 머리 숙여 사과했다. 나는 그저 기가 막혔다.

'차라리 끝까지 뻔뻔하게 굴든가.'

이제 마음 놓고 화를 낼 수도 없었다. 내 이상 행동을 눈치챈 그
로서는 합당한 의심이었으니까.

"내게 그토록 신뢰를 운운하면서 정작 그대는, 나를 전혀 신뢰하
고 있지 않았네."

허탈한 미소가 새어 나왔다. 천천히 고개를 들던 그와 눈이 마주
쳤다. 찰나, 그의 동공이 얕게 흔들렸다.

"그래서 어떤데? 이제 내 누명은 벗겨졌나?"

"……여전히 당신이 어떻게 마법을 쓰는지 모르겠습니다."

"나도 몰라."

나는 메마른 목소리로 대답했다.

"그냥 머릿속에서 주문이 맴돌았고, 입 밖으로 내뱉은 것뿐이야."

"……."

"믿지 않아도 상관없어."

"믿습니다."

적당히 거짓을 섞은 내 말에 뷘터는 곧장 답했다.

"적어도 아이들을 해치려 들 분이 아니라는 것은 알았으니까요."

그것참 다행이란 빈정거림은 나오지 않았다. 말이 없는 나를 보
며, 뷘터가 그만 상황을 종결시켰다.

"……이제 그만 모셔다 드려야 합니다. 더 지체됐다간 라온의 신
호가 끊길 수도 있습니다."

그 순간이었다.

〈SYSTEM〉~메인 퀘스트 : 사라진 아이들의 행방~

[두 번째. 마법사와 함께 라온의 행방 쫓기] 퀘스트를 진행하시겠습니까? (보상 : 뷘터의 호감도 +5%, 명성 50 / 거절 페널티 : 뷘터의 호감도 −10%)

[수락 / 거절]


또다시 눈앞이 환해지더니, 환장할 시스템 창이 떴다. 나는 처음 보는 '페널티'에 눈을 부릅떴다.

'제발 좀, 이런 미친 게임아……!'

아이들이 납치된 안타까운 사정과는 별개로, 나는 이 기분으로 더는 뷘터와 함께 있고 싶지 않았다. 그러나 −10%가 너무 컸다.

'……그냥 거절할까?'


〈SYSTEM〉 메인 퀘스트이므로 5초 후 자동 수락됩니다.

〈SYSTEM〉 5

〈SYSTEM〉 4


하지만 빌어먹을 시스템은 고민할 새조차 주지 않았다. 나는 결국 눈물을 머금고 말했다.

"……나도 같이 가."

뷘터가 못 들을 것을 들은 사람처럼 기이한 눈빛으로 나를 돌아보았다.

"지금 뭐라고……."

"아이들을 찾으러, 같이 가자고."

"······이건 마법사인 제 소명입니다."

"그럼 내 소명이기도 하겠네. 나도 이제 마법을 쓰게 됐으니까."

"레이디."

내 대꾸에 그가 서늘해진 목소리로 나를 불렀다. 그러나 이미 메인 퀘스트는 시작됐고, 나는 더 물러설 곳이 없었다.

"이 기분으로 집에 가면 퍽도 두 발 뻗고 잘 수 있겠어."

"······."

"내게 책임을 지우기 싫었으면 처음부터 끌어들이지 말았어야지."

그보다 더 싸늘하게 쏘아붙이자, 그는 말을 잃었다. 어쨌든 누명이 반쯤 벗겨진 지금의 내 입장으로선 억울하기 그지없는 일이 아닌가.

"그들의 주둔지로 가는 것입니다. 얼마나 많이 모여 있을지, 또 얼마나 위험할지 모릅니다."

뷘터는 나를 데리고 가는 것이 그리도 탐탁지 않은지 계속해서 말렸다.

"괜찮아."

나는 단호하게 말했다. 사실 하나도 안 괜찮았다.

"긴급할 땐 마법 주문이 또 튀어나오겠지."

긴급 상황이 오면 또 시스템 창이 발동될 것이다.

"그리고, 그대 혼자보단 둘이 낫잖아."

"······."

"시간 없다며?"

영 망설이는 그를 채근하자 그가 결국 마지못해 손을 내밀었다. 그 손을 잡자, 눈앞에 다시 네모 창이 떠올랐다.

〈SYSTEM〉 메인 퀘스트 진행을 위해 [솔레일]로 이동합니다.

눈을 찌르는 하얀빛에 눈을 감았다 다시 떴을 때, 우리는 파도치는 해변가에 서 있었다.

"……여기가 어디야?"

나는 낯선 곳을 두리번거리며 말했다. 트라탄은 확실히 아니었다.

"아르키나 제도 근처에 있는 솔레일이라는 작은 섬입니다."

"섬?"

"트라탄과는 거리가 제법 있어, 한 번에 여러 명이 이동할 수 없기 때문에 놈들이 중간 정류소로 이용하는 곳입니다."

"그럼 우리도 다시 아르키나 제도로 가는 건가?"

"아니요. 라온의 신호가 저기서 느껴집니다."

뷘터가 바다로부터 몸을 돌리고 손으로 어느 한 곳을 가리켰다. 그를 따라 덩달아 고개를 돌린 나는 곧바로 눈살을 와작 찌푸렸다.

해변에서 얼마 떨어지지 않은 커다란 절벽 아래. 딱 봐도 '들어가면 개고생할 것이오.'라 쓰여 있는 것 같은 음산한 동굴이 우리를 반겼다.

Chapter 12

Chapter 12

정말 들어가기 싫었지만, 별수 없었다. 나는 앞서 걸음을 옮겼다.

"빨리 들어가지."

"잠시만."

뷘터가 그런 나를 잠시 저지했다. 나는 의아한 얼굴로 그를 돌아보았다.

"이걸 신으십시오."

그가 갑작스럽게 내 앞에 제 신발을 벗어 내밀었다. 상황이 너무 급박하게 돌아가서, 내가 맨발이라는 사실도 잊고 있었다.

나는 뷘터의 커다란 신발을 가만히 바라보다가 이내 거절했다.

"됐어. 이미 더러워질 대로 더러워졌는걸."

"동굴 바닥에 날카로운 돌들이 있을지 모릅니다."

"어차피 나한텐 너무 커서 걷다 보면 벗겨질 거야. 그리고 내가 이걸 신으면 그대는?"

"착용자의 발 크기에 맞게 조절되는 마법이 걸려 있습니다. 저는 발에 강화 마법을 걸었으니 괜찮습니다."

그는 재차 거절하려는 내게 강경한 어투로 말했다.

"저와 함께 동굴로 진입하고 싶으시다면, 신으십시오."

신지 않으면 못 들어가게 하겠다는 소리로 들렸다. 오늘 참, 그의 여러 면을 보는 것 같은 기분이 들었다.

"……알았어."

나는 마지못해 그가 내어준 신발을 신었다. 발이 헐렁하게 빠질 만큼 커다랬던 신발이 신기하게도 차차 내 발 크기에 맞춰 줄어들었다.

토끼 가면에 로브 차림에 맨발. 누가 보면 미친놈이라고 손가락질할 만큼 괴상한 모습으로 뷘터는 만족스럽게 말했다.

"가시죠."

우리는 곧장 동굴 앞으로 다가갔다. 과연, 겉모습부터 불길하고 수상해 보이더니 동굴은 일반 동굴이 아닌 지하로 내려가는 계단이 마련되어 있었다.

그때 뷘터가 품에서 지팡이를 꺼내 들었다. '칙―' 하는 소리와 함께 그 끝에서 조그마한 빛 덩어리가 피어올랐다.

"미끄러울 수도 있으니 조심하십시오."

그가 먼저 계단에 올라섰다. 그 뒤를 따라 나 또한 조심조심 계단을 밟고 내려갔다.

똑, 똑―. 바다 아래로 이어진 건지 모르겠으나, 동굴 천장에서 끊임없이 차갑고 짠 물방울이 떨어졌다. 물을 맞고 오만상을 찌푸리던 나는, 묵묵히 가는 길을 밝히는 뷘터를 흘끔 올려다보며 물었다.

"시간이 없으니까 작전 간단하게 설명해 줘."

뷘터가 휙 나를 돌아보았다. 그의 눈동자가 잠시 난처함으로 물들었다.

"……따로 세운 작전은 없습니다."

나는 황당해서 되물었다.

"뭐?"

"신국 잔당들의 근거지를 쫓기 위해 라온의 납치는 예전부터 계획했던 것이 맞습니다만……."

"……."

"놈들이 오늘 나타나 다른 아이들까지 전부 납치할 줄은 저도 예상치 못했습니다."

"그대는 정말…… 나를 시험해 보려고 여기까지 온 거였군."

새삼스럽게 다시 깨달음이 찾아왔다. 그러다 문득 드는 생각에 미간을 좁혔다.

"그 와중에 나를 수도로 데려다줄 생각이나 하다니, 진짜 제정신이야?"

"변명처럼 들리시겠지만."

뷘터가 답지 않게 주저하며 입을 열었다.

"……저 또한 경황이 없었습니다, 레이디."

"그게 무슨……."

"그들이 갑작스럽게 나타났고, 레이디께서는 아이들을 구하기 위해 바로 마법을 사용하셨지요."

"……."

"목적대로 당신이 아무런 관계가 없다는 것을 확인했지만, 당신을 섣불리 데려온 것을 후회했습니다."

나는 눈을 크게 뜨고 뷘터를 올려다보았다. 아까의 그는 마치 모든 것을 예상했던 사람처럼 침착해 보였다.

"그 순간에는, 당신을 먼저 원래 있는 곳으로 돌려놓아야 한다는 생각밖에 안 들더군요."

그러나 그 이면을 털어놓는 그는 전혀 침착해 보이지 않았다. 그가 고개를 돌려 나와 눈을 마주쳤다.

"이런 저를 이해할 수 없으시겠지요."

"……."

"이해해 달라고 말씀드리지 않겠습니다, 레이디. 저 또한 저 자신을 이해할 수 없으니까요."

언제나 명료했던 그의 눈자위가 잔뜩 충혈되어 있었다. 강박적으로 모든 것을 의심하고, 사방을 경계했던 그는 조금 지치고, 미친 것 같았다.

나는 그의 말에 깊은 한숨을 내쉬었다. 나를 레일라 신국의 잔당이라 의심하고 시험한 것은 이가 갈릴 만큼 화가 났다. 그러나 난데없이 닥친 놈들의 급습에 당황하고 아이들이 걱정되는 것은 매한가지이리라.

"……레일라 신국 잔당들이 왜 아이들을 납치하는 거지?"

사사로운 감정들은 일단 미뤄 둔 채 나는 당장에 닥친 문제에 집중하기로 했다. 바뀐 화제에 뷘터가 잠시 침묵하다가 답했다.

"마법을 쓰기 위해 아이들의 마력을 이용하는 겁니다."

"마법이 없어야만 진정한 황제가 나온다면서. 그런데 놈들은 왜 마법을 사용하는 거야?"

"지금의 잔당들은 그저 레일라의 추종자들일 뿐, 실질적인 레일라의 힘을 가진 자는 없습니다. 마법사들을 제거해 나가기 위해서 마력을 훔쳐 쓰는 것이지요."

"마력을 훔쳐?"

"그것으로 마물을 개조하고 조종하는 것입니다. 사냥대회 전야제 때처럼요."

나는 놈들의 저열함에 눈살을 찡그렸다.

"놈들의 궁극적인 목표가 대체 뭔데? 마법사들을 이 세상에서 모두 없애는 거?

"그리고, 마법사들이 없는 세상에 레일라를 부활시키려는 겁니다."

"……부활? 상상 속의 신을 대체 어떻게 부활시키는데?"

무신론자인 나는 그들의 논지가 터무니없게만 느껴졌다. 그런데 뷘터가 무거운 음성으로 부정했다.

"레일라는 신이 아닙니다."

"그럼 뭔데?"

"마법과 비슷한 힘을 지닌 고대 소수민족입니다."

"소수민족……?"

"마법사들이 마력과 자연을 매개로 마법을 사용한다면, 그들은 생명을 소진하여 비슷한 힘을 내었다고 합니다."

"……."

"그런데 자신들의 생명을 소진시키기 싫으니, 타인의 생명을 갈취해 힘을 사용하기 시작했습니다. 그들이 힘을 축적하고 세상을 점령하기 위해 세운 것이 고대 발타이지요."

"발타는 마법사들이 세운 나라라고 들었는데……."

나는 혼란스러운 얼굴로 중얼거렸다. 황태자 또한 마법사들의 탄압이 발타로부터 시작되었다고 알고 있었다. 그런데 뷘터가 하는 말은 전혀 다른 사실이지 않은가.

감을 잡지 못하는 나를 보고, 그가 무겁게 덧붙였다.

"레일라들이 고대 마법사들에 의해 봉인되던 순간, 그들이 내린 저주로 인해 역사가 변질됐습니다."

"저주……?"

"세상을 점령하려던 그들을 막고 발타에 봉인한 마법사들은 모두 잊혔지요. 저주로 인해 그 마법사들의 후손들은 사람들에게 배척받고 있고요."

나는 새로 알게 된 사실에 충격을 받았다. 이게 사실이라면 뷘터를 포함한 마법사들은 정말로 힘겨운 싸움을 하고 있는 것이 아닌가.

'하드 모드엔 원래 이렇게 정교한 설정들이 있는 건가?'

알 듯 말 듯 이어지는 스토리에 이유를 알 수 없는 오싹함이 느껴졌다.

그때였다. 뷘터가 불쑥 걸음을 멈췄다. 어느새 계단이 끊겨 있었다. 계단 아래, 깊고 음침한 동굴 길이 이어졌다.

거의 다 도착했는지, 통로 드문드문 등불이 걸려 있는 게 보였다. 그쪽에서 서늘하고 비릿한 바람이 불었다. 완전히 어둠에 잠겨 있던 계단보단 훨씬 밝았지만, 훨씬 더 위험하고 불길하게 느껴졌다.

먼저 움직인 것은 뷘터였다. 나는 마음의 준비를 할 새도 없이 그를 뒤따라 통로 안에 진입했다. 조급한 걸음으로 이동하며 뷘터가 대뜸 내뱉었다.

"저는 이들이 행할 모든 것을 저지해야만 합니다, 레이디."

애원이라도 하듯 간절하고 필사적인 목소리였다. 나는 노멀 모드에서 나오지 않은 뷘터의 사명에 연신 위화감을 느끼며 조심스럽게 물었다.

"……레일라가 부활하면 어떻게 되는데?"

"맞서 싸울 마법사들조차 모조리 제거된 세상에 봉인되었던 레일라들이 풀려나면……."

"……."

"세상의 종말이 찾아오겠지요."

그때였다. 훅— 갑자기 동굴 안에 걸려 있던 모든 등불이 꺼졌다. 새카만 암전이 찾아왔다.

"뭐야, 왜 이래? 부, 불 좀……."

나는 당황해서 뷘터를 찾았다. 그런데 이상했다. 돌발 상황에 곧바로 지팡이를 꺼내 들고 불을 켰을 그가, 감감무소식이었다.

"……이봐."

나는 방금 전까지 뷘터가 있던 자리로 휙 몸을 돌렸다. 그러나 한 치 앞도 보이지 않았다.

나는 더듬더듬 어둠 속을 향해 손을 뻗었다. 손끝에 닿은 것은, 뷘터의 팔이 아닌 차갑고 울퉁불퉁한 벽이었다.

"이, 이게……."

덜컥 겁이 났다.

"뷘터……?"

나는 날카로운 숨을 들이마시며, 뷘터를 찾았다. 패닉에 빠져 그의 원래 정체를 입에 담은 것도 알아차리지 못했다.

"뷘터!"

획획 어둠 속을 두리번거리던 그 순간. 아래쪽이 환해졌다. 나는 갑자기 생긴 빛에 허겁지겁 고개를 내렸다. 그리고 눈을 부릅떴다.

"목걸이가······."

뷘터가 걸어 줬던 목걸이에서 샛노란 빛이 흘러나오고 있었다.


— 그 목걸이는 독성뿐만 아니라 마력으로 인한 성질 변화도 감지할 수 있습니다.

— 원색을 띨수록 위험한 것이니 즉시 자리를 피하십시오.


목걸이에 대해 설명하던 그의 목소리가 뇌리를 스쳤다.

"그럼 지금 위험하단 소리······."

"레이디—!"

그 순간이었다. 암벽 저편에서 희미하게 나를 부르는 목소리가 들렸다.

"뷘터? 뷘터!"

"괜찮으십니까?"

"어디 있는 거야!"

"함정에 빠진 것 같습니다. 놈들이 동굴 구조를 이중으로······."

뷘터의 목소리는 엄청나게 멀리서 들려오는 것처럼 작게 웅웅거렸다. 그 때문에 나는 벽에 바짝 달라붙은 채 있는 힘껏 귀를 기울였다.

"그, 그럼 어떡해? 그냥 앞으로 직진해?"

"제가 방법을 찾아보겠습니다. 그때까지만 잠시······."

문득 이어지던 뷘터의 목소리가 뚝 끊겼다.

"이봐. 이봐!"

나는 겁에 질려 그를 마구 불렀다. 얼마 후 그의 음성이 다시 들렸다. 좋지 않은 소식을 담고서.

"……레이디, 여긴 지금 마물들이 몰려오고 있습니다. 그쪽 상황은 어떻습니까?"

"여긴 아직 괜찮……."

"크르르르—."

문득 귀를 파고드는 이질적인 소리에 나는 퍼뜩 고개를 돌렸다. 어둠 저편에서 기괴한 울음소리가 들렸다. 나는 그 자리에 딱딱하게 얼어붙었다.

"레이디?"

"크르르르—."

뷘터가 다급하게 나를 불렀다. 그와 동시에 이전보다 더 가까운 곳에서 소리가 울려 퍼졌다.

"여, 여기도 마물이……!"

벌벌 떨리는 목소리로 그에게 이곳에도 마물이 나타난 것 같다고 알리려던 찰나였다. 불현듯 눈앞이 밝아지더니.

〈SYSTEM〉 돌발 퀘스트 발생! 흥분한 마물 떼가 나타났다!

마법 주문을 외워 [마물] 처치하고 [라온]을 찾으러 가시겠습니까? (보상 : [???]의 호감도 +5%, 라온의 행방)

[수락 / 거절]


"……시발."

나는 선명하게 떠오른 네모 창에 쌍욕을 하지 않을 수 없었다. 그러나 미친 것 같은 게임 시스템을 탓할 틈도 없었다.

"레이디, 레이디! 괜찮으신 겁니까?"

뷘터가 대답 없는 나를 부르짖었다. 나는 힘없이 답했다.

"여기도 마물이 나타났어."

"잠시만 기다리십시오. 제가 곧 그리로…….'

"됐어."

네모 창 뒤로 동굴 벽을 타고 꾸물꾸물 기어 오는 검은색 덩어리들을 응시하며, 나는 음울하게 말했다.

"내가 알아서 할 수 있을 것 같아."

긴급 상황이 오면 시스템 창이 뜰 거라는 '설마'가 기어이 사람을 잡았다. [수락]을 누르자 글씨가 빠르게 바뀌었다.

〈SYSTEM〉[마물]에게 마법을 쓰십시오! (마법 주문 : 파이어 피숀, 프리즈숀)

~START!~

'(0/20)'

"크워어어억—!"

벽을 타고 꾸물꾸물 기어 오던 거대한 검은색 덩어리 하나가 확 뛰어올랐다. 날카로운 이가 달린 거대한 입이 쩍 벌어진 채 네모 창을 뚫고 내게로 다가왔다.

"파이어 피숀—!"

나는 앞뒤 잴 것 없이 외쳤다. 화르르륵—! 그러자 다가오던 덩어리가 갑자기 엄청난 불길에 휩싸였다.

"쿠어어어어억—!"

나는 그 열기에 흠칫 뒤로 물러섰다. 화마에 타오르는 마물이 괴성을 지르며 꿈틀대다 이내 축 늘어졌다.

불 때문에 시야가 밝아졌다. 동굴 안에서 벌어지는 일들을 정확히 마주하게 된 순간, 소름이 쫙 끼쳤다. 내 몸통만 한 미끈거리는 도마뱀같이 생긴 괴물 수십 마리가 꾸역꾸역 내게로 기어 오고 있었기에.

"크워어어어!"

그때, 또다시 한 마리가 나를 덮치기 위해 뛰어올랐다.

"프리즈숀!"

이번에는 마물이 허공에서 '쩍' 하고 얼어붙었다. 얼음 덩어리가 된 마물은 그대로 동굴 바닥으로 하강하더니.

퍼억—! 사방으로 산산조각이 났다.

'(2/20)'

허공에 떠 있는 숫자가 순식간에 올라갔다. 나는 생각 이상으로 강력한 마법의 세기에 당황했다.

"뭐야. 엄청나잖아."

얼떨떨한 얼굴로 까맣게 타고, 산산조각이 난 마물들의 시체를 응시하는 중이었다.

"크워어어어—!"

동료의 연달은 죽음에 화가 났는지, 놈들이 포효했다. 나는 그

소리에 놈들을 노려보며 비장하게 읊조렸다.

"다 뒈졌어."

그때부터 나는 무아지경으로 주문을 외쳤다. 지난번 불곰에 비하면 난이도가 퍽 쉽게 느껴졌다. 도마뱀 마물들의 속도가 빠르지 않았기 때문이다.

"파이어 피숀!"

"프리즈숀!"

조금 짜증 나는 건 괴상한 주문을 끊임없이 외쳐야 한다는 것이었다.

'빈터와 찢어진 것은 차라리 다행인 건가.'

이 멋대가리 없는 주문을 그 앞에서 외워야 했다면, 나는 수치에 절어 죽었을 것이다.

'(15/20)'

어느새 마물들을 거의 다 해치운 상태였다.

"파이어 피숀."

"파이어 피숀."

나는 다소 성의 없이 기어 오던 두 마리를 한꺼번에 불태웠다.

'(17/20)'

"쿠웨에에엑—!"

타닥, 타다닥— 불에 타서 꿈틀거리는 것들이 역겹기 그지없었다. 동굴 통로 속에 탄내가 진동을 했다.

나는 코를 막으며 오만상을 찌푸렸다. 얼려서 죽이는 게 더 강하고 깔끔했지만, 그러면 동굴이 금방 어둠에 잠겼다. 때문에 주기적으로 불을 피워 내부를 밝혀야 했다.

"파이어 피숀."

"프리즈숀."

'(19/20)'

"케에에에엑—!"

나는 이어서 동굴 천장에 붙어 있던 두 마리를 마저 제거했다. 이제 남은 것은 단 한 마리.

마물을 상대하는 동안 바짝 긴장하고 있던 몸에서 그제야 힘이 좀 풀렸다. 아직 라온의 머리털은 구경도 못 했는데, 벌써 지치는 기분이었다.

다가올 마지막 마물을 기다리고 있던 도중. 문득 이상함이 느껴졌다.

"……뭐야. 어디 있지?"

마지막 놈이 나타나지 않았다. 이 마물 새끼들은 혐오스럽게도 천장에도 달라붙어서 기어 오기 때문에 나는 통로를 샅샅이 훑었다.

그런데 아무리 살펴도 이미 마법으로 죽인 시체뿐이었다.

"도망간 건가?"

나는 고개를 갸웃거리며 다시 한번 허공을 확인했다.

카운트된 숫자는 여전했다. 마지막 한 마리를 죽이지 않으면 퀘스트가 영영 끝나지 않기 때문에, 마음이 초조해졌다.

'안 되겠다. 내가 먼저 찾아야겠어.'

나는 마지못해 동굴 안쪽으로 천천히 움직였다. 역겨운 괴물들과 조금도 닿기 싫어서 뷘터와 접선했던 벽에 딱 달라붙은 채로 주문만 내뱉던 상태였기 때문이다.

바닥에 난자된 마물 시체를 피해 조심스럽게 몇 발짝 옮겼을 때였다.

쿵—.

불현듯 동굴이 진동했다.

'……뭐지?'

나는 멈칫했다. 진동은 곧 사라졌다. 잘못 느낀 건가 싶어, 다시 한 발짝 옮겼을 때였다.

쿠쿵—.

이번엔 방금 전보다 더 확실한 진동이 느껴졌다.

"뭐, 뭐야."

나는 걸음을 완전히 멈췄다. 마물들을 장작 삼아 타오르던 불길도 거의 꺼져 가는 중인지라 먼 곳까지 빛이 닿지 않았다.

나는 숨을 죽인 채 통로 저편을 응시했다. 그 순간이었다.

쿵. 쿵. 쿵—.

이제까지와 비교도 할 수 없을 만큼 커다란 진동이 연속적으로 느껴졌다. 그리고.

"크워어어어어—!"

어둠 속에서 엄청난 굉음이 울려 퍼졌다.

"악!"

나는 반사적으로 손을 들어 귀를 틀어막았다. 쿵, 쿵, 쿵. 진동의 세기는 점점 커지고, 점점 가까워졌다.

"파이어 피숀!"

나는 무언가 잘못되었음을 직감하고 반사적으로 주문을 외쳤다. 화르륵—! 먼 동굴 저편에 불길이 솟아났다. 곧바로 드러난 광경에 천천히 입이 벌어졌다.

"크워어어어어—!"

통로를 가득 메울 만큼 거대한 도마뱀 마물이 한쪽 머리에 불덩이를 매단 채 내게로 돌진하고 있었다.

"……미친."

쿵, 쿠웅—! 놈이 버둥거릴 때마다 동굴이 무너질 듯 흔들렸다. 머리 위로 돌가루들이 우수수 떨어졌다. 그 덕에 정신을 차린 나는 허겁지겁 주문들을 외쳤다.

"파이어 피숀! 프리즈숀!"

"크워어어어억—!"

그러나 놈은 잠시 주춤거릴 뿐, 죽지 않았다. 너무 거대해서 타격이 크지 않은 것이다. 불곰을 사냥하던 때의 상황과 겹쳐졌다.

"파이어 피숀! 프리즈숀!"

나는 뒷걸음질 치며 계속해서 주문을 외쳤다. 하지만 괴물은 죽기는커녕, 오히려 더 흥분해서 날뛰었다.

점점 거리가 좁혀지자, 스멀스멀 두려움이 엄습했다. 문득 뒷걸음질 치던 나는 딱딱한 무언가에 가로막혀 더 움직일 수 없었다. 어느새 통로의 가장 끝에 도달한 것이다.

뒤는 동굴 벽이고, 앞에는 마법이 먹히지 않은 거대한 괴물이 내게 돌진하고 있는 상황.

"크워어어억—!"

한 치 앞까지 다가온 마물이 나를 집어삼키기 위해 주둥이를 쩍 벌렸다.

'잡아먹힌다.'

몸이 굳었다. 반사적으로 눈을 질끈 감던 그 순간.

"피해, 공녀!"

푸욱— 살을 헤치는 끔찍한 소리와 함께 누군가 거칠게 나를 일깨웠다.

익숙한 목소리에, 나는 번쩍 눈을 떴다. 끼기기긱—. 섬뜩한 쇳소리가 울려 퍼졌다. 누군가, 괴물의 주둥이 안에 칼을 끼워 넣은 채 내 앞을 막아서고 있었다.

어둠 속에서 찬란한 황금빛 머리가 반짝였다.

"……전하?"

나는 믿기지 않아, 멍하니 그를 불렀다. 내 목소리에 괴물의 주둥이를 막고 서 있던 황태자가 사납게 외쳤다.

"멍청하게 가만히 서서 뭐 해! 죽고 싶나? 빨리 주둥이 안에 마법 써!"

"아."

그의 말에 퍼뜩 정신을 차리고 재빠르게 입을 열었다.

"파이어 피숀! 프리즈숀!"

쩍 벌어진 마물의 주둥이 안에 마법들이 퍼부어졌다.

"크웨에에엑—!"

확실히 내면에 직접적인 공격을 받자 타격이 있는 건지, 마물이 미친 듯이 요동쳤다.

"으윽."

버티기 버거운지 칼리스토가 내 쪽으로 주르륵 밀렸다. 그를 위해 내가 할 수 있는 것은 쉴 새 없이 주문을 외우는 것뿐이었다.

"파이어 피숀, 프리즈숀, 파이어 피숀, 프리즈숀, 파이어 피숀, 프리즈숀."

나는 숨도 쉬지 않고 계속해서 마법 주문을 외쳤다.

"크워, 크워어어억—!"


'(20/20)'


그리고 마침내, 마지막 마물이 주둥이에서 엄청난 연기를 내뿜으며 축 늘어졌다. 동시에 시스템 창과 함께 '[???]'의 정체가 드러났다.

〈SYSTEM〉 [마물 떼 처치하기] 퀘스트 완료!
보상으로 [칼리스토]의 [호감도 +5%]를 얻었습니다.

돌발 퀘스트가 끝났다. 사라지는 네모 창의 자취에 일순 모든 긴장이 확 풀렸다. 나는 휘청거리며 벽에 몸을 기댔다.

"공녀!"

그 모습에 황태자가 눈을 크게 뜨며 한달음에 내게로 다가왔다.

"왜 그러지? 어디 다친 건가?"

황태자는 사납게 얼굴을 찌푸린 채 내가 다친 곳이 있는지 샅샅이 훑었다.

느릿하게 깜빡이는 시뻘건 색의 호감도 게이지 바. 그리고 그의 대검에 꽂혀 죽은 거대 도마뱀을 번갈아 바라보자니, 기분이 이상했다.

'까딱했다간 죽을 뻔했어⋯⋯.'

마법이 먹히지 않아 가슴이 덜컥 내려앉던 절체절명의 순간. 갑자기 나타난 황금색 머리칼을 봤을 때부터 느껴지던 이 기분을, 대체 어떻게 형용해야 하는지 알 수 없었다.

'그토록 끔찍했던 놈이었는데.'

나를 걱정이라도 하는 듯한 시뻘건 눈빛이 퍽 낯설었다.

"왜 말이 없어. 어디 다쳤냐니까? 입이라도 후려 맞았나?"

말없이 그를 응시하고 있자, 그가 고갤 숙여 제 얼굴을 불쑥 들이밀었다.

"뭐, 뭐 하시는 겁니까?"

나는 화들짝 놀라 허겁지겁 그를 밀어냈다. 그리고 요동치는 가슴을 꾹 부여잡으며 벽에 바짝 붙었다.

"전 괜찮습니다, 전하. 다친 곳 없어요."

그 순간, 문득 비릿한 향이 코끝을 스쳤다. 시선을 들어 황태자를 바라보자, 그의 한쪽 소매가 너덜너덜해져 있는 것이 보였다. 그곳에서 검붉은 액체가 스멀스멀 새어 나왔다.

"전하께서야말로 다치셨잖아요!"

나는 경악한 채 소리쳤다. 내가 어디를 바라보는지 알아차린 황태자가 다친 곳을 흘끔 들어 보이더니 센 척을 했다.

"별거 아니야, 좀 긁힌 것뿐이다."

"별거 아니긴요! 여기 가만 앉아 있어 보세요."

나는 그를 지나쳐 죽은 마물이 있는 쪽으로 휙휙 걸어갔다. 내게로 바로 달려온 탓에, 황태자의 검이 아직도 마물에 꽂혀 있었기 때문이다.

주둥이를 있는 대로 벌린 채 축 늘어져 있는 마물의 사체는 혐오스럽기 그지없었다. 나는 내가 쓴 공격 마법으로 인해 시커멓게 탄 마물의 주둥이 안에서 황태자의 검을 뽑아냈다. 그리고 그것으로 치마 끝자락을 잘라 내어 '쫘아악─' 길게 찢었다.

검과 잘라 낸 천 자락을 들고 다시 뒤돌자 황태자가 묘한 표정으로 나를 바라보았다.

"여기 받으세요. 그리고 팔 좀 내밀어 주시고요."

그에게 검을 내밀었다. 내 요구에 그는 순순히 검을 받아 검집에 집어넣은 후 다친 팔을 내밀었다.

나는 다친 곳 위에 찢은 치맛자락을 대고 둘둘 말았다. 지혈을 위해 얼추 책에서 봤던 기억대로 따라 했지만, 생각만큼 예쁘게 묶이진 않았다.

"마법 잘 쓰던데. 힐링 마법은 못 쓰나?"

그런 내 행동을 빤히 응시하고 있던 황태자가 대뜸 물었다. 숨길 것도 없어서 나는 즉답했다.

"네."

"엉성하군."

"다시 풀까요?"

"농담도 못 하나? 사람이 왜 이렇게 매정해?"

놈이 또 헛소리를 지껄이는 것을 한 귀로 흘려들으며 나는 엉성한 매듭을 마무리 지었다.

금세 붉게 피가 배어 나오는 하늘색의 천 자락을 심각한 눈으로 내려다보고 있을 때였다.

"그런 표정 지을 거 없어. 이런 건 침 바르면 나아."

머리맡에서 들려오는 태평한 목소리에 내리누르고 있던 감정의 일부가 울컥, 새어 나왔다.

"전하 침은 무슨 포션이세요?"

"이제 아예 대놓고 황족 모독하기로 했나 보군."

황태자가 오만상을 찌푸리는 나를 보며 재미있다는 듯 픽 웃었다. 그러다 곧바로 표정을 지우고 물었다.

"그보다, 대체 그 꼴로 여기서 혼자 뭐 하고 있던 거지?"

재고 떠보는 것조차 없이 바로 들어오는 직구에 나는 잠시 말을 잃었다.

"요즘 아르키나 제도 주변은 매우 위험해. 게다가 호위도 없이 마물들을 혼자 처치하려 한 건가? 이게 끝이 아니면 어쩌려고?"

"……."

"저번 곰 사냥 때도 생각했지만, 역시 공녀는 보통 미친개가 아니군."

나는 매우 억울해졌다.

'나라고, 이러고 싶어서 이런 줄 아냐!'

답답해 죽을 것 같았지만, 시스템이 시킨 것이라고 얘기할 수도 없는 노릇이었다. 답이 없는 나를 보며 황태자가 눈을 가느스름하게 떴다.

"설마…… 저번에 준 고고학 자료로도 만족이 안 돼서 이 먼 곳까지 직접 온 건가? 공녀가 그렇게 탐구열 넘치는 사람인지 미처 몰랐군 그래."

"아니요! 그런 거 아닙니다."

"그럼?"

"……봉사 활동을 하러 왔다가 같이 온 아이가 레일라 신국 잔당들에게 납치되었어요."

어디까지 그에게 설명해야 할지 고민하던 나는 별수 없이 적당히 사실을 간추려 말했다.

"그 애를 구하러 여기까지 오게 된 거고요."

"봉사…… 활동?"

황태자가 내 말에 처음 듣는 단어라도 들은 사람처럼 나를 돌아보았다.

"그대가…… 봉사 활동을?"

"네."

미묘한 어투에 왜인지 모르게 기분이 좀 나빴다. 황태자가 떨떠름하게 중얼거렸다.

"정말이지…… 그대에게서 들은 말 중 가장 놀라운 말이군."

"귀족의 기본 소양 아니겠어요."

놈의 앞담에 이를 악물고 맞받아친 나는, 한발 늦게 반문했다.

"그러는 전하야말로 대체 어떻게 여기 계신 거예요?"

마물로 인해 정신이 없어서 깜빡 잊고 있었지만, 칼리스토의 등장은 확실히 느닷없었다. 새삼스럽게 그를 바라보자, 그가 왜인지 모르게 시선을 피했다.

"……레일라 신국 놈들이 활개를 치고 다닌다는 소식에 황궁에서도 아르키나 제도와 트라탄을 주의 깊게 지켜보는 중이었다."

"황궁에서요? 그럼 전하께서도 트라탄에 계셨던 거예요?"

"……뭐, 그렇지."

칼리스토는 한발 늦게 덧붙였다.

"뜬금없이 그대가 이곳에 있는 걸 보고 얼마나 황당했는지 아나?"

"……."

"덕분에 이런 곳을 다 발견했군. 아르키나 제도 주변에 해군을 깔아 놨는데, 대체 무슨 수로 제국을 오가는지 도통 알 수 없었거든."

황태자가 동굴 안을 휘휘 둘러보며 어깨를 으쓱였다. 가만히 그의 말을 듣던 나는 불현듯 눈살을 찌푸렸다.

"혹시…… 저를 미행하셨습니까?"

"뭐? 미행은 무슨!"

의심 가득한 내 눈초리에 황태자가 펄쩍 뛰었다. 그게 더 의심스러웠다.

"그럼 어떻게 저랑 같은 곳에 갇히신 겁니까? 제가 마물들을 다 죽이는 동안 어디 계셨고요? 함정 때문에 저와 같이 온 일행도 떨어졌는걸요."

"크흠. 그건……."

속사포처럼 의구심 가득한 질문을 던지자 황태자가 크게 헛기침을 했다. 그는 잠시 변명거리를 찾는 듯 새빨간 동공을 굴리더니 툭 내뱉었다.

"황족 비밀이다."

나는 황당해서 버벅였다.

"······네?"

"알려 들지 마. 다쳐."

"그게 무슨 말도 안 되는······."

"그보다, 공녀. 납치당한 아이를 구하러 가야 한다고 그러지 않았나?"

문득 칼리스토가 내 뒤쪽을 가리켰다.

"그러려면 저 뒈져 버린 마물 새끼를 타고 넘어가야 한다. 시간이 없다고."

그러더니 쏜살같이 나를 스쳐 지나갔다.

"어, 어······."

나는 얼이 빠진 채로 그런 황태자의 뒷모습을 바라보았다.

"빨리 오라니까 뭐 하나?"

마물의 사체 옆에 도착한 그가 내게 급하게 손짓했다.

'수상한데······.'

나는 여전히 의심을 거두지 않은 눈으로 칼리스토를 응시하다가, 이내 그를 쫓아 걸음을 옮겼다. 그의 말이 옳았다. 나를 미행했든 어쨌든, 당장 중요한 건 아이들을 구하는 것이니까.

육중하고 펑퍼짐한 마물의 사체가 통로를 틈 하나 없이 메우고 있었다. 황태자의 말처럼 마물을 타고 넘어야 하는 것은 피할 수 없는 일이었다.

과연 칼리스토는 남주답게 다친 손으로도 쉽게 마물을 타고 올랐다. 저걸 어떻게 따라 올라야 할지 막막하게 바라보고 있을 때였다.

"자, 손잡아."

순식간에 마물의 머리 꼭대기를 밟고 선 그가, 불현듯 몸을 숙이더니 내게 손을 내밀었다.

나는 가만히 그 손을 바라보다가, 곧바로 그것을 맞잡았다. 그 순간, 더는 '나를 두고 매정하게 가 버릴 줄 알았는데 의외다.'라는 생각이 들지 않는다는 사실을 깨달았다.

그때, 칼리스토가 엄청난 악력으로 나를 휙 끌어올렸다.

"으악!"

생각에 잠겨 있던 나는 종잇장처럼 위로 끌어 올려졌다. 질끈 감았던 눈을 떴을 땐, 어느새 마물의 머리 위에 안착한 상태였다.

"어, 어!"

"조심."

휘청거리는 나를 보고 그가 서둘러 허리를 꽉 끌어안았다. 이마에 와 닿는 단단한 타인의 가슴에 나는 튀어나올 듯 눈을 크게 떴다가, 가까스로 정신을 차렸다.

"……가, 감사해요, 전하."

놀라서 그런지 심장이 터질 것처럼 벌렁거렸다.

"이, 이제 혼자 갈 수 있어요."

당황해서 허겁지겁 그의 품에서 빠져나오자, 황태자는 별말 없이 나를 놓아주었다. 그에게 잡혔던 손이 뜨거웠다. 나는 허겁지겁 손을 뒤로 숨기느라 떠오른 호감도 확인 시스템 창을 선택할 엄두도 못 냈다.

우리는 빠르게 마물을 타고 넘어 일직선으로 이루어진 통로를 걸었다. 얼마쯤 걸었을까. 문득 어두웠던 시야가 밝아지고, 4개나 되는 갈래 길이 나왔다.

"제기랄, 곤란하게 됐군."

황태자가 욕설을 중얼거렸다. 나 또한 난감한 눈으로 통로들을 바라볼 때쯤이었다.

〈SYSTEM〉 보상으로 [라온의 행방]을 획득했습니다.

눈앞에 네모 창이 떠오르더니, 이내 화살표가 생겨났다. 4개의 갈래 길 중 한 곳을 가리키는 모양새에 반짝 화색이 돌았다.

"전하. 제가 길을 알 것 같아요."

"그대가?"

"네. 아이의 마법 신호가 느껴져요."

사실 나는 그런 거 전혀 못 느끼지만, 뷘터가 했던 말을 변명 삼았다. 놀란 눈으로 나를 돌아보던 황태자가 고개를 까딱였다.

"따라오세요."

우리는 나만 보이는 화살표가 가리키는 대로 황급히 왼쪽 가장 끝에 있는 통로로 들어섰다. 이어진 길은 미로처럼 무척 복잡하고 이리저리 꼬였다. 침입자를 막으려고 일부러 그렇게 만들어 놓은 듯했다.

끊임없이 새로운 갈래 길이 나타났다. 그때마다 시스템이 가리켜 주는 '화살표'가 없었더라면, 꼼짝없이 길을 잃고 헤매었을 것이다.

황태자는 적진 한가운데에서 별 의심도 없이 고분고분 나를 따라왔다. 나는 그런 그를 곁눈질하며 연신 복잡한 심경에 휩싸였다.

한참을 침묵 속에 걷던 중. 세 번째로 화살표가 가리키는 쪽으로 움직이던 나는, 결국 참을 수 없어 먼저 입을 열었다.

"……안 물어보세요?"

"뭘?"

"마법에 대해서요."

내 물음에 황태자가 잊고 있었던 것을 떠올린 사람처럼 '아.' 하고 침음을 내더니.

"그러고 보니 마법도 꽤 잘 쓰더군. 석궁에 고고학에 마법에, 갈수록 놀라운데."

"……."

"걱정할 거 없어, 공녀. 난 마법사에 편견 같은 거 없으니까."

그는 나를 흘끔 내려다보며 대수롭지 않게 읊조렸다. 나는 멍하니 눈을 껌뻑이며 그를 올려다보다가, 진짜 마음에 걸리던 것을 조심스럽게 되물었다.

"의심은…… 안 드세요?"

"무슨 의심?"

"제가, 레일라 신국과 한패일지도 모른다는 의심이요."

"허."

그가 기가 막힌다는 듯 헛바람을 터뜨렸다.

"그런 쓸데없는 짓을 왜 하지?"

나는 당황해서 입을 뻐끔거리다 되물었다.

"쓸데없는 짓…… 이요?"

"그래."

황태자가 고개를 끄덕이며 심드렁하게 이유를 말했다.

"세상 무서울 것 하나 없는 에카르트의 하나뿐인 공녀가, 그런 미친 집단과 한 패거리일 이유가 뭐 있겠나?"

조금의 의심도 담겨 있지 않은 어투에 오히려 당황한 것은 나였다. 나는 눈을 굴리다가 더듬더듬 이유를 지어냈다.

"어…… 실은 레일라 신을 믿는 절실한 신도라서……?"

"하, 그대가?"

황태자가 거침없이 나를 비웃었다. 나는 입을 삐쭉거렸다.

"저는 뭐, 절실히 믿으면 안 됩니까?"

"사냥 대회 전야제에서 레일라 신도들 못 봤나?"

"물론 봤어요."

뜬금없는 말에 시큰둥하게 대꾸하자, 그가 내 쪽으로 상체를 틀었다.

"그렇게 뭐가 옳고 그른지도 모른 채 무조건 자신의 신념만 믿는 미친놈들은 말이야, 눈이 번들번들하게 뒤집혀 있는 게 보인다고."

그는 나를 바라보며 제 눈가를 손가락으로 툭툭 두드렸다. 그리고 이어서 그 손으로 내 얼굴을 가리켰다.

"그대처럼 그렇게 썩은 생선 눈깔 같은 눈으로 뚱하게 쳐다보는 게 아니라."

"썩은 생선 눈깔이라니요."

나는 질색하며 그에게서 한 발짝 떨어져 걸었다. 황태자가 얄밉게 비죽 웃었다.

"게다가 그대가 레일라 신도였다면, 동굴에서 먼저 알아봤겠지."

"동굴…… 이요?"

"황궁에 포털을 새기려다 뒈진 그놈, 고대 레일라 일족 중 한 명이더군."

나는 눈을 휘둥그레 뜨고 칼리스토를 돌아보았다. 동굴에서 만난 그 유골이 고대 레일라 일족이라는 것은 놀라웠다.

하지만 더 놀라운 점은, 뷘터가 얘기해 주었던 레일라 일족에 관한 이야기를 황태자 또한 알고 있다는 것이다.

"알고…… 계셨어요?"

그 모든 것을 담아 포괄적으로 물었다. 황태자는 내게서 고개를 돌려 앞을 보고 걸으며 무심하게 답했다.

"그대는 전혀 몰랐지."

"……."

"알면, 그렇게 태평하게 유물이나 발굴하겠다는 소리는 안 했을 거야. 레일라의 추종자였다면 그 순간 어떻게든 그 포털을 완성하려 했을 테니까."

나는 조금 아연한 눈으로 그를 바라보았다. 그가 모든 것을 알고 있다는 사실이 놀라운 건지, 아니면 그로 인해 나를 전혀 의심하지 않는 것이 안도가 되는 건지……. 이제 나조차도 내 감정을 알 수 없었다.

"게다가, 그 미친놈들이 개조한 마물들을 얼마나 소중하게 여기는데?"

복잡한 마음으로 그를 따라 걷고 있을 때, 불쑥 황태자가 냉소적인 표정을 지으며 덧붙였다.

"토벌하러 갔을 때, 놈들이 자신들은 죽여도 되지만 제발 지하 실험실만은 건들지 말아 달라고 빌었었지."

"……."

"실험실로 곧장 쳐들어가니 막 태어난 마물들에게 마력이 모두 소진된 아이들을 먹이로 던져 주고 있더군."

"아, 아이들을요? 무슨 그런 미친 인간들이……."

나는 상상 이상으로 잔혹한 레일라 신도들의 악행에 경악했다.
이미 그 참혹한 잔상들을 보고 와 무감해진 건지, 황태자는 여상한
음성으로 말을 이었다.

"아까 죽인 거대한 개체를 만들기까지 얼마나 많은 인간들을 납
치하고, 또 얼마나 많은 공을 들였겠나?"

"……."

"그러니 그대가 신국의 잔당이라면 그토록 끔찍하게 여기는 마
물들을 그렇게 무식하게 다 죽이지 않았겠지."

"무식……?"

놈의 무식하다는 발언에 나는 큰 충격을 받았다.

"왜. 전야제 때도 망설임 하나 없이 마물들을 향해 무식하게 석
궁을 쏴 댔잖아."

놈이 충격으로 버벅대는 나를 보며 조소했다. 울컥해서 무어라
반박하려 했지만, 나는 도로 입을 다물었다. 그리고 한참 후 다시
한번 조심스럽게 물었다.

"제가…… 의심을 피하기 위해 일부러 아군을 죽인 거라면요?"

내 행동을 이상하게 여기는 사람이 있다는 것에 겁이 났던 걸까.
나는 자꾸만 황태자를 떠보는 것을 멈출 수 없었다.

"그러니까, 제가 진짜 레일라의 추종자인데…… 고도의 연기를
하는 것이라면요?"

모서리를 돌자, 새로운 갈래 길이 나왔다. 여러 통로로 이어지는
분기점이었다.

"그러면 어떡하실 거예요?"

황태자가 천천히 걸음을 멈추고 나를 돌아보았다.

"그럼 어쩔 수 없지."

하얀색 화살표가 한 곳을 가리켰지만 나는 멈칫 걸음을 멈추고, 그를 마주 보았다.

"그대가 마법으로 이 빌어먹을 잉카 제국을 멸망시켜 줘 봐."

그가 장난치는 것처럼 씨익 웃으며 말했다. 진지한 물음에 산통 깨는 듯한 놈의 행동에 나는 눈살을 찌푸렸다.

"저 농담하는 거 아닙니다."

"나도 농담하는 거 아닌데? 진심이야, 공녀. 그대가 진짜 레일라 일족이라서 잉카 제국을 멸망시키려 드는 거면 내가 물심양면으로 돕지."

"그게…… 황태자가 돼서 하실 말씀이세요?"

나는 기가 막혀서 연신 헛바람을 터뜨렸다.

"왜 못해? 이 나라는 썩을 대로 썩었어. 이제 멸망할 때도 됐지."

그가 어깨를 으쓱거렸다.

"내가 황제가 되면 가장 먼저 황족이랑 귀족 놈들 목부터 베어서 마물 밥으로 던져 줄 거야."

"전하."

"그 후엔 놈들의 재산을 모두 굶주린 백성들에게 뿌리는 거지. 국고고 뭐고 탈탈 털어서 나눠 준 다음, 물자라곤 아무것도 남지 않은 상태에서 전쟁을 일으킬 거다."

"……."

"이 빌어먹을 나라가 폭삭 망해서 재가 돼 버릴 때까지 말이야."

그가 진담을 하는지 농담을 하는지 도통 알 수 없는 얼굴로 중얼 거렸다.

"그러면 우리 황제 폐하께서 무덤에서 피눈물을 흘리면서 뛰쳐 나오시려나?"

자신이 황제가 되면, 지금의 황제는 무조건 죽어 있을 것이라는 걸 암시하며 그가 사납게 웃었다. 그 모습이 조금 섬뜩했다. 농담이라 치부하기엔 생각보다 구체적인 계획이었다.

아무 말도 못 한 채 마냥 그를 바라보고 있자, 그가 내 어깨를 가볍게 두어 번 두드렸다.

"그러니까 내가 수고스럽게 전쟁을 일으키기 전에 공녀가 먼저 황궁을 점령하도록 해. 난 상관 말고. 진짜 괜찮으니까."

나는 떨어지지 않는 입을 열어 무겁게 대꾸했다.

"……아쉽게도, 저는 레일라가 아닙니다."

"그거참 애석한 일이군."

내 의심으로 시작된 대화는 황태자의 미친놈 같은 면모를 되새기는 것으로 끝이 났다.

"자. 이제 어디로 가야 하지?"

칼리스토가 사방으로 나 있는 굴들을 휘휘 둘러보며 물었다. 나는 그제야 퍼뜩 정신을 차리고 화살표가 있는 쪽을 가리켰다.

"이쪽으로 가면……."

"레이디."

그때, 누군가 왼쪽 굴에서 튀어 나왔다. 익숙한 토끼 가면의 모습에 나는 깜짝 놀라 소리쳤다.

"뷘……!"

뷘터를 부르려던 나는 불현듯 옆에 황태자가 있음을 깨닫고, 가까스로 바꿔 불렀다.

"비, 빈수야!"

급한 마음에 무척이나 한국적인 이름이 튀어나왔다.

"빈수……?"

황태자가 내 말을 따라 하다가, 이내 불쾌한 표정으로 빈터를 턱 짓했다.

"누구지?"

갑자기 등장한 황태자의 모습에 가면 틈으로 보이는 군청색 동공이 커다래졌다.

"저는…….."

난감한 기색을 보이는 빈터를 대신하여, 외쳤다.

"저, 저와 함께 온 봉사 활동 정보 상단 관계자예요! 저처럼 마법을 쓸 줄 알고요."

"뒤집어쓴 괴상한 가면은 뭐야? 감히 황족을 앞에 두고 바로 벗지 않다니, 불경하군."

황태자가 불편한 심기를 목소리에 고스란히 드러내며 허리춤에 찬 검을 더듬었다. 놈이 미친놈처럼 칼을 빼 들기 전에 나는 허겁지겁 빈터의 앞을 막아섰다.

"먼 동방에 있는 나라에서 온 사람이라 저게 풍습이랍니다. 저걸 벗으면 악령에 쓰인다고 굳게 믿고 있대요."

황태자는 못마땅한 듯 눈살을 찌푸렸다.

"공녀는 뭐 저런 자까지 알고 지내나?"

"트라탄처럼 정말로 지원이 필요한 곳에 봉사 활동을 알선해 주는 업체가 생각보다 많지 않더라고요."

"……그렇군. 돌아가면 지원을 늘려야겠어."

칼리스토가 내 변명에 마침내 떨떠름한 목소리로 수긍했다.

나는 미안한 얼굴로 뷘터를 돌아보았다. 비밀을 지키기 위해 그렇게 하자는 의미로 눈짓하자, 뷘터의 동공이 지진 나듯 흔들렸다. 이윽고 그가 어쩔 수 없다는 듯 고개를 한 번 끄덕이며 말했다.

"저 통로만 지나가면 바로 라온이 있는 곳입니다."

"타국인이라더니 제법 말을 잘하잖아?"

황태자가 의외라는 눈으로 뷘터를 응시하다가 오만하게 명령했다.

"마법사라며? 네가 앞장서라."

뷘터는 고분고분 명령을 따랐다.

'일이 왜 이렇게 돌아가는 거야, 진짜.'

그 뒤를 따라가며 나는 불안함에 아랫입술을 잘근잘근 씹었다.

'설마 황태자가 눈치채는 건 아니겠지……?'

뷘터가 후작이자 마법사임을 들키는 건 내 알 바 아니었다. 하지만 그와 여기까지 온 것을 황태자에게 들키면 왠지 썩 좋지 않은 일이 벌어질 것 같았다.

나는 문득 황태자가 여전히 멈춰 서 있는 것을 깨닫고 그를 불렀다.

"전하, 안 오세요?"

석연치 않은 눈으로 먼저 통로 안으로 들어가는 뷘터를 빤히 응시하던 황태자가 내 부름에 그제야 걸음을 옮겼다.

"공녀. 저것 좀 봐."

내 쪽으로 다가온 그가 불현듯 목소리를 죽여 속삭였다.

'들킨 건가?'

가슴이 철렁했다. 나는 당황스러운 기색을 숨기기 위해 노력하며 덩달아 소리 죽여 물었다.

"뭐…… 뭘요?"

"맨발이야."

황태자가 뷘터의 발을 슬쩍 가리켰다.

"……이미 악령에 씐 게 아닌가? 어느 나라 인간인지 모르겠지만, 보통 미친놈이 아니군."

앞서가던 뷘터의 어깨가 움찔거렸다. 황태자가 소리를 줄였다고 한들, 들리지 않을 리가 없었다.

'미안하다.'

졸지에 악령에 씐 미친놈이 된 뷘터를 속으로 애도하며 나는 모르는 척 외면했다.

마지막 남은 통로답게, 구불구불한 길이 끊길 듯 말듯 끝도 없이 이어졌다.

자꾸만 지체되는 시간에 뷘터가 중간에 텔레포트 마법을 시도했지만, 길이 너무 복잡하고 정확한 위치를 몰라 실패했다. 우리는 계속해서 빠르게 걸음을 옮겼다.

"이러다 아르키나 제도까지 도달하겠군. 대단한 놈들이야."

황태자가 중간에 얼굴을 찌푸리며 중얼거렸다. 동감이었다. 이렇게 깊고 복잡한 굴을 섬 아래 만들어 놓은 놈들의 치밀함에 소름이 돋았다.

'그냥 지나가는 엑스트라 악역인 줄 알았는데.'

사냥 대회의 전야제 때까지만 해도 나는 놈들을 우습게 봤었다.

'레일라 신국'이라는 이름도 허접해 보였고, 시스템 덕분에 놈들을 수월하게 제압할 수 있었기 때문이다.

하지만 곰곰이 되새겨 보면 절대로 허접하다고 여길 수 없었다. 철통같은 검열과 방어를 뚫고 황궁의 깊숙한 곳까지 마물을 가지고 침투한 놈들이었다.

'······고위 귀족 중 조력자가 있다는 소리네.'

놈들의 마수가 어디까지 뻗어져 있는지 알 수 없어, 새삼 무섭게 느껴졌다. 그와 동시에 자꾸만 스토리가 놈들과 엮이는 것 같다는 위화감을 떨칠 수 없었다.

라온에게 가까워질수록 알 수 없는 불안감이 몸을 잠식했다.

'무슨 일이 터지기 전에 빨리 이 미친 게임에서 빠져 나가야 돼.'

나는 내 앞에서 걸어가는 빨간색과 보라색 놈들을 바라보며 다시금 되뇌었다. 내 목표는 탈출, 그뿐이라고.

한 번 더 굴곡을 따라 방향이 바뀌었을 때였다.

"아아악—!"

불현듯 멀리서 누군가의 처절한 비명이 텅텅 메아리쳤다.

"헉."

화들짝 놀라 멈칫 걸음을 멈춘 우리 셋은, 이내 누가 먼저라 할 것 없이 입을 다물고 빨리 걸었다.

얼마 안 가 저 멀리서 희미한 빛이 보였다. 마침내 구불구불한 통로가 끝이 난 것이다. 출구를 앞두고 돌연 가장 앞서가던 뷘터가 뒤를 돌았다.

"여기서부터 투명 마법을 쓸 겁니다."

그가 신속하게 품 안에서 지팡이를 꺼내 들고 우리 쪽으로 휙 휘둘렀다. 축복이라도 받는 것처럼 터져 나온 하얀 빛 가루가 나와 칼리스토의 머리 위에 쏟아졌다. 별다른 느낌은 없었다.

마법을 거는 것을 마쳤는지 뷘터가 주의사항을 말했다.

"크게 소리치지 않는 이상, 소음은 어느 정도 차단이 됩니다. 하지만 마법이나 마력을 드러내시지 마십시오. 중첩되면 투명화가 풀립니다."

"그럼 몰래 다가가서 무력으로 죽여 버리는 건 되나?"

황태자가 저 같은 질문을 했다. 뷘터는 침착하게 답했다.

"안에 얼마나 있는지 알 수 없으니, 아이들의 위치를 정확히 파악하기 전까지 최대한 자제해 주십시오."

알아들었다는 듯 황태자가 성의 없이 고개를 까딱였다. 그 순간이었다.

"다가오지 마! 다, 다가오지…… 우으으―!"

아까보다 훨씬 더 가까운 곳에서 섬뜩한 비명이 울려 퍼졌다. 우리는 눈을 한번 마주쳤다가 곧장 출구로 달려갔다.

어둡고 답답한 굴을 빠져나오자, 놀랍게도 거대한 공간이 나타났다. 하얀 석고와 대리석으로 이루어진 정교한 벽과 기둥. 그간 지나쳐 온 컴컴한 동굴과는 전혀 다른 광경이었다.

"호오. 놈들의 근거지를 잿더미로 만들어 놨더니 여기에 이런 곳을 만들어 놨군."

황태자가 주변을 휘휘 둘러보며 살벌한 얼굴로 웃었다.

"여신이시여!"

그 순간, 여러 명이 외치는 목소리에 그쪽으로 휙 시선이 돌아갔다.

공간의 가장 끝에는 꼭 신전을 방불케 하는 커다란 조각상과 제단이 있었다. 흰 로브를 입고, 흰색 가면을 쓴 가느다란 체구의 사람이 그 위에 서 있었다.

아래에는 검은색 로브를 얼굴까지 뒤집어쓴 수십 명의 인간들이 바짝 몸을 엎드린 상태였다.

"부디 남은 먹이 또한 섭취하시옵소서!"

엎드려 있는 놈들 중 가장 앞에 있던 놈이 제단 앞까지 바짝 기어가 성토했다.

"아직 기억을 완벽히 되찾지 않아 낯서신 것을 압니다. 하지만 대의를 위해서, 힘을 축적하셔야만 합니다."

'먹이……?'

나는 고개를 갸웃거렸다. 제단 위에는 딱히 음식이랄 것이 없었기 때문이다. 그러나 놈들이 칭하는 '먹이'가 음식이 아님을 알게 된 건 바로 직후였다.

엎드려 있던 검은색 로브 두 명이 갑자기 벌떡 일어났다. 그리고 제단 옆의 뒤편에서 무언가를 마구 끌고 오는 것이 아닌가.

"놔, 놔! 이거 놔!"

쩔그럭—! 거친 쇠사슬 소리와 함께 끌려 나온 것은 젊고 건장한 남자였다. 숨어 있었던 듯 남자의 얼굴이 공포심에 절어 있었다.

놈들은 남자를 단숨에 제단 아래로 끌고 가 우악스럽게 무릎 꿇렸다.

"이거 놔—!"

남자가 거칠게 반항했지만 소용없었다. 온통 검은 로브 사이에서 유일하게 두드러지는 흰 로브를 입은 인간이 제단에서 천천히 내려왔다.

나는 흰색 로브가 하는 행동을 유심히 바라보았다. 놈은 두려움에 질려 반항하는 남자 앞에서 잠시 망설이는 듯하더니, 곧 손을 뻗었다.

"하, 하지 마! 다가오지……!"

이곳에 도착하기 직전에 들었던 것과 비슷한 비명이 울려 퍼졌다. 그런데 놀랍게도, 흰색 로브가 얼굴을 쓰다듬자 남자가 갑자기 입을 다물었다.

내 쪽에서 보이는 것은 뒷모습뿐이라 무슨 짓을 한 건지는 알 수 없었다. 남자가 잠잠해지자, 이윽고 흰색 로브가 그 위로 천천히 고개를 숙였다.

정면으로 본 놈은 코 아래가 드러난 가면을 쓰고 있었다. 망설이는 듯한 좀 전의 몸짓과는 달리, 붉은 입술이 매혹적으로 호선을 그리고 있는 게 보였다.

'……여자?'

그것을 알아차렸을 무렵, 고개를 숙인 여자가 남자에게 천천히 입을 맞췄다.

'대체…… 뭐 하는 거야? 왜 갑자기 키스를 해?'

나는 도무지 무슨 짓을 하는 건지 알 수 없어 황태자와 뷘터를 흘 긋 곁눈질했다. 그들 또한 나와 같이 도통 무슨 상황이 벌어지는 건지 몰라 어리둥절한 눈치였다.

상황이 반전된 것은 몇 초 후였다.

"우우웁—!"

흰색 로브를 입은 여자의 키스를 얌전히 받아들이던 남자가 돌연 괴로운 신음을 흘리며 몸을 펄떡였다. 움직임은 점차 격렬해졌다.

하지만 그를 잡은 놈들도, 입을 맞추는 여자도 꿈쩍하지 않았다.

나는 너무 놀라서 숨도 멈춘 채 그 장면을 지켜보았다. 그런데 그 순간, 믿기지 않는 일이 벌어졌다. 벌벌 경련하던 젊은 남자의 건장한 몸이 차츰차츰 부피를 줄여 가더니…… 바람 빠진 풍선처럼 순식간에 바짝 쪼그라들었다.

"푸하―!"

여자가 마침내 입을 떼고 숨을 들이켤 때, 그녀의 앞에는 뼈만 남은 시체에 걸쳐진 헐렁한 옷가지만이 펄럭였다.

계속해서 잡고 있던 검은색 로브 둘이 내던지듯 남자, 아니, 시체를 놓았다. 털썩, 촤아악―! 딱딱한 바닥에 닿자마자 바짝 메마른 시체는 가루가 되어 사방으로 흩어졌다.

'흐읍.'

막을 새도 없이 일어난 일에 나는 날카롭게 숨을 들이켰다.

"제기랄, 대체 저게 뭐야."

황태자가 거칠게 욕설을 내뱉었다. 끔찍한 장면에 당황한 기색이 역력한 것은 뷘터와 칼리스토 또한 마찬가지인 듯했다.

"거울을 가져와라!"

대체 무슨 일이 벌어지고 있는 건지 제대로 인지하기도 전에 상황이 급박하게 돌아갔다.

앞장서서 '먹이'를 먹으라고 종용하던 검은색 로브 놈이 몸을 일으키며 버럭 명령을 내렸다. 지위가 좀 더 높은 놈인 듯했다. 그러자 엎드려 있던 다른 놈들이 우르르 일어나 조각상 뒤편으로 사라졌다.

얼마 후 그들이 데리고 나온 것은 기절한 여섯 명의 아이들과 정체 모를 크고 화려한 상자였다. 놈들이 한 명을 제외한 나머지 아이들을 제단 아래 대충 내려놓았다.

'라온!'

사자 가면을 알아본 나는 눈을 부릅떴다.

"이것이 가장 많은 마력을 가지고 있어 제법 쓸모가 있는 듯해 보입니다."

"……."

"나머지는 적당히 마력을 뽑아 낸 후 마물들의 밥으로 던져 줄까 합니다."

명령을 내렸던 놈이 흰색 로브에게 고개를 조아리며 끔찍한 소리를 지껄였다.

그 순간, 눈앞에 흰 네모 창이 떠올랐다.

〈SYSTEM〉 ~메인 퀘스트 : 사라진 아이들의 행방~

[두 번째. 마법사와 함께 라온의 행방 쫓기] 퀘스트 완료!

〈SYSTEM〉 보상으로 [뷘터]의 [호감도 +5%]와 [명성 50]을 얻었습니다. (명성 total : 510)

나는 완료된 퀘스트를 확인하고 뷘터와 칼리스토에게 다급하게 물었다.

"이, 이제 어떡해요?"

"수가 너무 많아. 게다가 저 흰색 놈, 섣불리 건들면 안 되겠어. 반항할 수 없게 무슨 수작을 부리는 것 같군."

황태자가 눈살을 있는 대로 찌푸린 채 흰색 로브를 노려보았다.

잠시 생각에 잠겨 있던 그가 이윽고 입을 열었다.

"이봐, 타국인."

"예?"

"기회를 봐서 내가 저놈의 시선을 끌 테니 넌 밑에 있는 아이들을 안전한 곳으로 이동시켜라."

빠르게 말을 쏟아 낸 황태자가 이번에는 내 쪽으로 고개를 돌렸다.

"공녀, 그대는 몰래 접근해서 저 사자 가면을 챙겨. 그리고 덩달아 이동 마법으로 탈출한다. 알아들었나?"

그 짧은 시간에 계획을 짠 건지 황태자의 목소리는 거침없었다. 그의 전략은 완벽했다. 문제는 나였다.

"저, 저 이동 마법 못 쓰는데요?"

"……뭐?"

황태자가 내 말에 황당하다는 듯 나를 돌아보았다.

"마법 쓸 줄 알잖아? 그런데 이동 마법은 못 쓴다고?"

"그, 그게…….."

'망할, 시스템이 알려 주는 대로만 마법을 쓴다는 것을 어찌 말하리오.'

대꾸할 변명이 생각나지 않아 우물쭈물거릴 때였다.

"저건……! 안 돼."

문득 뷘터가 어딘가를 바라보며 침음을 내뱉었다. 가면 틈으로 보이는 그의 눈이 딱딱하게 경직되어 있었다.

나와 황태자도 덩달아 그의 시선을 따라 고개를 돌렸다. 어느새 제단 뒤로 돌아간 흰색 로브가 화려한 상자의 뚜껑을 손짓으로 열었다.

상자 안에서 무언가가 허공으로 떠올랐다. 무언가가 부서져 생긴 파편처럼 모서리마다 날카로운, 주먹만 한 크기의 조각들이었다.

흰색 로브는 가벼운 손짓으로 그것들을 허공에 배열했다. 파편이 제자리를 찾아갈수록 완성되어 가는 부분에서 푸른빛이 새어 나왔다.

"저걸 발동시키면 안 됩니다."

뷘터가 다급한 목소리로 말했다. 황태자가 물었다.

"저게 뭔데?"

"고대 레일라 일족이 사용하던 유물입니다. 상대를 가장 절망스러운 상황 속으로 끌어들여서 정신을 파괴하는 겁니다."

뷘터가 혼란스럽다는 듯 중얼거렸다.

"아무리 나이가 어리다지만, 마법사들의 견고한 정신을 대체 무슨 수로 건드려서 세뇌하는 건가 싶었는데…….."

"라, 라온에게 사용하려는 거지?"

나는 그의 말뜻을 알아듣고 다급히 물었다. 그때였다.

화악—! 불현듯 제단 쪽에서 푸른빛이 폭발적으로 터져 나왔다.

"라투리카!"

아차 할 새 없이, 뷘터가 지팡이를 휘두르며 앞으로 달려 나갔다.

"뷘! 아니, 빈수야! 어디 가!"

나는 당황해서 그를 불렀다. 그런 그의 뒷모습에서 무형의 막이 스르륵 흘러내리는 게 보였다. 마법이 중첩돼서 투명화가 풀린 것이다.

"침입자다!"

뜬금없이 나타난 뷘터를 보고 검은색 로브 놈들이 우왕좌왕했다.

"아직도 안 뒈졌나 보군! 여신님을 보호하라! 마물들을 풀어! 어서!"

흰색 로브 옆에서 조언하던 놈이 명령을 내리자, 놈들이 각자 품 안에서 검은색 주머니를 꺼냈다.

"바툼!"

입구를 열고 놈들이 무어라 짧게 외치자 주머니 안에서 수십 마리의 도마뱀 마물들이 기어 나오기 시작했다.

"쿠웨에엑—!"

"빌어먹을. 마법 쓰지 말랬으면서 본인이 쓰고 앉았군."

무용지물이 된 계획에 황태자가 불만스럽게 외치며 거칠게 칼을 뽑아 들었다.

"여기 잠깐 있어 봐, 공녀!"

그리고 서둘러 빈터를 뒤따랐다.

"저, 전하! 빈수야!"

나는 뭐라 답할 틈도 없이 홀로 덩그러니 남겨졌다.

콰앙—! 황태자가 빈터를 뒤따르는 즉시, 장내에 굉음이 울려 퍼졌다.

나는 눈을 휘둥그레 뜨고 고개를 돌렸다. 주문을 외우며 뛰쳐나간 빈터의 지팡이에서 빛이 일직선으로 뿜어져 나왔다. 그것은 곧장 여자가 맞추고 있던 조각들로 쏘아졌다.

어느 사이에 부서진 유물을 거의 다 완성한 건지, 허공에 푸른빛을 내는 커다랗고 판판한 형태가 되어 떠올라 있었다. 빈터가 쏜 마법과 그것이 충돌했다.

우우우웅— 거센 돌풍이 몰아쳤다. 짧은 시간 치열한 대치가 진행됐다. 그러나 얼마 후.

파삭, 파사삭—. 파열음과 함께 유물에서 나오는 푸른빛이 서서히 줄어들었다. 얼마 안 가 빛은 완전히 꺼져, 본래의 탁한 회색으로 돌아갔다.

'……거울?'

무척이나 지저분하고 더러웠지만, 빛이 꺼지면서 순간적으로 보인 그것은 거울의 단면이었다.

뷘터는 빛이 꺼진 것에 그치지 않고, 계속해서 마법 레이저를 쏘았다. 파편에서 형태를 갖춘 유물을 다시 파괴하려는 모양이었다.

"쿠웨에엑—!"

하지만 그 시도는 얼마 안 가 무산됐다. 그를 향해 돌진해 온 마물 때문이었다.

징그러울 만큼 쩍 벌어진 입이 뷘터의 하체를 삼키려 들기 직전, 뒤따라온 황태자가 가까스로 칼을 도마뱀의 미간에 내리꽂았다.

"이봐, 타국인. 상황 봐 가면서 하라고! 황태자씩이나 돼서 내가 네놈의 엄호까지 맡아야 하나?"

황태자가 인상을 팍 쓴 채 사납게 소리쳤다. 뷘터가 마법으로 몰려오는 마물 하나를 얼리며 다급하게 답했다.

"완전히 파괴해야 합니다. 저 유물은 마법사들뿐만 아니라 일반인들에게도 악영향을 미치는……!"

"그렇게 걱정되면 아이들부터 다른 곳으로 옮기고 하든지!"

황태자의 말이 일리가 있었는지, 뷘터는 더 고집하지 않고 빠르게 마물부터 처단해 나갔다. 확실히 남주 둘이 날뛰니, 악당들은 쨉도 되지 않았다.

'역시 남주는 남주야.'

확확 줄어드는 마물의 수를 보며 나는 내심 안도했다. 메인 퀘스트가 더는 나오지 않는 것을 보니, 이대로라면 금방 아이들을 구하고 에피소드가 끝이 날 것 같았다.

"쿠웨에엑—!"

마법으로 여러 마리를 한꺼번에 공격하는 뷘터 덕분에 황태자는 제단 근처까지 빠르게 도달했다. 촤아악—!

"커억!"

"아악!"

"으윽."

그는 망설임 없이 주머니에서 마물을 꺼내는 놈들을 검으로 베었다. 조금 전 마법을 걸 때 그가 뷘터에게 물었듯, 무력으로 공격하는 탓에 황태자의 투명화는 풀리지 않았다. 보이지 않는 그의 암살에 순식간에 여러 명이 죽었다.

"투, 투명화를 하고 숨어든 놈이 더 있다!"

갑작스럽게 피를 흩뿌리는 동료들의 모습이 퍽 이상했던 걸까. 놈들은 금방 숨어든 누군가가 있음을 알아차렸다.

"여신님을 보호하라! 마물을 더 풀어!"

황태자의 칼에 썰려 나가던 놈들이 상급자의 명령에 신속하게 제단 주변으로 뭉쳤다. 놈들 중 일부가 이전에 황궁에서 봤을 때처럼 빛나는 수정구를 꺼내 들었다. 나머지 일부는 검은색 주머니를 붙들고 알 수 없는 주문을 외쳤다.

쿠우웅—! 육중한 진동이 울려 퍼졌다.

"쿠워어어어—!"

엄청난 괴성에 나는 두 손으로 귀를 틀어막았다. 앞을 바라본 나는 눈을 의심했다.

"미친."

이제껏 나왔던 것들과는 차원이 다른 크기의 마물 다섯 마리가 주머니에서 튀어나와 넓은 공간을 꽉 채웠다. 아까 전 내가 황태자의 도움으로 간신히 물리쳤던 것보다 훨씬 더 커다란 크기였다.

쿵, 쿵―! 괴물들이 움직일 때마다 바닥이 진동했다.

"쿠웨에에엑!"

거대한 그림자들이 머리맡에 내려앉았다.

"제기랄. 가지가지 하는군."

황태자가 피 묻은 칼을 고쳐 잡으며 나지막이 욕설을 내뱉었다. 이제껏 상대하던 것들과는 차원이 다른 압도적인 크기에 주춤하는 것은 뷘터 또한 마찬가지였다.

'왜 점점 하드해지는 거야. 이쯤에서 끝나야 하는 거 아니냐고!'

모퉁이에 선 채 이도 저도 못 하고 있던 나는, 스멀스멀 불안감이 엄습하는 것을 느꼈다. 그런 나와는 달리 뷘터와 황태자는 이내 빠르게 정신을 다잡고 묵묵히 마물들과 싸워 나가기 시작했다.

칼리스토가 마물의 다리를 베자 뷘터가 지팡이로 마법을 퍼부었다. 그러나 워낙 크기가 커 별다른 타격을 입히지 못했다.

공격당한 마물들이 오히려 흥분해서 날뛰었다. 조종하기도 힘든지, 엉뚱하게 신국 놈들을 짓밟으려 드는 개체도 있었다. 황태자는 기세를 몰아 마물들이 놈들을 공격하도록 유인했다.

"마물에게 밥을 던져라!"

여의치 않은지 우두머리가 거세게 소리쳤다.

"아, 안 돼!"

마물 밥이 뭔지 알고 있던 나는 눈을 부릅떴다. 나는 앞뒤 잴 것

없이 막무가내로 아이들이 있는 제단 쪽으로 달리기 시작했다.

시스템의 힘을 빌리지 않은 상태에서 놈들을 막을 수 있을지 자신 없었다. 그러나 뷘터와 황태자가 마물로 고전하는 와중에 뭐든 해야 했다.

하지만 내가 제단 가까이 도달하기도 전에 검은색 로브 한 놈이 아이 두 명을 한꺼번에 둘러멨다.

"하지 마!"

나는 이를 악물었다.

"삐라띠오!"

그 순간 마물 한 마리를 힘겹게 상대하고 있던 뷘터가 빠르게 주문을 외쳤다. 흰빛과 함께 바닥에 늘어져 있던 다섯 명의 아이들이 사라졌다.

나는 달리는 것을 멈추고 뷘터를 돌아보았다.

"으윽!"

그는 그 대가로 거대한 도마뱀 괴물이 휘두르는 꼬리에 후려 맞은 후 반대편 벽까지 날아가 처박혔다. 주르륵, 바닥으로 미끄러져 내린 그는 잠시 경련하다 이내 축 늘어졌다.

"흐으."

나는 겁에 질려 숨도 못 쉬고 그것을 바라보았다.

'……죽었나? 죽었으면 어떡하지?'

지금 일어나는 광경들이 너무 비현실적이면서도 현실적으로 다가왔다. 게임의 일부라고 생각했던 모든 것들이 실제 상황처럼 느껴질 때마다, 나는 두렵고 미칠 것 같은 심정을 느꼈다.

무섭고, 여기서 빨리 나가고 싶다.

"……녀! 공녀!"

딱딱하게 얼어붙은 채 패닉 상태에 빠져 있던 나를 일깨운 것은 다름 아닌, 칼리스토였다.

"페넬로페 에카르트!"

나를 부르는 선명한 이름에 퍼뜩 정신이 들었다. 그는 세 마리나 되는 마물들의 공격을 피해 바닥을 뒹굴며 소리쳤다.

"정신 차려! 내가 시간 끌고 있을 때 빨리 사자 가면 데리고 도망쳐!"

그 말에 나는 반사적으로 고개를 돌렸다. 수많은 검은색 로브들이 막고 서 있는 제단 위. 흰색 로브의 발치에는 아직도 사자 가면을 쓴 작은 몸이 정신을 잃은 채 누워 있었다.

나는 홀로 힘겹게 마물을 상대하는 황태자를 흔들리는 눈으로 바라보았다.

"아무도 그댈 못 봐. 그대는 해낼 수 있어!"

그가 날아오는 꼬리를 칼로 쳐 내며 다시 한번 외쳤다. 그 말에 거짓말처럼 두려움이 가셨다.

나는 그를 향해 고개를 미친 듯이 끄덕여 보이곤, 이내 다시 다리에 힘을 줬다. 제단 근처에 도달하기까진 삽시간이었다.

황태자의 말이 맞았다. 뷘터가 정신을 잃었어도 투명 마법은 유지가 되는지, 내가 제단을 오르는 것을 놈들 중 아무도 알아차리지 못했다.

가면으로 얼굴을 가린 흰색 로브는 푸른빛을 잃은 유물을 소중하게 꼭 끌어안고 어딘가를 바라보고 있었다. 칼리스토가 있는 쪽이었다. 능히 마물을 상대하는 투명 인간에게 정신이 팔린 듯했다.

나는 몸을 수그려 살금살금 그 여자 아래로 기어갔다. 얼마간의 거리를 두고 멈춘 후, 손을 뻗어 라온의 후드 자락을 꽉 움켜잡았다. 이제부터는 여자가 눈치채지 못하게 라온을 제단 끝으로 끌어가는 것이 관건이었다.

스으윽―. 라온을 아주 조금, 내 쪽으로 끌어당겼다. 다행히 흰색 로브고, 검은색 로브들이고, 아무도 눈치채지 못했다.

'좋아. 이대로 조금씩⋯⋯.'

그에 용기를 얻은 나는, 라온을 조심조심 끌고 제단의 끝으로 뒷걸음질 쳤다. 그러나 얼마 안 가 이런 속도로는 택도 없을 거란 생각이 들었다.

황태자는 수세에 몰려 있었다. 이대로 가다간 그마저도 뷘터와 같은 꼴이 되고, 신국 놈들이 라온을 가지고 하려던 일을 완수할 것이다.

'차라리 그냥 들쳐 안고 마구 뛸까?'

가면 쓴 여자의 눈치를 보며 그런 생각을 하던 중이었다. 그때였다. 팟―! 여자가 껴안고 있던 유물에 희미한 빛이 들어왔다. 그 푸른빛이 엎드려 있는 나를 향해 쏟아졌다.

'뭐, 뭐야!'

당황해서 굳은 채로 그것을 바라보고 있을 즈음, 유물 안에 무언가가 떠오르는 것이 보였다. 그와 동시에, 흰색 로브가 이상 현상을 감지했다.

"거울이⋯⋯."

빛나는 거울을 내려다보던 여자가, 불현듯 정확히 나를 바라보았다. 가면 너머의 파란 눈과 정면으로 눈이 마주쳤다.

'X 됐다.'

직감적으로 무언가 잘못되었다는 사실을 깨달았다. 그 순간이었다.

〈SYSTEM〉 ~메인 퀘스트 : 사라진 아이들의 행방~
[세 번째. 악의 세력으로부터 납치된 아이들 구하기] 퀘스트를 진행하시겠습니까? (보상 : 모든 남주들의 호감도 +5%, 명성 50 외 기타.)
[수락 / 거절]

'수락! 수락!'
나는 두 번 볼 것 없이 [수락]을 연타했다. 곧바로 글씨가 바뀌었다.

〈SYSTEM〉 마법을 외치십시오. (마법 주문 : 데키나 레바티움)

눈앞에 뜬 마법 주문이 이번만큼 눈물 나게 반가운 적은 처음이었다. 공격을 하라는 등 주문의 종류를 알려 주던 다른 때와는 달리 아무것도 쓰여 있지 않았지만, 그런 것을 가릴 처지가 아니었다.
"데키나…….”
허겁지겁 입을 뗐을 때, 알 수 없는 뜨거움이 목 아래에 들끓었다. 나는 이를 악물고 그것을 꾹 내리눌렀다. 그리고 사력을 다해 소리쳤다.
"데키나 레바티움—!”
쿠콰콰아앙—!
지금까지와는 비교할 수 없는 엄청난 진동과 굉음이 지하를 뒤흔들었다.

어디서부터 나오는 건지 알 수 없는 짐볼 같은 원형의 큼지막한 빛 덩어리가 사방에서 폭격처럼 쏟아져 나왔다. 그것들이 탱탱볼처럼 사방으로 튀어 나가며 모든 것을 때려 부수고, 짓밟았다.

쾅, 쾅, 쾅─!

무시무시한 진동, 귀를 찢을 듯한 커다란 소음, 앞을 볼 수도 없을 만큼 번쩍번쩍 빛나는 섬광들.

마침내 굉음이 줄어들고 빛 덩이들이 대부분 사라졌을 무렵. 나는 드러난 광경에 할 말을 잃었다. 다 부서지고 무너진 기둥의 잔해 사이로, 거대한 도마뱀 마물 다섯 마리가 새카만 연기를 뿜으며 모두 죽어 있었다.

그 아수라장 한가운데 서 있는 황태자가 아연한 얼굴로 나를 응시했다.

"너, 너는……!"

흰색 로브 옆에 서 있던 우두머리 놈이 나를 보고 삿대질을 했다. 놈뿐만 아니라 제단 앞에 서 있던 모든 검은색 로브들의 시선이 내게로 꽂혔다. 마법을 써서 빼도 박도 못하고 투명화가 풀린 것이다.

"대체 어떻게 사장된 고대 마법을……!"

믿기지 않는다는 듯 퍼들퍼들 떨리는 목소리로 중얼거리던 놈이 불현듯 바락 외쳤다.

"저 계집을 죽……!"

"……데키나."

나는 조용히 주문의 앞부분을 읊조렸다.

"흐읍!"

명령을 받고 내게로 다가오려던 놈들이 날카롭게 숨을 들이켜며 흠칫하고 움직임을 멈췄다. 방금 전 내가 쓴 마법의 위력이 얼마나 큰지 모두가 제 눈으로 직접 본 상태였다.

"움직이지 않는 게 좋을걸? 저 도마뱀들 꼴 나고 싶지 않으면."

나는 한쪽 입꼬리를 말아 올리며 비열하게 웃었다. 그리고 라온을 품에 안고 당당하게 엎드려 있던 몸을 일으켰다.

내 경고가 확실하게 먹힌 듯, 놈들은 내 행동에 움찔거릴 뿐 다가올 생각을 하지 못했다. 나는 여전히 유물을 든 채 고요하게 나를 응시하는 흰색 로브를 흘끔거렸다.

'정신을 파괴하는 것이라 그랬지. 보면 안 돼.'

최대한 의식적으로 여자의 품을 보지 않으려고 노력하며 천천히 거리를 벌렸다.

내게로 뿜어지던 희미한 빛줄기를 벗어나 제단 위에서 막 내려왔을 때였다. 그때까지도 미동 없이 나를 바라보던 흰색 로브가, 갑자기 품에 안고 있던 거울을 번쩍 쳐들었다.

"디 아쑴."

나지막이 주문을 외는 목소리와 함께, 거울 안에서 푸른빛이 터져 나왔다. 그 빛은 곧장 내게로 내리쬐었다. 아차 할 틈이 없었다.

나는 라온의 머리를 내 쪽으로 끌어안고 질끈 눈을 감았다. 그러나 눈을 꽉 감고 유물을 보지 않았음에도 불구하고, 빛이 동공을 파고들었다.

순식간에 시야가 푸른색으로 점멸했다. 그 사이로 수많은 장면들이 스쳐 지나갔다. 너무 빠르게 변화해서 그것들이 정확히 무엇을 가리키는지 알 수 없었다.

"으으!"

라온을 껴안고 있는 탓에 손으로 눈을 가릴 수도 없었다. 나는 보일 듯 말 듯 휙휙 비치다 사라지길 반복하는 환영에 도리질을 치며 뒷걸음질 쳤다.

"지, 지금이다!"

그때 기회를 잡았다는 듯 우두머리가 회심 가득하게 외쳤다.

"공녀—!"

멀찍이서 나를 애타게 부르는 황태자의 음성 또한 간발의 차로 들렸다.

'정신 차려, 이러다 죽어!'

나는 어지러운 환각 속에서도 이성을 되찾으려 노력했다. 가까스로 마법 주문이 떠올랐다. 나는 입을 벌렸다.

"데, 데……."

뜨거운 것들이 다시 목 밑에서 드글드글 들끓었다. 왜인지 모르겠으나, 두 번째로 마법 주문을 내뱉기가 무척이나 힘겹게 느껴졌다.

"저 계집을 죽이고 애를 뺏어 와!"

놈들이 다가오는 게 느껴졌다. 나는 치오르는 열기와 필사적으로 싸웠다.

그리고 마침내, 무언가 울컥 입을 타고 쏟아져 나오는 느낌과 더불어 마법 주문이 튀어 나갔다.

"데키나 레바티움—!"

처절한 외침이 쩌렁쩌렁하게 울려 퍼졌다. 그리고.

쿠웅, 쿠콰아아앙—! 온몸이 휘청거릴 만큼의 진동을 수반한 굉음이 다시 한번 일어났다.

시각을 점령했던 푸른빛이 사라졌다. 나는 그제야 힘겹게 눈을 뜰 수 있었다. 푸르게 이지러지는 시야를 되찾기 위해 몇 번이나 눈을 깜빡였다.

간신히 눈앞이 또렷해졌을 때, 내 앞에는 또 한 번 어마어마한 광경이 펼쳐져 있었다.

'뭐, 뭐야.'

방금 전까지만 해도 제단 주변에 뭉쳐 있던 수많은 검은색 로브들이, 폭탄이라도 떨어진 것처럼 사방에 널브러져 있었다. 대부분이 피를 흘린 채 미동도 하지 않았다. 죽은 듯했다.

쾅, 콰아앙―!

상황을 파악하기도 전에 눈앞에 거대한 무언가가 휙 스쳐 지나갔다.

"아아악!"

아직 남아 있는 검은색 로브 몇 명이 비명을 지르며 혼비백산 흩어졌다. 하지만 그도 잠시였다. 뒤이어 날아온 빛 덩이에 처맞고 놈들은 종잇장처럼 날아갔다. 엄청난 파괴력이었다.

'헐.'

나는 입을 떡 벌렸다. 마물을 죽였을 때보다 족히 두 배는 커 보이는 크기의 수많은 탱탱볼들이 장내에 미친 듯이 튀어 다니고 있었다.

고작 마물을 죽이고 기둥이나 좀 부셔 먹던 조금 전은 약과였다. 내가 주문을 외워 만든 빛 덩어리들은, 마치 이 공간에 있는 모든 것을 소멸시킬 듯한 기세였다. 다행인지 불행인지 내게 공격이 미치는 것은 아니었다.

휘익―! 그때, 날아온 빛 덩어리 하나가 얼마 떨어지지 않은 곳에 처박혔다. 흰색 로브가 서 있는 제단 위였다.

콰앙—! 귀청을 찢는 굉음과 함께 거센 바람이 불어닥쳤다. 강한 기운이 폭발하듯 뻗어져 나왔다.

"윽."

라온을 안고 있던 나는 손 쓸 틈도 없이 제단 근처에서 주르륵 밀려났다.

그나마 주변에 위험을 초래할 만한 기둥의 잔해가 없어서 다행이었다. 가까스로 다리에 힘을 줘서 밀려나는 것을 멈췄을 무렵.

"여, 여신님!"

누군가 악을 쓰듯 소리를 내질렀다. 그쪽으로 고개를 돌리던 나는 문득 눈을 크게 떴다. 흰색 로브가 제단 위에 쓰러져 있었다.

"여신님! 저, 정신 차리십시오!"

검은색 로브가 그런 그녀에게 헐레벌떡 다가갔다. 티 하나 없이 하얗기만 하던 로브 위로 붉은 물이 점점이 번지는 것이 보였다.

날아온 빛 덩어리에 정면으로 맞은 것인지, 여자가 들고 있던 유물이 그 주변으로 산산조각 나 있었다.

'본의 아니게 뷘터가 하려던 일을 대신해 줬네.'

얼떨떨한 심정으로 그것을 응시하고 있을 때였다. 불현듯 내 발치에도 반짝이는 것이 눈길을 끌었다.

"이건……."

부서진 거울 조각 중 하나였다. 빛 덩어리 마법으로 인해 부서지면서 여기까지 튕겨져 나온 것 같았다. 그것은 마치 내가 집어 주길 바란다는 듯 반짝거렸다.

기시감이 느껴졌다. 나는 허리를 숙여 한 손으로 그것을 집어 들었다.

그와 동시에, 콰앙―! 또 한 번의 굉음이 울려 퍼졌다. 아직도 사라지지 않고 날뛰는 빛 덩어리 중 하나가 제단 뒤에 있는 석상에 처박힌 것이다.

쿠쿵, 쿠르르릉―! 석상과 천장이 한 번에 무너졌다. 그리고 쏴아아아아― 그 틈새로 느닷없이 물줄기가 뿜어져 나오기 시작했다. 짜고 비릿한 냄새가 퍼졌다. 동굴이 부서져 바닷물이 침범하는 중이었다.

"가셔야 합니다, 여신님!"

난장판 속에서 아직도 죽지 않고 살아 있는지, 검은색 로브가 도통 몸을 가누지 못하는 여자를 마구 일으켜 세웠다.

놈이 한 손으로 수정구를 꺼내 들고 무어라 중얼댔다. 그러자 수정구에서 푸른빛이 뿜어져 나오더니 놈들의 주변을 에워쌌다. 본능적으로 놈들이 도망치려는 것임을 알아차렸다.

'여기서 다 죽여야 돼!'

다시 한번 주문을 외치기 위해 입을 벌리던 찰나였다.

"데키나……!"

간신히 정신을 차린 여자와 또다시 눈이 마주쳤다. 가면이 부서지면서 다친 건지 여자는 피가 흘러내리는 한쪽 얼굴을 손으로 감싸고 있었다. 하지만 깊게 쓰고 있던 후드가 너덜너덜하게 찢어져, 가리고 있던 머리통이 다 드러난 상태였다.

나는 주문을 외치려던 것도 잊고 눈을 부릅떴다. 그 순간, 벽이 무너져 내리는 소리도 바닷물이 쏟아져 들어오는 소리도 들리지 않았다.

숨이 멎었다.

거센 바람결에 휘날리는 사랑스러운 분홍빛 머리카락. 나를 응시하는 푸른색 눈동자.

"……여주?"

나는 내뱉으면서도 내가 보고 있는 것을 의심했다.

'말도 안 돼. 잘못 보고 있는 거야.'

하지만 아무리 얼굴 반쪽을 가렸다 한들, 게임을 이미 해 본 나는, 노멀 모드를 모두 깬 나만은 모를 수가 없었다. 게임 일러스트와 완벽하게 일치하는 여자의 외양을.

그들을 감싸는 푸른빛이 점점 더 거세졌다. 그때였다.

"공녀!"

누군가 내 어깨를 거칠게 잡아 돌렸다. 황금빛 머리칼이 눈앞에 흩날렸다.

"허윽."

그제야 멈췄던 호흡이 터져 나왔다.

"저, 전하."

나는 거칠게 헐떡이며 황태자를 불렀다. 칼리스토가 내 품에서 라온을 빼내어 안으며 다급하게 말했다.

"뭘 그렇게 멍하니 서 있어? 우리도 빨리 빠져나가야 해!"

"하, 하지만 저기……."

나는 혼비백산하며 제단 위를 돌아보았다. 쏴아아아ー. 그곳은 엄청난 양의 바닷물이 쏟아져 내릴 뿐 텅 비어 있었다.

"그대가 미친 여자처럼 마법을 퍼부은 덕분에 동굴이 무너지고 있어. 지금 안 나가면 꼼짝없이 수장당할 거야."

그 말에 나갔던 혼이 조금씩 돌아오는 것 같았다.

"뷔…… 아니 빈수는요?"

나는 주변을 두리번거리며 뷘터를 찾았다. 황태자가 빠르게 걸음을 옮기며 답했다.

"그대가 두 번째로 마법 공격을 할 때쯤 정신을 차리더군. 그대가 동굴을 모조리 부숴 먹기 전에 아이들을 데리고 먼저 빠져나가라 명했다."

썩 듣기 좋은 소린 아니었지만, 나는 크게 안도했다. 다행이었다.

찰박, 찰박. 어느새 발목까지 바닷물이 차오른 상태였다. 우리는 허겁지겁 빠져나온 통로로 뛰어가 왔던 길을 되돌아가기 시작했다.

쿠우우우웅―! 그러나 얼마 가지 않은 상태에서 불현듯 동굴이 무너질 듯 흔들렸다.

"아악!"

나는 짧게 소리 지르며 몸을 움츠렸다.

"빌어먹을! 이 염병할 마법은 쏜 후에 조절하지 못 하는 건가?"

황태자가 거칠게 욕설을 내뱉었다. 나는 무척 억울했다.

'누군들 시스템이 주는 마법이 이렇게 강력한 줄 알았겠냐고!'

그러나 동굴을 부숴 먹은 것이 다름 아닌 나였으므로 아무런 대꾸도 할 수가 없었다.

황태자와 나는 더욱 속력을 내어 동굴을 내달렸다. 몇 번의 굉음이 더 울리고 얼마간 정신없이 뛰었을까.

쿠구구구구궁―. 지금까지와는 느낌이 조금 다른 진동이 시시각각 다가오기 시작했다. 나와 황태자는 반사적으로 뒤를 돌아보았다.

콰아아아악―! 동굴 저편 너머, 넘실거리는 시커먼 것이 무서운 속도로 우릴 뒤쫓고 있었다. 다름 아닌, 거대한 파도였다.

"아아아아악—!"

황태자와 나는 동시에 비명을 지르며 죽기 살기로 달렸다. 그러나 인간의 다리로는 몰아닥치는 파도의 속력을 이길 수 없었다.

'X발, 이젠 하다못해 익사 루트냐고요, 이 미친 게임아—!'

시커먼 바닷물이 몸을 덮치기 직전, 마지막 든 생각은 당연히 게임 제작자에 대한 저주였다.

누군가 목을 조르듯 가슴이 답답하고 기도가 막혔다. 살고 싶은데, 그런데 숨이 제대로 쉬어지지 않았다.

'살려 줘……!'

그때, 누군가 내 얼굴과 코를 꽉 붙드는 손길이 느껴졌다. 곧이어 입술 위에 뜨겁고 말랑한 감각이 닿았다. 그로부터 강한 바람이 뿜어져 나와 꽉 막힌 기도를 뚫었다. 몇 번 더 그 기묘한 감각이 반복됐을까.

"켁, 콜록!"

어느 순간, 나는 거세게 기침을 토하며 가물가물 눈을 떴다. 짠 바닷물이 입을 타고 분수처럼 터져 나왔다. 천만 다행히도, 나는 아직 살아 있었다.

"허윽, 하아……."

거칠게 숨을 몰아쉬고 있을 때였다.

"공녀!"

"⋯⋯전하."

어두운 시야 위로 반짝이는 금빛 머리칼이 흘러내렸다. 새빨간 눈이 커다랗게 확장됐다가, 이내 환희에 물들었다.

"살아서 다행이야. 공작가에 대체 뭐라고 공녀의 부고를 전해야 하는지 고민 중이었거든."

지친 표정이 역력한데도 황태자는 장난스럽게 미소를 지었다.

나는 대답 없이 비척비척 자리에서 일어나 앉았다. 분명 동굴이 무너지고 들이치는 바닷물에 속절없이 휩쓸렸었는데, 어느새 파도가 밀려오는 한적한 해변에 있었다. 시간이 어느 정도 지났는지 알 수 없었다.

"우리⋯⋯ 어떻게 된 거예요?"

"동굴에서 다 같이 그대로 뒈지는 건가 했는데, 다행히도 저 꼬맹이가 깨서 뭐라고 외치더군."

황태자는 순순히 우리가 살게 된 경위를 답해 주었다.

"그리고 솔레일 주변에 있는 작은 무인도로 이동됐어."

"아⋯⋯ 라온."

나는 깜빡 잊고 있던 라온 생각에 화들짝 주변을 돌아보았다. 멀리 떨어지지 않은 백사장에 대자로 뻗어 있는 사자 가면이 보였다. 눈이 커졌다.

"혹시 어디 다친 거⋯⋯!"

"너무 걱정 마. 마력을 많이 소비하여 잠깐 탈진한 것 같으니까."

이어지는 황태자의 말에 안도감이 들었다. 동시에 안타까움이 샘솟았다. 저 작은 체구로 하루 동안 너무 많은 마력과 체력을 소비한 것 같아 마음이 좋지 않았다.

걱정스러운 얼굴로 라온을 바라보던 나는, 불쑥 든 생각에 허둥지둥 황태자를 돌아보았다.

"레일라 신국 놈들은요? 놈들의 근거지는 어떻게……."

"저기."

칼리스토가 불쑥 손을 뻗어 바다 너머를 가리켰다. 그를 따라 시선을 돌렸지만, 시커먼 망망대해에는 아무것도 보이지 않았다. 얼떨떨한 얼굴로 계속해서 그가 가리킨 곳을 탐색하던 중.

"그대가 기어이 섬 하나를 부숴 먹었어. 축하해."

놈이 놀리듯, 성의 없이 박수를 두어 번 치며 주절댔다.

"지하에 파 놓은 굴이 부서져서 그런지 여기로 이동되고 얼마 지나지 않아 섬 전체가 가라앉았다."

"……네?"

나는 이해가 가지 않아 어리둥절한 얼굴로 되물었다. 황태자가 어처구니없다는 투로 중얼거렸다.

"하, 나 참. 살다 살다 섬 하나가 통째로 수장되는 꼴은 또 처음 보는군."

"그, 그럼……."

"황궁으로 돌아가면 그대에게 상을 내려야겠어. 제국에 해악을 끼치던 잔당을 소탕하고 놈들의 근거지를 박살 낸 공로를 인정해서 말이야."

그는 연신 헛웃음을 터뜨리며 내 쪽으로 고개를 돌렸다.

"지난번부터 신국 놈들을 소탕하는 데 도가 튼 듯한데. 내가 볼 땐 그대에게 아예 기사 작위를 내려주는 게 좋을 것 같아. 어떻게 생각하지?"

나는 인상을 와락 찌푸렸다.

"지금 저 놀리세요?"

"놀리다니? 진심이야."

놈이 전혀 진심 같지 않은 얼굴로 히죽 웃었다.

'미친 시스템…… 대체 밸런스 패치가 어떻게 된 거야?'

내가 쓴 마법으로 결국 섬이 무너져 가라앉기까지 해 버렸다는 말에 나는 한동안 할 말을 찾지 못했다. 내가 했지만 사실은 내가 한 게 아닌, 그럼에도 그 책임을 내가 뒤집어써야 하는 이 미묘한 기분을 어떻게 표현해야 할지 모르겠다.

'솔레일'이 사라져 버린 먼 바다 저편을 착잡하게 바라보고 있을 때였다. 불현듯 눈앞이 환해지더니.

〈SYSTEM〉 ~메인 퀘스트 : 사라진 아이들의 행방~

[세 번째. 악의 세력으로부터 납치된 아이들 구하기] 퀘스트 완료!

〈SYSTEM〉 보상으로 [모든 남자 주인공들의 호감도 +5%], [명성 +50], [고대 마법 거울의 조각]을 얻었습니다. (명성 total : 560)

'하.'

나는 느닷없이 떠오른 시스템 창에 허탈하게 웃었다. 고개를 내려 손을 보니, 아까 전 마법을 썼을 때 주웠던 유물 조각이 고스란히 손에 꽉 쥐여 있었다.

탁한 거울 조각은 더 이상 반짝이지 않았다. 퀘스트 보상이라 눈에 띄었던 것이다.

'메인 퀘스트.'

아이들을 구한 것은 천만다행이었지만, 결국 필연적으로 이렇게 될 수밖에 없었다. 너무 경황이 없어 나는 이것이 게임 스토리의 일부라는 것을 이제야 깨달았다.

그와 동시에 아까 전에 봤던 광경이 떠올랐다. 푸른빛과 함께 사라지던 흰색 로브.

'여주랑 외양이 똑같았어.'

흩날리는 핑크빛 생머리와 나를 직시하던 새파란 안광. 그것을 다시 떠올리니 가슴이 꽉 막힌 듯 답답해졌다.

'……아니야. 그냥 비슷한 사람이겠지. 그럴 리가 없어.'

나는 마구 도리질을 치며 본 것을 부정했다. 천사 같은 노멀 모드의 여주가 어떻게 레일라인지 뭔지, 악의 축이나 다름없는 그 일족이란 말인가.

그때였다.

"어디 아픈가?"

갑자기 심각한 얼굴로 도리질을 치는 내가 이상해 보였던지 황태자가 새빨간 눈으로 나를 흘깃거리며 물었다.

"뭘 그렇게 심각하게 생각에 잠겨 있어?"

그 소리에 정신을 차린 나는 잠시 그를 마주 보다가 힘겹게 내뱉었다.

"전하. 혹시…… 흰색 로브의 얼굴을 보셨어요?"

"아니. 동굴이 무너지게 생겼는데, 그놈 얼굴이나 보고 앉아 있을 시간이 어디 있어?"

지체 없이 들려오는 대답에 바싹 오그라들었던 심장이 천천히 원래대로 돌아왔다. 나도 내가 이토록 안심하는 이유를 알 수 없었다. 그제야 한숨처럼 하고자 하는 말이 터져 나왔다.

"……죄송해요."

"뭐?"

맥락 없는 사과에 황태자가 황당하다는 듯 되물었다.

이 모든 일은 내가 한 것이 아니라 시스템이 시킨 것이었지만, 그렇다고 면죄부가 되는 건 아니었다. 섬이 무너져 내린 것을 들은 후 내내 혼잡했던 머릿속을 억지로 진정시키며, 나는 차분하게 입을 열었다.

"무결한 상태에서 즉위하셔야 하는데, 국토의 일부분을 없애 버려서 죄송해요."

"허."

나름 호감도 유지의 일환이었는데, 황태자는 기가 막힌다는 듯 웃었다.

"공녀야말로 지금 날 놀리나?"

"놀리다니요? 진심입니다."

나는 정색을 하고 응수하다가, 이내 조금 힘없이 중얼거렸다.

"……제가 마법을 조절 못 해서 일이 이렇게까지 된 건 맞으니까요."

"그대 덕분에 다 같이 마물의 위장 구경을 하지 않게 된 것도 맞지."

칼리스토가 고저 없는 목소리로 답했다.

"그리고, 저 근거지를 그대로 뒀다가 또 아이들을 납치해서 개짓거리를 할지 어찌 아나? 뒤처리할 필요 없이 지금 사라진 게 차라리 잘된 일이야."

나는 조금 놀란 눈으로 그를 바라보았다. 나도 모르게 대뜸 말이 튀어 나갔다.

"의심은…… 안 하세요?"

"그놈의 의심 타령 좀 그만할 수 없나?"

칼리스토가 와작 눈살을 찌푸렸다.

"사람이 왜 이렇게 삐뚤어졌어?"

"저, 전하께서 저한테 그런 말을……."

삐뚤어졌다는 놈의 말에, 나는 잠시 충격을 받고 말을 잃었다가, 가까스로 이성을 되찾았다.

"……그래도, 제가 어떻게 그렇게 강력한 마법을 쓰게 됐는지는……."

"그대도 모르잖아."

그가 시큰둥하게 쏘아붙였다.

"동굴에서 했던 말과 또 같은 말을 반복하게 하는군."

"……."

"알면 그렇게 당황한 표정으로 마물과 레일라 신국 놈들이 죽어 나가는 꼴을 구경하고 있지 않았겠지. 나도 눈이 있다고, 공녀."

"……."

"그냥 아무 말도 하지 마. 내가 직접 본 대로 알아서 판단할 테니까."

나는 흔들리는 눈으로 그를 올려다보았다. 가슴이 지나치게 울렁거렸다. 안심해서 그런 걸까, 아니면 듣고 싶었던 말이어서 그런 걸까.

문득 까마득한 옛적부터 바싹 메말라 있던 눈시울이 화끈거리는 듯한 기분이 들었다.

"정 고마우면 입이라도 맞춰 주든지."

그러나 이어지는 말에 그 이름 모를 감정들은 와장창 부서졌다.

"……뭐, 뭐라고요?"

말을 더듬는 나를 보며 황태자가 뻔뻔스럽게 되뇌었다.

"왜, 그런 거 있잖아. 위험에서 구해 준 영웅에게 보답으로 입 맞춰 주는 거 말이야."

"정확히 말하자면 제가 위험에서 전하를 구해 드렸죠."

"그럼 내가 그대에게 입 맞춰 주면 되겠군."

"거절합니다."

나는 단호하게 내뱉고 벌떡 자리에서 일어났다.

"아주 매정하기가 악녀가 따로 없어."

황태자가 어이없다는 듯 미간을 찌푸리며 뭐라고 작게 궁얼거렸다.

"뭐, 됐어. 이미 ……는 했으니까."

"……지금 뭐라고 하셨습니까?"

"아무것도."

그를 돌아보며 물었지만, 그는 나를 따라 자리를 털고 일어나며 어깨를 으쓱거릴 뿐 답하지 않았다. 의아한 눈빛을 띠던 나는, 이내 그의 혼잣말에 관심을 껐다.

"그런데, 이제 우리 여기서 어떻게 빠져나가죠?"

"저 꼬맹이가 기절하기 전에 그 악령 썬 마법사에게 연락을 보냈다고 했어. 그러니 그놈이 곧 오겠지."

나는 여전히 미동 없는 라온을 흘끔 곁눈질하다, 고개를 끄덕였다. 그 순간이었다.

부우우우웅, 부우우우웅—.

어디선가 강한 진동음이 울렸다. 깜짝 놀라 두리번거릴 즈음, 황태자가 '아' 하고 탄식을 내뱉더니 품에서 무언가를 꺼내 들었다.

작은 수정구에서 번쩍번쩍 빛이 나고 있었다.

"잠시만, 공녀."

그는 난처한 얼굴로 내게서 등을 돌린 후, 그것을 작동했다.

「전하! 대체 어디 계신 겁니까!」

그러자마자 쩌렁쩌렁한 목소리가 울려 퍼졌다.

'응?'

나는 고개를 갸웃거렸다. 어디서 들어본 듯한 음성이었다.

「작전 회의하다가 갑자기 뛰쳐나가시면 어떡합니까! 마법사들은 대체 왜 협박을 하신……!」

달칵—. 이어지는 외침에 황태자가 서둘러 수정구의 작동을 멈췄다. 그는 당황한 얼굴로 내게 급하게 말했다.

"공녀, 미안한데. 난 먼저 가 봐야 할 것 같아."

"돌아가실 수 있으세요?"

"황족들은 위급 시 황궁으로 소환할 수 있는 마법이 걸려 있거든."

그의 말이 끝나기 무섭게 그의 발밑에 황금빛을 내는 마법진이 그려지기 시작했다.

"이런. 연락이 닿았다고 세드릭 포터, 그 망할 놈이 벌써 발동시켰군."

"세드릭이요?"

그는 황태자의 하나뿐인 보좌관이었다. 갑작스러운 이별에 당황하는 사이, 어느새 마법진이 거의 다 완성되어 가고 있었다.

"전하!"

나는 황급히 그에게 다가갔다.

"상처, 꼭 치료하세요."

그의 팔에 매어진 내 드레스 자락이 붉게 물들어 있는 것이 못내 마음에 걸렸다.

"마물의 이빨에 독이 있을 수 있으니까 가자마자 확인부터 하시고……."

"모처럼 예쁜 소리를 하는군."

빠르게 쏟아 내는 내 말에 황태자가 희미하게 웃었다. 그는 불쑥 내게로 손을 뻗어, 덥석 내 얼굴을 붙잡았다. 그리고.

쪽―.

입술 위에 뜨듯하고 몰랑한 감각이 닿았다. 물기 젖은 촉촉한 것이 튀어나와 사악, 아랫입술을 핥았다.

상황을 인지하지 못해 멍하니 눈을 껌뻑이는 와중, 도장을 찍듯 입에 맞부딪친 그것이 빠르게 떨어져 나갔다.

"이건 날 구해 준 영웅에게 바치는 키스야, 공녀."

"지, 지금 무슨……."

"조만간 또 보자고."

황태자가 이를 드러내고 씨익 웃으며 당당하게 지껄였다. 그리고 아차 할 새도 없이 황금빛과 함께 사라졌다.

"이…… 이게 무슨, 미친……!"

나는 한발 늦게 황태자가 내게 한 짓거리를 깨닫고 버럭 욕설을 내뱉었다. 이게 무슨 만행이냐며 정강이라도 대차게 까 주고 싶었지만, 이미 놈은 완전히 사라지고 없었다.

나는 손을 들어 입술을 손등으로 가렸다. 순간적으로 맞닿았던 부분이 촉촉했다.

'망할 놈! 괜히 걱정해 줬어.'

너무 놀라서 그런 걸까. 가슴이 갈비뼈를 뚫고 튀어나올 것처럼 쿵쾅거렸다. 터질 것처럼 얼굴에 열이 올랐다.

'기분 나빠서 이런 거야.'

나는 놈의 도둑 키스를 그렇게 여기기로 했다. 사실 진짜로 기분 나쁜지 알 수 없었다. 이런 격렬한 감정들이 모두 생소하게 느껴졌다.

선선한 바람이 불어왔지만, 꽤 오랜 시간이 흘러도 바짝 오른 열은 쉬이 식지 않았다. 달음박질치는 가슴 위를 손으로 꾹 누르며 진정하려고 노력하던 나는, 마침내 놈이 사라진 백사장 위에서 힘겹게 눈을 떴다.

그리고 막 고개를 돌리던 순간. 사자 가면 너머, 나를 빤히 응시하는 동그란 눈동자와 마주쳤다.

"……라, 라온."

나는 무척 당황했다. 미동도 없던 애가 대체 언제 깨어난 건지 알 수 없었다. 한차례 썰렁한 바람이 우리 사이를 휩쓸고 지나갔을 무렵.

"뽀……."

라온이 갑자기 내게 손가락을 쳐들고 외쳤다.

"뽀뽀했대요~ 뽀뽀했대요~!"

나는 튀어나온 해맑은 놀림에 경악하다가, 이내 미친 듯이 고개를 내저었다.

"아, 아니야! 그런 거 아니야!"

"그럼…… 키스했대요, 키스했대요~!"

"야! 아, 아니라니까!"

망언을 내뱉는 그 입을 틀어막기 위해 허겁지겁 달려가던 찰나였다.

"……레이디."

불현듯 등 뒤에서 나지막한 음성이 울려 퍼졌다. 나는 멈칫, 움직임을 멈추고 천천히 뒤로 돌았다. 토끼 가면을 쓴 맨발의 사내가 땅에서 솟아오른 것처럼 우뚝 서 있었다.

"빈…… 아니, 그대."

나는 반사적으로 '빈수'를 외치려다가 가까스로 말을 바꿨다. 황태자가 없으니 더는 그렇게 부를 필요가 없었기 때문이다.

'설마…… 황태자랑 그런 거 본 건 아니겠지?'

하필 절묘한 타이밍에 나타났다. 나는 조마조마한 눈으로 그를 살폈다. 그러나 가면으로 얼굴을 가리고 있어서 도통 알 수가 없었다. 그때였다.

"스승니임!"

좀 떨어진 백사장에 주저앉아 있던 라온이 벌떡 일어나 달려왔다.

"죄송해요……. 사실 페넬로페가 절벽 아래로 가지 말라 했는데, 제가 애들한테 마법을 자랑하려다가……."

라온은 시무룩한 목소리로 사건의 진상을 털어놓았다. 나는 그 말에 좀 놀랐다.

— 놈들이 오늘 나타나 다른 아이들까지 전부 납치할 줄은 저도 예상치 못했습니다.

— 변명처럼 들리시겠지만…… 저 또한 경황이 없었습니다, 레이디.

동굴에 막 들어설 때, 담담하게 털어놓던 빈터의 말이 진실이었기 때문이다. 사실 반쯤은 믿지 않았다. 나로서는 놈에게 거하게 뒤통수를 맞은 상태였기 때문에.

뷘터는 울먹이는 사자 가면을 내려다보며 깊은 한숨을 내쉬었다.

"……됐다. 어디 다친 데는 없느냐?"

"네…… 괜찮아요."

라온이 우물쭈물 답하자, 군청색 동공이 이번에는 내 쪽으로 향했다.

"레이디께서는 어디 다친 데 없으십니까?"

"괜찮아."

나는 고개를 끄덕이며 사실대로 답했다. 그리고 뒤늦게 떠오르는 것들을 물었다.

"아이들은 무사히 데려다준 건가?"

"예."

"그대는…….'"

괜찮으냐고 물으려던 나는 그냥 입을 다물었다. 뷘터의 몰골은 빈말로라도 괜찮다고 할 수 없었다. 마물의 꼬리에 후려 맞은 탓인지, 너덜너덜한 로브 자락 군데군데 붉은 물이 번져 있었다. 황태자보다 훨씬 더 상태가 안 좋아 보였다.

"시간이 너무 많이 늦었습니다. 이제 그만 모셔다 드리도록 하겠습니다."

내가 더 말을 이을 생각이 없어 보이자, 그가 손을 내밀며 먼저 권유했다. 무척 지치고 피로하게 느껴지는 그 음성에 나는 거절할 수 없었다.

"그래. 얼른 돌아가지."

서둘러 그의 손을 맞잡았다. 이윽고 환한 빛이 우리 셋을 감쌌다.

"전하!"

황태자의 하나뿐인 보좌관. 세드릭 포터는 마법진과 함께 황궁 포탈에 막 소환된 칼리스토를 기가 막힌다는 얼굴로 맞이했다.

"여어."

황태자가 한 손을 들어 그런 제 보좌관에게 태평하게 인사했다.

'여어?!'

세드릭은 부글부글 끓는 속을 내리누르기 위해 이를 사리물었다. 전장에서 동고동락하며 모셔 왔던 하나뿐인 주군이었다. 그러나 가끔 이렇게 상 미친놈처럼 굴 때마다 모시는 상관이고 뭐고, 목을 조르고 싶었다.

최근, 아르키나 제도에 숨어들어 제국에 피해를 주는 레일라 신국 잔당 놈들을 소탕하기 위해 연일 강도 높은 회의가 강행됐다.

놈들이 숨어든 아르키나 제도는 주변에 워낙 협곡과 암초가 많고, 파도가 거칠어 군함이 쉽사리 접근할 수 없었다. 게다가 놈들의 반항이 생각 외로 거세어 섣불리 소탕하려다 떼죽음 당하기 일쑤였다.

하여, 황태자가 일전의 사냥 대회 때 획득한 고대 지도를 최대한 활용하여 접근할 방법을 물색하던 중이었다.

한창 대책 회의가 무르익었을 때였다. 불현듯 펼쳐 놓은 지도에 붉은 반점이 생겨나더니 깜빡이기 시작했다. 아르키나 제도가 아닌, 그 근처의 지도에 표기되지 않은 섬이었다.

모두들 느닷없이 생겨난 붉은 점에 어리둥절하던 중, 갑자기 황태자가 자리를 박차고 미친놈처럼 달려나갔다. 그리고 지금에야 돌아온 것이다.

"대체…… 솔레일에서 뭘 하다 오신 겁니까? 그 부상은 또 어찌 된 일이고요!"

다시 한번 상황을 되새긴 세드릭이 득달같이 물었다. 황태자가 대답 대신 눈썹을 꿈틀거렸다.

"벌써 마법사들을 협박했나?"

"협박은 전하께서 하셨겠지요. 저는 전하를 찾기 위해 확인차 물어본 것뿐입니다."

세드릭의 심문에 마법사들은 갑자기 나타난 황태자가 '당장 솔레일로 이동시켜 주지 않으면 들고 있는 지팡이를 꼬리로 만들어 주겠다.' 해서 어쩔 수 없었다고 말하며 치를 떨었다. 세드릭은 냉철하게 덧붙였다.

"회의 도중 뛰쳐나가신 전하 덕분에 참모진들이 아직도 퇴궁을 하지 못해서 원성이 자자합니다. 부상 때문에 그런 것이라고 변명이라도 해야 하니, 무슨 일을 하고 왔는지 귀띔이라도 주시죠."

대충 똥은 네가 싸질렀지만, 다들 나한테 난리를 치고 있으니 변명을 위해 상황 설명이나 하라는 것이었다. 황태자는 시큰둥하게 답했다.

"뭘 하긴. 놈들을 소탕하고 왔다."

"……예? 전하 혈혈단신으로요?"

"아니."

황태자 궁을 향해 빠르게 걷던 칼리스토가 문득 걸음을 멈췄다. 그는 묘하게 당당한 얼굴로 턱을 치켜들고 뇌까렸다.

"예비 황태자비와 함께했다."

"예비…… 뭐요?"

세드릭은 황태자 때문에 너무 스트레스를 받은 나머지 제 귀가 어떻게 된 모양이라며, 대수롭지 않게 넘겼다. 황태자가 다시 걸음을 옮기며 말을 이었다.

"우리의 예상이 맞았다. 놈들 또한 아르키나 제도에서 트라탄으로 쉽게 이동할 수 없었던 거지. 그래서 근처에 있는 해저에 은거지를 만들어 놨더군."

"솔레일의 지하에 말씀입니까?"

"그래. 굴의 깊이와 넓이가 엄청난 규모였다. 어쩌면 아르키나 제도까지 이어져 있었을 수도 있겠지."

"그럼 솔레일에 먼저 군대를 파견하는 게……."

"아니. 그럴 필요 없어. 놈들은 당분간 잠잠할 테니까."

빠르게 머리를 굴려 작전을 수정하려던 세드릭을 칼리스토가 막아섰다.

"예?"

세드릭이 의아하다는 듯 상관을 바라보았다. 무엇을 떠올리는지, 잠시 생각에 잠긴 듯하던 칼리스토가 별안간 피식, 웃음을 터뜨렸다.

'이 양반이 드디어 미쳤구나.'

세드릭은 생각했다. 물론 황태자가 미친 지는 한참이 됐지만, 드디어 미치다 못해 돌아갈 때가 된 것이다.

"공녀가 그 지하 굴을 다 때려 부쉈어. 덕분에 솔레일 전체가 아예 바다 밑으로 가라앉아 버렸지."

픽픽 웃던 황태자가 꽤 즐거운 목소리로 읊조렸다. 갑작스러운 화제 전환에 당황하던 세드릭은, 이내 무언가를 알아채고 경악했다.

"그럼 그 붉은 점이…… 공녀님의 위치였던 겁니까?!"

고대 발타의 유물을 복제하는 것은 매우 위험하고 무모한 일이었다. 때문에 황태자는 공녀 외의 다른 사람이 그것을 사용할 수 없도록 마법을 새겼다.

대체 어떻게 확보한 건지는 모르겠으나, 칼리스토가 잘린 그녀의 머리카락 한 줌을 소지하고 있던 덕에 수월하게 진행됐다.

그런데 마법을 새기는 과정에서 마법사가 문제가 생겼다고 하였다. 고대 지도가 페넬로페를 주인으로 인식하면서, 복제된 새로운 지도에도 그것을 공유한다는 것이었다.

그땐 그것이 정확히 뭘 가리키는 건지 알 수 없었는데…….

"……전하. 그거, 범죄 아닙니까?"

걷잡을 수 없이 뻗어 나가는 생각에 세드릭이 심각한 얼굴로 물었다.

"어허, 범죄라니."

황태자가 정색했다.

"그건 어디까지나 실수였어."

"공녀님도 아시는 실수입니까?"

"……."

"제가 듣기로는, 지난번 사냥 대회 때 공녀님께 분명 이별을 통보받으신 것으로…….."

세드릭은 불현듯 오싹한 감각이 느껴져 흠칫했다. 시선을 돌리자, 피처럼 새빨간 눈동자가 부리부리하게 빛나고 있었다.

"요즘 자네 일이 좀 한가했지?"

황태자가 손을 뻗어 격려하듯 세드릭의 어깨를 두어 번 내리쳤다.

"시킨 대로 나랑 공녀 사이에 무슨 소문이 도는지 듣고 전달만 해. 맡은 소임만 다하라고. 남의 연애사에 왈가왈부 말 보탤 생각 말고. 알았어?"

"윽, 윽! 네, 알겠습니다……."

부서질 것 같은 힘에 세드릭이 눈물을 머금고 힘겹게 대답했다. 만족스러웠는지 황태자가 격려를 가장한 폭력을 멈추고 다시 몸을 돌려 걷기 시작했다. 그 뒤로 부하의 구시렁거림이 뒤따랐지만, 이상하게 오늘따라 하나도 거슬리지 않았다.

칼리스토는 자신도 모르게 피식, 피식 터져 나오는 실소를 멈출 수 없었다.

처음엔 놀리는 것에 지나지 않았다. 빤히 보이는 거짓말로 자신을 속이고 그것을 만회하기 위해 진땀을 빼는 꼴이 퍽 우습고 재밌었다.

종종 그녀가 어떤 답변을 할지 떠올리며 다시 만날 날을 고대하다 보니, 빌어먹을 수도 생활도 꽤 괜찮았다.

그 미약한 흥미는, 사냥 대회 이후에도 꺼지지 않았다. 오히려 자신을 진저리 치는 공녀에 대한 호기심이 더욱 커졌다.

엘렌 후작 그 노망난 영감탱이에게 한 방 먹은 것도 모자라, 공녀를 스토킹한다는 터무니없는 소문이 돌았지만 별로 화가 나지 않았다. 자신도 그런 제가 신기했다.

누가 봐도 분장한 얼굴로 어설픈 연기를 할 때는, 그 모습이 하찮고 귀엽게 느껴지기도 했다. 소문대로 그저 멍청하고 오만하기 짝이 없는 평민 출신 나부랭이라고 생각했었는데.

제 눈치를 보면서도 꼬박꼬박 말대꾸를 하던 그 조막만 한 입술이 자꾸만 눈앞에 어른거렸다. 그래서 저도 모르게……

"그런데, 전하."

문득 세드릭의 부름에 칼리스토는 깊은 상념에서 깨어났다.

"뭐."

"아까부터 왜 그렇게 입술을 만지작거리십니까? 입술도 다치신 겁니까?"

사실 하고 싶은 말은, 왜 그렇게 입술을 더듬거리며 실실 쪼개냐는 것이었다. 그러나 목숨이 아까웠으므로 세드릭은 간신히 말을 삼켰다.

제가 그러는지도 몰랐던 듯 황태자가 눈을 껌뻑였다. 그는 이성에 별로 감흥이 없었다. 수년을 피와 살이 터지는 전쟁터에서 구르면서 애욕도, 성욕도 모두 죽고 증오와 살심만 남았다고 생각했다.

하지만 지금 이 순간, 그의 머릿속을 점령한 것은 페넬로페 에카르트의 얼굴이었다.

제가 입을 맞추자 토끼처럼 동그래진 청록색 눈동자, 당황하여 뻐끔거리는 붉은 입술. 달빛 아래 드러난 공녀의 얼굴은, 좀…….

"……예뻤지."

"예?"

흘러나온 혼잣말에 세드릭이 되물었다. 황태자는 그런 부하를 흘끔 곁눈질하다가 가감 없이 조소했다.

"그런 게 있어. 평생 연애 한번 해 본 적 없는 자네는 어차피 모르는 일이다."

"누, 누, 누가 해 본 적 없답니까!"

발끈하는 부하의 목소리를 뒤로한 채, 칼리스토는 유쾌하게 웃었다.

눈을 뜨니, 우리는 처음 출발했던 헤밀튼 스트리트의 인적 드문 골목 구석에 서 있었다. 시커먼 어둠으로 물든 거리를 보니 한숨이 새어 나왔다.

'제발 아무도 눈치 못 챘기를⋯⋯.'

뷘터와는 마무리 지을 이야기가 아직 남아 있었지만, 그럴 만한 상황이 되지 않았다. 그도, 나도 치료와 휴식이 필요했다. 나는 그들에게 짧게 일별했다.

"난 그만 가 보도록 할게."

"페넬로페⋯⋯ 가요?"

라온이 눈에 띄게 시무룩하게 물었다.

"다음에 기회 되면 또 보자꾸나."

나는 가볍게 미소를 지어 준 후 뷘터를 향해 몸을 돌렸다.

"신발, 고마웠어."

그가 신겨 주었던 신발을 벗어서 내밀었다. 마법 신발이라 그런지, 바닷물에 빠졌는데도 젖지도 더러워지지도 않았다. 때문에 세탁을 해서 돌려주는 것도 무의미했다.

'신발을 돌려준다는 이유로 또 만나기도 싫고.'

어차피 여기서부터 저택까진 금방이라 맨발이어도 상관없었다. 그렇게 판단한 나는 그로부터 미련 없이 몸을 돌렸다. 몇 걸음 옮기던 찰나였다.

"잠시만."

다급한 목소리가 나를 붙들었다. 나는 멈칫하며 슬쩍 고개를 돌렸다.

"잠시만 기다려 주십시오, 레이디."

"왜?"

뷘터는 내게 곧장 답하지 않고 라온을 향해 내뱉었다.

"라온, 너는 상단으로 먼저 돌아가 있거라."

"네에."

스승의 말은 하늘같이 떠받드는 건지, 사자 가면은 고분고분 답했다. 잠시 후 '삐라띠오' 하고 주문을 외치는 소리와 함께 작은 신형이 사라졌다.

라온이 가자, 뷘터는 허리를 숙여 내가 벗어 놓은 신발을 들어 올렸다. 그리고 저벅저벅 걸어 와, 내 발치에 그것을 내밀었다.

"신발은 계속 신고 계십시오. 저택 안까지…… 모셔다 드리겠습니다."

"괜찮아."

나는 단호하게 거절했다.

"그대의 치료가 더 시급할 것 같은데. 그냥 이대로 가도 상관없……."

"조금 전 청력 극대화 마법으로 주변 동태를 살폈는데, 몇몇 장성들이 저택 주변을 돌고 있었습니다. 아무래도, 레이디를 찾고 있는 듯합니다."

"뭐?!"

나는 이어지는 그의 말에 그야말로 대경실색했다.

'설마 들킨 건가? 이런 미친!'

나는 지진 나듯 흔들리는 동공으로 토끼 가면에게 힘겹게 물었다.

"지금…… 시간이 몇 시지?"

"10시를 조금 넘었습니다."

"하……."

나는 땅이 꺼져라 한숨을 내쉬었다. 아침 10시에 출발했는데 빌어먹게도 밤 10시가 넘어서 돌아왔다.

'그나마 하루를 넘기지 않아서 다행인 건가.'

나는 눈물을 머금고 긍정 회로를 돌렸다. 그런 나를 보고 뷘터가 손을 내밀며 재차 권했다.

"저로 인해 늦은 것이니, 제가 방까지 무사히 모셔다 드리도록 부디 허락해 주십시오."

기사들이 저택 주변을 돌고 있다면, 어차피 개구멍으로 몰래 들어가긴 글렀다. 나는 뷘터가 내민 신발을 다시 주섬주섬 신고는 침울한 얼굴로 답했다.

"……부탁 좀 하지."

잠시 후 하얀 빛이 눈앞을 점령했다. 다시 눈을 떴을 땐, 익숙한 공간이 펼쳐졌다. 바로 내 방이었다.

"에구머니나! 이게 무슨……!"

갑자기 방 한가운데에 '뿅' 하고 나타난 나를 보고 에밀리가 기겁했다.

"페넬로페 아가씨!"

"에밀리."

"대체, 왜 이제야 오신 거예요! 이, 이분은 누구세요?"

그녀가 토끼 가면을 쓴 거한을 보고 흠칫 놀라며 주춤주춤 나를 끌어당겼다. 나는 뷘터에 대한 설명 대신 황급히 물었다.

"별일은 없었니? 혹시, 나 몰래 나간 거 들킨 거야?"

에밀리가 우물쭈물하다 사실을 털어놨다.

"그게…… 저녁에 집사님이 찾아오셔서, 아가씨의 부재를 아셨어요."

"뭐라고?! 집사가?"

"아프다고 말씀드렸는데, 급한 전언이 있다고 그러셔서……"

나는 머리를 부여잡았다. 하필이면, 그 촉새 같은 공작 바라기가 알았다니 낭패였다. 오만상을 찌푸리는 나를 보며 그녀가 애써 위로했다.

"그, 그래도 제가 금방 오실 거라고 사정사정해서 공작님께 당장 알리시겠다는 것을 간신히 막았어요."

하지만 집사는 이미 몰래 사람을 풀어 나를 찾는 중이었다. 만약 내가 오늘 안에 돌아오지 못했더라면, 공작저 전체에 알려지는 것은 시간문제였을 것이다.

"이봐."

나는 별수 없이 극단적인 방법을 쓰기로 했다.

"의뢰를 좀 맡기고 싶은데."

"예? 무슨……"

"공작저에 속한 모든 인간들의 기억을 조작해 줘. 내가 나간 적 없는 것으로."

"헉."

내 말에 에밀리가 얕게 숨을 집어 먹었다. 덤덤히 의뢰를 내뱉는 나를 바라보던 군청색 동공이 한차례 일렁거렸다.

"……저 하녀도 포함입니까?"

그는 어두운 목소리로 물었다.

"응."

"아, 아가씨!"

망설임 없는 내 대답에 에밀리가 충격을 받은 얼굴로 나를 돌아보았다. 그러나 나는 냉정하게 되뇌었다.

"미안, 에밀리. 완전 범죄를 위해서는 별수 없어."

나는 여전히, 공작저 안의 그 누구도 믿지 않았다.

무표정한 나를 한동안 멀거니 응시하던 뷘터는 이윽고 품에서 천천히 지팡이를 꺼냈다.

"람 브라니카……."

"아, 아가씨! 어떻게 저마저도……!"

"……아뎀토—!"

마법 주문을 외우던 뷘터의 단말마가 묵직하게 울려 퍼졌다. 배신감 어린 눈으로 내게 서운함을 토로하던 에밀리가 별안간 '풀썩—' 하고 바닥에 쓰러졌다. 나는 그것을 보고 눈살을 찌푸리며 물었다.

"……어디 큰일 나는 건 아니지?"

"일전에 말씀드렸다시피 기억에 관련된 마법은 깊은 잠에 빠지는 부작용이 있습니다."

안도의 한숨이 새어 나왔다. 뷘터가 덧붙였다.

"마법이 성공했고, 저택의 모든 이들이 잠이 들었습니다. 깨어난 이후엔 기억을 잃은 것 빼곤 이상 없을 테니 걱정하지 마십시오."

나는 가만히 고개를 끄덕이다가 입을 열었다.

"의뢰 대금은 무엇으로 치르면 되지?"

뷘터는 내 말에 침묵했다. 그리고 한참 후 들려온 대답은—.

"······받지 않겠습니다."

"왜?"

"레이디께서 오늘 늦게 귀가하게 된 것은······ 제 책임이 크기 때문입니다."

"······."

"이제 더는 저를 믿으실 수 없겠지요."

그는 잠시 망설이는 듯하다가, 담담히 읊조렸다.

"계약 해지서는······ 빠른 시일 내에 서신으로 보내 드리도록 하겠습니다."

그 말에 허탈한 실소가 새어 나왔다.

'그래도 제 잘못을 알긴 아나 보네.'

레일라인지 아닌지, 의심당하고 시험에 들게 한 것은 충분히 불쾌하고 짜증 났다.

그러나 충격적인 일의 연속이어서 그런 걸까. 생각보다 그에게 엄청나게 분노가 일지는 않았다. 그조차도 피곤하게 여겨졌다.

이성적으로 생각해 보면 뷘터의 의심은 정당했다. 그는 오래전부터 레일라와 대적하는 중이었고, 시스템에 의해 움직이는 내 행동이 영 수상쩍긴 했을 테니까.

'······그런데, 봤을까?'

문득 마지막에 본 흰색 로브의 외양이 떠올랐다. 나는 내심 잘못 본 거라고, 그저 비슷한 외양일 뿐이라고 부정하면서도, 머리끝이 쭈뼛 섰다.

정황상, 뷘터는 이미 봉사 활동을 하면서 가난한 평민으로 살고 있는 '진짜 공녀'를 맞닥뜨린 듯했다.

'만약에, 아주 만약에 여주가 정말로 아이들을 납치하고 마법사들을 없애려는 무리의 중축이라면.'

뷘터를 속이고 그를 이용해서 무슨 짓을 벌일지, 알 수 없는 일이었다. 거기까지 생각이 미치자, 돌연 뒷골을 타고 소름이 쫙 돋았다.

"그대, 혹시⋯⋯."

나는 불쑥 입을 열었다가, 곧바로 꾹 다물었다. 그는 마법을 쓰는 것으로 내가 레일라 잔당인지 의심했다. 그 의심이 종결됐는지 알 수 없는 상태에서 괜히 불을 지필 필요는 없었다.

설령 여주가 그렇다 하더라도, 그녀가 본격적으로는 등장하는 시기는 페넬로페의 성인식 이후였다. 고로⋯⋯.

'내가 탈출하고 난 뒤는 내 알 바가 아니야.'

갑자기 말을 멈춘 나를 의아한 눈으로 바라보는 토끼 가면을 향해 나는 찬찬히 고개를 저었다.

"아무것도 아니야. 그보다⋯⋯."

"⋯⋯."

"계약은 그냥 유지하도록 해."

내 말에 군청색 눈동자가 더없이 커다랗게 확장됐다. 그는 혼란스러운 기색을 내비쳤다.

"어째서……."

"뭐, 이미 진행한 계약을 파기하는 것도 웃기고. 그대의 공적인 능력을 신뢰하지 않는 건 아니니까."

탈출이 얼마 남지 않은 시점. 이제 와 뷘터만큼 유능하고 입이 무거운 상단을 새로 구하는 것도 귀찮았다.

그는 알 수 없는 감정이 울렁이는 시선으로 나를 응시했다. 그것에 희미한 기대감이 섞인 것을 알아차리기는 쉬웠다.

"하지만, 공적인 부분 말고 더 엮일 일이 없었으면 해."

나는 그것을 칼같이 차단했다.

"그대가 내건 계약 조건에 더는 오늘처럼 어울려 줄 수 없을 것 같아."

싱긋 웃는 내 모습에, 뷘터의 동공이 하릴없이 흔들리기 시작했다.

"……레이디."

"그대가 뭘 의심하고, 뭘 걱정하는지 알겠어. 그대의 어깨에 짊어진 대의 또한. 내 평판도 소문도 그간 별로 좋지 않았고, 마법을 쓰는 것도 퍽 수상했겠지."

"……."

"하지만 관심 같은 헛소리로 사람을 기만하지는 말았어야지."

내 말에 그의 눈동자에 그 어떤 때보다도 선명한 감정이 서렸다. 그것은 고통과 후회였다.

그의 머리 위, 보라색 호감도 게이지 바가 느릿하게 깜빡였다. 나는 그것을 아무런 감흥 없이 바라보았다.

"기만하는 게 아니었습니다."

그는 거의 쥐어짠 듯한 목소리로 황급히 내뱉었다.

"레이디께 관심이 있다는 말은, 오로지 의심과 확인을 위해서만은 아니었습니다."

"……."

"의심만 해서 그런 게…… 아니었습니다."

뷘터는 아스라한 음성으로, 같은 말을 반복했다. 비틀거리는 그의 모습이 위태롭고, 한편으로는 안쓰러워 보였다.

남들은 모르는, 레일라에게 저주를 받고 사람들에게 배척받는 상태에서 힘겹게 싸움을 지속해야 한다는 설정을 지닌 그가 불쌍하기도 했다.

그러나 이해와 내 기분은 별개였다.

"뭐, 더 의심해도 상관없어. 의심도, 관심도, 모두 그대 혼자 알아서 해."

"레이디."

"그대의 대의에 더 이상 나를 이용하지 말란 소리야."

"레이디, 한 번만. 한 번만 더 제게……."

나는 애원하듯 절절 끓는 목소리로 나를 부르는 뷘터를 막고서, 싸늘하게 통고했다.

"이제 그만 돌아가. 그리고, 내가 먼저 찾을 때까지 연락하지 마."

뷘터는 내가 건네준 신발을 가지고 쫓겨나듯 황망하게 돌아갔다. 나는 그것으로 그와의 접점이 모두 끝났다고 생각했다.

그러나 씻기 위해 옷을 벗는 순간, 차가운 금속의 감촉이 쇄골에 느껴졌다.

"망할."

고개를 숙인 나는 눈살을 찌푸리며 짧게 욕설을 내뱉었다. 여주에게 줘야 할 뷘터의 목걸이가 고스란히 남았다.

'아오, 신발이랑 같이 줬어야 했는데……'

지금 이 기분으로는 뷘터와 모든 일을 서면으로만 처리하고 싶었다. 하지만 고대 유물을 함부로 내돌릴 수는 없는 노릇이기에, 결국 한 번쯤은 다시 만나야 한다는 소리다.

나는 짜증 섞인 한숨을 내쉬며, 목걸이를 벗어 책상 서랍 안에 넣었다. 드레스 안쪽에 달린 작은 주머니에 넣어 놨던 깨진 거울 조각도 꺼내 그 옆에 대충 내려두었다.

무심결에 서랍을 내려다보니, 어느새 게임 보상으로 얻은 것들이 꽤 많이 쌓여 있었다. 뭔가 쓰지도 않는 잡동사니들만 주렁주렁 많아지는 것 같아서 기분이 이상했다.

묘한 얼굴로 그것을 내려다보던 나는 이내 '탁—' 하고 서랍을 닫았다.

Chapter 13

## Chapter 13

다음 날.

급한 전언으로 나를 계속 찾았다던 집사가 이른 아침부터 내 방을 방문했다.

"아가씨."

집사가 짧게 묵례한 후, 조금 굳은 얼굴로 내뱉었다.

"드릴 말씀이 있습니다."

"무슨 일이야?"

"스펜 경계 검술을 배우러 나간 이클리스가 여태껏 돌아오지 않고 있습니다."

"……뭐?"

화장대에 앉아 있던 나는 멈칫하고 집사를 돌아보았다.

"그게 무슨 소리야? 돌아오지 않았다니?"

"훈련이 고된지, 평소에도 저녁 시간을 훌쩍 넘긴 후에 저택으로 돌아오긴 했습니다만…… 간밤에는 그가 이동할 때 쓰는 마차만 돌아왔습니다."

"……."

"어젯밤 급히 아가씨께 말씀드리려 했는데, 이 늙은이가 노망이 들었는지 그만 잠이 들고 말았습니다. 정말 죄송합니다, 아가씨."

말을 마친 집사가 내 앞에 허리를 깊이 숙여 사죄했다. 뷘터의 마법이 정말로 성공했는지, 그는 내가 몰래 외출한 것을 전혀 기억하지 못했다.

하지만 나는 오히려 허를 찔린 기분이었다. 에밀리를 통해 나를 급히 찾던 이유가 생각보다 중대한 사안이었기 때문이다.

나는 미간을 찌푸리며 황급히 되물었다.

"마부는? 같이 갔으니 뭔가 알 거 아니야."

"마부에게 물어보니 돌아갈 시간이 지나도 그가 오지 않았다고 합니다. 스펜 경 또한 평소와 다름없이 훈련을 끝냈다고 하였고요."

"그럼……."

머릿속에 번뜩 최악의 가정이 스쳤다.

'도망.'

이클리스는 눈치도, 직감도, 두뇌도 매우 뛰어난 편이었다. 공작 저 내에서 정식으로 검을 배우는 게 무리라는 것을 그 또한 잘 알고 있었을 것이다. 알면서도 내게, 스승을 구해 달라고 요청했다.

'설마, 처음부터 이러려고…….'

아직 제대로 확인하지 않았지만, 그의 호감도는 지금쯤 90%를 넘겼을 것이다. 그런데 만약, 놈이 나를 이용해서 탈출을 한 거라면.

'나는 죽는다.'

화장대 위에 올려 둔 손이 아득 주먹을 움켜쥐었다.

'내가 어떻게 여기까지 살아남았는데. 고작 10% 남짓 남기고 죽어야 한다고?'

어금니가 저절로 사리물어졌다. 순식간에 최악을 가정하며, 끝도 없는 어둠 속으로 가라앉을 무렵이었다. 문득 집사와 눈이 마주쳤다.

"……아가씨, 송구스러운 말씀이지만."

나와 같은 생각을 하고 있었는지, 그는 조심스럽게 말을 이었다.

"노예가 차고 있는 모든 구속구에는 필수적으로 추적 마법이 새겨집니다."

"……위치 추적?"

"예. 하여, 가문의 마법사를 부르는 게 어떠신지……."

집사가 흘긋 화장대 위에 올려진 내 왼손에 시선을 던지며 말끝을 흐렸다. 덩달아 시선이 돌아갔다.

왼손 검지에 아직도 끼워져 있는 커다란 루비 반지가 보였다. 나도 모르게 힘을 너무 주었던지, 주먹 위에 얹어진 붉은 루비 알이 바르르 떨리고 있었다.

'……아직 속단하기는 일러.'

나는 천천히 힘을 주고 주먹을 풀었다. 여러 번 초크를 풀어 준대도 제 입으로 직접 거절하던 이클리스였다. 그는 목줄을 달고 도망칠 만큼 무모하고 멍청하지 않았다.

차차 이성이 돌아왔다. 그제야 죽음에 대한 공포와 배신감으로 보이지 않았던 점들이 눈에 들어왔다.

"일단…… 조금 더 기다려 보도록 해."

내 지시에 집사가 눈을 크게 떴다가, 이내 망설이듯 되물었다.

"수도 근경은 치안이 썩 좋지 않습니다, 아가씨. 혹시 봉변이라도 당했을 수 있으니 마을 주변에 사람을 풀어 두는 것은 어떤지……."

"됐어."

나는 단호하게 답했다. 남주가 봉변을 당했을지도 모른다는 가정만큼 우스운 일도 없을 것이다.

"그냥 제 발로 돌아오길 기다려."

"……네. 알겠습니다, 아가씨."

집사는 내 반응이 이해가 가지 않는 듯해 보였지만, 잠자코 수긍했다. 하지만 그렇다고 본질적인 문제가 사라지는 것은 아니었다.

"그런데, 소공작님께는 어떻게……."

데릭까지 알면 이클리스가 내쫓기는 것은 일도 아니었다.

"……첫째 오라버니껜 아직 비밀로 해 줘."

"아가씨."

"부탁할게, 집사. 괜히 일 크게 만드는 거 싫어. 그 애는 곧 돌아올 거야."

내 당부에 집사는 껄끄러운 얼굴로 고개를 끄덕였다.

"고마워. 나가 봐도 좋아."

탁―. 얼마 후 집사가 방문을 닫고 나가는 소리가 들렸다. 나는 지끈거리는 관자놀이를 꾹꾹 누르며 치오르는 불안감을 애써 부정했다.

'무슨 사정이 있는 거야.'

설령 그게 아니더라도, 당장은 믿는 수밖에 없었다. 이클리스의 호감도는 곧 내 목숨이었다. 무턱대고 하는 의심은 호감도에 악영향을 끼칠 위험이 컸다.

'이제 고작 10%야.'

나는 그때부터 끊이지 않는 의심과 싸우기 시작했다.

하루가 어떻게 지나갔는지 알 수 없었다. 에밀리가 가져다준 저녁을 먹는 둥 마는 둥 물리고, 읽던 책을 몇 번 들추고 덮길 반복하자 밤이 깊었다.

자정이 가까워졌다. 하지만 그때까지도 이클리스가 돌아왔다는 소식은 들리지 않았다.

초조함이 극에 달했다. 루비 알을 매만지던 나는 결국 참지 못하고 입을 열었다.

"에밀리, 가서 집사를 불러와."

"네, 아가씨."

온종일 내 눈치를 보던 에밀리는 잽싸게 방을 나갔다.

"아가씨, 부르셨습니까."

얼마 후 집사가 당도했다. 나는 돌려 말할 것 없이 곧장 명령했다. 데릭이 알게 되더라도, 이젠 이 방법밖에 없었다.

"스펜 경이 사는 마을에 사람과 개들을 풀어."

"예? 아, 알겠습니다."

"그리고 가문의 마법사들 다 불러들……."

그때였다.

"아, 아가씨! 집사님!"

이야기를 나누도록 자리를 피했던 에밀리가 열린 문틈으로 헐레벌떡 뛰어 들어왔다.

"아가씨의 호위분이 돌아왔어요!"

그 외침에 나와 집사가 동시에 눈을 마주쳤다.

"당장 내 방으로 데리고 와."

얼마 후, 집사가 내 방으로 이클리스를 데리고 왔다. 사나운 내 기세에 집사는 이클리스만 놓아둔 채 서둘러 방을 나갔다.

둘만 남은 방 안에는 서릿발 같은 침묵이 내려앉았다.

"……주인님."

먼저 그 무거운 침묵을 깨고 이클리스가 천천히 걸어왔다. 내가 앉아 있는 테이블 근처까지 다가온 그는 자연스럽게 내 발치에 무릎을 꿇고 앉았다.

그는 무표정한 얼굴을 들어 나를 물끄러미 올려다보았다. 하루 사이 대체 무슨 일이 있었던 걸까. 그의 얼굴은 병자처럼 창백하고 희멀겠다.

어디 다친 곳이라도 있냐고 묻기에는, 내 인내심이 너무 한계까지 치달은 상태였다.

"어디 갔다 왔니?"

튀어 나가는 목소리가 날카롭기 그지없었다. 언제나 그의 앞에서 억지로나마 웃음을 짓고, 부드러운 음성을 자아내던 나였다.

처음으로 맞닥뜨린 내 본모습에 회갈색 동공이 일순 흔들렸다.

"……주인님."

"대답해."

나는 그에게 틈을 두지 않고 다그쳤다.

"왜 말도 없이 사라졌어?"

"걱정…… 하셨어요?"

"걱정?"

차가운 헛웃음이 튀어나왔다.

'진짜 공녀'가 돌아오기까지 이제 3주 남짓이었다. 탈출까지 3주가 남은 상황에 몰빵 남주가 튀었을지도 모른다는 그 두려움과 초조함, 숨 막힘, 그것들을 고작 '걱정' 하나로 뭉뚱그릴 수 있을까?

"내가, 우습니?"

그 순간엔 놈의 머리 위에 빛나고 있는 검붉은색조차 보이지 않았다.

"말 안 해도 사다 바치니까, 해 달라는 대로 다 해 주니까, 머리 꼭대기에 앉아도 휘둘려 줄 것 같은 병신으로 보여?"

"……."

"너 하나를 위해, 나는 그동안."

목숨을 걸고 움직였다. 몇 번이고 공작저 놈들에게 비굴하게 머리 숙여 빌었다. 그럼에도 언제 호감도가 폭락할지 몰라 벌벌 떨며, 그의 앞에서는 말 한마디조차 함부로 내뱉지 않았다.

목 끝까지 차오른 그 말들을 가까스로 씹어 삼키며, 나는 크게 심호흡을 했다.

"……내가 어디까지 네 방자한 태도를 참아 줘야 하는지 모르겠구나."

"죄송해요, 주인님."

이클리스는 내 눈을 피해 고개를 아래로 떨궜다. 그 모습이 버림

받은 강아지처럼 퍽 처연해 보였다.

"잠깐…… 사고가 있었어요."

그는 눈을 내리깐 채, 고분고분 답했다. 나는 냉정하게 물었다.

"무슨 사고."

"동향인들을 만났어요."

그가 다시 고개를 들어 나를 마주 보았다. 그리고, 정제되지 않은 내 분노는 마주친 애달픈 눈빛에 길을 잃어버렸다.

"저처럼 노예로 팔려간 이들을요."

"동향인……?"

그의 말에 나는 할 말을 잃고 멍하니 그를 바라보았다.

"제가 살던 집에서 일해 주던 안면 있는 하인이었어요."

"…….''

"그를 따라 마을 근경의 농장에서 노예로 부려지는 델만인들을 보았어요."

"……이클리스."

"그런데 갑자기, 농장에 대형 마물이 나타나서 사람들을 공격했어요."

"뭐? 마물?"

나는 이어지는 이클리스의 말에 눈을 부릅떴다. 그가 검술을 배우러 다니는 마을은 수도에서 얼마 떨어지지 않은 곳이었다.

'그런데 어째서…….'

아르키나 제도와 가까운 트라탄도 아닌, 제국 한가운데에 마물이 나타난 걸까.

'이것도, 하드 모드의 스토리 중 하나인 건가?'

바로 전날 마물들을 떼로 만나고 온 나는 기분이 이상해졌다. 심각한 표정으로 생각에 잠긴 사이, 이클리스가 묵묵히 읊조렸다.

"사람들이 죽어 나가는 동안 아무도 나서지 않았어요."

"……."

"거기서 검을 가지고 있는 사람은 저밖에 없었어요, 주인님."

번뜩 정신이 들었다. 결국, 그가 직접 마물을 죽였다는 소리였다. 도망보다 더 어마어마한 일에 휘말리고 온 몰빵 남주 때문에 눈앞이 아찔해졌다. 나는 이성적으로 생각하려고 노력하며, 한숨처럼 그를 불렀다.

"이클리스."

"……."

"설령 그런 일이 일어났더라도, 너는 내게 가장 먼저 달려왔어야지."

"주인님."

"내게 돌아와서 보고를 하고 도움을 요청했어야 해."

위험에 처한 고국인들을 보는 이클리스의 심정이 얼마나 참담했을지, 솔직히 상상도 가지 않았다. 하지만 나는 냉정하게 현실을 되뇌었다.

적국의 노예가 거리를 나돌아다니며 검을 자유자재로 사용했다. 이를 누군가 고발한다면, 자칫 공작가가 역모를 꾸민다는 오해까지 살 수 있는 문제였다. 그의 스승을 구해 달라고 부탁할 때, 데릭이 가장 우려하던 일이었다.

"넌 지금 제국에서 검을 쓸 수 없는 노예 신분이고, 내가 널 책임지고 있으니까."

딱딱하게 군은 내 표정에 이클리스의 표정이 희미하게 흐트러졌다.

"……저도 알아요. 제가 그들에 비하면 얼마나 윤택한 생활을 하고 있는지, 또 얼마나 주제넘은 짓을 하고 왔는지요."

이클리스는 이를 악문 목소리로 대꾸했다.

"하지만 제가 마물을 모두 죽일 동안, 제국에서는 어떤 지원도 오지 않았어요."

"공작저에서 지원을 할 수 있도록 조치했을 수도 있었겠지."

"사람들이 모두 다 죽어 버린 후에요?"

"이클리스."

"저는 마물을 죽일 수밖에 없었어요. 주인님."

무미건조했던 회갈색 눈동자가 그 어느 때보다 형형하게 번뜩였다. 나는 결국, 입을 다물었다가 한참 후 다시 열었다.

"마물을 죽인 후엔 왜 곧바로 돌아오지 않았니?"

"……사람들이 많이 다쳤어요."

이 물음에는 면목이 없는지 그가 나와 마주하던 눈을 피해 고개를 숙이며 웅얼거렸다.

"그러는 와중에도 노예들은 다친 제국의 평민들까지 살폈고요."

"……"

"상처에 바를 약 하나 없는 그 열악한 곳에서, 저는 사람들이 상처에 쓸 풀때기나 장작들을 주워 주는 것밖에 할 수 있는 일이 없었어요."

"……"

"제가 할 수 있는 게 그것밖에 없었어요……."

말을 마친 그의 눈꼬리가 아래로 조금 처졌다. 평소에 워낙 표정이 없어서 그런지 그 미세한 변화가 무척이나 크게 느껴졌다.

시무룩한 그 얼굴에 목 끝까지 차올랐던 초조함과 긴장감이 조금씩 완화됐다. 나는 전보다 조금 누그러진 목소리로 가장 염려되는 것을 물었다.

"……감시인들은? 노예들을 관리하는 제국인들도 있었을 거 아니야."

이클리스는 힘없이 고개를 저었다.

"그 근처는 모두 빈민가예요. 농장에 구속구를 채운 노예들을 풀어 놓고 일정한 때가 되면 수확한 작물만 걷으러 온다고 합니다."

그는 그 말을 함과 동시에 테이블 위에 올려 둔, 내 왼손에 흘끔 시선을 던졌다. 노예의 구속구에는 위치 추적 마법이 새겨져 있다던 집사의 말이 떠올랐다. 치안이 안 좋다는 우려 또한 덩달아 수긍이 갔다.

이클리스의 절절한 호소가 끝나자 방 안에는 잠시 정적이 흘렀다. 그가 도망갔을지도 모른다는 가정에 비정상적으로 치올랐던 흥분이 어느 정도 가셨다.

그러자 창백한 그의 낯빛이 눈에 들어왔다. 노예치곤 깔끔했던 평소와 달리, 지저분해진 몰골도.

탈출까지 둥가둥가만 해 주려고 최선을 다했는데, 오늘 보니 내가 없는 곳에서는 잔뜩 구르기만 하는 것 같아서 속이 상했다.

"……어디 다친 곳은 없니?"

나는 다소 늦은 걱정 어린 음성을 내었다. 이클리스가 말없이 고개를 저었다. 명료한 정신으로 샅샅이 훑어보았지만, 먼지와 흙만 잔뜩 묻어 있을 뿐 다행히도 핏자국은 없었다.

"다행이구나."

그래도 혹시 모르니, 집사를 통해 의원에게 보이도록 해야겠다고 생각하며 다시 입을 열었다.

"이클리스, 앞으로 이런 일이 있으면 마부를 통해서라도 내게 무슨 일이 있는지 전달하도록 해. 그러라고 딸려 보낸 사람이니까."

나는 단호한 음성으로 말을 이었다.

"네가 돌아오지 않았다는 소리를 전해 듣고 내가 얼마나 놀랐겠니."

"……."

"무슨 일이 생겼나, 당장 사람을 풀어야 되나, 몇 시간을 할 일도 못 하고 걱정한 줄 알아?"

나는 얼굴을 일그러뜨렸다. 굳이 연기를 하지 않아도 아까 전에 느꼈던 그 피 마르는 심정들을 떠올리니, 절절한 목소리가 튀어나왔다.

이클리스의 눈동자에 한차례 파문이 일었다. 그는 입술을 달싹거리다, 어렵사리 내뱉었다.

"그러려고 마물을 죽이고 곧 바로 찾아갔는데…… 그가, 이미 먼저 돌아간 후였어요."

나는 그의 말을 듣자마자 오만상을 찌푸렸다. 집사에게 입이 무겁고, 최대한 이클리스의 심기를 건드리지 않고 수발을 들 만한 자를 붙이라고 지시했기 때문이다.

'한참을 기다리다가 돌아왔다더니…….'

내 험악한 기세에 이클리스가 눈치를 살피며 조심스럽게 물었다.

"화…… 나셨어요?"

"아니."

나는 고개를 저었다.

"제대로 신경 쓰지 못한 내 잘못이지."

"⋯⋯."

"그자가 제 주제를 몰랐나 보구나. 새로 붙여 줄 마부에게는, 네 훈련이 끝나는 시간까지 한 시간 정도 여유를 두라고 일러둘게."

그 순간, 그의 눈이 크게 떠졌다. 나는 애써 미소를 지으며 덧붙였다.

"온전한 자유 시간이야. 그 안에 해야 할 일들을 하렴."

"⋯⋯주인님."

이클리스가 조금 당황한 기색으로 나를 불렀다. 그 시간 동안은 안 좋은 상황에 처한 동향인들을 만나 도와도 좋다는, 파격적인 허락이었다.

이것을 데릭에 들킨다면, 나 또한 처벌을 면치 못할 것이리라.

"하지만 그 이상은 안 돼."

나는 단호하게 선을 그었다. 1시간, 그 안에 할 수 있는 선에서 도움을 주는 것은 괜찮았다.

그러나 그 이상 뭔가를 해 줄 수 없었다. 그가 정식으로 검을 배우고 쓴다는 것을 들키면, 노예가 된 델만인들이 몰살당하는 것뿐만 아니라 공작저까지 위험하다.

"그 이상은 안 돼, 이클리스."

다시 한번 부드럽게 종용하자 그는 흔들리는 눈으로 나를 응시하다가, 이내 미미하게 고개를 끄덕였다.

"이제 저도⋯⋯."

이클리스는 한참을 망설이다가, 뜬금없는 것을 물었다.

"주인님께, 쓸모 있는 사람이 되었어요?"

"……응?"

나는 맥락에서 벗어난 질문에 고개를 갸웃거렸다.

"왜 갑자기 그런 질문을 하니?"

"쓸모가 없거나, 문제를 일으키면…… 경매장으로 돌려보낸다고……."

"아."

나는 곧바로 그가 뭘 우려하는지 깨달았다.

― 그러니 네게 지불한 1억 골드가 아깝지 않도록, 너는 내게 네 가치를 증명해야 할 거야.

― 내가 언제까지고 쓸모없는 이를 이곳에 두겠다고 우길 수만 은 없는 일이잖니.

내가 일전에 그를 데려오며 했던 말이었다. 오늘 문제를 일으켰으니, 자신을 내치지 않을까 우려하는 것이다. 그가 아직도 그것을 잊지 않았다는 사실이 좀 놀라웠다.

"이클리스."

나는 손을 뻗어 그의 두 뺨을 어루만지듯 살포시 들어 올렸다. 눈이 마주쳤다. 이클리스의 얼굴이 또다시 미세하게 꿈틀거렸다. 나는 코가 닿을 만큼 바짝 들이밀고 달콤하게 속삭였다.

"이제 그 말은 잊어."

"……주인님."

"너는 내게, 아주 중요한 사람이야. 그렇지 않으면 내가 왜……."

"……."

"이만큼이나 너를 신경 쓰겠니."

나를 응시하는 회갈색 동공의 흔들림이 멈췄다. 그와 동시에, 이클리스의 호흡 또한 멈추는 게 느껴졌다. 어렴풋이, 그의 눈빛이 혼몽하게 풀리는 것 같다는 착각이 일었다.

그 순간이었다.

〈SYSTEM〉 [이클리스]의 호감도를 확인하시겠습니까?
[1000만 골드 / 명성 200]

나는 슬며시 한 손을 떼어 내어 [1000만 골드]를 선택했다.

〈SYSTEM〉 [1000만 골드]를 차감하여 [이클리스]의 호감도를 확인합니다. (남은 보유 자금 : 58,000,000 골드

**[호감도 94%]**
'6%.'
드디어, 정상이 보였다. 그의 얼굴을 잡지 않은 손이, 바르르 떨렸다.

며칠 후.

나는 '사라진 이클리스' 라는 작은 소동을 기회 삼아, 이클리스 엔딩에 쐐기를 박기 위해 꽤 커다란 꾸러미 하나를 들고 연무장으로 향했다.

휘익―!

허수아비에 닿기 바로 직전. 종이 한 장 들어갈 만큼의 아슬아슬한 틈만을 남겨 둔 채 목검이 우뚝 멈췄다.

화아아악―. 짚 가루가 휘날렸다. 파공음과 함께 주변에 한차례 돌풍이 몰아쳤다.

하지만 시간이 지나고, 바람이 가라앉았음에도 허수아비는 조금의 흠집조차 나지 않았다. 검기를 뿜어내는 단계에는 이르렀으나, 아직도 칼끝에 모으지 못하고 매번 흩어졌다.

이클리스는 무표정한 얼굴로 쳐들었던 검을 내렸다. 무미건조한 회갈빛의 눈동자에 얼핏 실망이 스쳤다.

― 요즘 들어 잡생각이 무척 많아졌구나.

― 수련하러 온 놈이 매번 무슨 생각이 그리 많은 게야.

어제 낮, 스승이신 스펜 경이 도통 집중을 못 하는 머리를 목검으로 후려치며 했던 말이 떠올랐다. 이클리스는 고개를 크게 뒤흔들며 내린 검을 다시 들어 올렸다. 그리고 검의 끝을 노려보았다.

하지만 집중은 오래가지 못했다. 검 끝에 검기 대신 어른거리는 누군가의 얼굴 때문이었다.

― 이클리스.

그의 하나뿐인 주인은 웃음이 없고, 냉정하고 차가웠다. 그러면서도 외롭고, 고독한 사람이었다. 그 누구에게도, 설사 자신이 직접 사 온 노예에게조차 마음을 내주지 않았다.

이클리스는 누구보다 잘 알고 있었다. 그녀가 어떠한 목적을 이루기 위해 비싼 값을 치르고 자신을 사 와 돌보고 있다는 것을. 그리고.

매번 걱정하였다며 읊조리는 그 어여쁜 입과는 달리, 자신을 응시하는 눈은 단 한 번도 온기를 띤 적이 없다는 것을…….

그럼에도 그 여자를 내심 기다리게 되던 이유를 자신도 알 수 없었다.

쓸모를 입증하지 않으면 곧바로 경매장으로 돌려보내겠다며 자신을 사들일 때까지만 해도, 이클리스는 그녀를 증오했다. 기실 그는, 그녀뿐만이 아닌 모든 제국인들을 증오했다.

'멍청한 계집.'

1억 골드씩이나 낭비하여 자신을 사들인 멍청한 여자를 철저하게 이용해 주겠다고 다짐했었다. 지금은 고분고분 발을 핥는 개처럼 굴고 있지만, 기회가 오면 그 가녀린 목을 꺾고 빌어먹을 공작저와 잉카 제국을 떠나겠노라고.

하지만 그 다짐은 여자의 미소에 매번 속절없이 무너졌다. 차갑고 매정한 주인은 가끔 미소를 지을 때면, 전설 속에 나오는 마수들의 여왕처럼 아름답고 매혹적이었다.

종종 사르륵 눈을 접고 사근사근 제게 속삭일 때면, 모든 것을 포기하고 이곳에 안주하고 싶어졌다. 그를 경계하기 위하여 공작저를 벗어나 외부에서 검을 배우기 시작했음에도 달라지는 것은 없었다.

— 너는 내게, 아주 중요한 사람이야.

'중요한 사람.'
그것이 무슨 뜻인가. 그녀에게는 자신이 꼭 필요하다는 소리였다.
패전국 노예. 제 신분을 알면 침을 뱉는 다른 제국인들과 달리,
그녀는 매번 더없이 간절하게 자신을 붙들었다.

— 너는 내게, 아주 소중한 사람이야, 이클리스.

귓가에 울려 퍼지던 페넬로페의 말이 실제와는 조금 달라졌다.
그러나 그는 신경 쓰지 않았다.
'난 주인님께 소중한 사람이야.'
회갈색 동공이 혼몽하게 풀렸다. 검 끝이 흔들렸다.
'어차피 제국에서 탈출해 봤자, 돌아갈 곳도 없지 않은가.'
주인의 말이 맞았다. 이제 고국은 완전히 멸망해서 지도상에서
깔끔하게 사라졌다. 얼마 전에 만난 델만인들은 원통해했으나, 의
외로 대부분이 현실에 수긍한 채 살아가고 있었다.
척박한 델만의 땅과는 달리, 이곳은 자원이 풍부하고 문명도 훨
씬 발달되어 있었다. 게다가 노예들의 처우가 엄청나게 나쁜 것도
아니었다. 평민들보단 적은 수준이지만, 일정한 삯을 내준다.
몇몇 이들은 가뭄 때문에 굶어 죽어 가던 델만에 비하면 이곳은
천국 같다고 지껄이기도 했다.

이클리스는 그런 그들에게 아무 말도 하지 못했다. 농장에서 일하는 노예들에 비하면 자신의 생활은 입밖에 꺼낼 수조차 없을 만큼 윤택했기에.

'……주인님은 내가 해 달라는 것, 원하는 것은 모두 들어줬지.'

처우, 굶주림, 배움. 하다못해 노예에게는 허락되지 않은 자유 시간까지도. 미친 생각이라는 것을 알면서도, 그는 점점 이 들끓는 감정을 통제하기가 어려웠다.

언제부터였을까. 계속해서 경계하던 그녀의 알 수 없는 속셈이 이제는 기껍게 느껴졌다. 자신을 이용해도 괜찮았다. 그것은 다른 말로, 그만큼 자신을 곁에 두기를 원한다는 소리였으니까.

긍지도 없이 제국인의 앞에 무릎 꿇은 채 개처럼 빌어도 좋았다. 답례를 줄 돈이 없어 꽃줄기를 꺾어 화관을 만들어 바치며 제발 받아 달라고 비참하게 울어도 좋았다.

'……곁에만 있을 수 있으면, 뭐든.'

목검 위, 허공에 어른거리는 진달래 빛 머리칼을 바라보며 풀려 있던 그의 눈이 형형하게 번뜩이던 찰나였다.

"안녕."

나지막한 목소리가 등 뒤에 울려 퍼졌다.

휘익—. 이클리스는 몸을 돌리며 반사적으로 검을 겨누려다, 가까스로 그것을 바닥에 내던졌다.

이전과는 달랐다. 그 여린 목소리의 주인이 누군지, 머리가 아닌 몸이 먼저 알아차렸다. 마치 본능처럼.

환영이 아닌, 실체로 나타난 진달래 빛 머리칼에 눈앞이 아찔해졌다.

"……주인님."

이클리스는 헐떡이며 거친 목소리로 그녀를 불렀다.

나는 이클리스의 행동에 깜짝 놀랐다. 또 목검에 처맞을 뻔한 경험을 하기 싫어서 훌쩍 떨어진 곳에 서서 부른 것이다. 그런데 그가 느닷없이 바닥에 목검을 집어 던지며 등을 돌렸기 때문이다.

어깨를 들썩이는 그와 목검을 번갈아 보던 나는 이내 어색하게 웃으며 그쪽으로 천천히 다가갔다.

"오늘은 검술 수업에 가지 않았더구나."

내가 일거수일투족을 모두 알고 있다는 게 좀 놀라운지, 이클리스의 눈이 약간 커졌다.

"가문의 종기사들은 외부 합숙 훈련을 갔다던데, 혼자 남아 있으면 외롭지 않겠니."

싱긋 웃으며 찾아온 이유를 덧붙이자, 그가 '아.' 하고 짧게 침음을 냈다.

"스승님이 일이 있으셔서…… 며칠간은 오후 늦게 가기로 했어요, 주인님."

"그러니?"

사실 그가 가든 안 가든 그런 건 딱히 중요하지 않았다. 나는 들고 온 커다란 꾸러미를 그에게 내밀었다.

"자."

부피가 커서 그렇지 생각만큼 무겁지 않았다. 지난번 옷가지들은 하인들을 통해 전해서 내심 마음에 걸렸는데, 이번엔 직접 줄 수 있어 다행이었다.

"이게…… 뭐예요?"

"연고와 약초들을 좀 챙겼어."

그가 의아한 눈빛으로 나를 응시했다. 나는 너무 생색내는 것처럼 보이지 않게 덤덤한 목소리로 말을 이었다.

"다친 사람들을 치료할 약이 없어서 산을 뒤져야 했다고 하지 않았니."

"……."

"효과가 좋은 것들로만 챙겼으니, 가지고 가서 필요한 사람들에게 나눠 줘."

그에게 약을 살 돈을 줄 수는 없었다. 패전국 노예들이 모여서 어떤 작당을 꾸밀지도 모르기 때문에. 내가 해 줄 수 있는 것은 이게 전부였다.

"주인님."

기뻐할 줄 알았는데 이클리스의 표정이 영 이상했다. 그는 마치 다 시들고 뭉개진 화관을 내밀 때처럼 미묘하게 흐트러진 얼굴로 나를 바라보았다. 그의 동공에 알 수 없는 격정이 휘몰아쳤다.

"……자존심 상해서, 받기 싫어?"

나는 덜컥 겁이 나서 조심스럽게 물었다. 이클리스는 빠르게 고개를 내저었다.

"아니요. 그게 아니라……."

"그럼 뭐 해. 어서 받지 않고."

내 종용에 그는 이내 천천히 팔을 들었다. 내가 내민 자루를 향해 내뻗는 손이 미약하게 떨리는 것이 보였다.

'……감동받은 건가?'

워낙에 표정으로는 가늠할 수가 없어서, 나는 부러 자루를 넘기는 척하며 손가락을 스치듯 잡았다 놓았다. 곧바로 눈앞에 하얀 네모 창이 떠올랐다.

〈SYSTEM〉 [이클리스]의 호감도를 확인하시겠습니까?
[1200만 골드 / 명성 200]

'미친, 1200만?!'

아무리 곧 벼락부자가 될 나였지만, 걷잡을 수 없이 치솟는 호감도 확인 가격에 속이 벌벌 떨렸다. 나는 이를 꽉 깨물고 힘겹게 [1200만 골드]를 선택했다.

〈SYSTEM〉 [1200만 골드]를 차감하여 [이클리스]의 호감도를 확인합니다. (남은 보유 자금 : 46,000,000 골드)

[호감도 96%]

그러나 곧바로 그의 머리 위에 뜨는 수치를 보니 아깝다는 생각은 저 멀리 사라졌다.

'4%……!'

희열이 찾아왔다. 이제 정말 곧이었다. 곧.

나는 이제 환희로 떨리는 속을 티 내지 않도록 노력하며 생각했다.

'그런데…… 엔딩이 얼마 안 남아서 그런지 예전만큼 확 오르지

는 않네.'

이전에는 무언가를 건네면 5%는 기본으로 올랐는데, 확실히 최근 들면서 그런 것이 없어졌다. 현저히 줄어든 상승 폭에 나는 조금 아쉬운 입맛을 다셨다. 그때였다.

"……정말로 감사해요, 주인님."

이클리스가 얌전히 눈을 내리깔고 작은 목소리로 중얼거렸다. 어느새 [호감도 확인하기]로 바뀐 글씨와 검붉은색 게이지 바가 보였다.

여전히 불길한 색이었지만, 고지가 눈앞이어서일까. 예전만큼 그것이 신경 쓰이지는 않았다. 그러나 엔딩은 100% 외에 하나의 조건이 더 있었다.

"혹시……."

나는 그의 머리 위에서 시선을 떼고 최대한 자연스럽게 그를 마주 보았다.

"그거 말고 나한테 할 말은 더 없니?"

"예? 무슨……."

"아, 아니야. 아무것도."

슬쩍 떠보던 나는 단번에 어리둥절해지는 그의 기색에 곧장 고개를 저었다.

'아직 100%를 채운 건 아니니까.'

초조해지는 속을 애써 내리누르며 나는 빙긋 미소 지었다.

"날씨가 참 좋구나. 오늘은 어디 같이 놀러나 갈까?"

"놀러…… 요?

"매일 훈련만 하면 지겹잖니."

땡땡이라고는 전혀 모르는 모범생처럼 휘둥그레지는 눈동자에 저절로 환한 웃음이 터져 나왔다. 이 지긋지긋한 생활도 얼마 남지 않았다는 기쁨에 심취하여, 숨소리조차 사라진 이클리스를 제대로 돌아보지도 못한 순간이었다.

"페넬로페 아가씨!"

멀찍이서 누군가 나를 불렀다. 몸을 돌리자 연무장의 입구 쪽에서 누군가 빠른 걸음으로 다가오고 있었다.

"······집사?"

나는 갑작스레 찾아온 집사의 모습에 고개를 갸웃거렸다. 급한 일이라도 있는지 그는 한달음에 나와 이클리스가 있는 곳까지 도달했다.

"아가씨, 저택으로 돌아오셔야 할 듯합니다."

그가 거칠게 숨을 몰아쉬며 속사포처럼 내뱉었다.

"무슨 일인데?"

"잠시 귀를 좀······."

이클리스가 신경 쓰이는지 그에게 흘긋 시선을 던진 집사가 내게 고개를 숙였다. 나는 집사 쪽으로 완전히 몸을 돌리며 그에게 귀를 대 주었다.

"황태자 전하의 보좌관이 저택에 방문하셨습니다."

"······뭐?"

갑작스러운 소식에 나는 당황했다. 그러나 곧 황태자가 아랫사람을 보낸 이유를 알 것 같았다.

'솔레일 관련해서 뭔가 남았나 보네.'

게임이지만, 국가의 안보가 달린 황족의 명령인지라 지체할 수 없었다.

"얼른 가 보지."

나는 곧바로 집사를 따라나섰다. 아니, 그러려던 찰나였다. 콰악
— 불현듯 치맛자락이 팽팽하게 잡아당겨졌다. 화들짝 놀라 고개
를 돌리자,

"……저를 찾아와 주신 거잖아요, 주인님."

엉망으로 일그러진 이클리스의 얼굴이 보였다.

나는 놀라 숨을 멈췄다. 밀랍 인형이나 다름없는 얼굴이라 생각
해 오던 이클리스가, 이토록이나 선명한 감정을 드러내는 것은 처
음 보았다.

잔뜩 일그러진 얼굴은 얼핏 보면 무척 화가 난 것 같았다. 느릿
하게 깜빡이는 검붉은색 호감도 게이지 바에 나는 크게 숨을 들이
마셨다.

"저와 외출을 하자고 하셨잖아요."

"……이클리스."

"주인님은 왜 매번……."

무어라 호소하던 이클리스가 불현듯 입을 꾹 다물었다. 그의 턱
이 단단해졌다. 그러나 끝까지 손에 쥔 내 치맛자락을 놓지는 않았
다. 놓기는커녕, 꽉 쥔 주먹에 푸른 핏줄이 잔뜩 솟아 있었다.

'……어떻게 달래 줘야 하지?'

난감한 눈으로 그의 머리 위와 나를 붙들고 있는 손을 번갈아 바
라보던 순간이었다.

"어허, 자네 지금 뭐 하는 겐가?"

문득 집사가 엄한 목소리로 호통치듯 소리쳤다.

"아가씨가 자네 친구라도 되는 줄 아는가?"

"……."

"아랫사람이 되어서 모시는 주인님을 보필하진 못할망정 바쁜 발걸음을 막아서다니! 사람 참, 그렇게 안 봤는데 큰일 날 이로군."

"집사, 그만해."

나는 황급히 집사를 부르며 제지했다. 그러나 집사는 물러서지 않고 오히려 무시무시한 얼굴로 이클리스를 노려보았다.

'아니야. 그거 아니야!'

나는 처음 보는 노집사의 카리스마에 놀람과 동시에 불안에 가득 차 이클리스를 연신 흘끔거렸다.

그는 집사의 타박에도 꿋꿋이 버티는가 싶더니, 이내 스르륵 잡은 손에서 힘을 풀었다. 아래로 툭 고개를 떨구는 모습이 애처로웠다. 나는 얼른 멀어지는 그의 손을 붙들었다.

"이클리스."

접촉에 곧바로 뜨는 [호감도 확인하기] 창에 잠시 갈등이 일었지만, 애써 무시했다.

"황궁에서 사람이 왔어."

이미 집사의 말을 엿듣고 알고 있을지 모르겠지만, 할 수 있는 한 상냥한 목소리를 내며 얼렀다. 그러나 한번 아래로 떨어진 고개가 다시 들리는 일은 없었다.

나는 그의 손을 부여잡은 손에 힘을 주며, 부드럽게 속삭였다.

"금방 다녀올 테니 너무 상심해하지 말고 훈련하고 있으렴."

"……."

"갔다 와서 놀러 가면 되잖아. 응?"

끝까지 대답이 없던 그는, 내가 눈까지 접어 가며 미소 짓자 그제야 마지못하다는 듯 고개를 주억거렸다. 그러나 내게 잡힌 그의 손에 기운이 하나도 없어서 쉽게 손을 놓을 수 없었다.

힘겹게 올려 둔 호감도가 혹여라도 떨어졌을까 봐 당장 확인하고 싶었다. 그러나.

"아가씨."

채근하는 집사의 목소리에, 나는 그 충동을 참고 손을 놓았다. 이클리스는 그때까지도 나를 바라보지 않았다. 당연히 잘 다녀오라는 배웅도, 인사도 듣지 못했다.

그러나 몸을 돌려 연무장을 빠져나가는 내내, 뒤통수에 끈덕진 시선이 따라붙는 것을 느낄 수 있었다. 그것을 다행이라고 안도하는 내가 좀 독하게 느껴졌다.

저택으로 가는 숲길을 걸어가던 중이었다. 내 뒤에 물러서 걷던 집사에게서 연신 머뭇거리는 기색이 느껴졌다.

"……아가씨."

"할 말 있으면 해."

그가 마침내 입술을 달싹이다 소리를 내었을 때, 나는 곧장 답했다.

"아가씨, 아랫사람을 아끼시는 마음은 좋지만……."

"……."

"너무 방자하게 기어오르도록 두지는 마십시오. 그는 여러 차례 선을 넘고 있습니다. 어리광을 모두 받아 주다가는 끝도 없을 겁니다, 아가씨."

집사가 내뱉는 조심스러운 음성은, 나를 무시하며 제지하던 이전과는 전혀 달랐다. 한 귀족가를 총괄하는 책임자로서, 주인을 모시는 종으로서의 진심 어린 조언과 충언이 느껴졌다.

"생각해 줘서 고마워."

나는 고개를 끄덕이며 순순히 감사를 전했다. 그의 말은 모두 일리 있는 말이었다. 하지만.

"하지만 앞으로 내 허락 없이 그 애 앞에서 먼저 나서지 마."

나는 우뚝 걸음을 멈춰 그를 돌아보았다.

"명령이야."

내 차가운 시선에 집사의 눈이 천천히 커졌다. 설령 그가 방자하게 기어오르더라도, 나는 그것을 내버려 둘 수밖에 없었다.

'96%.'

몰빵 남주 놈의 오만방자한 태도로 기분 나빠하기엔, 이미 너무 멀리 와 버린 상태였다.

저택에 도착해 곧장 응접실로 가니, 정말로 낯익은 이가 앉아 있었다. 황태자의 보좌관은 안으로 들어서는 나를 보고 벌떡 일어나 싹싹하게 인사했다.

"안녕하십니까, 공녀님."

"오랜만이야."

일전의 사냥 대회에서의 암살로 황태자가 혼수상태에 빠졌을 무렵, 매일같이 황태자 궁을 들락거린 탓에 안면이 있었다.

"일단 자리에 앉지."

마주 보고 소파에 앉자, 얼마 안 가 에밀리가 다과를 내왔다.

"오늘 이렇게 공녀님을 찾아뵌 이유는……."

뜨거운 차를 한 모금 들이켠 세드릭이 바로 포문을 열었다.

"잠깐. 집사, 에밀리."

나는 한 손을 들어 잠시 그를 막아서고 말했다.

"두 사람은 그만 나가 봐."

내가 몰래 나간 일을 공작저 그 누구도 알지 못하는 상태였다. 그런데 보좌관의 입에서 '솔레일'과 '레일라 신국' 관련 사항들이 곧바로 튀어나오면 낭패였다.

그러나 세드릭은 내 명령에 고개를 마구 내저었다.

"아, 아니요! 그럴 필요까지 없습니다. 괜찮습니다. 오히려 같이 계시면 더 좋지요."

"……뭐? 무슨 일로 온 건데?"

나는 의아해진 채 그를 돌아보며 물었다. 세드릭이 볼을 긁적이며 애매하게 웃었다.

"그게…… 며칠 후 황태자 전하의 탄생일이 아닙니까?"

"탄생일?"

완전히 처음 듣는 사람처럼 되묻던 나는 아차 싶었다. 이곳은 직계 황족의 탄신일이 곧 공휴일이나 다름없는 세계였다.

"……그렇지."

황태자의 생일이 언젠지 따위 전혀 몰랐지만, 고개를 주억거리며 아는 체를 했다. 다행히 세드릭은 신경 쓰는 눈치가 아니었다.

"그런데 그게 왜?"

"전하께서 공녀님께 탄신 연회 때 입으실 드레스를 선물로 보내셨습니다."

"······뭐?"

나는 이번에야말로 생소한 단어를 듣는 사람처럼 되물었다.

"드······ 레스?"

"예! 한번 보시겠습니까?"

"아니, 괜······."

됐다고 할 틈도 없이 세드릭은 잽싸게 데리고 온 하인에게 눈짓했다. 다시 보니 하인 두 명이 각기 다른 크기의 상자를 들고 있었다.

그중 한 명이 꽤 큼지막한 상자를 들고 걸어와 테이블 위에 내려놓았다. 세드릭은 신중한 손길로 상자의 뚜껑을 열었다.

"보십시오, 공녀님."

"어머나!"

나보고 보라 하였지만, 탄성은 에밀리 쪽에서 튀어나왔다. 나가라고 했다고 입이 댓 발 튀어나왔던 그녀는 어느새 눈을 반짝이며 테이블 쪽으로 엎어질 듯 상체를 숙인 상태였다.

"세상에, 너무 아름다워요! 드레스에서 빛이 나고 있어요. 마, 마법인가요?"

"에헴, 그런 인위적인 것은 식상하고 티가 나기 마련이지요. 이것은 나이트로 쿤 엘프의 날개들을 재단해서 만든 것입니다."

"허억! 그, 검지 요정이라 불리는 엘프들 아닌가요? 세상에, 그렇게 작은 날개들로 드레스 하나를 만들다니!"

묘하게 자신감에 차 있는 보좌관의 설명에 에밀리는 손뼉을 치며 연달아 감탄을 토했다. 나는 무슨 소린지 알아듣지 못해서 멀뚱멀뚱 상자 안만 내려다보았다.

반으로 곱게 접힌 드레스는 검은색이었다. 그러나 볼수록 희미하게 푸른빛이 일렁거리더니, 점점 검푸른 색이 천 자락 전체에 찬찬히 번져 나갔다. 그 모습이 마치, 고요히 파도치는 밤바다를 연상케 했다.

'신기하긴 하네.'

나는 고개를 갸웃거리며 새삼스러운 눈으로 드레스를 구경했다. 내가 관심을 가지는 것을 알았는지, 세드릭이 하인을 시켜 드레스를 펼쳐 들게 했다.

"세상에!"

에밀리가 또 한 번 기염을 토했다. 심플한 가슴 위쪽과는 달리, 아래로 갈수록 밤하늘에 수놓아진 별과 은하처럼 은색과 금색 반짝이들이 촘촘하게 박혀 있었다.

까막눈인 나 또한 놀랄 정도로 화려하면서도 전혀 과함 없이 고급스러운 형상이었다.

"피이니산 블루 다이아몬드를 갈아붙인 것입니다."

"피이니산······!"

은색 반짝이들을 가리키며 설명하는 세드릭의 말에 이번에는 집사가 '허억!' 하고 거칠게 숨을 들이켰다.

"이 자수들은 모두 순금입니다. 사실 디자이너는 다이아몬드만으로 드레스를 완성시켰습니다. 하지만 전하께서 공녀님이 황금을 무.척.이.나. 좋아하신다고 하여 특별히 황궁 소유 광산의 순금을 추가하였답니다."

세드릭이 당당한 어투로 은색 반짝이들 사이를 가로지르는 금색의 가느다란 자수를 가리켰다.

"뭐, 예쁘긴 하지만 그 정도까진······."

나는 떨떠름한 얼굴로 부정했다. 누가 보면 꼭 황금에 미친 사람 같지 않은가.

'물론 맞지만.'

심드렁해하는 선물의 당사자를 대신해서, 에밀리와 집사는 번갈아 가며 난리를 부렸다.

"세상에나, 세상에나!"

"황궁 소유의 광산……!"

"이것이 끝이 아닙니다."

세드릭은 남은 하인에게 손짓했다. 하인이 드레스를 담은 상자보다 조금 더 작은 상자를 가져왔다. 세드릭은 지체 없이 상자 뚜껑을 열었다.

"이, 이것은……!"

드러난 내용물에 집사가 눈을 부릅떴다.

"포피뉴 다이아몬드와 붉은 귀 거북 조개의 진주입니다."

제일 먼저 눈에 들어오는 것은 붉은빛이 도는 500원짜리 크기만 한 진주였다. 그리고 그것의 주변으로 오색빛깔로 번쩍번쩍 빛나는 다이아몬드 수십 개가 베틀에 놓인 실처럼 배열되어 있었다. 큼지막한 것은 목걸이고, 조금 더 작은 형태는 귀걸이였다.

눈이 멀 만큼 엄청난 빛을 뿜어내는 액세서리에 나는 할 말을 잃었다. 그것은 비단 나뿐만이 아니었다. 딱 봐도 어마어마하게 값져 보이는 보석들에 기가 질려 에밀리도 집사도 모두 아연한 얼굴로 굳어 있었다.

"포피뉴 다이아몬드는 워낙 유명하니 잘 아시겠지요."

세드릭은 이런 우리의 반응이 무척이나 만족스럽다는 듯 의기양

양하게 설명을 덧붙였다.

"물론 이 또한 무척이나 귀하고 힘들게 구한 것이지만, 붉은 귀 거북 조개의 진주는 황비님이 몇 년째 찾아다니신 겁니다. 워낙 전설 속의 존재나 다름없는 보석이니까요."

"……."

"황비님이 손에 넣으시기 직전에 가로채라고 어찌나 닦달을…… 아, 아닙니다. 하하하! 어쨌든 고생한 보람이 있습니다! 공녀님께 무척이나 잘 어울리는 것 같군요."

그의 모습에서 묘하게 황태자의 얼굴이 엿보이니, 참 이상한 노릇이었다. 영 떨떠름한 내 기색을 알아차린 걸까.

"공녀님, 혹시…… 마음에 드시지 않는 겁니까?"

세드릭이 한발 늦게 내 눈치를 보았다. 나는 의아함을 한껏 담아 물었다.

"아니, 마음에 들고 안 들고를 떠나……."

"……."

"이것들을 내게 왜 주시는 거지? 오히려 탄신일을 맞이하신 전하께서 선물을 받아야지."

"예, 예?"

영 이해가 가지 않는다는 내 말투에 세드릭은 무척이나 당황했다. 그는 한참을 주저하다가 이내 조심스럽게 입을 열었다.

"공녀님께서 이번 탄신 연회에 전하의 파트너가 돼 주시기로 한 것…… 아니었습니까?"

"뭐, 뭐?!"

답변 대신 돌아오는 물음에 나는 입을 떡 벌렸다. 나는 어처구니가 없어 버벅였다.

"내가, 내가 언제?"

"그러실 줄 알았습니다."

세드릭이 고개를 끄덕이다가 이내 진중한 얼굴로 속삭였다.

"공녀님, 잠시만 귀 좀······."

나는 그의 말에 퍼뜩 고개를 들어 주변을 둘러보았다. 나를 응시하는 집사와 에밀리의 분위기가 이상하게 변해 있었다.

"다, 다들 물러 서 있어."

나는 그들에게 황급히 소리쳤다. 그리고 그들이 소파 근처에서 다섯 걸음 물러난 것을 확인한 후 세드릭 쪽으로 상체를 숙였다. 그가 은밀하게 속삭였다.

"······전하께서 공녀님이 '내가 언제?'와 같은 부정하는 말을 할 시, 목숨을 구해 준 영웅에 대한 보답으로 받아 달라는 전언을 남기셨습니다. 모두가 보는 앞에서 작위를 받는 것보단 좋지 않냐고 하시면서요."

"뭐?!"

"그럼에도 받지 않으신다면, 그때 바쳤던 '무언가'의 연장선을 염두에 두는 것이라 생각하겠다고 전달하라 하셨습니다."

"허, 허!"

나는 기가 막혀서 말도 제대로 잇지 못했다. '그때 바쳤던 무언가'를 듣는 순간, 거짓말처럼 장면 하나가 뇌리를 스쳐 지나갔다.

서늘한 바람이 부는 밤바다. 찬란히 뿜어져 나오는 황금빛에 휩싸인 황태자는 불현듯 내게 손을 뻗었다. 그리고, 아차 할 새 없이 입술 위에······.

'……아악! 이런 미친놈!'

얼굴에 터질 것처럼 열이 오르는 게 느껴졌다. 나는 황급히 고개를 저으며 그 망할 기억들을 털어내려 노력했다. 이런 내 반응을 잘못 받아들인 건지, 세드릭은 무척 진지해진 얼굴로 계속해서 속삭였다.

"공녀님, 노파심에 여쭤보는 겁니다만 혹시…… 전하께 협박을 받고 계신 겁니까?"

"……."

"그렇다면 헛기침을 두 번 해 주십시오. 제가 어떻게든 도움을……."

무어라 주절대던 그가 문득 말을 멈추고 눈을 휘둥그레 떴다.

"그런데, 어디 아프십니까? 갑자기 왜 입술을 만지작거리시는지……."

나는 그의 말에 화들짝 놀라 손을 뗐다. 그러고 있는지 인지도 못하던 상태여서 나도 모르게 톡 쏘아붙이는 목소리가 튀어 나갔다.

"아, 알 것 없잖아."

"아……."

세드릭은 그런 내 반응에 뭔가를 깨달은 듯한 묘한 얼굴로 탄식했다. 나는 왠지 불쾌해져서 눈살을 찌푸리며 숙였던 상체를 들었다.

"주신 선물들은 감사히 받도록 하지. 하지만 파트너 얘기는 금시초문이니, 전하께 확실하게 말을 전해 주길 바라."

"예? 어떤 말을……."

"아직 연회의 참석 여부가 정해지지 않았으니, 다른 사람을 찾아보시는 게 좋을 것 같다고 말이야."

나는 얄밉게 웃으며 어깨를 으쓱였다.

"혹시 모르잖아? 그날 내가 갑자기 열병이라도 들어서 앓아누울지."

"아, 네, 네. 물론 그렇긴 합니다만…….”

세드릭이 혼미한 표정으로 얼버무렸다. 사람 일이란 모르는 것이니, 따지고 보면 맞는 말이지 않은가.

그는 무슨 생각을 하는지 잠시 나를 석연치 않은 눈으로 응시하다가, 이내 자리를 털고 일어났다.

"차 감사히 마셨습니다, 공녀님. 그, 그럼 저는 전해 드렸으니 이만 일어나 볼까 합니다.”

"그래. 바쁜 사람을 더 붙잡을 수 없지.”

나는 도도하게 고개를 주억거리며 얼른 썩 꺼지라는 말을 돌려했다.

"그럼 가 보겠습니다. 전하를 받아 주셔서 정말로 감사합니다, 공녀님.”

세드릭이 묵례하며 작별 인사를 했다.

'응? 뭔가 이상한데?’

조심히 가라고 답변하려던 나는 문득 괴이쩍은 소리를 들은 것 같아서 고개를 갸웃거렸다.

얼마 후 폭풍을 몰고 들이닥친 황태자의 보좌관이 무사히 저택을 떠났다. 생각보다 별일은 아니라 안도의 한숨이 새어 나왔다.

"에밀리, 이것들 정리해서 방 안으로 갖다 놔 줘.”

"…….”

"……에밀리?”

대답이 들려오지 않자, 나는 무심결에 고개를 돌렸다. 그러자 다섯 걸음 떨어진 곳에서 낯선 시선으로 나를 바라보는 집사와 에밀리가 보였다. 집사가 입술을 달싹이다가 어렵사리 물었다.

"아가씨, 혹시…… 정말로 소문처럼 그간, 황태자 전하와 냉전기 이셨던 겁니까?"

"그게 무슨…….."

무슨 소리냐 되물으려던 찰나, 불현듯 사냥 대회 이후 한동안 떠들썩했던 나와 황태자의 소문이 떠올랐다.

'그 누구도 알지 못했던 비밀스러운 세기의 커플! 슬픈 이별인가, 단순한 냉전기인가!'

'공녀에게 걷어차인 황태자의 집요한 구애!'

나는 허겁지겁 고개를 저으며 버럭 소리쳤다.

"아, 아니야!"

"……."

"정말 그런 거 아니라니까?!"

억울함이 가득 담긴 내 목소리가 응접실에 공허하게 울려 퍼졌다.

"탄신 연회에 참석할지 안 할지 아직 정한 것도 아니니까, 입들 조심해."

나는 여러 차례 에밀리와 집사에게 입단속을 시킨 후 방으로 돌아왔다.

그나마 공작은 황궁에, 아들놈들은 외부 훈련을 나가서 다행이었다. 황태자의 보좌관이 다녀갔다는 말까지 막을 순 없겠지만, 놈에게서 어마어마한 사치품들을 받은 것은 그 자리에 있던 이들만 아는 사실이기에.

얼마 후 지시를 맡겼던 집사가 돌아왔다. 방 안으로 들어서는 그는 혼자였다.

"……이클리스는?"

"검술 수업에 간 듯합니다, 아가씨."

"수업에?"

나는 의아해졌다.

'분명 며칠간 늦게 간다고 했던 것 같은데…….'

미미하게 눈살을 찌푸리는 나를 보며, 집사가 덧붙였다.

"마사에 가서 확인해 보니 마부와 마차 또한 없었습니다."

"그럼…… 정말로 수업을 받으러 갔나 보네."

그를 태우는 마차는 훈련을 받는 수도 변경 마을로만 움직였다.

갑자기 나갔다는 이클리스가 좀 꺼림칙했지만, 나는 수긍했다. 검술을 배우고자 하는 의사를 무시할 수는 없으니까.

'데이트는 내일 해야겠어.'

4% 남은 호감도가 눈에 밟혔지만, 애써 여유를 가지기로 했다. 섣부르게 굴었다간 될 일도 안 되기 마련이니까.

그와 함께할 만한 데이트 장소들을 떠올리던 중, 문득 생각이 다른 곳으로 튀었다. 고민하던 나는 불쑥 내뱉었다.

"외출 준비 좀 해 줘, 집사."

오랜만의 외출 소리에 집사가 놀란 눈으로 물었다.

"호위가 없으셔도 괜찮으시겠습니까?"

"응. 금방 다녀올 거야."

"어디를 가시려는지……."

"글쎄."

톡톡톡— 나는 무심결에 책상을 두드리며 고민했다. 이미 모든 것을 가진 자에게 과연 무엇이 필요할지, 그리고 그게 의미가 있을지 사실 나도 잘 모른다.

"……무기상에 가 볼까."

그저, 불쑥 드는 충동을 억누르지 못할 뿐.

외출은 예상대로 짧게 끝났다.

"야! 오늘 그놈 보좌관 왔다며?! 왜 온 거냐?"

훈련에서 돌아온 건지, 저택으로 들어서자마자 레널드가 득달같이 달려와 물었다.

"별일 아니야. 지난번 사냥 대회 때 재판 관련해서 물어볼 게 있었대."

"뭐? 내가 분명 헛소문들 다 잠재워 놨는데, 그 자식이 또 뭘 물으러 왔는데?"

"레널드, 나 피곤해. 나중에 얘기해."

"야! 뭘 물어봤냐고! 이것만 대답하고 가!"

나는 피곤하다는 이유로 대충 답한 후 극성맞은 놈을 피해 방으로 도망치듯 올라갔다.

다음 날.

집사를 통해 이클리스가 예정 시간보다 훨씬 늦은 새벽녘에 돌아왔다는 보고를 받았다. 불안함이 다시 돋을락 말락 했다. 나는 전처럼 당장 그를 불러들여 추궁하려다 이내 관두었다.

'……뭐, 내 손으로 약초까지 주었으니까.'

물론 자유 시간은 1시간뿐이었지만 동향인들을 도우라고 내 입으로 허락한 상태였다. 바로 그다음 날 왜 이렇게 늦었냐고 추궁하면 그만큼 우스운 일도 없을 것이다.

게다가 또 그랬다간, 집사의 눈에 무슨 의부증에 걸린 사람처럼 비칠 게 뻔했다.

"깨어나는 대로 나 좀 보러 오라고 전해 줘."

나는 그렇게만 전했다. 내가 할 수 있는 최대한의 배려였다.

하지만 그날도 이클리스를 만날 수 없었다.

"일어나자마자 곧바로 마차를 타고 훈련에 갔다고 합니다."

난처한 얼굴로 전달하는 집사의 모습에 나는 기분이 이상해졌다.

'혹시…… 날 피하는 건가?'

하지만 딱히 그럴 이유가 없었다. 보좌관의 방문으로 삐졌을 수는 있지만, 어쨌든 그는 그것을 내게 대놓고 티 낼 만한 위치가 못되었기 때문이다. 종종 칭얼거릴 때도 있었으나, 이클리스는 현실과 주제 파악이 누구보다 빠른 인물이었다.

당장 그를 붙들고 호감도가 그대로인지 확인하고 싶은 충동이 일었다. 그러나 검술을 배우겠다고 그토록 열성적인 애를 붙들고, 나와 데이트 하기로 했지 않느냐며 대거리를 할 수도 없는 노릇이었다.

'성인식이 얼마나 남았지?'

나는 속으로 성인식을 세어 보았다.

'이제 2주.'

4%를 올리기에 충분하다면 충분하다고 할 수 있고, 아슬아슬하

다면 그렇다고도 할 수 있는 기간이었다.

하지만 이런 내 초조함과는 달리, 그다음 날도, 또 그다음 날도 이클리스를 만날 수 없었다. 이대론 안 되겠다 싶어, 마침내 그의 숙소로 직접 찾아가려고 마음먹었을 무렵.

황궁에서 황태자의 탄신 연회에 공작 일가 전체는 무조건 참석하라는 명령이 담긴 초대장이 날아왔다.

시간은 쏜살같이 흘러 황태자의 생일 당일이 되었다.

혹여라도 꾀병을 부릴까 봐 공작가 전원에게 초청장을 보낸 황태자 때문에 빼도 박도 못하게 되었다.

나는 매번 연회 때마다 그렇듯, 새벽부터 하녀들의 손에 깨워져 때 빼고 광을 내고 있었다. 귀찮고 피곤했지만, 빙의된 후 매번 반복하다 보니 이제 이것도 버틸 만했다.

"아가씨, 드레스 입으셔야 해요."

모든 것을 내맡긴 채 눈을 감고 반쯤 졸고 있던 나는, 조심스럽게 몸을 흔드는 손길에 눈을 떴다. 눈앞에서 살랑거리는 검푸른색 드레스를 보자 순식간에 잠기운이 가셨다.

"이건……."

황태자가 선물로 주었던 드레스였다. 마사지를 받기 위해 어둡게 해 둔 조명에도 천 자락 위에서 은은하게 빛이 났다.

"세상에…… 이번에 새로 구입하신 건가요?"

"너무 아름다워요. 이 촉감 좀 봐!"

"아가씨랑 정말 잘 어울리실 것 같아요."

못 보던 새 드레스의 등장에 하녀들이 호들갑을 떨었다. 나는 잠시 그것을 응시하다가 이내 고개를 저었다.

"⋯⋯다른 드레스를 가져와."

"왜요, 아가씨? 전하께서 직접⋯⋯."

"에밀리."

이유를 되물으며 입을 놀리려던 에밀리가 내 차가운 경고에 '헙' 하고 곧바로 입을 다물었다.

나는 다시 한번 황태자가 선물해 준 드레스를 바라보았다. 화려한 것을 싫어하지만, 이런 내 눈으로도 드레스는 무척 아름다웠다.

떠맡기다시피 준 것은 마음에 들지 않았으나, 놈이 안목이 있다는 것은 인정하지 않을 수 없었다. 입으면 분명, 페넬로페의 고아한 자태를 더욱 돋보여 줄 것이다.

'하지만 저 드레스를 입으면 분명 칼리스토와 또 엮이는 것을 피할 수 없겠지.'

그러나 무엇 하나 확실한 게 없었던 이전과는 달리, 엔딩이 코앞이었다. 더는 예기치 않은 일로 다른 남주와 엮이는 것도, 알 수 없는 울렁거림에 얽매여서도 안 된다.

"연회에 얼굴만 비치고 금방 돌아올 거야. 그러니 눈에 띄지 않을 만한 드레스를 가지고 오렴."

하녀들은 내 명령에 더는 토를 달지 않고 드레스를 물렸다. 얼마 후 그녀들이 가져온 것은 진보랏빛의 정숙한 드레스였다. 원래 있던 것이 아닌, 빙의한 후 내 취향에 맞게 사들인 것이었다.

평범하게 머리를 한데 올려 묶고, 최대한 눈에 띄지 않게 액세서리도 최소한으로 착용한 후 방을 나섰다.

중앙 계단을 내려서자, 현관 근처에 익숙한 인물들이 서 있었다. 공작과 분홍색, 주황색이 차례대로 보였다.

"페넬로페."

공작이 먼저 알은체를 했다. 덩달아 인사를 하려던 나는, 문득 의아해졌다.

"왜 여기 계세요, 다들?"

"황궁으로 함께 가야지."

"따로…… 타고 가는 거 아니었어요?"

공작이 내 물음에 불편한 헛기침을 내뱉으며 슬쩍 시선을 돌렸다.

"크흠, 이놈들이 먼저 같이 가자고 청했다."

"우리가 언제……!"

불현듯 레널드가 소리치려다가, 눈을 부릅뜨는 공작의 기세에 눌려 입을 다물었다.

"고마운 줄 알아라."

눈을 끔뻑이며 그들을 번갈아 바라보고 있을 때쯤, 레널드 놈이 삐딱하게 뇌까렸다.

"너 이번에도 파트너 신청 하나도 못 받았지?"

"뭐…….'

놈의 빈정거림에 순간 욱해서 '아니거든?!' 하고 대꾸하려던 나는 가까스로 입을 다물었다.

그렇게 대답했으면 막무가내로 파트너를 하자고 밀어붙였던 미친놈이 있다는 것을 밝혀야 했기 때문이다.

"민망하지 말라고 오라버니들이 에스코트해 준다는데, 뭐? 따로

타는 거 아니었냐고? 배가 불렀지, 아주?"

"허. 그러는 너야말로 파트너 신청했다가 까여서 내 에스코트 핑계 대는 건 아니고?"

"이게, 죽고 싶냐?"

"스읍, 레널드, 페넬로페."

어린애들처럼 티격태격하는 나와 레널드에게 공작이 엄한 목소리로 말렸다.

"그만해라. 시간이 다 됐으니 바로 이동하자꾸나."

레널드 놈은 끝까지 나를 노려보다 팩 고개를 돌렸다.

'유치한 놈.'

나는 입술을 삐죽이며 하는 수 없이 그들의 뒤를 따랐다.

저택 앞에는 일전에 사냥 대회에 갈 때 탔던 커다란 공작가의 전용 마차가 세워져 있었다. 공작이 먼저 올라타자, 다음으로 레널드 놈이 쏙 들어갔다.

치맛자락을 추스르며 뒤따라 마차에 오르려던 순간이었다.

"잡아."

문득 눈앞에 불쑥 손이 내밀어졌다. 고개를 돌리니 데릭이 고요히 잠긴 푸른 눈으로 나를 응시하고 있었다. 새삼 놀랐지만, 나는 이내 순순히 그 손을 잡았다.

"……감사해요, 오라버니."

'소공작'이 아닌 '오라버니'라 부른 게 참으로 오랜만이어서 그럴까. 맞닿은 데릭의 손이 미약하게 움찔거렸다. 그 순간, 눈앞이 환해졌다.

〈SYSTEM〉[데릭]의 호감도를 확인하겠습니까?

[200만 골드 / 명성 200]

곧바로 떠오른 [호감도 확인하기] 시스템 창에 정신이 좀 멍해졌다.

'그러고 보니…… 호감도가 가려진 후에 한 번도 확인한 적이 없었지.'

나는 망설이다 [200만 골드]를 선택했다.

굳이 볼 필요는 없었으나, 순전히 마이너스 여부를 확인하기 위해서였다.

〈SYSTEM〉[200만 골드]를 차감하여 [데릭]의 호감도를 확인합니다. (남은 보유자금 : 44,000,000 골드)

**[호감도 45%]**

데릭의 호감도가 나타났다. 다행히도 마지막으로 봤던 때에 비해 하락하지는 않았다. 오히려 생각보다 꽤 많이 상승한 편이었다.

그러나 맥스에 가까운 호감도를 이미 보고 난 후여서 그런지, 50%도 넘지 못한 그의 호감도가 퍽 감흥 없었다.

"……마차에 오르지 않고 뭐 하는 거지?"

그때, 서늘한 목소리가 나를 일깨웠다. 손을 잡은 채로 물끄러미 그를 응시하기만 하고 있었다는 것을 깨달았다.

"아, 죄송해요."

나는 바로 몸을 돌려 마차의 발판을 밟았다. 막 마차 안으로 들어서던 순간이었다.

"오늘은 제법 숙녀답게 입었구나."

희미하게 그의 목소리가 귀를 스쳐 지나갔다. 나는 자리에 앉으려다 멈칫하고 그를 돌아보았다. 하지만 그는 그런 말을 한 적 없는 사람처럼 묵묵히 내 옆에 따라 앉았다.

'……그런데 자리가 또 왜 이래.'

뒤늦게 사냥 대회와 별다를 바 없는 자리 배치라는 것을 깨달았다. 벌써부터 숨이 막히는 것 같았다.

마차가 출발한 지 얼마 지나지 않을 때였다. 무겁게 내려앉은 정적을 공작이 깨트렸다.

"황제 폐하께서도 자리하신다니, 다들 경거망동하지 말거라. 특히, 페넬로페."

이번에도 문젯거리는 나였다.

'왜 또 나만 가지고 그래!'

억울해서 튀어나오려던 입은 이어지는 공작의 설교에 쏙 들어갔다.

"또 어떤 놈팡이들이 춤추자고 치근덕거린다고 바로 아랫도리를 걸어차지는 말고. 차라리 큰 소리로 나나 네 오라버니들을 부르거라."

"……."

"누누이 말하지만, 정 때리고 싶으면 사람 없는 곳으로 끌고 가서 때리든지. 알겠느냐?"

"아버지, 그런 말씀 마시라고 누차 얘기 드렸지 않습니까."

"크흠."

데릭이 인상을 쓰며 공작을 제지하자, 공작이 헛기침을 하며 고개를 슬쩍 돌렸다.

"암, 그래야지. 재작년 황제 폐하의 탄신일 때 하일로스 자작가의 대를 끊어 놓을 뻔했던 걸 생각하면…… 어우!"

레널드 놈이 주절거리다가 끔찍하다는 듯 몸서리를 쳤다. 나는 흘깃 발밑을 내려다보았다. 치맛자락 사이로 뾰족한 크리스털 구두 끝이 드러났다 사라졌다.

'오호, 제법인걸. 구두 굽이 좀 쓸모가 있나 보네.'

나는 새로 얻은 공격 스킬에 딱딱, 발끝을 부딪치며 구두와 레널드를 번갈아 바라보았다. 맞은편에 앉아 있던 놈이 퍼드득 어깨를 떨며 버럭 소리쳤다.

"야. 너 갑자기 왜 그런 음침한 눈으로 구두는 보고 그래!"

"내가 언제?"

나는 새침하게 쏴붙인 후 공작을 향해 히죽 웃어 보였다.

"알겠어요, 아버지."

"어휴, 저 미친……."

레널드 놈이 뭐라 구시렁거리는 소리와 옆쪽에서 데릭 놈의 서늘한 눈초리가 뺨에 와 닿았다. 그러나 나는 신경 쓰지 않고 '딱딱' 구두 끝을 두어 번 더 경쾌하게 부딪쳤다.


얼마 후 마차는 황궁에 도달했다.

나는 마차에서 완전히 내려설 때까지 내심 긴장했다. 황태자가 어디선가 튀어나와서 '내 파트너가 왔느냐.'며 헛소리를 할지도 모르기 때문이다. 그 때문에 일부러 놈의 눈에 띄지 않도록 드레스를 바꿔 입은 것도 있었다.

그러나 다행히도, 연회장으로 향하는 계단을 모두 오를 때까지 황금 머리는 보이지 않았다. 놈을 찾아 주위를 두리번거리던 중.

"얘야."

문득 공작이 나를 불렀다. 시선을 돌리자, 내 앞에 내밀어진 주름진 손이 보였다.

"아비가 에스코트할 수 있게 허락해 주겠느냐?"

"……."

"늙은이랑 같이 입장할 바에야, 차라리 혼자 들어가겠다고 또 거절할 게야?"

장난스럽게 웃으며 덧붙인 그의 말에 나는 입을 떡 벌렸다.

공작의 방치에 페넬로페가 삐뚤어질 대로 삐뚤어진 것은 잘 알았다. 사춘기를 겪는 어린 영애가 제 또래 파트너 없이 아버지의 손을 잡고 들어가는 것을 창피하게 여길 수는 있었다.

'그래도 그렇게 적나라하게 말하진 말았어야지, 이 망할 페넬로페야!'

당황해서 하염없이 흔들리는 시선으로 공작의 손을 내려다볼 때였다.

"싫으면 됐다."

선뜻 손을 잡지 않자 공작이 민망한지 바로 손을 거두려 했다. 나는 화들짝 놀라 그 손을 붙잡았다.

"그럴 리……."

"……."

"그럴 리 없잖아요, 아버지."

나는 공작을 바라보며 힘겹게 미소 지었다. 단번에 환해지는 공작의 얼굴을 보니, 갑자기 멀미라도 나는 것처럼 속이 울렁거렸다.

"들어가자꾸나."

"에카르트 공작 가문의 일원 드십니다―!"

시종의 외침과 함께 연회장의 거대한 문이 천천히 열렸다. 장내에는 이미 많은 귀족들이 포진해 있는 상태였다.

공작의 손을 잡고 필사적으로 어지러운 속을 내리누르며 안으로 들어서던 나는 누군가와 정면으로 눈이 마주쳤다. 매번 토끼 가면을 뒤집어쓰고 있어서 보지 못했던 예쁜 은빛 머리가, 아스라하게 빛났다.

눈이 마주쳤음에도 뷘터는 시선을 돌리지 않았다. 얼마 전에 그와 안 좋게 끝난 탓에 조금 부담스러워진 나는, 먼저 눈을 피했다. 그때였다.

〈SYSTEM〉 돌발 퀘스트 발생! 불타는 이 밤, 그대와 함께 춤을!

[뷘터]에게 [춤 신청]을 하시겠습니까? (보상 : 뷘터의 호감도 5%, 명성 50)

[수락 / 거절]

불현듯 눈앞이 하얘지더니, 시스템 창이 떠올랐다.

'뭐야!'

나는 인상을 찌푸리며 [거절]을 연타했다. 막 시스템 창이 사라졌을 때였다.

"저 늙은 놈이 뭘 쳐다봐?"

옆에서 신경질적인 목소리가 울려 퍼졌다. 고개를 돌리자, 레널드 놈이 부리부리한 눈으로 이쪽을 바라보는 뷘터를 노려보고 있었다. 그런데 그 순간.

〈SYSTEM〉 돌발 퀘스트 발생! 불타는 이 밤, 그대와 함께 춤을!
[레널드]에게 [춤 신청]을 하시겠습니까? (보상 : 레널드의 호감
도 5%, 명성 50)
[수락 / 거절]

또 한 번 퀘스트 창이 떴다.
'이 게임 진짜 미친 거 아니냐.'
나는 진심으로 어처구니가 없어졌다.
'거절, 거절!'
신경질적으로 [거절]을 다시 연타했다. 황태자의 눈에 띄기 싫어
서 드레스 또한 수수한 것을 입고 온 상태였다. 그런데 어딜 가든
이목을 끄는 남주 놈들과 춤을 춘다면 그 노력이 수포로 돌아가지
않겠는가.
'그리고 왜 내가 신청해야 돼?!'
노멀 모드에서는 여주에게 서로 '첫 춤의 영광'을 달라며 난리더니.
그러나 레널드 놈은 뷘터와 눈싸움하기 바빠 춤의 'ㅊ' 자도 꺼낼
기색이 아니었다. 어이가 없어서 바라보고만 있자, 놈이 나를 흘긋
곁눈질했다.
"넌 또 뭘 봐?"
"……"
나는 인상을 찌푸린 채 놈을 무시하고 걸음을 옮겼다. 공작과 데
릭은 벌써 제 친우들을 찾아 떠난 후였다.

나는 레널드 또한 당연히 그럴 줄 알았다. 그러나 생판 남처럼 바로 외면할 줄 알았던 놈이, 내 뒤를 졸졸 따라왔다.

"야, 야! 어디 가는데!"

"몰라도 돼."

나는 시큰둥하게 대답하고는 사람들을 피해 인적 드문 구석으로 자리를 옮겼다. 황제가 와서 축사를 할 때까지 적당히 자리만 지키다 갈 생각이었다.

지나가는 시종에게서 와인 한 잔을 받아 든 나는, 조명이 어두운 기둥 옆에 자리를 잡았다.

그때까지 뒤따라 온 레널드는 나랑 몇 발자국 떨어진 곳에 아닌 척 팔짱을 끼고 삐딱하게 섰다. 외진 곳임에도 레널드 놈의 존재감으로 인해 사람들이 계속해서 이쪽으로 시선을 던졌다.

"왜 쫓아오는 건데?"

나는 기가 막힌 표정으로 놈에게 물었다.

"너 쫓아온 거 아니라, 원래 여기가 내가 자주 찾는 곳이거든?"

유치한 답변에 나는 더 들어 줄 것 없이 몸을 돌렸다. 그러나 어깨를 붙드는 손길에 한 발짝도 뗄 수 없었다.

"아, 어디 가는데!"

"네가 자주 찾는 곳이라며. 그래서 내가 피해 주려고."

나는 심드렁하게 '너와 단둘이 있기 싫다.'는 것을 돌려 말했다.

이 게임은 빌어먹게도, 퀘스트 권유가 매우 끈질겼으므로 같이 있다가 또 언제 시스템 창이 뜰지 모른다. 남주들과는 떨어지는 것이 상책이었다.

"언제는 안 가면 안 되냐고 저가 먼저 붙들었으면서……."

레널드 놈은 오만상을 찌푸리며 나를 사납게 노려보았다. 조명 탓인지 그 얼굴이 무척이나 붉어 보였다.

"짜증 나는 계집애."

그리고 팩 고개를 돌리더니 쿵쿵거리며 멀어지는 것이 아닌가.

'아니, 내가 언⋯⋯.'

황당함에 버벅이며 그의 뒷모습을 바라보던 중, 머릿속에 장면 하나가 번뜩 스쳐 지나갔다.

— 꼭 가야 해? 그냥 나랑 같이 있으면⋯⋯.
— 미, 미쳤냐?!

사냥 대회의 전야제 때였다. 그땐 황태자가 언제 나타날지 몰라, 하나둘 떠나가는 방패막이들을 기겁하며 붙들었었는데⋯⋯. 레널드가 그걸 아직도 염두에 두고 있었다는 사실이 좀 놀라웠다.

나는 인파에 섞여 잘 보이지 않는 핑크 머리 대신, 머리 위에 훌쩍 떠 있는 연분홍색 게이지 바를 새삼스러운 눈으로 바라보았다. 생각해 보니 그의 호감도도 확인할 때가 되었다.

'또 오면 한번 춤추자고 해 볼까.'

그렇게 생각하며 천천히 시선을 거두던 때였다. 문득 관자놀이에 따가운 시선이 느껴졌다. 무심결에 고개를 돌리던 나는, 또 한 번 군청색 동공과 눈이 마주쳤다.

'아, 아니. 일부러 숨은 건데 대체 어떻게 찾아낸 거야?!'

그 또한 나를 따라 자리를 옮긴 건지, 썩 멀지 않은 거리였다. 제 딴에는 눈에 띄지 않기 위해 사람들이 몰려 있는 곳 주변에 적당히 섞여 있는 듯했다.

그러나 선명한 보라색 게이지 바와 나를 바라보는 아련한 시선 때문에 모르려야 모를 수가 없었다.

'미치겠네.'

불현듯 뷘터가 몸을 바로 하며 입술을 달싹였다. 왠지 모르게 곧 내 쪽으로 다가올 것 같았다.

'이곳이 명당이 아니었어.'

나는 다시 자리를 이동하기 위해 몸을 돌렸다.

"여기서, 뭐 하는 거지?"

그러나 검은색 슈트 차림의 누군가로 인해 곧장 가로막혔다. 데 릭이었다.

〈SYSTEM〉 돌발 퀘스트 발생! 불타는 이 밤, 그대와 함께 춤을!
[데릭]에게 [춤 신청]을 하시겠습니까? (보상 : 데릭의 호감도 5%, 명성 50)
[수락 / 거절]

'하. 제발 자비 좀요…….'

눈이 마주치자마자 떠오르는 퀘스트 창에 나는 치오르는 한숨을 삼키며 답했다.

"……그냥 서 있어요."

그와 동시에 데릭 놈이 왜 내 앞에 있는지 어리둥절해졌다. 놈은 냉혈 귀족이라는 설정과는 달리, 언제나 주변에 사람이 넘쳤다.

놀란 눈으로 그를 빤히 응시하고 있을 때. 거짓말처럼 음악이 느리고 로맨틱한 템포로 바뀌었다.

"……춤을 추겠느냐."

그리고 데릭의 입에서, 믿을 수 없는 소리가 흘러나왔다. 나는 멍하니 눈을 깜빡이다 뒤늦게 물었다.

"……저랑요?"

"그래."

데릭이 내게 한 손을 내밀었다. 나와 닿는 것조차, 아니, '오라버니'라고 불리는 것조차 극도로 혐오하던 놈이 갑자기 왜 이러는지 알 수 없었다.

"왜……."

반사적으로 '왜요?' 하고 물으려던 나는 일순 움찔거리는 데릭의 입매를 보고 입을 다물었다.

― 사실 나도 몰라.

무덤덤하게 답변을 하던 그의 목소리가 귓가에 스쳤다. 나도 그의 행동을 모르고, 그 또한 자신의 행동을 모른다.

'그래. 어차피 계속 뜰 퀘스트, 한 번쯤은…….'

계속 거절할 바에야, 그냥 한 놈이라도 해서 끝내는 게 나았다. 보상도 나쁘지 않은 편이었고, 호감도를 위해 비굴하게 춤을 구걸하는 것도 아니었다.

나는 마음을 정하고, 천천히 손을 뻗었다. 이윽고 [수락]을 누르려던 바로 그 찰나.

"미안하게 됐군."

휘익— 거세게 허리가 끌어당겨졌다. 무방비하게 서 있던 나는, 속절없이 누군가의 품으로 끌려 들어갔다.

"공녀와 춤을 춰야 할 이는 나라서 말이야."

샹들리에 빛에 반사된 황금빛 머리칼이 눈앞에서 찬란하게 흩날렸다. 그와 동시에 또 다른 네모 창이 떠올랐다.

〈SYSTEM〉 [칼리스토]의 호감도를 확인하시겠습니까?
[200만 골드 / 명성 200]

잠시 그것에 시선을 빼앗겼을 무렵. 옆쪽에서 얼음장처럼 차가운 목소리가 쏟아졌다.

"황태자 전하, 이게 무슨 짓입니까."

나는 퍼뜩 고개를 돌렸다. 차게 식은 데릭의 시선이 내 허리를 감싸고 있는 팔에 꽂혀 있었다.

그제야 퍼뜩 정신이 든 나는 허겁지겁 황태자의 팔을 떼어 내려고 했다.

"이게 무슨…… 읏."

그러나 굵직한 팔 줄기는 내 허리를 더욱 꽉 옥죌 뿐 꿈쩍도 하지 않았다. 황태자가 우왕좌왕하는 나를 흘깃 내려다보며 콧잔등을 찌푸렸다.

"일이 있어 좀 늦게 도착했는데, 아무리 찾아도 없더라니……."

"……."

"이런 곳에 잘도 숨어 있었군. 한참 찾았어, 공녀."

"지금 뭐 하는 짓이냐고 물었습니다."

데릭은 당장이라도 달려와 황태자의 손을 떼어 내고 싶은 사람처럼 몸을 움찔거렸다. 삽시간에 주변의 온도가 서늘해졌다.

"그 손, 놓으십시오."

"싫은데?"

황태자는 소공작의 경고에도 아랑곳 않고, 고개를 삐딱하게 기울였다.

"자네는 남매이니 춤쯤이야 언제든 출 수 있지 않나. 오늘은 나에게 양보해."

"송구합니다만, 오늘은 힘들 것 같습니다."

데릭은 명령과도 같은 황태자에게 전혀 밀리지 않고 대꾸했다.

"제가 최근 일이 바빠 동생과 유희를 즐길 새가 없어서 말입니다. 그리고, 에카르트에 이리 무례하게 구시지 않는 게 좋을 텐데요, 전하."

저번 사냥 대회와는 사뭇 달랐다. 데릭은 무표정한 얼굴로 뇌까렸다.

"곧 황제 폐하의 주도하에 승계를 확정 짓는 대귀족 회의가 열리지 않습니까."

아드득―. 불현듯 위쪽에서 살벌하게 이를 가는 소리가 울려 퍼졌다. 황태자와 맞붙어 있는 나만 들을 수 있을 만큼 작은 소리였다.

"……무례라니, 섭섭하군."

칼리스토는 이를 악물고 웃으며 말했다.

"공녀는 내 파트너야, 소공작."

"여인을 막무가내로 끌고 가려는 행위를 파트너 요청이라 칭하는 것은 처음 듣는 소리입니다만."

"보좌관을 통해 정중히 요청했고, 공녀가 수락했다."

"……."

불안한 심정으로 그 둘의 대화를 정신없이 쫓아가던 중, 불현듯 정적이 찾아왔다. 황태자의 말에 곧장 대꾸를 하려던 데릭의 입이 서서히 다물렸다. 그는 잠시 침묵하다가 이내 나를 바라보며 물었다.

"……정말이냐?"

나는 뒤늦게 황태자가 무슨 헛소리를 지껄였는지 깨달았다. 깜빡이기 시작하는 주황색 게이지 바에 황급히 고개를 내저었다.

"제, 제가 언제 수락을……!

"거절하면, 큰 소리로 솔레일을 소탕한 제국의 영웅에게 춤을 신청한다고 외칠 거야."

그때, 황태자가 나만 들릴 만큼 작은 소리로 귓가에 속삭였다. 나는 눈을 부릅뜨고 황태자를 올려다보았지만, 놈은 그저 비열한 미소를 지을 뿐이었다.

'이런 상 미친놈!'

나는 진저리를 쳤다. 하지만 이 미친놈은 한다면 진짜 하는 놈이라는 것을 잘 알고 있었다.

"……오라버니."

나는 결국 눈물을 머금고 데릭을 불렀다.

"전하께 춤 신청을 받은 것을 영…… 영광으로 여기고 싶어요."

나는 부들부들 떨리는 입술을 움직여 가까스로 문장을 만들어 내었다. 그렇지만 파트너를 인정하는 말을 하고 싶지는 않았다.

"……페넬로페 에카르트."

데릭이 전에 없이 단단하게 턱을 굳히더니, 이내 휙 몸을 돌렸다. 빠르게 깜빡이는 주황색 호감도 게이지 바가 멀어졌다. 앙금이 남아 있던 속이 시원하면서도, 나는 그에게 좀 미안해졌다.

'……괜찮겠지?'

아무리 엑스 친 놈이라지만, 이렇게 흘러가도 되는가 싶어 뒤늦게 걱정이 들었다. 그때였다.

"큭, 소공작이 저런 표정을 짓는 건 처음 보는군. 덕분에 한 방 잘 먹였어, 공녀."

얄미운 목소리에 고개를 획 돌리자, 황태자가 재밌다는 얼굴로 낄낄거리고 있었다.

"이게 뭐 하는 짓이에요!"

내 눈이 세모꼴로 치켜 올라가는 것은 당연했다.

"제가 언제 전하 파트너 한다 했습니까?"

황태자가 힘겹게 웃음을 그치고 태연하게 대꾸했다.

"왜, 맞잖아?"

"저 갈래요. 혼자서 춤 양껏 추시든지요."

나는 짜증스럽게 획 몸을 돌렸다.

"공녀."

황태자가 드물게 당황한 얼굴로 나를 붙들었다.

"……화났나?"

"…….."

나는 황태자의 물음에 그저 기가 막혔다.

"세상에 황태자 전하께서……."

"그 소문이 사실이었……."

갑작스러운 황태자의 등장으로 인해 벌써부터 숙덕임이 귀를 파고들기 시작했다.

나는 속히 놈과 멀어지고 싶었다. 막 한 발짝 떼었을 때, 문득 치맛자락이 팽팽해졌다. 고개를 돌리자, 황태자가 애처럼 치맛자락을 붙들고 서 있었다. 나는 주변을 휙휙 둘러보다가, 낮게 속삭였다.

"지금 뭐 하시는 겁니까?"

"춤은 좀 춰 주고 가, 공녀."

"혼자 추시라고 말씀드렸는데요."

"명색이 생일 연회인데, 황태자씩이나 돼서 파트너에게 춤을 거절당했다는 말이 돌면 내가 너무 불쌍하잖아."

황태자가 과장스럽게 시무룩한 얼굴을 흉내 냈다. 그러면서도 내 치맛자락을 꼭 쥔 손을 놓지 않았다. 나는 그 손을 내려다보며 오만상을 찌푸렸다.

'어린아이도 아니고, 왜 이래?'

그의 행동은 무례하기 그지없었다. 하지만 단둘이 있는 것도 아니고, 이목이 쏠린 상태에서 황족의 손을 매몰차게 쳐 낼 수는 없는 노릇이다. 놈도 그것을 잘 알고 있기에 이러는 것이리라.

나는 깊은 한숨을 삼키며 이를 악물고 말했다.

"저 말고 전하의 상대가 되어 줄 영애들이 넘쳐날 텐데요."

"글쎄."

그가 되물으며 주변을 쭉 둘러보았다. 그러자 숨죽인 채 이쪽을 지켜보고 있던 몇몇 귀족들이 황태자의 시선이 닿는 족족 황급히 고개를 돌렸다. 개중 어린 영애 무리는 사색이 되어 자리를 옮기기까지 하는 게 아닌가.

연회장을 한 바퀴 돈 그의 시선이 다시 내게로 못 박혔다.

"그래 보여?"

황태자가 삐딱하게 고개를 기울이며 말했다.

"공녀는 저번부터 나를 비참하게 만드는 재주가 있어."

"……."

나는 그저 눈만 깜빡일 뿐 아무런 대꾸도 하지 못했다. 황태자를 따라 둘러 본 장내 귀족들의 눈에 서려 있는 것은 선명한 두려움과 경계였다. 장차 황제가 될 고귀한 이에게 가져야 하는 감정들과는 맞지 않았다.

'하긴. 지난 2황자의 탄신 연회에서 그 난리를 쳤으니 그럴 만도…….'

모든 이들이 보는 앞에서 암살자의 목을 거침없이 베어내던 그. 게다가 게임에서 황태자는 '피에 미친 살인귀'라는 소문이 파다하다는 설정이었다.

'그러고 보니…….'

문득 승계를 확정 지을 대귀족 회의가 열릴 거라는 데릭의 말이 떠올랐다.

오랜 시간을 전쟁터에서 구르며 제국에 승전을 가져다주었지만, 그는 여전히 아무에게도 그 공로를 인정받지 못했다. 친부인 황제에게조차.

"……그냥 한번 어울려 주지 그래."

그때, 황태자가 나를 상념에서 깨웠다.

"생일이잖아. 그 비싼 것들을 받고 입 싹 닫는 건 너무하지 않나?"

"……."

"그 액세서리는 패전국 중 한 곳의 국보야, 공녀. 억만금을 줘도 못 사는 거라고."

나는 놈의 이죽거림에 누가 달라 했냐고 반박하려다가 그냥 입을 다물었다.

황태자는 평소와 같이 얄미운 면상 그대로였다. 하지만 왜인지 모르게, 치맛자락을 꽉 붙든 채 놔주지 않는 그 모습이⋯⋯.

좀 볼품없고 처량 맞아 보였다. 동시에 싫다면 곧장 바로 물러서는 다른 남주들에 비해 징글맞을 정도로 집요하게 느껴졌다.

나는 여전히 떠 있는 퀘스트 창을 흘끔 곁눈질하며 결국 체념조로 말했다.

“⋯⋯저 춤 못 춰요.”

생각해 보니 그랬다. 나는 귀족들의 춤을 전혀 몰랐다. 그렇다고 리듬에 몸을 맡기기에는, 천방지축이었던 이 몸의 주인이라고 잘 출 것 같지 않았다.

‘역시 이 망할 퀘스트는 하지 않는 게⋯⋯.’

다시 한번 결심을 다지던 그 순간이었다.

“그럼 이렇게 하면 되지.”

“꺅!”

황태자가 잡고 있던 치맛자락을 놓고 한 손으로 내 허리를 번쩍 쳐들었다. 나는 화들짝 놀라 작게 비명 지르며 허겁지겁 그의 어깨를 짚었다.

다행히 그는 곧 내 몸을 내려놓았다. 그런데 대리석이 깔려 있는 바닥이 아니었다. 수수한 드레스와 걸맞게 대충 골라 신은 굽 낮은 구두 아래, 단단하면서도 물컹한 촉감이 닿았다.

“뭐, 뭐 하는 거예요!”

숨결이 느껴질 만큼 가까워진 거리. 몸에 닿는 타인의 단단한 몸에 당황한 나머지 나는 마구 발버둥을 쳤다.

"윽."

칼리스토의 입에서 나지막한 신음이 흘러나왔다. 나는 그제야 놀라 버둥거리는 것을 멈췄다.

"그거 아나?"

"뭐, 뭘……."

"그대는 가끔 나랑 대화할 때 꼭 한 대 패고 싶다는 표정을 지을 때가 있어."

답답할 만큼 허리를 꽉 감싼 황태자가 다른 손으로 그의 어깨를 짚은 내 손을 떼어 내어 맞잡았다.

"황족의 몸에 손을 대는 것은 중죄이니 허락할 수 없다. 대신 발이라도 실컷 밟아 두라고."

"자, 잠시만……!"

곧장 몸을 움직이는 놈으로 인해 덩달아 내 몸 또한 끌려갔다. 나는 뒤늦게 그가 나를 통째로 들어 올려 제 발 위에 올려 두었다는 것을 깨달았다.

그가 박자에 맞춰 천천히 스텝을 옮겼다. 남의 발 위에 체중을 실은 채 움직이는 느낌은 참으로 기묘했다. 고작 몇 ㎝에 불과한데 떨어질까 겁이 났다. 나도 모르게 놈을 붙잡은 손에 꽉 힘을 준 채, 움직임을 따라 신중하게 균형을 다잡았다.

그 순간엔 우리 사이가 지나치게 가깝다는 것도, 스테이지가 아닌 어두운 가장자리에서 괴상한 모습으로 춤을 추는 중이라는 것도, 그리고 주변을 점점 사람들이 에워싸고 있다는 것도 알지 못했다.

"이럼 됐지? 이런 구석까지 눈여겨보는 이들은 거의 없다고."

그럼 춤을 출 이유 또한 없는 것이 아닌가, 하는 의문이 잠시 뇌리를 스쳤다.

그러나 나는 그런 것을 따질 여유가 없었다. 그런 내 모습이 퍽 웃겼는지, 문득 머리맡에서 나지막한 웃음소리가 흘러나왔다.

"실컷 밟아 두라니까, 공녀."

놈이 정신없는 나를 보고 히죽 웃으며 지껄였다.

"……장난하세요?"

나는 그를 흘끔거리다가 움직임을 감지하고 곧장 눈을 아래로 내리깔았다. 마음 같아서는 발등이 으스러져라 구두 굽으로 짓뭉개고 싶었다. 그러나 발을 떼었다간 그대로 중심을 잃고 넘어질 것 같았다.

신경질적인 내 목소리에 황태자가 다시 한번 웃음을 터뜨렸다.

"그대는 정말 춤을 못 추는군."

"이……."

못 추는 게 아니라 이게 다 네놈 때문이지 않으냐고, 울컥해서 뭐라 반박하려고 번쩍 고개를 쳐들던 그 찰나였다.

나는 곧바로 마주한 얼굴에 일순 말을 잃었다. 코앞에 있는 황태자의 눈이, 아니 황태자가 만면에 환한 웃음을 짓고 있었다. 무척이나 즐겁다는 듯이.

언제나 삐딱하거나, 그도 아니면 살벌한 기세를 풍기던 놈이 이런 표정을 지을 수 있다는 것이 믿기지 않았다. 그 모습이 너무 생경하게 느껴져서, 나는 멍하니 그의 얼굴을 바라보았다.

그 순간 노랫소리도, 사람들의 웅성거림조차 들리지 않았다. 통제할 수 없을 만큼 기괴한 울렁거림이 가슴에서 점점 온몸으로 퍼지기 시작하려던 순간.

음악이 끝이 났다. 클라이맥스가 한참 지난 상태에서 시작했기 때문에 다행히도 오래 출 필요가 없었다.

웅장한 피날레와 함께 황태자가 나를 제 발등 위에서 천천히 내려 주었다.

"어울려 줘서 고마워, 공녀."

놈은 한 발자국 떨어진 후 다른 남자들처럼 허리를 숙여 인사했다. 정석에 가까운 완벽한 자세였다.

전혀 놈답지 않은 모습에, 마주 인사할 생각도 못 하고 어정쩡하게 서 있을 무렵이었다.

〈SYSTEM〉[불타는 이 밤, 그대와 함께 춤을] 퀘스트 성공!
〈SYSTEM〉보상을 받으시겠습니까?
[예. / 아니오.]

허공에 떠오른 하얀 네모 창에 퍼뜩 정신이 들었다. 이 망할 게임은 거절해도 조건만 충족하면 자동으로 퀘스트 완료가 되곤 했다. 이왕 얻은 보상을 거절할 이유가 없었다.

〈SYSTEM〉보상으로 [칼리스토]의 [호감도 +5%]와 [명성 +50]을 얻었습니다. (명성 total : 610)

보상이 적힌 글씨를 보니, 오랜 백일몽에서 깨어나듯 서서히 현실 감각이 돌아왔다. 더불어 묘하게 분주하고 심란한 듯한 분위기가 감지됐다. 무심코 고개를 돌리던 나는 경악했다.

'미친……!'

알아보는 이들이 없을 거라는 황태자의 말과는 달리, 주변에 꽤 많은 귀족들이 포진해 있었다. 게다가 스테이지에서 춤을 추던 몇 몇 커플들은 주인공에 대한 예를 차린답시고 우리가 있는 가장자리 근처까지 이동한 상태가 아닌가.

나는 입을 뻐끔거리다가 황급히 몸을 돌렸다.

"공녀."

황태자가 당황한 목소리로 나를 부르는 것이 들렸지만, 신경 쓸 여력이 없었다. 파트너의 발등 위에서 괴상한 몸짓으로 춤을 춘 것을 모두에게 들켰다는 사실이 못 견디게 창피했다.

'망할! 이럴 땐 왜 자동으로 움직이는 것도 아니냐고!'

분별없는 게임 시스템을 욕하던 나는, 결국 남들의 눈을 피해 음침한 테라스까지 몰렸다.

테라스는 밀애를 나누는 연인들이 아닌 이상 잘 이용하지 않았다. '진짜 공녀'라는 타이틀을 달고 데뷔한 노멀 모드의 여주가 연회에 참여할 때마다 호감도를 위해 가장 잘 이용한 배경이기도 했다. 왜냐면 이 게임은 빌어먹을 '연애 시뮬레이션 게임'이기 때문이다.

그러나 황급히 문을 닫으려던 나는 '턱―' 하고 문틈에 끼어 가로막는 타인의 발에 의해 원하는 바를 이룰 수 없었다.

"왜 도망을 가는 거지?"

유리문을 사이에 둔 채 황태자가 이해할 수 없다는 표정으로 물었다.

"춤 다 췄잖아요. 이제 저 좀 그만 놔주시죠, 전하."

콱, 콱─! 나는 문의 모서리가 놈의 발을 찍든 말든 문을 마구 흔들었다.

"윽. 실컷 밟으라 할 때는 가만있더니 이제 와 내 발을 짓이기려 드는군. 이거 황족 모독이야, 공녀."

콱, 콱, 콱─! 나는 놈의 말에 대꾸 없이 문으로 세게 놈의 발을 찧었다.

"으윽! 이대로 있다간, 귀족들은 물론 근위병들도 구경 올 텐데? 그전에 날 들여보내 주고 커튼을 치는 게 소문 방지에 더 도움되지 않겠나?"

황태자 놈이 신음을 내뱉으면서도 잘도 지껄였다. 분하지만 일리 있는 말이었다. 실은 놈이 힘으로 밀고 들어온다면, 막을 방도가 없었다.

진저리를 치던 나는 깊은 한숨을 쉬며 유리문을 열었다. 황태자가 씩 이를 드러내고 웃으며 안으로 들어왔다. 나는 지긋지긋하다는 눈으로 놈을 쏘아보았다.

"대체 왜 쫓아오시는 거예요? 해 달라는 대로 춤 다 춰 드렸잖아요."

"이 황궁에서 감히 황태자가 못 갈 곳이 어디 있나? 엄연히 말하면 공녀가 내 공간을 이용하는 거야."

"그럼 제가 가겠습니다. 안녕히 계세요."

"어허, 농담도 못 하나?"

놈이 허겁지겁 내 앞을 가로막고 뒤로 손을 뻗어 커튼을 쳤다. 완벽한 차단에 어이가 없어 헛웃음이 새어 나왔다.

"그런데……."

그런데 불현듯 놈이 눈을 가느스름하게 뜬 채 위아래로 나를 훑어보았다.

"내가 보낸 드레스는 왜 안 입고 온 거지?"

나는 황태자의 게슴츠레한 눈초리에 흠칫했다. 돌발 퀘스트 때문에, 왜 이런 칙칙한 드레스를 입었는지 깜빡 잊고 있었다.

"액세서리도 착용하지 않았군."

대답이 없자, 나를 살피는 새빨간 눈에 의구심이 짙어졌다. 나는 마지못해 변명했다.

"……너무 예뻐서 아껴 쓰려고 그랬어요."

"허."

칼리스토가 노골적으로 헛웃음을 터뜨렸다. 내가 들어도 너무 아무 말인지라 좀 민망해졌다. 시선을 피하는 나를 보며 그가 눈썹을 꿈틀거렸다.

"내가 그대를 모를 줄 아나?"

"……뭘요?"

"내 눈에도 남들 눈에도 띄기 싫으니까 그랬겠지."

"…….”

정확하게 나를 파악한 탓에 나는 할 말을 잃었다.

'그걸 아는 놈이 그런 걸 줘?!'

동시에 억울함이 치솟았다. 집사가 공작과 데릭 놈에게 가서 내가 황태자 놈에게 드레스를 받은 것을 쪼르르 일러바칠까 봐 얼마나 노심초사했는지 모른다.

"다이아몬드 광산은 넙죽 받았으면서, 다이아몬드 액세서리와 드레스는 또 받기 싫다?"

불퉁한 얼굴을 하고 있자, 황태자가 쯧쯧 혀를 찼다.

"성격 참 이상해."

"전하께서 저한테 성격 지적을…….."

놈의 말에 혼미해지는 정신을 가까스로 붙잡고 말했다.

"신경 써 주신 것은 감사합니다만, 저는 포상 같은 거 필요 없습니다."

마지막에 급작스럽게 헤어져서 이 말을 너무 늦게 전하게 됐다.

황태자는 내 말에 조금 놀란 얼굴로 나를 돌아보았다. 하지만 정체를 숨긴 뷘터도 마음에 걸렸고, 괜히 그날 일이 알려져 봤자 득될 게 하나도 없었다.

나는 그를 마주 보며 천천히 입을 열었다.

"지난 일은…… 그냥 없었던 일로 해 주세요."

"뭘? 그대와 내가 두 번이나 입을 맞춘 것?"

"아니요!"

나는 놈의 막말에 기겁을 하고 고개를 저었다.

"그리고 왜 두 번이에요? 한 번이죠!"

진저리를 치며 따져 묻는 내 말에 놈이 묘한 얼굴로 고개를 까딱였다.

"……계속해."

"솔. 레. 일. 관련해서 말이에요."

혹여라도 놈이 곡해하여 받아들일까 봐 한 자 한 자 힘줘서 말했다.

"……그때 일은 그냥 사고였어요. 대외적으로 알려지지 않았으면 좋겠어요, 전하."

비밀이니 더는 이 일에 대해 언급하지 말라는 소리였다. 그런데 황태자는 가타부타 대답 대신 생뚱맞은 소리를 내뱉었다.

"얼마 전 회의에서 공작과 사적으로 대화를 나눴다."

"아버지…… 랑요?"

"외출은 물론, 그대의 특질에 관해서도 전혀 알지 못하는 눈치더군."

"그, 그건……."

나는 당황해서 버벅였다. 황태자는 내가 마법을 쓸 줄 아는 것을 공작에게조차 비밀로 하는 것을 꼬집고 있었다.

"그래서인가? 포상을 거절하는 이유가?"

나는 이미 상황 파악을 끝낸 칼리스토의 통찰력에 내심 놀랐다.

"……네."

물론 그 이유만은 아니었지만, 순순히 고개를 끄덕이며 덧붙였다.

"제가 공녀인 것은 맞지만 친딸인 것은 아니잖아요."

"그건 그렇지."

황태자가 떨떠름한 얼굴로 수긍했다.

"사실 그대가 그렇게 말할 줄 알고 있었다."

"알고…… 있었다고요?"

"드레스 또한 입고 오지 않을 거라 예상했지."

기가 막힌 노릇이었다. 나는 눈살을 찌푸리며 되물었다.

"그럼 왜 보내셨어요?"

"그냥."

"……네?"

"보고 싶어서."

내가 들은 게 믿기지 않았다. 나는 숨을 멈추고 황태자를 바라보았다. 그는 테라스 밖으로 고개를 돌리며 혼잣말처럼 중얼거렸다.

"그것들을 보자마자 그대가 떠올랐다."

"……."

"악귀의 손에 들어갈 바엔 가치에 맞는 주인을 찾아줘야 한다고 생각했지."

"……."

"그뿐이야."

나는 생경한 눈으로 말없이 황태자를 응시했다. 오늘따라 그가 유난히도 낯설게 느껴졌다.

시원한 바람결이 살랑살랑 테라스 안까지 밀려들었다. 잔머리가 볼을 간지럽히는 느낌에, 나는 뒤늦게 정신을 차리고 이상한 단어를 물었다.

"악귀요……?"

"황비 말이야."

황태자가 콧잔등을 찡긋거리며 답했다. 황제의 하나뿐인 처에게 그런 상스러운 단어를 쓰는 게 더는 놀랍지도 않았다.

'……황비한테 빼앗기기 싫어서 나한테 준 거구나.'

사실인지, 아닌지 모르겠으나 나는 그의 뒷말만 듣고 그렇게 생각하기로 했다. 안 그러면 자꾸만 수런거리는 가슴을 진정시키기 힘들 것 같았다.

"그런데……."

황태자가 불현듯 내 쪽으로 휙 고개를 돌렸다.

"난 이렇게 퍼다 날랐는데, 그대는 뭐 생일 선물 같은 거 없나?"

그를 바라보고 있다는 것을 들키지 않기 위해 나는 황급히 고개를 내저었다. 황태자가 눈을 부릅떴다.

"진짜 없어?"

"⋯⋯춰 드렸잖아요?"

"아무리 그래도 그렇지, 제국의 신민이 되어서 감히 하나뿐인 황태자의 탄신일에 아무것도 바치지 않나?"

"공작가의 이름으로 보낸 것은 있겠지요."

심드렁한 대꾸에 황태자가 헛바람을 터뜨렸다.

"하! 에카르트에선 예절 교육을 시키지 않는 건가? 황족에 대한 예우가 아주 형편없군."

예절 교육을 다시 받아야겠다는 둥, 황궁의 지하 감옥을 구경시켜 주어야겠다는 둥. 애처럼 끊임없이 불평을 구시렁거리는 놈 때문에 나는 두 손으로 귀를 틀어막았다.

그러다 놈이 '감히 황태자의 앞에서 귀를 틀어막느냐.'고 난리를 치기 전에 서둘러 속주머니를 뒤적였다.

"여기요, 여기요!"

받고 썩 꺼지라는 식으로 재빨리 꺼낸 것을 떠넘기자, 그제야 폭격기 같던 입이 다물렸다.

"진작 줄 것이지."

잽싸게 낚아챈 황태자가 샐쭉 웃었다. 그리고 말릴 새도 없이 곧장 포장지를 '쫙쫙' 뜯기 시작했다.

'혹시나 해서 사 왔는데 안 가져왔으면 큰일 날 뻔했어⋯⋯.'

나는 해탈한 채 놈이 하는 양을 멀거니 바라보았다.

"뭘 이렇게 번거롭게 포장까지 하고 그래?"

"마음에 들지 않으시다면 다시 돌려주셔도 됩니다."

"누가 마음에 안 든대?"

다시 달라고 손을 내밀자, 황태자가 잽싸게 선물을 획 위로 쳐들었다. 그의 손에 순식간에 포장지가 뜯기고 작은 벨벳 상자가 드러났다.

"오호. 액세서리 상자군."

황태자는 눈을 빛내며 지체 없이 상자를 열었다.

"이건……."

그는 멈칫하고 상자 안을 들여다보다가 이내 내용물을 꺼내 들었다.

환한 달빛 아래, 그의 눈동자 색과 똑 닮은 타원형의 루비가 피와 같은 붉은빛을 머금은 채 반짝였다. 금침에 엄지손톱만 한 원석만 덩그러니 붙어 있는 모양새가 다소 투박하고 초라해 보였다.

"커프슨가?"

"그냥 커프스는 아니에요."

"그럼?"

"마법이 새겨진 건데……."

사실 이게 내 창의력의 한계였다. 머리를 쥐어짜면서 고민했지만, 이미 모든 것을 다 가진 권력자에게는 도통 뭘 줘야 하는지 알 수 없었다. 게다가 나는 성인 남자의 생일 선물을 준 적이 한 번도 없었다.

하는 수 없이 뷘터에게 줄 때와 마찬가지로 대충 고른 건데, 막상 당사자 앞에 드러나자 왠지 모르게 창피했다.

'이래서 돌아갈 때 몰래 남겨 두고 가려고 한 건데…….'

차마 시선을 마주할 자신이 없었다. 그래서 그의 어깨 너머 벽을 응시하며 최대한 아무렇지 않은 척 읊조렸다.

"힐링 마법은 가공하지 않은 원석에 새겨야 가장 효과가 좋대요."

"……힐링 마법?"

"네. 혹시라도 다치시면 커프스를 상처 가까이 가져다 대세요. 루비가 완전히 부서지기 전까진 마법이 발동한다고 합니다."

귀족들이 평소 착용하는 화려하고 섬세한 세공품들은 마력이 떨어졌다. 더구나 이건 사용 횟수가 무제한에 가까워 투박한 생김새에 비해 값이 엄청나게 비쌌다.

"앞으로 혹시라도 옥체 상하셨을 때, 저한테 힐링 마법 못 쓰냐고 닦달하지 마시고 그거 쓰시라고…….”

외양보다 실용성을 생각한 선택이었다는 것을 설명하려 한 건데, 꼭 변명하는 것처럼 느껴졌다. 점점 목소리가 작아졌다. 시선 또한 아래로 차츰 떨어지던 그 순간이었다.

우두둑─. 불현듯 섬뜩한 소리가 울려 퍼졌다.

"무슨…….”

무심결에 고개를 든 나는 칼리스토의 모습에 입을 떡 벌렸다. 놈이 옷에 매달고 다니라고 준 커프스로 귓불을 뚫고 있었다.

"이러면 되나?"

그가 귀에서 손을 떼며 물었다. 두꺼운 금침으로 무식하게 맨살을 꿰뚫은 탓인지, 검붉은 핏방울들이 귀 끝을 타고 뚝뚝 떨어졌다.

"저, 전하!"

나는 그야말로 대경실색했다. 칼리스토는 그런 나를 보며 재밌다는 듯 씩 웃었다.

놈의 기행에 입을 뻐끔거리며 한참을 버벅이던 나는, 이내 비명처럼 소리 질렀다.

"대체 이게…… 이게 뭐 하는 짓이에요!"

"왜? 이렇게 끼고 있다가 필요하면 빼서 쓰면 되지.”

"커프스를 누가 귓불에다가 끼웁니까!"

"이 나라의 황태자가."

놈이 턱을 쳐들고 오만하게 뇌까렸다. 그러다 제 말이 웃긴지 미친놈처럼 낄낄거렸다.

아연한 얼굴로 그런 황태자를 바라보던 중, 귓불과 맞닿은 루비에서 붉은빛이 깜빡이기 시작했다. 상처를 감지한 아티팩트가 마법을 발동시킨 것이다.

"그렇게 미친놈 보듯 볼 것 없어. 그대가 준 선물 덕에 다 나았으니까."

"정말이지…… 전하를 이해할 수가 없어요."

난 여전히 핏자국이 흥건하게 남아 있는 놈의 귓가를 바라보며 야트막하게 한숨을 내쉬었다. 황태자가 밉살맞게 응수했다.

"그건 나도 마찬가지야."

"제가 뭘요?"

"그대처럼 이상한 여자는 처음 본다고 말 안 했나?"

"저는 지극히 정상입니다. 그보다 전하께서야말로 의원을 좀 만나 보시는 게……."

"그러니 이상한 사람들끼리 한번 잘해 보자고."

황태자가 불쑥 말을 끊고 몸을 바로 했다. 그는 귀에 단 루비처럼 탐스러운 새빨간 눈으로 나를 직시하며 말했다.

"나랑 정식으로 교제하지, 공녀."

나는 황태자가 무슨 말을 하는 건지 이해할 수 없었다. 그런데도 숨이 멎었다.

한동안 내게 못 박혀 있는 적안을 멍하니 바라보다가, 호흡을 토해 내듯 가까스로 입을 벌렸다.

"지금…… 뭐라고……."

"무성한 소문만 제공할 게 아니라, 진짜로 만나 보자고."

똑똑히 들리는 칼리스토의 음성에 문득 눈앞이 아득해졌다. 그저 이상하게 울렁거리는 것에 그치던 가슴이 미친 듯이 요동쳤다.

나는 이를 악물었다. 하지만 이를 악물고 숨을 죽이면 사라지던 평소와는 달리, 목 끝까지 치오른 이 이상한 감정들이 계속 나를 괴롭혔다.

"그게 그렇게 놀랄 일인가?"

어쩔 줄 몰라 망연히 그를 바라보고 서 있는 나를 보며 칼리스토 가 고개를 모로 기울였다.

"나는 그대도 어느 정도 나와 같다고 생각했는데."

"……."

"누가 보면, 미로 정원에서의 일은 나 혼자 꿈을 꾼 것이라고 착각하겠어."

황태자가 살기 위해 아무 말이나 지껄였던 내 수치스러운 과거를 언급했다. 반사적으로 인상을 쓰는 나를 보고 놈이 비식 웃음을 터 뜨리며 물었다.

"아직도 그때 일 때문에 화가 나 있나?"

"무슨…… 일이요?"

"내가 그대의 목에 칼을 들이밀었던 일."

나는 그의 말에 눈을 휘둥그레 떴다. 그것을 여전히 신경 쓰고 있는 그도 놀라웠지만, 어느새 그것을 까마득하게 잊고 있었단 사실을 깨달았기 때문이다.

'분명 그때까지만 해도 치가 떨리게 싫었는데…….'

언제부터 이렇게 변한 걸까. 놀랍게도, 이제는 더 이상 그림자도 보기 싫을 정도로 칼리스토가 혐오스럽지는 않았다.

요즘은 그를 마주할 때마다, 정체를 알 수 없는 묘한 기분 때문에 도리어…….

"그대에게 칼을 주고 똑같이 내 목을 썰라고 하면."

"……."

"그러면 분이 좀 풀리겠어?"

그러나 말이 없는 내가 여전히 그 일을 신경 쓰고 있는 것으로 받아들인 건지, 황태자가 무시무시한 소리를 지껄였다. 나는 화들짝 놀라 고개를 저었다.

"아니요! 그때 일은 그냥 사고……."

"자, 받아."

하지만 엄청난 행동파 미친놈은 벌써 품 안에서 무언가를 꺼낸 후였다. 황룡이 선명하게 음각되어 있는 화려한 검집. 그가 내게 내민 것은 단도였다.

"이, 이게 무슨……."

"명색이 내 탄신 연회인지라 검은 들고 오지 못했다."

"……."

"대신 이걸로라도 살짝 그어 봐, 그럼."

놈이 손가락으로 제 목을 툭툭 건드렸다. 하필이면 귓불에서 새어 나온 핏자국이 묻어 있는 쪽이었다.

나는 벙찐 채로 그와 단도를 번갈아 보다가, 이내 벌컥 소리쳤다.

"지금 뭐 하자는 겁니까? 됐어요!"

"왜? 마침 그대가 준 아티팩트도 있겠다, 바로 치료하면 되겠군."

"누굴 역모죄로 참수형 당하게 할 일 있답니까? 위험하니까 얼른 집어넣으세요!"

오만상을 찌푸린 채 몸서리를 치자 황태자는 칼을 집어넣는 대신 유쾌한 얼굴로 웃었다.

"그럼 이제 나와 교제하는 데 걸리는 것 없는 거지?"

나는 상 미친놈 같은 그를 막막하게 바라보다가, 문득 눈에 띄는 무언가에 시선을 들어 올렸다.

달빛이 부스러지고 있는 황금빛 머리 위에서 깜빡이고 있는.

'……사이렌.'

나는 황태자의 눈동자 색과 비슷한 새빨간 호감도 게이지 바를 사이렌처럼 위험한 징조로 여겼다. 그래서 그간 따로 칼리스토의 호감도를 확인하지 않았다. 그는 엑스 중의 왕 엑스였고, 내 탈출 과는 가장 거리가 먼 남주라고 생각했으니까.

하지만…… 이제는 잘 모르겠다. 어쩌면 나는, 어느 순간부터 무의식적으로 외면해 온 것일지도.

왜냐면, 왜냐하면…….

"……전하."

나는 앞을 향해 팔을 뻗었다. 그리고 여전히 나를 향해 단도를 내밀고 있는 손 위를 살며시 맞잡았다.

갑작스러운 접촉에 새빨간 동공이 조금 커다래지는 것을 마주한 순간.

〈SYSTEM〉 [칼리스토]의 호감도를 확인하시겠습니까?

[200만 골드 / 명성 200]

우리 사이를 가르고, 허공에 하얀 네모 창이 떠올랐다.

〈SYSTEM〉 [200만 골드]를 차감하여 [칼리스토]의 호감도를 확인합니다. (남은 보유자금 : 42,000,000 골드)

그리고 칼리스토의 머리 위에 써 있는 흰 글씨가 곧장 변했다.

**[호감도 76%]**

떠오른 호감도를 보자, 형용할 수 없는 기분이 몰아쳤다. 안도감과 동시에 알 수 없는 무거운 감정들이 가슴속에 몰아닥쳤다. 그것은 실망과 비슷했다.

"……녀, 공녀."

그의 머리 위를 물끄러미 바라만 보고 있을 때, 문득 칼리스토가 나를 일깨웠다. 대뜸 손을 잡은 채 말이 없는 내가 영 이상했던지, 의아한 눈빛이었다.

나는 퍼뜩 그의 손등을 덮고 있던 손을 치웠다.

"갑자기 표정이 왜 그래?"

나는 내가 어떤 표정을 짓고 있는지 알 수 없었다.

'호감도 76%'에서 이미 모두 끝난 일이었다.

그런데도 혹시나 하는 마음을, 벌어지는 입을 멈출 수 없었다.

"……전하."

"말해."

"저를…… 사랑하세요?"

황태자의 눈이 전에 없이 커다랗게 확장되었다. 마치 생소한 단어를 들은 사람처럼 그가 되물었다.

"……사랑?"

"네. 저를…… 사랑해서서 교제를 청하시는 거예요?"

"공녀."

칼리스토는 퍽 당황한 표정으로 나를 응시하다가, 이내 바람 빠진 소리를 흘렸다.

"우리 같은 처지에 그런 건 너무 어울리지 않는 순진한 단어지 않나?"

"……."

"답지 않게 왜 그래? 사냥 대회의 전야제에서 공녀가 한 말이잖아."

"무슨……."

"그대의 처지에 걸맞은 현실적인 사람을 찾아보겠다고."

그 순간, 누가 뒤통수를 때린 것처럼 머리가 멍해졌다. 실망과 비슷하다고 생각했던 그 감정이 더 큰 무언가가 되어 속을 뒤집어 놓았다.

황태자는 이런 내 상태를 전혀 알아차리지 못했는지, 턱을 쓰다듬으며 여상하게 말했다.

"곰곰이 생각해 보니 일리 있는 말이더군. 하지만 그대의 생각은 틀렸어."

"……."

"우린 현실적으로 서로에게 가장 필요하고 걸맞은 위치에 있어. 자리가 위태로운 황태자와 공작가에서 내놓은 미운 오리 새끼의 결합이잖아."

"……."

"그리고 그걸 떠나…… 그대와 있으면 편하고 기분이 유쾌해져. 우리 제법 잘 맞는 편이지 않나, 공녀?"

"……."

"지금은 그대가 아무리 미친개처럼 날뛴다고 해도, 성인식을 치른 후에 가문에서 정해 주는 대로 혼인을 하는 것은 다른 영애들과 다를 바 없겠지."

황태자는 단도를 품에 집어넣고 나를 직시했다.

"그러니 그냥 지금 나한테 와."

"……."

"나는 우리가 꽤 괜찮은 파트너가 될 수 있다고 보는데."

그는 어깨를 으쓱이며 평소처럼 씩 웃었다. 방금 전과 다를 바 없는 모습인데, 그 얼굴이 생경하게만 느껴졌다.

"이 빌어먹을 제국에서 서로 즐겁게 지낼 만한 안식처쯤은 되어 줄 수 있겠지."

나는 뒤늦게 그의 말을 이해했다. 좀 전에 내게 청한 '교제'가 감정의 교류가 아니라, 복합적인 이유에서 탄생한 선택이라는 것을.

이것을 '연애 시뮬레이션 게임'으로 바라보고 있는 나와 달리, 그는 냉정할 정도로 자신의 현실을 직시하고 있는 것이다.

'하긴. 76%밖에 안 되는데 사랑은 얼어 죽을…….'

물론 76%나 되니 그가 내게 호감이 없다고는 말할 수 없었다. 나는 이제야 힘겹게 인정했다. 울렁거리는 이 낯선 감각들이 무엇인지.

나는 치밀한 계산 없이 대할 수 있었던 황태자에게 호감을 가졌다. 그도, 나도. 우리는 서로에게 호감을 가지고 있었다.

하지만 그뿐이었다. 지위가 위태로운 지금의 황태자에게 사랑 따위의 낭만적인 감정은 사치였다. 그것은 나 또한 마찬가지였다.

'4%와 24%.'

비교 대상조차 될 수 없다. 내게 가장 우선적인 것은 살아남는 것과 탈출이고, 그 고지가 이제 고작 일주일 남은 상태였다.

노멀 모드의 여주와는 달리, 나는 실낱같이 피어난 호감을 붙들고 연애놀음이나 할 처지가 전혀 못 되었다.

혼몽했던 머리가 차가워지고, 점점 이성이 돌아왔다. 지극히 당연한 일이었다. 그런데 발끝을 타고 힘이 쭉 빠지는 이유를 알 수 없었다.

"저는……."

조금만 긴장을 늦췄다간 꼴사납게 비틀거릴 것 같았다. 나는 무너지는 몸을 추스르며 황태자를 똑바로 응시했다.

"저는 전하와 별로 그런 사이가 되고 싶지……."

"황제 폐하 드십니다—!"

그때, 유리문 너머로 시종의 커다란 외침이 들렸다. 지이이잉, 지이이잉—. 그와 동시에 황태자의 품에서 진동음이 울려 퍼졌다.

"제기랄, 참을성이라곤 개나 준 세드릭 포터가 또 난리군."

신경질적으로 반짝이는 수정구를 꺼내 든 그가, 어정쩡하게 서 있는 내게 빠르게 읊조렸다.

"얼마 후면 그대의 성인식이지? 지금 답하지 말고 그때까지 좀 더 고민해 봐. 그리고 성인식 날에 답변해 줘, 공녀."

"아니요. 더 고민할 사항은 아닌 듯합……."

"쉿."

곧바로 거절의 말을 내뱉으려던 내 입을 황태자가 제 손바닥으로 틀어막았다. 그리고 시뻘건 눈을 부리부리하게 빛내며 협박처럼 말했다.

"생일날에 차이면 너무 비참한 일이잖아. 안 그래?"

"우읍……!"

"선물은 고마워, 공녀. 그대는 시간 좀 두고 천천히 나오도록 해. 아직까지 이쪽에 관심 두고 있는 쥐새끼들이 있을지도 모르니까."

"푸흡! 제 답변은 듣고 가세…… 전하!"

내 입을 틀어막던 손을 뗀 황태자가 채 붙잡기도 전에 커튼을 펄럭이며 전광석화처럼 빠져나갔다.

나는 고요해진 테라스에 홀로 덩그러니 남겨졌다.

"하……."

빠르게 멀어지는 황태자의 뒷모습을 응시하다가, 이내 나지막한 한숨을 쉬며 커튼을 쳤다.

그의 말처럼, 시간을 좀 두는 게 좋았다. 그런데 홀로 남겨지니 불현듯 깊은 피로감이 들었다.

시간이 흐르고, 그만 나가 볼 때가 되었지만 나는 연회장으로 돌아갈 엄두가 나지 않았다. 다시 아무렇지 않은 척 가면을 뒤집어쓰고, 남주 놈들의 눈치를 보며 시시콜콜 말 거는 이들을 상대하고…….

엉망진창이 된 이 기분으로는 도저히 그 짓을 잘해 낼 자신이 없었다.

"……그냥 갈까?"

난간 너머를 바라보고 있자니, 문득 그런 충동이 들었다.

'내가 왜 억지로 여기 남아 있어야 해?'

나는 죽지 않을 만큼의 호감도와 몰빵 남주만 신경 쓰면 됐다. 게임 속 배경인 귀족의 의무까지 번거롭게 지킬 이유가 없었다.

슬쩍 아래를 내려다보니, 1층이라 하기엔 약간 높지만 뛰어내리기는 충분했다.

'가자.'

나는 더 생각할 것 없이 치마를 걷어붙이고 난간을 타고 올랐다.

아래로 뛰어내리기 직전, 공작의 얼굴이 머릿속에 스쳤다. 하지만 원래도 변덕이 죽 끓는 페넬로페에겐 알 바 아니었다.

황제의 축사가 한창인 연회장 근처는 쥐죽은 듯 고요했다. 나는 연회장 밖에 대기하고 있는 시종을 불러 마차를 빌려 탔다.

창문에 머리를 기댄 채 화려한 수도 거리를 얼마쯤 지켜보았을까. 마차가 멈췄다. 하지만 도착지는 저택의 현관 앞이 아닌, 멀리 떨어져 있는 대문이었다.

"공녀님, 더는 들어갈 수 없습니다."

마부가 쪽창을 열고 조심스럽게 고했다. 슬쩍 반대편 창문으로 내다보니, 문지기들이 굳건히 대문을 지키고 있는 것이 보였다. 황궁의 문양이 그려져 있긴 했으나 주인이 없는 저택에 외부 마차를 함부로 들일 수는 없는 노릇이기 때문이다.

"문지기들에게 공작저의 마차를 불러오라고 할까요?"

"됐어. 수고했네."

나는 마부에게 여분으로 가지고 있는 금화 몇 개를 건넨 후, 마차 문을 열었다.

"고, 공녀님?"

별다른 알림 없이 저택에 접근한 외부인의 모습에 경계 태세를 갖추던 병사들이, 마차에서 내려서는 나를 보고 눈을 휘둥그레 떴다.

"어째서 이 시각에 홀로……."

의외의 인물에 당황하는 것도 잠시, 상급자가 능숙하게 나를 이끌었다.

"집사님께 전보를 드린 후 당장 마차를 부르겠습니다."

"소란 피울 것 없어. 문이나 열어."

"하지만……."

"산책할 겸 걸어갈 거야."

대문에서 저택까지는 마차를 타고 이동할 만큼 거리가 꽤 있었다. 그러나 내 명령에 문지기들은 별수 없이 대문을 열었다.

끼이이익— 거대한 철문이 서서히 입을 벌렸다.

"저, 저택 앞까지 모셔다드리겠습니다."

젊은 병사 한 명이 용기 내어 말을 걸었다. 나는 뒤늦게 사용인들의 태도가 이전과는 달리 매우 조심스럽고 극진해졌다는 것을 깨달았다. 기분이 좀 묘했다.

"아니, 따라오지 마."

고개를 내저은 나는, 들어갈 수 있을 만큼 문이 열린 것을 확인하고 바로 움직였다.

환하게 불을 켜 둔 대문에서 멀어지자, 잘 닦아 놓은 길은 금세 어둠에 물들었다. 해질녘에 출발해 연회장에서 얼마 있지 않다 바로 돌아온 것 같은데, 어느새 온전한 밤이었다.

밤공기가 차가웠다. 나는 느릿느릿 걸음을 옮겼다. 산책을 하고 싶다는 마음은 진심이었다. 혼잡한 머릿속을 정리하고 앞으로 어떻게 행동할지 다시 계획을 세우기 위해서였는데…….

막상 몸을 움직이는 동안 아무런 생각도 들지 않았다. 그저 꿈길을 걷는 듯 몽롱한 감각이 들었다. 이상했다.

그렇게 얼마쯤 걸었을까. 느리지만 부지런히 발을 놀린 덕분인지, 저 멀리 익숙한 저택의 모습이 보였다.

'빨리 방으로 돌아가서 누워야겠어.'

생각 정리는 개뿔, 빨리 씻고 자고 싶다는 생각밖에 들지 않았다. 걸음이 빨라졌다. 드넓은 정원을 가로질러 현관 앞까지 한달음에 도달했을 때였다.

"삐요요—."

어디선가 고운 소리가 귀를 파고들었다.

"……새?"

나는 멈칫 걸음을 멈추고 주변을 둘러보았다.

"삐요, 삐요오—."

그러자 여기에 있음을 알리듯 또 한 번 울음소리가 들려왔다. 나는 홀린 듯이 그 소리를 따라 걸음을 옮겼다. 건물의 왼쪽 모서리를 막 돌았을 때였다.

"삐요오—."

열려 있는 창문 사이로 얼핏 진분홍색 깃털이 비쳤다. 나는 그쪽으로 다가갔다.

"삐요, 삐요오—."

가까워진 나를 보고 새장 속의 새가 반갑다는 듯 날개를 퍼덕였다. 데릭의 집무실이었다.

"너였구나."

어둠 속에서도 새의 보석안은 오색 빛을 발하며 찬연하게 빛났다.

나는 천천히 상체를 숙여 창틀에 기댔다. 가까워진 내 얼굴에 새가 횃대에서 내려와 뒤뚱뒤뚱 걸어왔다. 그리고 '콕콕' 쇠창살을 부리로 쪼은 후 제 머리를 들이밀었다. 쓰다듬어 달라는 표시 같았다.

나는 반사적으로 손가락을 가져다 대다가 망설였다. 괜히 지레짐작해서 쓰다듬으려 들다가 물리면 어쩐단 말인가.

"삐요오―."

그러나 새가 재촉하듯 연신 부리로 쪼은 후 제 머리를 들이밀었다. 창살 사이로 비죽 튀어나온 진분홍색의 화려한 머리 깃이 좀 웃겼다. 나는 결국 작게 미소 지으며 검지로 새의 머리를 살살 쓰다듬었다.

"삐요. 삐요."

기분이 좋은지 새가 아까와는 다른 소리를 내었다. 푸드덕― 날개가 다시 한번 퍼덕였다.

"……답답하지 않니?"

방금 전까지 아무런 생각이 없었는데, 나도 모르게 말이 튀어나왔다.

내 머리칼과 꼭 닮은 진분홍빛의 새. 누구보다 화려한 외양을 지닌 값비싼 몸이지만, 사실은 새장에 갇혀 아무것도 할 수 없다. 가끔가다 지나가는 인간들이 던져 주는 관심이나마 기뻐하며 받아먹고 사는 게…….

"사실 나는 답답해. 매 순간 숨이 턱턱 막혀."

이 빌어먹을 게임 속에 갇혀 있는 나랑 별다를 게 없어 보였다.

"여기서 탈출만 하면 끝이니까, 아무렇지도 않을 거라고 생각했는데……."

"삐요요—."

마치 내 말에 대답을 해 주듯, 새가 곧장 울었다. 나는 그 모습에 희미한 미소를 지었다. 그러다 두 손을 들어 얼굴을 파묻었다.

"하, 하."

입 새로 허탈한 웃음이 새어 나왔다. 아까 전 황태자가 떠나고 홀로 테라스에 남겨졌을 땐 차마 내뱉지 못한 자조였다.

게임인 것을 누구보다 잘 알고 있던 주제에, 뭔가를 기대하고 실망한 내가 너무나도 멍청하고 한심하게 느껴져서.

나는 아무도 보지 못하게 두 손으로 숨긴 후에야, 천천히 얼굴을 허물어뜨렸다. 매번 게임일 뿐이라고, 탈출하면 끝이니 신경 안 쓴다고 나 자신을 속였지만, 사실 아무렇지 않은 적이 한 번도 없었다.

나는 매 순간 두렵고, 무섭고, 억울했다.

'그 집구석에서 살던 때보다 더한 지옥은 없을 거라 생각했는데…….'

이곳에선 내 마음대로 할 수 있는 것이 단 하나도 없었다. 의식주부터 시작해서 간단한 말 한마디조차 치열하게 고민하고 또 고민해야 했다.

여긴 게임이니까, 평판이 최악인 악녀에 빙의했으니까. 이미 그것을 넘치게 잘 알고 있었다.

"그런데 왜……."

그런데 왜 하필 탈출을 며칠 앞둔 이제 와 자각한 걸까. 태어나서 처음으로 호감을 가진 상대가, 왜 하필 노멀 모드의 여주가 등장하면 돌아설 게임 속 남주인 걸까.

나도 감정이 있는 사람이라, 이 모든 걸 아무렇지 않게 넘길 수가 없었다. 가면을 뒤집어쓰고, 악착같이 계산하고, 나 자신을 다 그치는 게 점점 힘에 부쳤다.

"하……."

스스로를 비웃던 소리가 점점 울음 섞인 신음으로 들리는 것 같다는 착각이 들 무렵. 문득 너무나도 피곤하고 지쳤다는 생각이 들었다.

"삐요오―."

두 손에 얼굴을 묻은 채 아무 말도 하지 않는 내가 이상했는지, 새가 창살을 부리로 '콕콕' 두어 번 두드렸다. 그 순간이었다.

"……주인님?"

불현듯 낯익은 목소리가 나를 불렀다. 나는 천천히 두 손에 묻고 있던 얼굴을 들었다.

"……이클리스."

환청은 아니었다. 어둠 속에서 검붉은색의 호감도 게이지 바가 반짝였다. 얼마 떨어진 곳에서 몰빵 남주가 나를 우두커니 바라보고 있었다.

의외의 만남에 놀란 듯, 잿빛 눈동자가 살짝 커져 있었다. 고개를 든 나를 보고 그가 걸음을 움직였다.

저벅저벅―. 일정한 속도로 내게 다가오는 그를 멀거니 응시하던 나는, 아차 싶어 손으로 볼을 더듬었다. 묻어나는 물기는 없었다. 다행이었다. 그와 동시에 이클리스가 내 앞에 우뚝 멈춰 섰다.

"……검술 수업에서 이제 돌아오니?"

전혀 웃을 기분이 아니었지만, 나는 기를 쓰고 입가에 미소를 만들어냈다. 이클리스는 의중을 알 수 없는 눈으로 나를 응시하다가,

이내 천천히 고개를 끄덕였다.

"많이 늦었구나."

시간을 알 수 없었지만, 대충 얼버무렸다. 실은 아무에게도 보이지 않은 모습을 들켰을지도 모른다는 생각에 정신이 하나도 없었다.

이클리스는 느리게 입을 벌렸다.

"여기서…… 뭐 하고 계세요?"

"그냥."

나는 아무렇지 않은 척 어깨를 으쓱이며 답했다.

"새를 구경하고 있었어."

내 말에 이클리스의 시선이 슬쩍 옆에 있는 새장으로 옮겨졌다. 잠시 새장 안의 진분홍빛 새에 머무르던 잿빛 눈동자가 다시 내게로 돌아왔다.

"외출…… 하고 오신 거예요?"

그는 내 차림새에 의아한 기색이었다. 나는 뒤늦게 연회용 드레스에 풀 메이크업을 하고 있다는 사실을 깨닫고 고개를 끄덕였다.

"아, 응."

"……."

"오늘 황궁에서 연회가 있었거든."

황태자와 관련된 연회라는 말은 부러 하지 않았다. 그 누구라도 자신의 고국을 멸망시킨 주범의 이야기를 듣는다면 기분이 더러워질 테니까.

그러나 곧바로 들려오는 반문에 그 배려는 무용지물이 되었다.

"황태자의 생일 연회요?"

"……알고 있었니?"

"스승님도 참여하셨거든요."

"그래?"

나는 내심 놀라 눈만 깜빡였다.

'그러면 오늘 수업은 없는 거 아닌가?'

의문이 머릿속을 스치던 찰나, 이클리스가 불쑥 물었다.

"그런데⋯⋯."

"⋯⋯."

"왜 주인님 홀로 돌아오셨어요?"

난 속이 좀 뜨끔해졌다. 남들의 눈에도 한눈에 보이는 건가 보다. 내가 홀로 몰래 돌아온 것이.

하기야, 모를 리 없었다. 진짜 주인들이 돌아왔다면 저택이 이토록 고요할 리 없을 테니까. 하지만 이런 시시콜콜한 이야기를 이클리스에게 말할 필요는 없었다.

"⋯⋯."

나는 그냥 말없이 애매하게 웃었다. 그런데 그 순간. 이클리스의 눈매가 움찔거렸다.

"왜⋯⋯."

"⋯⋯응?"

"왜 그렇게 웃으세요."

그의 얼굴은 평소와 다름없이 밀랍 인형처럼 무미건조했다. 그래서 나는 그가 무슨 말을 하는지 곧장 알아들을 수 없었다.

"그 새끼들이 또 주인님을 슬프게 만들었어요?"

"무슨⋯⋯."

"공작가 인간들이나 다른 귀족들이요."

이어지는 그의 말에 일순 멍해졌다. 저벅— 이클리스가 내게로 한 발짝 다가왔다. 어두운 그림자에 잠겨 있던 그의 얼굴이 환한 달빛에 드러났다.

"그 새끼들한테 무슨 짓을 당하고 오실 때마다, 항상 그런 표정을 지으셨잖아요."

그의 얼굴이, 또다시 처참하게 일그러져 있었다.

나는 그에게서 처음 듣는 과격한 언행에, 놀란 눈으로 그를 바라보았다. 그러나 멍해 있는 것도 잠시.

"이번엔 또 어떤 새끼예요? 소공작? 두 번째 놈? 아니면 에카르트……."

"이클리스!"

이어지는 폭언에 나는 황급히 그를 막아섰다.

"그런 거 아니야."

"……."

"나는 괜찮아, 아무 일도 없었어."

정말 아무 일도 없었다. 그저 새장 속에 갇힌 새를 보니 조금 지쳐서 그랬다. 그뿐이다.

그런데 이런 내 말을 믿지 않는 것인지 이클리스의 눈매가 흐려졌다.

"……저도 보고 듣는 것이 있어요, 주인님."

"그게 무슨……."

"저를 경매장에서 데리고 온 이유가, 주인님의 처지와 관련되어 있다는 것쯤은 잘 알고 있다고요."

다행히 이번 말은 별로 놀랍지 않았다. 이클리스가 공작저에서의 내 위치를 꿰뚫고 있다는 것쯤은 이미 알고 있었다.

그러나 놀라움 대신 이번에는 걱정이 찾아왔다. 그 '가짜 공녀'의 처지가 지난번처럼 또다시 그의 호감도에 영향을 미치는 일이 발생할까 봐. 그래서 그가 이토록이나 처량 맞아 보이는 내 모습에 분노한 건가 싶어서.

"내 처지 때문에…… 혹시 누가 또 널 괴롭혀?"

"그런 게……."

조심스러운 물음에 이클리스가 별안간 주먹을 아득 쥐었다. 그는 한차례 크게 호흡을 한 뒤 찬찬히 답했다.

"……그때 이후로 그런 일은 없었어요."

"……."

"그런 것이 아니라…… 그 앞에서 왜 그렇게 홀로 서 계시는 건지 여쭤보는 거예요."

'그 말이……?'

'누가 괴롭혔냐'와 '왜 혼자 서 있는 것이냐'. 전혀 같은 질문처럼 느껴지지 않았지만, 나는 이내 수긍했다. 불쑥 방금 전의 내 모습이 그에게 어떻게 비쳤을지 떠올랐기 때문이다.

새 앞에서 두 손에 얼굴을 파묻은 채 신음 같은 헛웃음을 터뜨리고 있었으니, 퍽 처량 맞아 보일 수도 있겠다.

'오히려 동정심을 산 건가?'

혹여 이클리스가 말한 '그 새끼'들 중 한 명이 그를 괴롭히는 걸까, 노심초사하던 마음이 사라졌다. 나는 한결 편안해진 목소리로 답했다.

"새가 이뻐서 잠시 구경하다가, 피곤해서 그랬어."

그 모습을 들킨 것이 좀 창피했지만, 완전히 납득 못할 만한 변명도 아니었다. 그런데 이클리스는 알 수 없는 표정으로 나를 물끄러미 바라만 보았다. 그러다 한참 후, 뜬금없는 것을 물었다.

"주인님은 지금, 행복하세요?"

"……뭐?"

"공작저에 오기 전보다…… 더 행복하세요?"

나는 멍하니 눈을 깜빡였다. 그가 왜 갑자기 그런 소리를 하는지 이해할 수 없었다.

"너는 공작저로 오고 나서 더 불행해졌니?"

"……아니요. 그럴 리가…….."

이클리스가 고개를 내저었다.

"그럴 리가 없잖아요, 주인님."

"그럼 그런 건 왜 물어?"

"그냥, 알고 싶어요. 주인님은 어떠셨는지."

내게 시선을 못 박은 채 그가 대답을 종용했다. 얼떨떨한 기분이 들었다.

"글쎄……."

나는 말끝을 흐렸다.

'행복한가?'

모르겠다. 이곳에 들어온 후의 기분을 떠올리자면 행복보다는 불행에 가까웠다. 하지만 그렇다고 온전히 불행하기만 하느냐. 또 그건 아니었다. 탈출구가 있는 이상, 이런 것쯤은 아무것도 아니었다.

나는 불행과 좌절에 언제까지고 잠식되어 있는 성격이 못 되었다. 보라. 방금 전에 깊은 피로를 느꼈음에도, 나는 어느새 가면을 뒤집어쓰고 미소 짓고 있었다.

"딱히 생각해 본 적 없어서 모르겠는데. 넌 어때 보여?"

평소의 나답게, 태연하게 어깨를 으쓱였다. 하지만 이클리스의 표정은 풀릴 줄을 몰랐다.

"주인님은…… 가끔 아무렇지 않으신 것 같다가도, 누구보다 불행한 것 같아요."

"……그래?"

"그리고 때론…… 어딘가로 사라질 것처럼 위태로워 보여요."

나는 이어지는 그의 말에 소름이 끼쳤다.

'혹시…… 내가 사라질 걸, 눈치챘나?'

한 번도 그런 내색을 한 적이 없다고 생각했는데, 감이 좋은 그는 은연중에 무언가를 감지한 걸지도 모른다. 가슴이 덜컹거렸다. 나는 서둘러 입을 열었다.

"잘못 본 거야, 이클리스. 내가 널 두고 어디로 사라지겠니."

"……."

"난 괜찮아. 그냥 조금 피곤한 것뿐이야. 그러니 너무 신경 쓰지 마."

그가 안심할 수 있도록 나는 별일 없었다는 것을 강조했다. 탈출하기 전까지, 그에겐 그 어떤 불안도 심어 주면 안 된다.

"차라리 저랑 같이 이곳을 나가요, 주인님."

그러나 들려 온 말은 조금 전 그가 이유 없이 화를 내던 것보다 더 경악스러운 것이었다.

"뭐…… 뭐라고?"

"저랑 도망가요."

"이클리스. 너……."

"타국으로 망명할 예정인 노예들이 있어요."

"……."

"항구 쪽에서 노역하는 델만인들을 통해 며칠 후에 밀항할 계획이에요. 그러니 그 일행 틈에 껴서……."

"……."

"제국 밖으로 같이 가요, 주인님."

나는 너무 당황해서 말을 잃었다. 그저 저보다 사정이 안 좋은 고국인들에게 도움이나 주는 줄 알았지, 이런 엄청난 일을 계획하고 있는 줄은 몰랐다. 그가 늦게 귀가한다는 보고를 들을 때마다 가슴 한쪽을 싸하게 만들었던 불안감이 현실로 나타났다.

"……너도 그러려고 했니?"

무슨 말을 해야 할지 몰라서 그저 입을 뻐끔거리던 중, 문득 처참한 배신감이 목구멍까지 치올랐다.

"날 속이고, 너도 타국으로 가려고 했어?"

"아, 아니에요. 주인님."

다그치듯 묻는 내 목소리에 그가 동그래진 눈으로 황급히 고개를 저었다.

"그런 거 아니에요. 그러려던 게 아니에요."

"그러면 나한테 왜 그런 말을 해, 이클리스."

"주인님이 그러고 싶어 하시는 거라고 제가 마음대로 착각했어요. 죄송해요."

그의 말에 눈앞이 아연해졌다. 나를 보고 멋대로 그런 추측을 해 왔다는 게 황당하게 느껴졌다. 그러는 와중에도 저절로 머리가 팽팽하게 돌아가는 것을 막을 수 없었다.

'이클리스와 단둘이 도망가서 남은 호감도를 올리고 탈출한다.'

하드 모드에 진짜로 이런 루트가 있는지 알 수 없지만, 나쁘지 않은 방법이었다. 하지만 현실적으로 생각해 보면, 도주에는 수많은 제약이 따랐다.

이제 2주 남짓. 그의 호감도는 96%에 육박했다. 지금까지처럼 저택에서 편안히 그를 불러 마주하는 것과 따라붙는 수많은 병사들을 피해 항구까지 필사적으로 이동하는 것.

후자를 택하면 이클리스의 호감도를 확실히 올릴 수는 있겠지만, 다른 남주들의 호감도를 장담할 수 없었다. 특히 이제야 내게 마음을 조금 연 것 같은 레널드와, 에카르트가가 역모에 휘말릴 것을 우려하던 데릭.

둘의 호감도가 폭락이라도 하면, 96%고 뭐고 무용지물이었다.

'그리고…….'

얼핏 뇌리를 스쳐 지나가는 찬란한 황금빛에 나는 서둘러 고개를 저어 생각을 털어 냈다.

"이클리스."

결론을 내린 나는, 그때까지도 빤히 나를 바라보고 있는 이클리스와 눈을 마주쳤다.

"그런 말은 어디 가서 함부로 입 밖에 내뱉으면 안 돼. 설령 내 앞에서라도."

"……주인님."

"난 네 주인이기 전에 제국의 귀족이자, 이 나라의 하나뿐인 공녀야."

이클리스의 입이 자그맣게 달싹였다. 끝내 아무 말도 내뱉지 못했지만, 그의 눈이 차차 실망으로 물드는 것이 보였다.

하지만 별수 없었다. 고작 4% 남은 상태에서, 나는 과한 위험을 감수하고 싶지는 않았다.

"네 편의를 봐줄 수 있는 것도 내가 이 자리에 있기 때문이야. 그 이상은 안 돼. 선을 넘지 마."

다소 냉정한 내 말에 이클리스가 꽉 막힌 목소리로 대꾸했다.

"한낱 하인조차 주인님을 괄시하고 무시하는 곳의 이름뿐인 자리요?"

"이클리스."

"어떤 귀족이 호위 하나 없이 연회장에서 혼자 돌아와요."

그의 턱이 두드러질 만큼 단단해졌다. 그는 정말로, 내 처지가 안쓰러워서 도망을 권한 듯했다.

나는 그가 이토록 나를 안쓰럽게 여긴다는 사실이 좀 신기하면서도, 그것이 모두 호감도에 기인한다는 것이 섬뜩하게 느껴졌다. 내가 탈출하면, 어차피 노멀 모드 여주의 차지가 될 남주인데…….

'……그런데 하드 모드가 끝나고 노멀 모드가 시작되면, 페넬로페를 향한 남주들의 기억이나 호감도는 어떻게 되는 거지? 전부 설정값으로 리셋되는 건가?'

문득 그런 생각이 머릿속을 스쳤다. 나는 한 번도 하드 모드의 엔딩을 깨지 못했기에 그 이후가 어떻게 되는지, '히든 엔딩'의 내용이 뭔지 전혀 몰랐다. 물론 엔딩을 보고 내가 현생으로 돌아간 후에 일어날 일들은 내 알 바 아니었지만…….

이클리스의 정수리 위, 선명한 검붉은색을 바라보며 깊은 상념에 빠져 있을 때였다.

"차라리 저라도 데리고 다니세요."

불쑥 이클리스의 말이 꼬리를 물고 이어지는 생각을 끊었다. 나는 퍼뜩 현실로 돌아왔다.

"제가 노예라서, 황궁 안으로 들어갈 수 없어서 그래요?"

"그건…… 오늘은 가족들과 다 함께 마차를 타서 별수 없었어."

"가족이요?"

내 변명에 이클리스의 눈매가 미세하게 움틀거렸다.

"그 사람들이 어떻게 주인님의 가족……."

"그만."

나는 자꾸만 도를 넘는 이클리스를 단호하게 막아섰다.

"진정하렴."

나는 또다시 반박하려는 그에게 한쪽 손을 뻗었다. 손바닥에 따뜻한 온기가 닿았다.

"무엇 때문에 이렇게 흥분한지는 모르겠지만 마차에서도 황궁에서도, 아무 일도 없었어."

뺨을 살살 쓰다듬으며 잔뜩 흥분한 이클리스를 달랬다. 애교를 부리는 강아지처럼, 이클리스가 금방 몸에서 힘을 빼고 내 손바닥에 얼굴을 기댔다.

"……손이 차요."

"밖에 오래 있었으니까."

"돌아올 땐 마차조차 타고 오지 않으신 거죠."

"그건……."

손이 찬 이유를 간파당한 탓에 잠깐 당황하던 나는, 바로 목소리를 다잡았다.

"별거 아니야. 내가 산책하겠다고 한 거니까, 신경 쓰지 마."

"그러면 저를 사 오지 마셨어야죠, 주인님."

"……."

"제가 신경 쓰게 만들지 마셨어야죠."

"……이클리스."

"……저를 주인님의 하나뿐인 기사로 삼지 마셨어야죠."

내 손에 진득하게 뺨을 비비던 이클리스가 천천히 고개를 돌렸다. 이윽고 보드라운 피부가 아닌, 촉촉하고 몰캉한 감촉이 닿았다.

촉―.

"이미 늦었어요."

내 손바닥에 입을 맞추면서도, 이클리스는 내게서 눈을 떼지 않았다.

손바닥을 간질이는 감각에 나는 잠시 숨 쉬는 법을 잊었다. 내가 먼저 이클리스에게 접촉한 적은 여러 번이었다. 그러나 그가 이토록이나 노골적으로 내게 애정 표현을 한 적이 있던가.

'한 번도.'

자주 와 달라며 칭얼댄 적은 많았지만, 단 한 번도 내게 먼저 손을 뻗은 적은 없었다.

놀란 눈으로 그를 응시하던 나는, 천천히 한숨 같은 호흡을 내쉬었다. 갑작스러웠으나, 놀랄 일도 아니었다.

'96%면 충분하긴 하지.'

노멀 모드에서도 신분 제약 때문에 만남과 스킨십이 퍽 늦었던 것을 떠올리며 나는 고개를 끄덕였다.

문득 볼 근처가 따가웠다. 고개를 드니 여전히 내게 못 박혀 있는 맹목적인 시선에, 손가락 끝이 약간 찌릿했다. 오싹한 감각이 등골을 타고 흘렀다. 그 기묘한 느낌을 내색하지 않으려 노력하며, 어색하게 웃었다.

"이제 내 탓을 하는 거니? 발칙하구나."

"……."

"네게 중요한 건 내 불행이나 기분에 관한 것이 아니야."

여전히 내 손바닥에 입술을 묻고 있던 이클리스는 한참 후에 고개를 원상태로 돌렸다.

"……그럼요?"

"지금 해야 하는 일에만 집중하렴."

"제가 해야 하는 일이요?"

"그래. 네 말대로 넌 내 하나뿐인 기사잖아. 누구보다 강해져서 나를 지켜 줘야지."

"……."

"내겐 너뿐이야, 이클리스."

그 순간, 회갈빛 동공에 번뜩 이채가 서렸다 사라지는 것 같다는 착각이 들었다. 그가 느리게 팔을 들어 제 뺨에 가져다 댄 내 손을 덮었다. 서늘한 손등 위로 뜨거운 열기가 느껴졌다.

나는 기세를 몰아 그에게 명령했다. 의도한 것은 아니었지만, 왠지 모르게 절박한 목소리가 튀어 나왔다.

"내 옆에 있어."

내가 탈출할 때까지. 망명 같은 생각 하지 말고 그 자리에 가만히 있으라고.

"그래 줄 거지?"

"······."

"응?"

내 재촉에 이클리스는 속삭이듯 중얼거렸다.

"저는······ 주인님이 무슨 생각을 하시는 건지 모르겠어요."

"······."

"그렇지만······ 주인님이 더는 주인님을 괴롭히는 인간들 때문에 슬퍼하지 않으셨으면 좋겠어요."

"나는 괜찮아."

"진짜 괜찮아지실 수 있도록 노력할게요."

여러 번 맹세하듯 속삭이는 목소리에 수런거리던 마음이 차차 가라앉았다.

'그래. 남주가 날 두고 떠날 리 없지.'

나는 안도했다. 그리고 깜빡이는 검붉은색의 호감도 게이지를 바라보며 찬찬히 선택했다.

〈SYSTEM〉 [1400만 골드]를 차감하여 [이클리스]의 호감도를 확인합니다. (남은 보유자금 : 28,000,000 골드)

훅 줄어드는 '남은 보유자금'에 식겁했다. 하지만 그것은 찰나였다.

[호감도 98%]

"······이클리스."

2%.

'드디어.'

불현듯 목이 꽉 메었다. 나는 힘겹게 목소리를 내었다.

"내게…… 더 할 말은 없니?"

그러자 꽈악—. 그의 볼에 가져다 댄 손가락을 압박하는 강한 힘이 느껴졌다. 그는 입술을 달싹이며 잠시 주저하다가, 이윽고 확신 어린 목소리로 말했다.

"……제가 그렇게 만들어 드릴게요, 주인님."

내가 바라는 답변은 아니었다. 나는 스멀스멀 타고 오르는 실망과 초조함을 가까스로 억눌렀다.

'아직 100%가 채워지지 않아서 그래.'

이제 성인식까지 2주 남짓. 그 안에 조금만 더 노력하면, 남은 2%와 사랑한다는 고백을 쟁취할 수 있지 않을까.

다시 [호감도 확인하기]로 바뀐 머리 위 글씨를 멍하니 응시하며 그런 생각에 빠질 즈음.

"제가…… 그렇게 해 드릴게요."

이클리스는 혼잣말처럼 재차 무언가를 중얼거렸다.

다음 날, 공작은 의외로 아파서 연회장에서 먼저 나갔다는 내 변명을 순순히 납득했다. 이미 페넬로페가 워낙 빈번하게 저지르던 일이어서 그런 듯했다.

— 그래도 앞으로 간다고 말은 하고 가거라. 쯧, 이제 성인식이 코앞인 녀석이 언제까지 그렇게 어린아이처럼 굴 게야.

하지만 못마땅함이 가득 담긴 잔소리는 피할 수 없었다.

나는 그날 이후로 이클리스를 최대한 자주 찾았다. 하지만 2% 남은 호감도는 도통 올리기가 어려웠다.

막바지에 이르러서일까. 때론 선물을 안겨 주고 때론 혀에 꿀을 바르고 듣기 좋은 말을 속삭여도, 호감도를 확인할 겸 부드럽게 몸을 만지고 쓰다듬어도, 그는 조금 짙어진 눈으로 나를 바라볼 뿐이었다.

게다가 매일 있는 수업이 만남을 방해했다. 호감도를 위해 붙여 준 검술 스승인데, 점점 거슬렸다.

— 오늘은 수업 땡땡이치고 같이 놀러 갈까?

하루는 작정하고 달콤한 목소리로 구슬렸다. 그러나 곧바로 난감해지는 표정과 깜빡이는 호감도 게이지 바에 얼른 농담이라며 말을 바꾸었다.

아무래도 상관없다며 무척이나 관조적인 태도였던 이클리스는, 어느새 검술을 그토록 중요시하게 되었다. 게임 스토리의 원 궤도였다.

그렇게 기를 쓰고 그를 찾아가, 간신히 [호감도 99%]를 얻어 냈을 땐 성인식이 고작 6일 남은 시점이었다. 시간이 흘러도 '100%'로 오르지 않자, 나는 점점 초조함을 숨기기 어려웠다.

'하…… 100%는 그렇다 쳐도, 대체 사랑한다는 말은 어떻게 유도하지?'

나는 지끈지끈 아파 오는 머리를 붙들고 깊은 고뇌에 빠졌다.

노멀 모드에서는 이런 걱정을 할 필요가 없었다. 때가 되면 알아서 고백 루트로 넘어갔기 때문이다. 100%를 꽉 채우지 않아도, 하얀 게이지 바가 진한 핑크색으로 변하여 고백 각이 섰음을 알렸다.

"맞다. 그러고 보니 그런 게 있었지."

나는 호감도를 채우기 급급해 깜빡 잊고 있던 설정 하나를 떠올렸다.

'호감도 게이지 바의 색깔.'

그랬다. 고백 루트가 진행되면 노멀 모드에서의 호감도 게이지 바도 일시적으로 색이 변하긴 했다. 내가 지금 몸소 겪고 있는 하드 모드처럼 제각각은 아니었지만……

'그렇게 중요한 걸까?'

나는 지금까지 게이지 바의 색을 딱히 크게 신경 쓰지는 않았다. 목숨과 직결되는 호감도가 훨씬 더 중요했기 때문에.

하지만 이클리스 루트의 엔딩을 앞둔 지금. 그의 머리 위에 둥둥 떠다니는 '검붉은색'이 새삼 걱정이 됐다.

'설마…… 검붉은색이 뭐, 제국에 대한 복수심으로 죽음을 뜻하고 이런 건 아니겠지?'

나는 연신 '에비, 에비!' 하고 고개를 내저으며 끔찍한 생각을 털어냈다. 그렇다면 99%에 육박한 호감도가 설명되지 않았다.

'1%…… 대체 어떻게 올려야 하는 거야. 그 미친놈처럼 입술이라도 막 들이밀어야 하는 거냐고.'

나도 모르는 사이 입술을 잘근잘근 깨물며 정신없이 머리를 굴리고 있던 때였다. 똑똑—.

"아가씨, 펜넬입니다."

집사의 방문이 나를 일깨웠다.

저녁 식사 시간이 꽤 지난, 다소 늦은 방문에 좀 놀랐다.

"……들어와."

떨떠름하게 허락하자, 이내 문이 열리고 집사가 안으로 들어섰다. 공손히 인사한 그는 곧장 방문 사유를 밝혔다.

"아가씨, 공작님께서 내일 아침에 가볍게 조찬을 같이하자고 전하셨습니다."

"……조찬?"

"예. 귀족 회의 때문에 최근 퇴궁이 늦어져서, 아무래도 석찬은 힘들 것 같다고 하십니다."

나는 갑작스러운 소식에 의아한 얼굴을 하다가, 덧붙여지는 말에 찬찬히 고개를 끄덕였다.

"……알겠어. 당연히 내가 맞춰야지. 일찍 일어나 준비하겠다고 전해 드려."

"네, 알겠습니다."

"그럼 수고해."

"아, 그리고……."

할 말을 전한 이후에도 집사는 나가지 않고 주저했다.

"……황궁에서 또 편지가 왔습니다, 아가씨."

무심하게 책 페이지를 넘기려던 손이 일순 멈칫했다.

"연회 초대장인가?"

"아닙니다. 이번에는 황태자 궁에서 일하는 시종을 통해 직접 전달을……."

"불태워."

나는 일말의 고민도 없이 대답했다.

"그리고 몸이 좋지 않아서 요양 중이라고 적당히 둘러대."

"……예, 알겠습니다."

집사는 머뭇거리며 답했다. 대답까지의 짧은 간격이 문득 숨 막히게 느껴졌다.

탁—. 나는 결국 읽으려던 책을 거칠게 덮고 짜증스럽게 읊조렸다.

"그런 건 앞으로 물을 것 없이 집사가 좀 알아서 해 줘."

집사는 내 불편한 심기를 알아차린 듯 허리를 깊이 숙여 인사한 후 서둘러 방을 빠져나갔다.

다음 날 이른 아침이었다. 나는 전날, 집사에게 약속했던 것처럼 일찍 일어나 식당으로 향했다.

잠이 덜 깬 상태임에도 머릿속이 분주했다. 아침을 먹고 공작을 배웅한 뒤, 수업 가기 직전의 이클리스를 만나려면 꽤 빠듯했기 때문이다.

그러나 다급하게 계획을 다 세우기도 전에 식당에 도착했다.

"보수 공사 이후론 처음 오시죠, 아가씨."

나를 데리러 온 집사가 인사차 물었다. 그의 말이 맞았다. 원래도 방에만 틀어박혀 밥을 먹었던 나였지만, 보수 공사 때문에 식당 근처에는 얼씬도 한 적이 없었다.

"기대하셔도 좋습니다."

의미심장한 말과 함께, 이윽고 집사가 식당 문을 열었다. 그리고 펼쳐진 공간은, 대체 뭘 보수하려고 이런 건지는 모르겠으나 완전히 딴판이 되어 있었다.

'오⋯⋯.'

놀라울 정도로 화려하고 사치스러웠다. 이곳저곳 배치되어 있는 큼지막한 꽃들과 금칠의 향연. 얼핏 보면 어지럽고 정신없지만, 자세히 뜯어보면 생각보다 조화로웠다. 디자인에 제법 신경을 쓴 것 같았다.

별천지 같은 내부를 쭉 훑어보던 중, 문득 눈에 띄는 꽃이 보였다. 식당 내부를 가장 많이 장식하고 있는 꽃이었다.

'저건⋯⋯.'

탐스러운 살굿빛의 장미 넝쿨.


─ 디 엘런윅 로즈다.


일전에 보수 공사로 인해 온실에서 오찬을 들었을 때였다. 레널드의 시비를 피하기 위해 대충 둘러댔던 화목에 공작이 관심을 가지며 대답해 주었다.

생각해 보면, 그때 처음으로 공작이 내게 별다른 목적이나 이유 없이 말을 걸었던 것 같다.

'그냥 저 꽃이 좋았나 보지.'

나는 또 거북하리만치 울렁거리기 시작하는 속을 필사적으로 내리누르며, 애써 냉소적으로 생각했다. 과한 의미 부여는 후폭풍을 가져오기 마련이다.

다행히 내부가 완전히 뒤바뀐 덕분인지, 이전에 음식을 앞에 두고 쫄쫄 굶어야 했던 악몽이 떠오르진 않았다.

오크 나무로 만들어진 이전의 것과는 달리, 호화스러운 대리석 식탁에는 이미 모두가 착석해 있었다. 가장 상석에 앉아 있는 공작이 인사했다.

"왔구나."

"좋은 아침이에요. 아버지, 오라버니들."

"좋은 아침은 얼어 죽을. 일찍 일찍 안 다니냐?"

겨우 몇 분 늦은 걸로 분홍 머리가 시비를 걸었다.

"스읍, 레널드."

"틀린 소리도 아니잖아요. 쳇! 아버진 맨날 저한테만 뭐라 그래."

공작이 눈을 부라리자, 공포의 주둥이가 닫혔다. 데릭은 평소와 같이 무표정한 얼굴로 나를 묵묵히 응시할 뿐이었다. 몇 번 겪었다고 이젠 제법 익숙해져서, 인사를 무시당해도 아무런 감흥이 없었다.

"들자꾸나."

이른 아침 시간대라는 것을 빼곤, 평소와 별다를 바 없는 식사 자리였다. 호화롭고 고요한 식당 안에 달그락거리는 식기 소리만이 간간이 울려 퍼졌다.

"……이제 며칠 후면 네 생일이로구나, 페넬로페."

조찬이 한창 무르익었을 무렵, 불쑥 공작이 말을 걸었다. 체할 것 같은 주제였지만 애써 싱긋 웃으며 답했다.

"네, 벌써 그렇게 됐네요."

"성인식 준비는 잘돼 가고 있느냐?"

"제가 뭐 할 게 있나요. 집사와 하녀장이 고생이죠."

정말로 나는 아무것도 하는 게 없었다. 그나마 하는 거라곤 최상의 피부와 몸매를 만들기 위해 매일 목욕 시간마다 하녀들에게 마사지를 받느라 시달리는 것뿐. 그것도 적응되니 무시하고 자는 경지에 이르렀다.

"성인식을 맞이해서, 뭐 가지고 싶은 건 없느냐?"

그때, 불쑥 공작이 물었다. 나는 길게 고민하지 않고 답했다.

"음…… 딱히 없어요."

이미 성인식을 대비하여 드레스와 액세서리를 거창하게 맞춘 후였다. 내가 진짜로 원하는 것은 공작이 들어줄 수 없는 것이었다.

"야, 튕기지 말고 사 준다고 할 때 말해."

무슨 하나의 관례처럼, 레널드 놈이 기다렸다는 듯 빈정거렸다.

"내 성인식 때 아버지한테 마법 요트 받은 거 보고 부러워 죽으려고 했잖아?"

"아, 그거."

매일 목욕 시간을 하녀들과 함께 하는 것이 무작정 나쁜 일만은 아니었다. 주워들을 우스운 얘기들이 꽤 많았기에.

"너 그거 자랑한답시고 알테스강에 끌고 나가 놓고 제대로 못 몰아서 전복됐었다며?"

비죽 웃으며 얼마 전 들은 것을 낱낱이 까발리자, 놈의 얼굴이 순식간에 시뻘게졌다.

"누, 누, 누가 그래?! 그건 사고였다고!"

"크흠, 한심한 놈."

"허? 왜 웃어요, 아버지! 아, 아니라고요!"

레널드가 공작을 향해 허겁지겁 외쳤다. 하지만 딱히 의미는 없었다. 나는 놈이 아니라고 구시렁거리며 난리를 치는 틈을 타 공작

쪽으로 몸을 숙였다.

"⋯⋯그냥."

그리고 조용히 속삭였다.

"이른 아침, 인사하러 와 주실 수 있으세요?"

"인사?"

"네."

다소 뜬금없는 말에 의아하게 쳐다보는 공작을 향해, 나는 느리게 말문을 열었다.

"⋯⋯철없던 어린 딸과의 작별 인사요."

"그게 무슨 소리냐, 페넬로페. 작별 인사라니."

"저도 이제 어엿한 성인이 되는 거잖아요. 부끄러운 과거는 잊고 성인식 이후부턴 성숙한 사람으로 거듭나고 싶어요."

나는 그 성숙함을 흉내 냈던 딸과의 마지막 인사라는 말을 숨기고 태연히 말을 마쳤다.

"네가 언제 이렇게⋯⋯."

퍽 낯선 눈으로 나를 바라보던 공작의 푸른 눈이, 서서히 따스함으로 물들었다.

"그래."

"⋯⋯."

"내 꼭 아침에 인사를 하러 가마."

공작은 거듭 약속했다. 이번 거짓말은, 꽤 쓰고 힘겨웠다. 어색한 미소를 지으며 간질거리는 감정에서 가까스로 고개를 돌려 외면할 때였다.

끼익―. 느닷없이 식당 문이 열리더니, 집사가 성급한 몸짓으로 들어섰다. 그는 한달음에 공작이 앉아 있는 상석까지 도달했다.

"공작님, 잠시 현관으로 나와 보셔야 할 것 같습니다."

늙은 집사의 낯빛이 그 어느 때보다 좋지 않았다. 공작이 불편한 기색을 내비쳤다.

"크흠. 모처럼 가족끼리 다 함께 식사 중이지 않은가, 집사. 급한 일이 아니면 나중에 다시 얘기함세."

"그게……."

난처한 얼굴로 망설이던 집사가 이내, 허리를 숙여 공작의 귓가에 입을 가져다 댔다. 식사를 방해받은 것에 불쾌함을 내비치던 공작의 얼굴이 점점 딱딱하게 굳어 갔다.

마침내 말을 마친 집사가 상체를 세웠다. 그 순간, 끼이익—! 공작이 자리에서 벌떡 일어났다.

쾅당—! 그 바람에 의자가 뒤로 거칠게 넘어갔다. 하지만 그는 그것을 전혀 개의치 않은 채 다급하게 식당을 빠져나갔다. 집사가 서둘러 그 뒤를 따라갔다.

나는 물론이고, 데릭과 레널드도 영문을 모른 채 눈만 껌뻑일 뿐이었다.

끼이익—. 그때, 데릭마저 의자를 밀며 자리에서 일어났다.

"나가 봐야겠구나."

그 한 마디를 내뱉은 후 그는 미련 없이 식당을 나갔다.

"아씨, 밥 먹다가 뭐야……."

레널드가 신경질적으로 중얼거렸다.

'설마…… 편지 무시했다고 황태자 놈이 또 찾아온 건 아니겠지?'

불현듯 끔찍한 가정이 떠올랐다. 그 미친놈이라면 충분히 가능할

법한 이야기였다. 만약 그렇다면 한번 당한 전적이 있는 공작이 저렇게 헐레벌떡 뛰어나갈 만도 했다.

'미친놈! 아프다니까 대체 왜 그래!'

오만상을 찌푸리며 진저리를 치자, 레널드가 이상한 눈초리로 나를 흘겼다.

"야, 뭐 하냐? 우리도 가 보자고. 일어나."

"어. 어. 응⋯⋯."

레널드가 자리에서 일어나며 같이 나가기를 종용했다. 나는 떨떠름한 얼굴로 답했다. 별로 가고 싶지 않았다. 가서 또 황태자 놈의 면상을 보고 수습할 생각에 벌써부터 머리가 아팠다.

나는 식당을 나서는 레널드의 뒤를 미적거리며 따라갔다. 긴 복도를 지나고, 마침내 중앙 계단이 보일 무렵이었다.

문제가 생겼다는 집사의 말답게 저택의 현관이 활짝 열려 있었다. 그 사이로 한 인영이 우뚝 서 있었다. 장신의 남자였다.

활짝 열린 커다란 문 사이로, 이른 아침 공기를 담은 서늘한 바깥 냄새가 났다.

'설마가 사람 잡는 거 아니야?'

나는 여전히 미간을 잔뜩 구긴 채 걸음을 빨리했다. 응접실을 지나 공작과 집사, 데릭과 레널드가 우뚝 서 있는 곳에 막 이르렀을 때.

예상했던 황금빛 머리칼 대신 보이는 누군가의 모습에, 나는 더없이 눈을 크게 떴다.

"⋯⋯이클리스?"

저택의 현관 앞에 우뚝 서 있는 남자는 다름 아닌, 내 몰빵 남주였다. 내 부름에 그가 슬쩍 내 쪽으로 시선을 돌렸다. 언제나 무미건조했던 잿빛 눈동자에 일순 파문이 일었다.

"네가 이 시간에, 여기 왜……."

문득 이유 없이 가슴이 철렁했다. 엄마가 죽기 하루 전에 느꼈던 그 알 수 없는 기이함. 그것이 벼락처럼 전신을 훑고 지나갈 무렵.

"저……."

이클리스의 등 뒤에서 자그마한 누군가가 튀어나왔다.

"……아버지."

"……."

"오라버니…… 들."

레널드와 똑 닮은 사랑스러운 분홍색 머리칼. 에카르트의 핏줄임을 부정할 수 없을 만큼 선명한 푸른색 동공.

"저…… 이본이에요."

성인식을 5일 앞둔 어느 날, 이른 아침이었다.

Chapter 14

Chapter 14

 

 

 

 

랙이라도 걸린 것처럼, 사고가 정지했다. 나는 눈도 깜빡이지 않고 이클리스의 뒤에서 튀어나온 자그마한 체구의 여자를 멍하니 바라보았다.

여자의 한쪽 이마에 거즈가 붙어 있었다. 지난번 솔레일 섬 지하에서 내가 쓴 마법에 의해 다친 흰색 로브 여자처럼.

'……거짓말이지?'

레일라 잔당의 우두머리가 여주인지 아닌지, 그것은 내 알 바 아니었다. 중요한 건, 지금이 아직 성인식 전이라는 것뿐.

아직 성인식이 아니었다. 아직 성인식까지 5일이나 남은 상태였다.

'……왜?'

나는 이본에게서 시선을 떼고 다시 이클리스를 돌아보았다. 놈은 처음부터 무표정한 얼굴로 나를 응시하고 있었다. 마치 내가 어떤 반응을 보일지 지켜보기라도 하듯.

며칠 전까지만 해도 내 곁에 남아 나를 위해 주겠다고 말했던 몰 빵 남주였다. 공작가 인간들에게서 더는 내가 슬퍼하지 않도록 해 주겠다고. 내가 행복할 수 있도록 노력하겠다고.

'그런데 왜?'

왜? 대체 왜?

왜? 왜? 왜?

왜지?

물음 하나만이 머릿속을 점령했다. 내가 점점 거칠어지는 숨을 간신히 고르는 사이, 현관 앞에 숨 막히는 정적이 내려앉았다.

한 마디도 꺼내지 않는 공작가 일가에, 여주의 사랑스러운 얼굴이 점점 울상으로 변해 갈 무렵.

"……레널드, 페넬로페."

공작이 정적을 깨트리고, 무겁게 입을 열었다.

"너희 둘은 그만 방으로 돌아가 있거라."

"아버지!"

나보다 먼저 레널드가 반응했다. 그러나 '스읍' 하고 주의를 주는 공작의 기세에 입을 다물었다.

명령에도 움직이지 않는 나를 그가 흘끔거리는 게 느껴졌다. 하지만 나는 아무런 반응도 할 수 없었다. 이른 아침, 폭탄이 떨어진 것처럼 정신이 없는 것은 모두가 마찬가지인 듯했다.

내가 돌아가지 않았음에도 공작은 이본에게로 몸을 돌렸다.

"그리고 너는……."

그 순간을 나는 똑똑히 보았다. 언제나 냉철하다는 에카르트 수장의 얼굴이, 지독한 그리움과 슬픔으로 일그러지는 것을.

"나를 잠시 따라오거라."

하지만 언제 그랬냐는 양 공작은 이성을 다잡고 말했다.

"지금까지 외형을 속이고 찾아온 자들은 무수히 많았다. 네가 진짜 내 딸이 맞는다는 것을 증명하기 위해서는 몇 가지 시험을 거쳐야 하지."

"……시험이요?"

여주의 푸른 눈이 흔들렸다. 그 모습이 누구보다 가련하고 청순했다.

당연하게도 게임에서 여주는 그 '몇 가지 시험'을 모두 통과했다. 죽은 공작 부인의 물품을 알아맞히거나, 저택의 구조와 점과 같은 신체 특징이었다.

모두 당사자가 아니면 알기 힘든 것들이라, 지금까지 공녀 자리를 노리고 접근한 그 누구도 통과하지 못했다.

"하지만 만일 거짓임이 들통나면 귀족 능멸 죄로 사형에 처할 수도 있다."

공작이 엄중히 경고했다.

"어떻게 할 테냐. 이래도 날 따라오겠느냐."

"아직 기억을 다 온전히 찾은 것은 아니지만……."

여주는, 성인식 당일이 아님에도 불구하고.

"해 볼게요."

게임과 똑같이 답했다. 숨이 턱 막히는 기분이 들었다. 결연한 얼굴로 끄덕이는 이본에게서 가까스로 고개를 돌린 공작이 이내 데릭에게 명했다.

"그리고 데릭."

"예."

"이놈을 지하에 가둬 놓거라. 어떻게 된 일인지 심문을 해야겠다."

데릭은 곧장 이클리스에게 다가갔다.

"잠깐만요!"

이상하게 돌아가는 상황에 나는 다급히 공작을 막으려 했다. 그러나 나보다 이본이 한발 앞섰다.

"이, 이클리스는 왜요? 저, 저를 도와준 사람이에요. 제가 시험을 치를 테니, 그러지 마세요."

그녀는 애처롭게 공작을 보고 호소했다. 그러나 공작은 단호하게 고개를 저었다.

"그건 네 소관이 아니다. 저놈은 우리 가문에 입적된 견습 기사니까."

"그, 그렇지만……."

"분명 허락 없는 외출이 불가할 터인데, 이 애를 어찌 데리고 온 건지 낱낱이 알아봐."

공작의 명령에 데릭과 내 얼굴이 동시에 난처함으로 물들었다.

"끌고 가지 마세요."

이본의 입이 다물리자, 나는 그제야 앞으로 나섰다.

"정확히는 제 호위 기사이니 제 소관이죠."

"페넬로페."

공작과 데릭이 문득 내 외침에 고개를 돌리다 놀란 표정을 지었다. 내가 아직도 이 자리에 있다는 걸 알아차리지 못한 눈치였다.

"할 얘기가 있어요."

머릿속이 핑핑 돌았다. 하지만 당장 나는 물어야 했다.

"페넬로페!"

나는 누가 말릴 새도 없이 한달음에 이클리스 앞으로 걸어갔다. 그의 옆에 서 있는 여주가 그런 나를 묘한 눈빛으로 지켜보았다.

그러나 그런 것 따위 개의치 않은 채 불쑥 팔을 뻗었다. 그리고 멱살을 쥐듯 놈의 옷자락을 와락 틀어쥐었다.

"……너."

그 순간이었다.

〈SYSTEM〉 [이클리스]의 호감도를 확인하겠습니까?
[1800만 골드 / 명성 400]

나는 곧장 [1800만 골드]를 연타했다. 그러나.

〈SYSTEM〉 보유자금 부족! (남은 보유자금 : 12,000,000 골드)

곧장 바뀌는 흰 글씨. 나는 가까스로 이성을 유지한 채 [명성 400]을 다시 선택했다.

〈SYSTEM〉 명성 부족! (명성 total : 360)

알고 있었다. 나는 놈의 호감도를 확인하기 위해 이미 남은 돈도 명성도, 망설이지 않고 다 사용했다.

금방 100%를 찍을 수 있을 거라 자신했다. 게다가 집사에게 마법 가공된 에메랄드의 판매가 개시됐다는 소식을 전달받았기에 상관없을 거라 믿었다. 그 멍청한 판단이 이렇게 돌아올 줄 알았더라면……

눈앞에 뜬 시스템 창을 바라만 볼 수밖에 없자, 무언가를 집어 던지고 악을 쓰고 싶은 폭력적인 감정이 치밀어 올랐다.

아득—. 이클리스의 옷깃을 쥔 손에 힘이 너무 들어가 육안으로도 보일 정도로 부들부들 떨리던 그 순간.

"페넬로페! 그만 물러서거라."

공작이 내게 두 번째로 주의를 줬다. 정신을 차리자, 제 멱살을 쥔 나를 가만히 내려다보고 있는 잿빛 눈동자가 보였다. 놀랐는지 조금 커다래진 상태였다.

"……주인님."

"너…… 왜?"

나는 병신처럼 그렇게 물을 수밖에 없었다. 모두가 보는 앞에서, 왜 진짜 공녀를 데리고 온 거냐고. 왜 나를 배신했냐고 물을 수는 없어서.

"왜?"

나는 그래서 그 말만을 반복했다. 이클리스의 동공에 비친 내 얼굴이 처참할 정도로 일그러져 있었다.

그는 그런 나를 무감각하게 내려다보다가, 이내 천천히 입을 열었다.

"……비록 저는 패전국의 노예이지만, 에카르트 가문에 은혜를 입은 몸입니다. 가문에서 공녀님을 애타게 찾는 것을 알고 있어, 차마 외면할 수 없었습니다."

"하, 하……."

마치 제가 혁혁한 공이라도 세운 사람처럼 말하는 이클리스의 대답에, 기가 찬 실소가 새어 나왔다. 속에서 부글부글 천불이 들끓었다. 나는 눈이 뒤집히는 경험이 어떤 건지 절실히 체감했다.

"······지랄 마, 이 미친 새끼야."

이를 악문 소리가 새어 나왔다.

"네가 입은 은혜는 에카르트 가문이 아닌, 나로부터 나온 거겠지! 널 그 빌어먹을 경매장에서 사 온 게 나니까—!"

멍청한 짓이라는 것을 알았다. 하지만 알면서도, 터져 나오는 비명을 막을 수 없었다. 손이 휙 위로 쳐들렸다. 놈의 뺨을 거세게 올려붙이기 직전.

"페넬로페!"

공작이 벼락같이 호통쳤다.

"집사! 페넬로페를 그만 데리고 올라가."

"아니요! 전 아직 할 말 남았어요."

"페넬로페 에카르트."

이번에는 데릭이 얼음장처럼 서늘하게 나를 불렀다.

"어찌 된 일인지 영문을 알아본다지 않느냐."

"그러니까 저도 제 호위 기사에게 어찌 된 일인지 영문을······!"

"어린애도 아니고, 매번 이런 일이 있을 때마다 언제까지 네가 악을 쓰는 꼴을 봐줘야 하지?"

놈의 눈빛에 지긋지긋함이 떠올랐다. 꼭 '진짜 공녀'가 나타나 질투로 악을 쓰는 '가짜 공녀'를 바라보는 듯했다.

놈뿐만이 아니었다. 공작, 레널드, 집사. 그리고 소란스러움에 구경을 나온 다수의 사용인들까지. 나는 그들을 두려움에 질린 눈빛으로 하나하나 둘러보았다.

검붉은색, 주황색, 연분홍색. 남주 놈들의 염병할 호감도 게이지 바가 하나같이 반짝거리고 있었다.

"……아가씨, 그만 가시지요."

집사가 무거운 음성으로 나를 불렀다. 이클리스를 내려치기 위해 높이 올라간 손이 서서히 내려갔다. 이 와중에도 나는 놈들의 호감도 폭락을 걱정할 수밖에 없었다.

멱살을 쥐고 있던 손아귀의 힘이 스르륵 풀렸다. 나는 여전히 이를 악문 채 천천히 내 몰빵 남주에게서 등을 돌렸다. 하는 수 없이 집사의 뒤를 따라 비척비척 걸음을 옮기던 찰나.

살벌해진 분위기에 어쩔 줄 몰라 하며 발을 동동 구르던 누군가와 스치듯이 눈이 마주쳤다. 여자의 얼굴이 미안함과 죄책감으로 잔뜩 일그러졌다.

언제나 상냥하고 착한 노멀 모드의 여주. 그리고 그런 그녀의 등장을 경계해 괴롭히는 하드 모드의 가짜 공녀.

어쩐지 게임과 똑같이 진행되고 있는 이 상황에, 불현듯 섬뜩함이 턱 끝을 잠식했다.


집사의 감시하에 방으로 되돌아온 나는 곧장 책상 앞으로 가서 주저앉았다. 소식을 들은 건지, 대기하고 있던 에밀리가 조심스럽게 나를 쫓아왔다.

"……아, 아가씨"

"나가."

"하지만……."

주근깨가 잔뜩 박힌 갈색 눈이 내 눈치를 보느라 도록도록 굴러

가는 게 보였다. 어쩌면 약삭빠른 그녀는 내게 줄을 댄 것을 후회하고 있을지 모른다.

그리고 어떻게서든 돌아온 '진짜 공녀'에게 잘 보이기 위해, 내 전담 하녀를 관둔다는 말을 하고 싶은 걸지도.

"내 말 안 들려? 생각할 게 있으니까 나가라고!"

미적거릴 뿐 나가지 않는 에밀리에게 신경질적으로 소리쳤다.

"네, 네! 밖에서 대기하고 있을 테니 필요하면 불러 주세요, 아가씨. 아, 알겠죠?"

그러자 그녀는 화들짝 놀라 답한 후 서둘러 방을 빠져나갔다. 탁—. 이윽고 방 안은 개미 새끼 지나가는 소리 하나 들리지 않을 만큼 고요해졌다.

"하……."

나는 지끈지끈 아파 오는 머리에, 깊은 한숨을 내쉬며 두 손에 얼굴을 묻었다. 아직도 하루의 시작인 아침에 불과한데, 나는 며칠간 밤을 지새운 것처럼 고단하고 지쳤다. 하지만 그런 감정을 느끼는 것조차 사치였다.

"생각해. 이대로 죽을 순 없잖아."

나는 약해지려는 정신을 붙들고 두 손에서 얼굴을 억지로 떼어 냈다. 그리고 허공을 노려보며 머리를 굴렸다.

무슨 이유에서인지 모르겠으나, 몰빵 남주는 나를 배신하고 여주를 데려왔다. 나는 이대로 탈출하지 못한 채로 노멀 모드에 휩쓸려, 악녀가 되어 비참하게 죽기 싫었다.

하지만 그렇다고 언제까지 낙담해 있을 수는 없었다. 다행히도 게임대로 여주가 성인식에 나타난 것은 아니었다.

"아직 5일 남았어."

이 말인즉슨, 내가 탈출할 기회 또한 아직 남아 있단 소리다.

'99%야. 100% 찍고 사랑한다는 고백만 들으면 돼.'

여주가 나타났든 뭐가 됐든, 그것만 이루면 되는 일이다.

"그 새끼를 만나야겠어."

나는 허공을 노려보며 초조하게 심문이 끝나기를 기다렸다. 그리고 공작 몰래 이클리스에게 붙여 준 스승과 관련해서 할 변명과 놈의 호감도를 확인하기 위한 돈을 어디서 구할지에 대해 고민했다.

그렇게 얼마쯤 피 말리는 시간이 흘렀을까. 똑똑—.

"아가씨, 펜넬입니다."

마침내 소식을 전해다 줄 이가 방문했다.

"들어와."

나는 성급히 명령했다. 집사는 곧장 들어와 소식을 전했다.

"아가씨, 지난밤 경매에서 첫 번째로 내놓은 에메랄드 목걸이가 주인을 만났습니다. 방금 전 흰 토끼 상단을 통해 수익금이 저택으로 전달되었습니다."

"돈이 입금됐다고?"

"예."

'됐어.'

비록 이클리스에 관련된 소식은 아니었지만, X같은 상황 중에 그나마 희소식이었다.

"당장 이클리스를 만나러 가야겠어."

금고가 채워졌다는 소식에 나는 자리에서 벌떡 일어났다. 가슴에 미약한 희망이 움텄다. 당장 그놈의 호감도를 확인한 후에 '사랑한다'는 고백을 들어야 했다. 혀에 꿀을 바르고 다시 구슬리든, 억지로 강요를 해서든…….

다급히 책상을 벗어나려고 하던 그 순간이었다.

"아가씨, 잠시만."

집사가 난감한 얼굴로 황급히 내 앞을 막아섰다.

"소개해 드릴 자들이 있습니다."

"뭐? 누굴?"

나는 뜬금없는 소리에 눈살을 찌푸렸다. 그때였다. 집사가 나지막하게 읊조렸다.

"들어오게들."

그러자 아직 열려 있는 방 안으로 갑옷 차림새의 처음 보는 장정 두 명이 들어왔다.

"아가씨의 호위를 새로이 맡을 자들입니다. 필립 경, 에드 경."

"안녕하십니까, 공녀님. 처음 뵙겠습니다."

"잘 부탁드립니다, 공녀님."

"필립 경과 에드 경은 공작님의 직속 호위 부대 소속으로 검술에 매우 뛰어난 이들……."

"집사."

나는 남자들의 깍듯한 인사를 깡그리 무시한 채 서늘한 목소리로 집사를 불렀다.

"지금, 내 방에서 뭐 하는 짓이지?"

"공작님께서……."

노집사는 난처한 얼굴로 잠시 주저하다가, 어렵사리 입을 열었다.

"당분간, 가문 내의 일원이 아닌 외부인과 아가씨의 접촉을 금하신다는 명령을 내렸습니다. 이클리스 또한 포함입니다."

"……뭐?"

불현듯 눈앞이 캄캄해졌다. 간신히 가라앉혔던 시뻘건 불길들이 다시 목구멍까지 솟아올랐다. 나는 이를 악물고 되물었다.

"내가, 왜?"

"그의 심문을 마칠 때까지 아가씨를 안전하게 보호하기 위해서 입니다."

"안전?"

"……예."

"감금과 감시가 아니라?"

의도한 바는 아니었지만, 한쪽 입꼬리가 절로 비틀어졌다. 진짜 악녀처럼 웃는 나를 보며 집사는 영 눈을 마주치지 못했다.

"……그런 것이 절대로 아닙니다. 그럴 리가 없지 않습니까, 아가씨."

"그럼 왜 내가 내 호위 기사도 만날 수 없고, 그마저도 처음 보는 면상들로 갈아 치워야 하는지 납득시켜 봐."

"소공작님께서…… 직접 기사들을 이끌고 프리뵈우스로 향하셨습니다."

나는 어렵사리 답하는 집사의 말에 눈을 부릅떴다. 프리뵈우스는 이클리스의 스승이 거주하는 수도 외곽의 마을 이름이었다.

"왜?"

"오늘 오신 이본…… 아니, 손님이 며칠 전 나타난 마물로 인해 크게 다치셨다고 합니다."

"그건……."

마물 때문이 아니라는 말이 목구멍까지 치올랐지만 나는 간신히 그것을 삼켰다. 여주가 정말로 악의 무리의 중축이건, 모든 게 내 착각이건 그건 지금 중요하지 않았다.

"그래서."

나는 냉정을 유지하려고 애쓰며 집사를 종용했다.

"그리고 그쪽에 있는 노예들이 다친 손님을 돌보아 주었다고 합니다. 그런데 그 노예들이 하필이면 모두 렐만인이었습니다."

"그건 이미 집사도 알고 있는 소식이 아니었던가?"

이클리스에게 적합한 스승을 구했을 당시에는 몰랐던 사실이었다. 노예들이 노동하는 농장은 마을에서도 꽤 떨어진 인적 드문 곳에 있었기 때문이다.

하지만 이클리스가 우연히 안면 있는 고국인을 만나고 갑자기 농장을 덮친 마물을 처치하느라 저택에 늦게 들어왔던 날. 나는 은밀한 뒷수습과 함께 노예들에게 전할 약초를 집사에게 부탁했다. 그리고 그것은 집사와 나만의 암묵적인 비밀이었다.

'그럼 그때 만난 거였네.'

자연스럽게 이클리스와 여주의 첫 만남이 도출되었다.

'……빌어먹을.'

나는 욕설을 삼키며 피가 배어날 만큼 아랫입술을 깨물었다.

'왜 마물이 나타났다는 말을 더 신중하게 생각하지 않았을까.'

뼈저린 후회가 들었지만, 이미 엎질러진 일이었다. 나는 그 당시에 96%에 육박한 호감도 수치에 눈이 돌아간 상태였다.

'그런데 하드 모드는 원래 뷘터가 아닌 다른 남주들도 여주를 데리고 올 수 있는 건가?'

나는 문득 뒤이어 떠오른 의문에 고개를 갸웃거렸다. 언제부턴지 모르게, 나는 게임의 전개에 대해 점점 위화감이 들기 시작했다.

심각한 얼굴로 상념에 잠겨 있을 즈음.

"자네들은 그만 나가 있게."

집사가 내 방 안에 허락 없이 들였던 침입자들을 내보냈다. 그들이 나가자 그는 심각한 얼굴로 뇌까렸다.

"델만인들이 모여 도주를 작당하고 있다는 첩보를 입수했습니다, 아가씨."

나는 눈을 크게 떴다. 얼마 전 이클리스에게 들었던 말이었기에.

"그리하여 소공작님께서 긴급 체포를 위해……."

"잠깐."

손을 들어 집사를 막아섰다.

"그 계집애가 그딴 소리를 하던가?"

"아닙니다. 이것은 모두 심문 도중 이클리스의 입을 통해 나온 이야기들입니다, 아가씨."

"뭐, 뭐라고?"

"아가씨께서 이클리스를 통해 건네주신 약초가…… 그들의 도주 밑천이 되었다고 합니다."

"……."

"그는 갑자기 나타난 마물이 같은 고국인을 해쳤다는 말에 깊은 안타까움을 느끼고 아낌없이 도움을 주었다고 진술했습니다."

"……그런데."

"한데 아가씨의 배려가 왜곡되는 것을 알고 그 후 홀로 오랫동안 고민하며 그들을 만류해 왔다더군요. 그러던 도중 손님을 만나 공작가에 입은 은혜를 갚기로 결심을 하게 되고……."

"하."

차가운 헛웃음에 집사의 입이 닫혔다.

"미친 새끼."

나는 놈의 교묘함에 소름이 끼쳐 얕게 몸을 떨었다. 얼마 전까지만 해도 그들을 따라 도망을 가자던 놈이, 이제는 거리낌 없이 그들을 팔아먹었다. 나는 그 이유를 어렴풋이 짐작했다.

'내가 가기 싫다고 해서야.'

이클리스는 처음부터 그런 놈이었다. 속을 숨긴 채 충성스러운 개를 흉내 내던.

그러나 호감도가 급격히 오르면서 놈의 성정에 변화가 있다고 생각했었는데, 모두 착각이었다. 그에게는 증오스러운 제국인에 대한 알량한 사랑보다, 알지도 못했던 동향인들에 대한 걱정보다 자신의 안위가 먼저였다.

내 앞에서는 동향인들을 걱정하는 선량한 사람 행세를 하던 놈이 속으로는 얼마나 재고 따졌을지 훤히 보이는 듯했다. 공작저에 남아 있는 것이 나을지, 아니면 동향인들을 도와 제국을 탈출하는 편이 나을지.

그리고 놈은 선택했다. 동향인들을 제물로 삼고 이본을 끌고 와, 아득바득 이곳에 붙어 있기로.

그리고 내가 해 줄 수 없던 신분 상승의 기회까지 직접 거머쥐었다. 패전국의 노예들과 한패일지도 모른다는 의심을 피하기 위해, 교묘히 나를 엮어서.

치오르는 격렬한 감정을 내리누르며 물었다.

"······아버지는 뭐라셔."

"진의 확인을 위해 소공작님을 직접 보내셨습니다."

"시험은."

"아직 진행 중입니다."

"그럼 첫째 오라버니가 돌아오고 심문이 모두 끝날 때까지, 아버지도, 이클리스도 볼 수 없는 거겠네?"

"······."

집사는 대답하지 않았다. 무언의 긍정이었다. 나는 깊은 한숨을 쉬며 축객령을 내렸다.

"알았으니 나가 봐."

"그럼, 필요한 것이 있으면 언제든 부르십시오."

집사는 내 눈치를 보며 예의 바르게 허리를 숙인 후 방을 나갔다. 이본이 공작의 시험을 통과하면 온데간데없이 사라질, 한정적인 눈치와 예의였다.

"개새끼."

나는 불현듯 참을 수 없을 만큼 짜증이 치솟아 손을 들어 책상 위를 쓸어버리려다가 간신히 참았다.

이런 것으로 이성을 잃을 순 없었다. 나는 살아남기 위해 생각할 것이 너무나도 많았다. 너무나도.

'이대론 안 되겠어.'

나는 비척비척 일어나 침대로 걸어갔다.

'차선책이 필요해.'

힘없이 침대 위에 드러누워 머리를 굴리는 와중. 문득 아무것도 할 수 없는 내가 지독히도 비참하게 느껴졌다.

죽음이 찾아오기 직전처럼, 숨이 막혔다.

✦

하루를 쫄쫄 굶은 채, 뜬 눈으로 지새운 나는 다음 날 이른 아침 방을 나섰다. 그대로 있다간 속에서 타오르는 천불이 그대로 온몸을 살라 먹을 것 같았기 때문이다.

"어디 가시는 겁니까?"

그러나 문을 열기 무섭게 방해꾼들에게 가로막혔다.

"비켜."

"안전을 위해 가시려는 곳을 밝히셔야 합니다."

"내 집에서 내가 마음대로 움직이지도 못해?"

신경질적으로 대꾸하던 나는, 너무 예민해졌음을 인정하고 힘겹게 목적지를 밝혔다.

"……후원으로 산책 갈 거야."

"그럼 저희가 따르겠습니다."

"따라오지 마."

"하지만, 공작님께서……."

"여기서 한 발자국이라도 움직였다간 네놈들이 나를 모욕하고 학대했다고 비명을 지를 거야."

"고, 공녀님!"

표정 하나 바꾸지 않고 뇌까리자 놈들의 얼굴이 하얘졌다. 내가 일부러 키운 몇 가지 사건으로 인해 공작이 그것에 무척이나 민감하게 반응한다는 것을 잘 알고 있기에 한 말이었다.

"내 호위를 하라 했지 집 안까지 졸졸 쫓아다니며 나를 감시하라고 명하시진 않았을 거 아니니."

"하, 하오나……!"

"유난 떨지 마. 금방 돌아 올 거니까."

내가 유령처럼 방문을 빠져나가는 모습을 그들은 넋 놓고 볼 수밖에 없었다.

복도를 걷는 내내 마주치는 사용인들마다 나를 묘한 눈으로 흘깃대는 것이 느껴졌다. 후원에 도착하기도 전에 나는 지쳤다.

그러다 문득, 혹시 만약에. 아주 만약에 결국 이 빌어먹을 게임에서 탈출하지 못한다면. 그러면, 이 지긋지긋한 일을 죽을 때까지 겪어야 할지도 모른다는 생각이 덜컥 떠올랐다.

눈앞이 아득해졌다.

확실히 밖으로 나오니 방 안에만 처박혀 있을 때보다 기분이 나아졌다. 나는 찬찬히 걸음을 옮기며 간밤에 했던 생각과 계획들을 다시 한번 정리했다.

'그런데…… 지하라면 저택의 지하인가?'

그러다 불쑥 이클리스가 어디에 갇혀 있는지 궁금해졌다.

저택의 지하는 보통 중죄를 지은 죄인을 포박하여 고문하는 용도로 쓰인다고 들었다. 하지만 연무장 근처에 그런 곳이 하나 더 있었다. 잘못을 저지른 기사들을 연금해 두는 곳인데, 한국으로 따지자면 '영창'과도 같았다.

'이클리스도 어쨌든 명목상이나마 가문 소속 견습 기사이니 그쪽에 있겠지.'

결정을 내린 나는 연무장으로 가는 숲길 쪽으로 향했다. 거길 간다 해서 그를 바로 만날 수 있다는 생각은 하지 않았다. 그러나 이대로 가만있다가는 내가 미쳐 죽을 것 같아서 그냥 한번 구경이나 가 보는 것이었다.

한적한 숲길을 따라 얼마쯤 걸었을까. 깊은 상념에 잠긴 나는 맞은편에서 걸어오는 이를 미처 발견하지 못했다.

"어⋯⋯."

그쪽에서 나를 발견하고 미약한 신음을 내뱉을 때까지.

"아, 안녕하세요, 공녀님⋯⋯."

어색한 기색이었지만, 여전히 무해 하고 상냥한 얼굴로 인사하며 여자가 나를 '공녀님'이라 불렀다.

'공녀님? X발⋯⋯.'

노멀 모드 초반에 페넬로페를 부르던 것과 똑같은 호칭에 나는 험악한 욕설을 삼켰다. 여주였다.

나를 응시하는 푸른빛의 양순한 눈. 그것을 마주하자, 불현듯 솔레일 지하에서 망설임 없이 남자의 정기를 빨아먹던 모습이 떠올랐다.

뒷목을 타고 오소소 소름이 돋았다. 머리끝이 쭈뼛 서는 기이한 느낌에 아무 말도 않고 서 있을 즈음.

"⋯⋯공녀님?"

조심스럽게 나를 부르는 목소리에 퍼뜩 정신이 들었다.

"⋯⋯안녕."

나는 마지못해 입을 열며, 슬쩍 주변을 둘러보았다. 한적한 숲길엔 여주와 나, 단둘뿐이었다.

'제기랄.'

본래는 저택에서 마주치는 족족 무시할 예정이었다. 하지만 쟤가 실은 레일라 일족이라고 생각하니, 무서워서 무시할 수가 없었다.

"이, 인사를……."

나지막한 내 목소리에 말간 동공이 얇게 흔들렸다.

"인사를 받아 주신 거예요?"

노멀 모드의 여주는 하잘것없는 것에도 쉽게 감동하고 눈물을 글썽거리곤 했다. 나는 대조될 만큼 무표정한 얼굴로 그녀를 응시하다 이내 입술을 떼었다.

"이클리스를 만나고 돌아오는 거니?"

"아…… 네, 네."

"아직 시험이 다 끝나지 않았다고 들었는데."

내 말에 여주가 난처함으로 눈매를 찡그렸다. 그녀는 잠시 주저하다 답했다.

"점심을 틈타서, 이클리스를 보고 오겠다고 공작님께 부탁드렸어요. 저 때문에 갇힌 거니까……."

나는 만나지 못하게 막았던 것을 생각하면 좀 빡쳤지만, 애써 참았다.

'그럼 이클리스는 저택 지하가 아닌 영창에 갇힌 게 맞네?'

예상치 못한 수확이었기에.

"하녀도 없이 혼자?"

나는 곧장 무뚝뚝하게 되물었다. 이본이 볼을 붉히며 답했다.

"하녀장님이…… 데려다주셨어요. 그런데 워낙 바쁘신 분이기도 하고, 제가 혼자 산책하고 싶어서……."

이건 좀 기분 나빴다.

'아직 시험이 끝나지도 않았는데, 하녀장?'

그녀는 원래부터 '가짜 공녀'를 싫어했고, 학대에 앞장선 이였다. 그간 저택에서 활개를 치고 다니던 나 때문에 기를 못 썼으니, 마침내 등장한 '진짜 공녀'가 어찌나 반가웠을까.

비죽 새어 나오는 비틀린 실소를 참으며, 나는 이본의 얼굴에 시선을 던졌다.

"아프겠네."

"……네?"

"그 상처."

정확히는 이마 위, 거즈로 가려진 상처에.

찰나의 순간, 여자가 미세하게 몸을 움찔거렸다. 나는 그것 외엔 그녀에게 딱히 용건이 없었다.

"그럼 수고해."

때문에 잠시 물끄러미 그것을 바라보다 곧바로 미련 없이 그녀를 스쳐 지나갔다. 아니, 그러려던 찰나였다.

"저기……!"

갑자기 와락 손목이 잡혔다. 나는 인상을 찌푸리며 고개를 휙 돌렸다.

"뭐야?"

"죄, 죄송해요."

커다란 눈 안에 주먹만 한 물방울들을 그렁그렁하게 매단 채 여주가 나를 올려다보고 있었다. 남주들이 왜 그렇게 사족을 못 썼는지 알 만큼, 연약하고 애처로운 모습이었다. 그러나 아무것도 한 게 없는 나는 그저 기가 막혔다.

"하. 뭐가 죄송해?"

"제가 갑자기 나타나서 많이…… 놀라셨죠, 공녀님."

그녀는 떨리는 목소리로 다그치지도 않은 잘못을 빌었다.

"여기 오지 말았어야 했는데…… 이클리스가 한 번만 같이 가 달라고 간곡히 부탁하는 바람에…….'"

"……."

"제가 본의 아니게 공녀님께 상처를 드린 것 같아 죄책감이 많이 들었어요. 정말, 정말 죄송……."

"이봐."

나는 점점 격양되는 이본의 사과를 중간에 냉정하게 끊었다.

"이본이라고 했나?"

그녀가 울먹이다가, 동그랗게 뜬 눈으로 나를 올려다보았다.

"평민일 때 불리던 이름도 이본이었니?"

"……네, 네."

'기억을 잃었는데 어떻게 평민 이름도 이본이야?'

불쑥 위화감이 들었지만, 나는 무시한 채 고개를 끄덕였다.

"네가 무슨 목적으로 여기 온 건지 나와는 상관없어."

"네……?"

푸른 동공에 놀라움이 서렸다. 나는 혹시나 이 말도 곡해할까 봐, 또박또박 발음하며 덧붙였다.

"난 괜찮으니까 신경 쓰지 마. 정확히는 나를 그냥 없는 사람 취급하란 소리야. 알겠지?"

"그, 그게……."

"알아들었으면, 이만 놔줘."

못 알아들었어도 상관없었다. 여자에게 잡힌 손목이 얼음장처럼 차갑게 느껴졌다. 내 두려움에 기인한 것인지, 아니면 레일라의 기묘한 힘인 건지는 알 수 없었다.

오한이 들었지만, 나는 애써 내색하지 않고 그녀에게 잡힌 손목을 떼어내며 말했다.

"그리고 나도 평민 출신이라 네 처지를 좀 아는데, 다른 곳에서 이렇게 귀족의 몸에 허락 없이 손을 대면 뺨을 맞는단다."

"……."

"그럼 즐겁게 산책마저 해. 안녕."

나는 서둘러 그녀에게서 등을 돌렸다. 그러다 내 모습이 좀 우습단 생각이 들었다. 이 미친 게임에 막 빙의됐을 때, 이 집 아들놈들에게 죽을까 봐 마주칠 때마다 꽁지가 빠져라 도망가던 때가 생각났기 때문이다.

하지만 알량한 자존심에 내가 도망가도록 내버려 둔 남주들과는 달리, 여주는 나를 쉽게 놓아주지 않았다.

"저, 저는 아무런 목적 같은 거 없어요……!"

꽈악ㅡ. 치맛자락이 팽팽해졌다. 별말도 하지 않았는데, 여주는 억울함이 그득 담긴 울음 섞인 소리로 호소했다.

"어, 어렸을 적에 기억을 잃었어요. 최근에 어렴풋이 기억을 되찾고, 그리고 이클리스 덕분에 용기 내서 와 본 거예요. 제가 착각한 거라면, 친딸이 아니라면 벌을 받을 거예요. 정말로요. 정말로 저는……."

"하……."

나는 깊은 한숨을 쉬며 머리를 쓸어 올렸다. 그리고 뒤돌아 그녀에게 바짝 다가갔다.

"나한테 변명할 필요 없어."

"고, 공녀님……."

"상관없다고 했잖아."

여주가 다가온 나를 보고 당황한 기색을 비치며 주춤 뒷걸음질 쳤다.

"어, 어……!"

그러다 돌부리에 걸렸는지, 맥없이 휘청거렸다. 어쩜, 여주는 넘어지는 것마저 우아하고 예뻤다.

나는 손을 뻗어 그런 그녀의 팔을 강하게 잡고 내 쪽으로 휙 끌어당겼다. 한겨울에 핀 들꽃처럼 가녀리게 스러지던 몸이 가까스로 균형을 다잡았다.

"헉."

손바닥에 닿은 피부가 섬뜩하리만치 차가웠다. 죽은 시체처럼.

"조심해."

"가, 감사해요."

이본이 작게 감사 인사를 중얼거렸다. 나는 그녀를 당장 뿌리치고 밀쳐내고 싶은 것을 가까스로 참아내며, 빠르게 읊조렸다.

"잘 들어, 이본."

"무, 무슨……."

"네가 진짜 잃어버린 이 집 막내딸이건, 아니면 다른 속내가 있어서 들어왔건 내 알 바 아니야."

"고, 공녀님."

"함께 있는 동안은 넌 너대로, 난 나대로 그렇게 지내자고."

"하지만……."

어떻게 그런 말을 할 수가 있냐며 토끼처럼 휘둥그레진 여주의 눈이 다시 흐려졌다.

"하지만 제가 정말 공작님의 잃어버린 딸이 맞는다면…… 가족인데 어떻게 그럴 수가……."

"가족?"

나는 생경한 소리를 들은 것처럼 얼떨떨한 표정을 지었다. 그러다 기민하게 그녀의 착각을 부정했다.

"난 네 가족 아니야."

"……."

"그러니까 너도 그렇게 생각해. 언젠간, 아니, 곧 끝날 한시적인 관계일 뿐이라고."

난 그것으로 오늘의 위험한 해프닝은 끝났다고 생각했다.

"듣자 듣자 하니 못 봐주겠네."

우리 사이에 방해꾼의 목소리가 불쑥 끼어들기 전까진.

나와 이본의 고개가 동시에 휙 돌아갔다. 무성한 나무 사이에서 이본과 똑 닮은 사랑스러운 분홍 머리가 삐딱하게 걸어 나오고 있었다.

'기가 막힌 타이밍이네.'

나는 점점 환장스럽게 돌아가는 상황에, 해탈한 채 실소를 흘렸다. 놈의 머리 위 연분홍빛 게이지 바가 빠르게 깜빡거렸다. 아마도, 호감도가 떨어지는 중인 것 같았다.

"너 진짜…… 그게 할 소리냐?"

우리가 서 있는 곳까지 다가온 레널드가 사납게 물었다. 나는 놈의 머리 위에서 힘겹게 시선을 떼고, 한숨 쉬듯 물었다.

"내가 뭘?"

"내가 뭘……?"

놈의 얼굴이 험악하게 꿈틀거렸다. 이상하게도, 이젠 그것이 별로 무섭게 느껴지지 않았다.

"어제 처음 온 애한테 조심하라는 둥, 가족이 아니라는 둥, 한시적인 관계라는 둥, 그딴 소릴 꼭 해야겠냐?"

"틀린 말은 아니지."

"뭐?"

"아직 시험이 다 끝난 게 아니니까."

"지금 그걸 말하자는 게 아니잖아!"

놈이 답답한지 버럭 소리쳤다. 귀가 따가워서 반사적으로 눈살을 찌푸리며 되물었다.

"그럼 넌 뭘 말하는 건데?"

"품위 없는 네 태도를 지적하는 거다, 페넬로페 에카르트."

으드득, 이를 가는 소리가 고요한 숲에 울려 퍼졌다.

"……흐윽!"

여주가 옆에서 연약하게 숨을 들이마셨다. 태연한 내 대꾸가 마음에 들지 않았는지, 레널드 놈은 있는 대로 성질을 부리며 나를 몰아붙였다.

"아직 진짜인지, 가짜인지 판가름 나지도 않은 애를 벌써부터 그렇게 쥐 잡듯이 잡으면서, 뭐? 노예보다 못한 버러지 취급?"

나는 놈의 시선이 어디에 가 있는지 반사적으로 알아차렸다. 내가 미처 놓지 못한, 여주의 팔.

"다른 사람을 진짜 버러지 취급하는 게 누군데?"

놈의 지껄임이 귓속을 파고드는 것과 동시에, 눈앞에 그날이 생생하게 떠올랐다.

— 넌 항상 날, 노예보다 못한 버러지처럼 비참하게 만들어.

축제의 마지막 날, 다락방. 놈은 호감도 폭락에 덜덜 떨면서도 악착같이 내뱉었던 내 절규를, 그 처절하게 외친 피 같은 말들을 이 상황에 빗대고 있었다. 고작 서로를 신경 쓰지 말자는, 그 별것 아닌 말에.

난 왜.

그렇게 당해 놓고도 매번 무언가 달라졌을지 모른다고 믿었던 걸까.

그렇게 당해 놓고도, 병신처럼.

그렇게 당해 놓고.

"하……."

실성이라도 한 것처럼 허탈한 웃음을 흘리자, 레널드도 여주도 일순 움찔거렸다.

"너……."

그러나 그도 잠시, 놈은 내가 자신을 비웃는다고 생각했는지 흉흉하게 얼굴을 굳혔다. 호감도 게이지 바가 또다시 빠르게 깜빡인다.

'-1%일까 -2%일까.'

이전과는 달리 호감도가 아슬아슬한 상태는 아니기에, 한 30% 정도는 폭락해도 상관없었다. 나는 호감도가 얼마나 차감되었는지 따위를 생각하며, 대수롭지 않게 고개를 돌렸다.

"이본, 네가 대답해 봐."

"무슨……."

"내가 널 쥐 잡듯이 잡았니?"

그 순간 여주가 무어라 대답할지 순수하게 궁금해졌다.

'과연, 여주의 성격은 게임처럼 선량한 게 맞는 걸까?'

지금 돌아가는 상황을 봐선, 여기서 내가 자신을 쥐 잡듯 잡고 윽박질렀다고 대답하더라도 별로 놀랍지 않을 것 같았다.

이본은 내 시선에 울상을 지으며 우물쭈물했다. 그를 보다 못한 레널드가 대신 입을 열고 나서려던 찰나였다.

"그렇게 물으면 얘가 퍽도……."

"아, 아니에요, 공자님!"

이본이 화들짝 놀라 고개를 저으며 말했다.

"공녀님의 말이 맞아요! 제가, 제가 바보같이 돌부리에 걸려서 뒤로 넘어질 뻔한 바람에…… 공녀님이 저를 잡아 주신 거예요."

"……뭐?"

레널드 놈의 얼굴이 못 들을 걸 들은 사람처럼 창백하게 얼어붙었다.

"그럼……."

놈이 어안이 벙벙한 얼굴로 아직도 내게 잡힌 이본의 팔을 내려다보았다. 갑작스러운 레널드의 등장으로 미처 놓을 새가 없던 것이지만, 이본의 대답을 들으려고 일부러 놓지 않고 있던 것이다.

나는 보란 듯이 이본의 팔을 위로 휙 쳐들어서 레널드 놈에게 들이밀었다. 그리고 그의 눈앞에서 깔끔하게 손가락을 벌렸다. 이본의 팔이 힘없이 아래로 툭 떨어졌다.

"너는 애석하게도, 그때와 달라진 게 조금도 없네."

나는 어깨를 으쓱이며 혼잣말처럼 중얼거렸다. 그 말에 레널드의 푸른 동공이 지진이라도 일듯 흔들리기 시작했다.

"페, 페넬로페."

그가 막 나를 부름과 동시에 나는 휙 몸을 돌려 빠르게 걸음을 옮기기 시작했다.

산책 겸 이클리스가 있을 만한 곳을 탐색해 보겠다는 생각은 접었다. 어차피 이본의 입을 통해 확신을 얻기도 했고, 굳이 그들을 지나쳐 가고 싶다는 생각도 들지 않았다.

다시 방으로 돌아가기 위해 얼마쯤 부지런히 걸었을까.

"페넬로페!"

타다닥—! 불현듯 뒤쪽에서 거친 뜀박질 소리가 들리고 곧 앞이 가로막혔다.

'뭐야. 우는 제 동생이나 달래 줄 줄 알았는데.'

나는 눈살을 있는 대로 찌푸리며 짜증스럽게 말했다.

"비켜."

"미⋯⋯."

그 순간, 레널드 놈이 거친 숨을 몰아쉬며 입술을 달싹였다. 그러더니,

"미안."

"⋯⋯."

"내가 오해를 한 것 같아."

놈이 순순히 제 잘못을 시인했다. 그와 동시에 놈의 머리 위가 깜빡였다.

문득 황궁 재판정에서의 데릭이 떠올랐다. 쉽게도 올랐다가, 쉽게도 떨어지는 호감도. 그딴 건, 내게 아무런 감흥도 줄 수 없었다.

"알겠으니까 비켜."

"그렇지만 집안 분위기도 뒤숭숭한데, 지금 네가 사고라도 치면……."

사과 뒤에 바로 변명을 덧붙이는 놈을 멀거니 바라만 보자, 놈이 천천히 입을 다물었다. 저도 민망한지 눈 밑이 벌겋게 달아올라 있었다.

"할 말은 그게 끝이야?"

"오해해서 미안해."

"그래?"

나는 놈의 사과를 듣고 고개를 끄덕였다. 그리고 이내 싱긋 웃었다.

"알았어."

"그럼 이제 된 거지? 삐져서 들어가지 말고 산책마저……."

"그런데 받기 싫어."

나는 내 웃는 얼굴에 안도하는 놈의 말을 단숨에 잘랐다. 놈의 얼굴이 일순 멍해졌다.

"……뭐?"

"네 사과, 받기 싫다고."

나는 놈을 위해 한 자 한 자 상냥하게 다시 읊어 주었다.

멍청한 페넬로페는 레널드와 이를 드러내고 싸운 후에도 매번 놈에게 먼저 인사해 왔다. 먼저 건 시비와 폭언에 대해 사과를 받은 적은, 물론 한 번도 없었다.

'아. 그나마 내가 빙의한 후에 사과를 한 번 받긴 했지.'

무시당하기 일쑤인 '가짜 공녀'의 위치가 대체 어디서 기인한 건지는, 몇 번 꾼 꿈이나 에밀리의 입으로도 충분히 알 만했다.

"너……."

내가 그런 말을 할 줄 몰랐는지 레널드는 한참을 버벅였다. 하지만 곧, 놈의 얼굴이 붉으락푸르락 변하면서 흉흉한 기운이 새어 나왔다.

"넌 사람이 사과를 하는데 꼭 그렇게 싸가지 없이 말해야 속이 시원하냐?"

"그러는 넌 사과를 해도 꼭 그렇게 기분 더럽게 해야 돼?"

"이게 점점……."

"너도 내 사과를 매번 받아 준 건 아니잖아. 나라고 왜 당연하다는 듯 네 사과를 받아 줘야 하는데?"

"뭐?"

"나도 네 사과 따위 받기 싫을 때가 있을 수도 있지."

나는 여상하게 놈을 바라보며 설교라도 하는 어투로 말했다.

"사람 마음이 어떻게 그렇게 한결같겠어. 나한테 사과받기를 강요하지 마."

"허! 너 지금, 내가 예전에 좀 그랬다고 복수라도 하는 거냐?"

"응."

나는 기가 막혀 연신 헛바람을 내뱉는 놈에게 고개를 끄덕였다.

"너도 한번 당해 봐. 널 버러지 취급하면서 무시하는 사람과 아무렇지도 않은 척 말하는 게 얼마나 비참하고 개 같은 일인지.”

바꿔 말하면 이제부터 나 또한 똑같이 널 버려진 취급하겠다는 소리였다.

“야, 너…….”

그것을 알아들었는지 놈이 살기등등한 눈으로 나를 노려보았다. 나는 위태롭게 깜빡이는 놈의 정수리를 확인하고, 주변을 흘끔 곁눈질했다.

나를 밀쳤을 때 머리에 박을지 모를 돌부리도 없었고, 튀어나온 날카로운 나뭇가지도 없었다. 물론 분에 찬 놈이 내 목이라도 조른다면 별수 없지만.

다행히도 아직 아무런 움직임을 취하지 않는 것을 보니, 호감도가 그 정도까지 하락한 것은 아닌 모양이다.

꽤 오랜 시간 나를 가만히 노려보던 레널드는, 그러든 말든 내가 다시 걸음을 옮기려 하자 신경질적으로 제 머리를 쓸어 올렸다.

“하…… 그래. 그 말도 내가 실수했다. 미안해.”

짜증 섞인 한숨과 함께, 놀랍게도 놈이 다시 한번 사과했다.

“애들도 아니고, 그만하자. 평민 앞에서 이래 봤자 에카르트의 위신이 어떻게 퍼져 나가겠냐.”

그리고 아직 이본이 있는 자리를 흘긋 눈짓하며 작게 읊조렸다. 나는 그게, 그저 우스웠다.

“에카르트의 위신?”

재밌다는 소리라도 들은 것처럼 나는 까르르 웃음을 터뜨렸다.

“너 정말 몰라? 내가 왜 그간 전담 하녀한테까지 그딴 취급을 받았는지?”

"뭐? 갑자기 그 얘기가 왜 나오는……."

"너 때문이잖아, 레널드."

나는 일순 웃음을 멈추고 놈을 똑바로 마주 보았다.

"뭐?"

"네가 방금 전처럼 평민 앞에서 그딴 식으로 굴어서잖아."

"야, 페넬로페. 너 대체……."

"네가, 기사들이랑 사용인들 앞에서 숨 쉬듯이 날 버러지 취급하고 무시해 왔으니까."

이런 놈 또한 남주는 남주라서 그동안 필사적으로 자제해 왔다. 머리끝까지 짜증과 분이 차올라도, 놈이 어느 정도 성질을 누그러뜨리면 감안하고 넘어갔다.

난 이제껏 한 번도 학대에 대한 것들을 노골적으로 언급한 적 없었다. 그간 훔친 목걸이를 운운한 것도 한계에 몰렸을 때, 놈의 죄책감을 들쑤시기 위해서였지, 그 외 다른 문제들은 최대한 방관했다.

참지 못하고 긍지 높은 에카르트의 이중성까지 깎아내리면, 호감도 하락에 큰 영향을 끼칠 것을 알았으니까.

하지만 상황이 좋지 않았다. 성인식 전에 나타난 여주, 그리고 집으로 돌아가지 못할지도 모른다는 공포로 반쯤 제정신이 아니었다.

그리고 그것은, 나도 모르는 사이 힘겹게 억제해 왔던 내 감정들을 고스란히 드러내게 만들었다.

"너. 너 때문에 그런 거라고, 레널드 에카르트."

잇새로 튀어나온 것은 말이 아닌 혐오, 그 자체였다. 메마른 음성 저편에 들끓는 무언가를 느꼈는지 레널드가 흠칫했다.

"그런데 무슨 놈의 위신?"

나는 그제야 놈을 죽일 듯이 노려보던 눈에서 힘을 뺐다.

"당분간 나 봐도 말 걸지 마."

"페, 페넬로페."

"제발. 내게 진짜로 미안하면 그렇게 해 줘. 부탁이야, 오라버니. 좋은 하루 보내."

그린 듯이 미소 지은 나는, 조금도 혐오를 내비친 적 없다는 양 최대한 상냥하게 인사를 했다. 그리고 처참하게 일그러진 얼굴의 놈을 남겨 둔 채 재빠르게 그 숨 막히는 곳을 벗어났다.

그를 스쳐 지나가는 그 순간, 입가에 짓고 있던 미소가 거짓말처럼 사라지고, 무섭도록 굳은 표정이 나타났다.

흔들리는 시선이 마지막까지 내게 못 박혀 있는 것이 느껴졌다. 하지만, 상관없었다.

방으로 돌아오자마자 나는 비척비척 침대로 걸어가 드러누웠다. 결국 점심도 거른 채 선잠에서 깨어났다. 다시 잠들기를 수차례 반복하던 중.

"……가씨, 페넬로페 아가씨."

에밀리가 조심스럽게 나를 깨웠다. 눈을 뜨니 사위가 컴컴했다. 벌써 해가 저문 것이다.

나는 잔뜩 잠긴 목소리로 물었다.

"……무슨 일이야?"

"저녁 드셔야죠. 어제부터 아무것도 드시지 않으셨잖아요."

에밀리가 안절부절못하는 목소리로 식사를 권했다.

"됐어. 입맛이 없구나. 더 잘래."

나는 거절한 채 다시 힘없이 베개에 얼굴을 묻었다. 태평하게 밥이나 먹을 상황도 아니었거니와, 뭘 먹었다가는 그대로 체할 것 같았다.

"아가씨이……."

또 한 번의 거부에 에밀리가 애타는 목소리로 나를 불렀다. 기운이 없어 대답도 않자, 문득 침대 한쪽이 묵직해졌다. 에밀리가 침대 한편에 슬쩍 앉았기 때문이다.

'뭐야?'

나는 그런 그녀 쪽으로 흘끔 고개를 돌리며 눈으로 의중을 물었다.

"아가씨."

에밀리는 잠시 망설이다가 고개를 숙여 작게 속삭였다.

"그 여자가…… 결국 저택에 머물게 되었대요."

이본에 대한 소식을 전하는 그녀의 행동에 조금 놀라 눈을 크게 떴다.

하지만 어차피 그렇게 될 수밖에 없다는 걸 알고 있었다. 나는 금세 흥미를 잃고 심드렁하게 되물었다.

"시험에 모두 통과했다니?"

"기억을 잃어서 전부는 아닌가 봐요. 그래서 당분간은 저택에 머물면서 지켜보기로 했대요."

"그렇구나."

"하지만 워낙 이런 일이 빈번했으니까…… 이번에도 가짜일 게 분명해요, 아가씨."

'가짜 공녀'에게 '가짜'를 논하는 그녀가 좀 우스웠다.

"됐어. 그런 상투적인 소리 안 해도 돼."

나는 웃음기가 담긴 목소리로 답했다. 그리고 한숨처럼 덧붙였다.

"할 말이 있는 것 같은데, 해."

이제 에밀리도 보내 줘야 할 때였다.

'하녀장의 명령을 받는 처지니까…….'

그리고 그 하녀장은 확실한 것도 아닌 상태에서 벌써 이본의 시중을 들었다.

첫 만남이 썩 마음에 들었던 것은 아니었지만, 그간 에밀리 덕분에 몹시 편했던 것은 사실이었다.

내가 생각해도 난 착한 주인은 아니었다. 그러나 그간 나도 모르게 정을 내줬는지, 막상 그녀마저도 곁을 떠난다고 생각하니 입이 지독히도 썼다.

그래서 어제 그렇게 그녀를 내쫓듯이 방 밖으로 내보낸 걸지도 모른다. 내 전담 하녀를 관두고 싶다는 말을 듣기 싫어서.

'하지만 별수 없지. 난 어차피 떠날 사람이니까.'

다행히 난 포기가 빠른 편이었다. 조용히 에밀리의 다음 말을 기다리던 때.

"제가…… 그 여자의 일거수일투족을 모두 전달해 드릴게요."

"……뭐?"

한참 동안 뜸을 들이던 그녀가, 불쑥 예상치 못한 말을 내뱉었다.

"그 여자의 임시 하녀로 배치된 애가 저와 같은 고향 출신이에요. 베키라는 아이인데……."

"……."

"어릴 적에 화재 사고로 부모님을 잃고 1년간 저희 집에 얹혀산 적이 있어요."

"……그런데?"

"원래 그렇게 친인척 하나 없는 고아는 귀족가의 하녀로 잘 받아 주지 않아요, 아가씨. 혹시 모를 사고에 휘말리면 신원을 보장해 줄 사람이 없으니까요."

"……."

"하지만 저희 부모님이 그 애를 딱히 여겨, 제가 공작저에 지원 할 때 같이 지원하라며 보증서를 써 주셨어요. 그다지 친하게 지내 진 않았지만……."

에밀리는 멈칫하는 내게 좀 더 소리 죽여 속삭였다.

"보증서를 들먹거리면, 순순히 말을 들을 거예요."

순간, 그녀의 갈색 눈동자에 음험한 빛이 감돌았다. 나는 그녀의 말에 잠시 멈칫하다가, 이내 미간을 좁히며 물었다.

"……진심으로 하는 말이야?"

"그, 그럼요!"

에밀리가 열성적으로 고개를 끄덕였다.

"그 여자가 저택에 머무는 동안 공녀님의 자리를 차지하려고 무 슨 꿍꿍이를 저지르면 어떡해요?"

그녀는 심각한 표정으로 내게 호소했다. 아무리 봐도 다른 속내 한 점 없는 진심 같아 보였다. 그 모습에 갑자기 피식, 웃음이 터져 나왔다.

"그러니 우리도 미리 대비를 해야……."

홀로 사색에 잠긴 에밀리는 한발 늦게 웃음기 가득한 내 얼굴을 알아차렸다.

"아가씨! 지금 그렇게 웃으실 때가 아니라고요!"

그녀가 원망스럽다는 듯 나를 흘겼다.

"미안, 미안."

나는 그제야 가까스로 숨죽여 웃던 것을 멈추고 대답했다.

"그렇지만 그건 너무 전형적인 악녀 같잖니, 에밀리."

"저는 정말 진지하다고요! 오죽하면 제가 고향 친구까지 팔아먹으려 그랬겠어요……."

그녀가 한숨을 쉬며 푸념했다. 진지하게 고민한 것은 사실인 듯했다. 그것이 나를 위한 것인지, 아니면 내게 줄을 댄 자신의 미래를 위해서인진 알 수 없지만…….

그래도 그녀의 말에 서늘하기만 하던 마음이 조금쯤 따뜻해졌다.

"알았어. 생각해 줘서 고맙구나."

나는 고개를 끄덕이며 순순히 감사 인사를 전했다. 그러자 에밀리가 반짝 눈을 빛내며 나를 돌아보았다.

"그럼, 제 말대로 하시는 거죠?"

"음……."

나는 잠시 고민했다. 손 하나 까딱 않게 나서 주는 이가 있다는 건 편리했지만, 이본의 일상을 아는 것이 내게 큰 도움이 되리라는 생각은 들지 않았다. 어차피 노멀 모드의 스토리는 모두 알고 있으니까…….

'아니야.'

여기까지 생각하던 나는 불현듯 방금 전의 과신을 부정했다. 노멀 모드와 하드 모드의 스토리는 전혀 달랐다. 더는 여주가 노멀 모드와 똑같을 거라고 믿을 수만은 없었다.

"……그 애의 일거수일투족을 모조리 내가 알 필요는 없어. 너무 꼬리가 길면 밟히는 법이니까."

생각을 마친 나는 이윽고 입을 열었다.

"그 베키라는 아이에게 수상한 일이 있을 때만 보고하도록 시키렴."

"수상한 일이요?"

"그래. 예를 들면……."

나는 반사적으로 솔레일에서 보았던 흰색 로브를 떠올렸다. 가면, 유물, 깨진 거울 조각.

"……예를 들면 크게 집착하는 물건이나 기이한 행동을 하는지."

내 말에 에밀리가 결연한 얼굴로 답했다.

"네! 알겠어요. 맡겨만 주세요, 아가씨."

물론 큰 기대는 없었다. 여주가 진짜 레일라 일족이 맞는다면, 일개 하녀에게 수상한 모습을 들킬 만큼 멍청하게 행동하지는 않으리라.

그렇지만 여러 번 굳게 다짐하는 에밀리가 귀여워서, 나는 다시 한번 짧게 웃었다. 내 기분이 조금 풀린 것을 눈치 챈 걸까.

"아가씨, 그럼 이제…… 저녁 드실 거죠?"

에밀리가 불현듯 내 눈치를 보며 조심스럽게 물었다. 그 순간, 나는 그대로 표정이 허물어질 뻔한 것을 가까스로 다잡았다.

'그래도 이곳에는 밥을 굶으면 챙겨 줄 사람이 있긴 있구나.'

나는 알 수 없는 감정들이 휘몰아치는 속을 꾹 내리누르며 꽉 막힌 목소리를 내었다.

"……에밀리."

"네?"

"너 제법…… 내 수족 노릇을 잘 해 내고 있구나."

에밀리는 내 말에 놀란 눈으로 나를 바라보다가, 이내 활짝 웃으며 답했다.

"그럼요, 아가씨. 전 아가씨의 전담 하녀잖아요."

"그래…… 그럼, 저녁을 가져오렴."

"네, 아가씨! 금방 갔다 올게요! 조금만 기다리세요!"

밥을 먹겠다는 의사에 에밀리는 퍽 감격 어린 얼굴을 하고 후다닥 방을 빠져나갔다.

내가 집으로 떠난 이후 혹시라도 '진짜' 페넬로페가 돌아온다면, 그나마 다행이었다. 이제는 그녀가 쫄쫄 굶는지 아닌지, 신경 써 주는 이가 있어서.

D-3.

다음 날 아침, 식사를 막 마치고 난 후였다. 집사가 찾아왔다. 공작이 부른다는 전언을 가지고서.

"준비하고 나갈 테니 밖에서 대기해."

어제 에밀리를 통해 이본이 저택에 머물게 되었다는 것을 들었으니, 오늘쯤 부르리라 생각했다. 나는 곧바로 집사를 따라 공작의 집무실로 걸음을 옮겼다.

똑똑—.

"들어와."

들려오는 허락에, 가벼운 긴장감을 가진 채 안으로 들어섰다. 오늘 공작과 결판을 낼 것이 많았기 때문이다.

집사가 열어 준 문을 통해 안으로 들어서자, 공작이 두꺼운 시가를 입에 문 채 책상 앞에 앉아 있었다. 그의 앞에 서류가 한가득 쌓여 있었다.

"아버지."

"왔느냐."

인기척에 그가 고개를 들었다. 밤을 지새운 건지 무척이나 피로해 보이는 얼굴이었다.

"앉거라."

소파에 자리를 권한 그는 이어서 자신 또한 자리에서 일어났다. 그리고 내 앞에 털썩 주저앉았다.

하녀가 들어와 다과를 준비하고 나간 후에도, 공작은 말없이 시가를 하나 더 꺼내 태웠다. 오래 지속된 침묵으로 좀이 쑤실 때쯤.

마침내 공작이 재떨이에 담배를 비벼 끄며 무겁게 입을 열었다.

"페넬로페."

엄중한 목소리에 나는 조금 흐트러진 자세를 바로 하고 답했다.

"예, 아버지."

"……나 몰래 네 오라비에게 그놈의 스승을 붙여 달라고 부탁했더구나."

"……."

"왜 내게 미리 말하지 않았지?"

사실상 내게는 이본이 시험을 통과한 것보다 이게 더 큰 문제였다. 예상한 일이지만, 막상 그것들이 닥치자 눈이 질끈 감겼다.

나는 잠시 뜸을 들이다가 사실대로 말했다.

"……반대하실 것 같아서요."

"후……."

철없는 답변이었는지, 공작이 깊은 한숨을 내쉬었다. 게임 속 인물이었지만, 오랜만에 그에게서 뿜어져 나오는 묵직한 오라에 몸이 절로 움찔거리는 것은 별수 없었다.

"……지난 새벽, 프리뵈우스 항구에서 막 도주하려던 델만 출신 노예들을 네 오라비가 긴급 체포해서 황궁에 신병을 넘겼다. 그리고 오늘 아침 모두 즉결 처형당했지."

"……."

"이클리스, 그놈의 진술과 결국 모두 일치하게 됐다."

처형이라는 소리에 잠시 가슴이 철렁했다. 하지만 집사의 말을 통해 이렇게 되리라 어렴풋이 짐작한 탓인지, 충격이 길게 이어지지는 않았다.

묵묵히 듣기만 하는 내 모습에 공작이 한층 더 가라앉은 목소리로 말을 이었다.

"네가 그놈에게 건넨 약초를 팔아서 델만 출신의 노예들이 도주 자금을 만든 정황이 고스란히 남아 있더군."

"……."

"황궁에서 먼저 알아차리고 수사를 진행했더라면, 너는 물론 에카르트까지 엮여 들어갈 뻔한 것을 알고 있느냐."

무릎 위에 가지런히 놓았던 손이 저절로 주먹을 쥐면서 치맛자락을 와락 움켜쥐었다. 호감도에 미쳐서 앞뒤 안 가리고 감행했던 그 모든 것들이 후회가 되었다.

'그래도 멍청하게 금화를 내주지 않은 게 천만다행이었던가.'

배려랍시고 약초 외에 소액이라도 건넸다면 어떻게 됐을지, 눈앞이 다 컴컴해지는 기분이었다. 나는 고개를 아래로 떨군 채 힘겹게 입을 열었다.

"경솔하게 행동해서 죄송합니다. 제 불찰이에요."

"……."

"멋대로 행동한 것에 대해 벌을 내려 주신다면, 기꺼이……."

"집사에게 모두 들었다."

공작이 불쑥 내 말을 막아섰다.

"나쁜 마음을 먹고 그런 게 아니지 않느냐. 그놈에게 스승을 붙여 준 경위도, 노예들에게 약초를 내준 것도."

"……."

"다 네 마음이 여려선 게지."

난 천천히 고개를 들었다. 그리고 생소한 눈으로 그를 멍하니 바라보았다.

나는 진짜 페넬로페와는 달리, 이본이 저택에 눌러앉게 된 것에 난리를 칠 처지도 못 되었다. 빌어먹게도, 패전국의 노예를 멋대로 저택 밖으로 빼돌린 전적이 있었고 자칫 가문을 위험에 빠트릴 뻔했기에.

모두 의도한 게 아니었지만, 결과적으로 그렇게 돼 버렸다. 이클리스, 그 미친놈이 그렇게 만들었기 때문이다. 그래서 나는 공작이 내게 역정을 낼 줄 알았다.

하지만 그는.

"어제오늘, 계속 네가 놀랄 일만 일어났지 않니. 걱정되어서 부른 것이야. 잘잘못을 따지려는 게 아니라.”

　무척이나 피로한 모습으로도 조심스럽게 내 의중을 살피고 있었다. 그는 이어서 야트막한 한숨과 함께 본론을 얘기했다.

　“페넬로페.”

　“…….”

　“……이본, 그 아이가 당분간 저택에 머물도록 결정했다.”

　알고는 있었지만, 왜인지 그 말에 가슴이 덜컥 내려앉았다. 일말의 기대라도 한 사람처럼.

　‘그럼 그렇지.’

　나는 속으로 차갑게 조소했다. 앞의 기나긴 서론과 용서는 결국, 이것을 위한 밑밥이었던 것이다.

　충격적인 소식에도 무표정한 나를 보며 공작이 흠칫 눈을 피했다. 나는 그런 그를 빤히 응시하며 천천히 입을 벌렸다.

　“……시험은 모두 통과한 건가요?”

　“잃어버린 이후의 기억을 잃어서 전부는 아니지만…….”

　공작이 주저하다가 덧붙였다.

　“제 어미에 관한 질문들은 모두 맞히더구나.”

　“…….”

　“게다가 점의 위치가 똑같았다. 이본은 에블린, 아니…… 죽은 부인과 똑같이 오른쪽 손바닥 정중앙에 점을 하나 가지고 태어났지.”

　“그렇군요.”

　게임에서도 나온 내용이라 별 감흥도 들지 않았다. 나는 뒤늦게 너무 성의 없이 대꾸한 것을 깨닫고, 억지로 입꼬리를 끌어 올려 답했다.

"축하드려요, 아버지."

"……뭐?"

그러자 일순, 공작의 얼굴이 멍해졌다. 내가 그런 말을 했다는 게 좀처럼 믿기지 않는지, 공작은 놀란 눈으로 나를 응시했다. 나는 무덤덤하게 입을 열었다.

"오랫동안 찾아왔던 친딸을 드디어 찾으신 거잖아요."

"……페넬로페."

그는 조금 전의 그 엄중했던 표정이 믿기지 않을 만큼, 망설임이 가득 담긴 어조로 물었다.

"그 아이를 저택에 머무르게 해도…… 괜찮겠느냐?"

"그럼요."

"…….."

"제게 양해를 구해 주셔서 감사해요. 그렇지만 제 허락이 필요한 일이 아닌걸요."

내 대꾸에 푸른 눈이 충격으로 굳어진 채, 하릴없이 흔들렸다. 이클리스 놈의 배신으로 아무리 정신이 나갔다 하더라도 상대는 공작이었다.

'진짜 딸이 돌아왔다는데 가짜가 날뛰는 게 가당키나 하냐고.'

게다가 노멀 모드의 시작 전, 온전한 탈출만을 원하는 나는 공작의 물음에 전혀 타격을 입지 않았다.

왜냐하면 처음부터 이럴 걸 다 알고 있었으니까. 아무런 기대도 하지 않았으니까.

공작은 내 의중을 살피듯 연신 심상한 눈빛으로 나를 살폈다.

"네가 싫다면……."

"……."

"공작령으로 보내마."

납죽 엎드리는 내 반응에 그가 대뜸 예상치 못한 소리를 했다. 눈을 내리깔고 있던 나는 퍼뜩 시선을 들고 그를 마주 보았다. 그렇게 짓밟아 놓았는데도 찰나, 미약하게 고개를 드는 기대에 가슴이 수런거렸다.

그러나 막상 마주한 공작은, 무척이나 복잡하고 피로한 얼굴을 하고 있었다.

'……아.'

이럴 때만 눈치가 빠른 나는, 반사적으로 깨달을 수밖에 없었다.

"……진심이세요?"

마음에도 없는 소리라는 것을.

"……밤새 고민해 보았다."

"……."

"그렇지만 한집에서 계속 소란이 이는 것보단, 그 애가 진짜 이본이라는 게 확실해질 때까지 차라리 떨어져 있는 게 모두에게……."

"아버지."

나는 공작의 말을 중간에 끊어냈다. 그가 무얼 우려하면서 그런 말을 꺼냈는지, 알아차려서.

경직된 얼굴 근육을 억지로 움직인 채 가까스로 싱긋 웃어 보였다.

"공작령으로 가려면 제가 가야죠."

"……페넬로페."

"그 애가 정말로 아버지의 친딸로 밝혀진다고 하더라도, 저 소란 일으킬 생각 같은 거 없어요."

그가 말한 '계속 이는 소란'은 온전히 나를 향한 것이었다.

"그 애를 해코지할지 모른다는 걱정도 마세요. 그럴 일 없으니까."

내 말에 공작의 어깨가 움찔거렸다. 그는 황급히 고개를 내저었다.

"그런 뜻이 아니⋯⋯."

"그래서 새 호위를 붙여 두신 거잖아요. 집 안임에도 불구하고."

"⋯⋯."

내 말에 공작의 입이 한 일자로 다물렸다.

페넬로페의 전적이 워낙 화려했기에, 그런 우려를 하는 것도 이해가 갔다. 노멀 모드에서는 그녀가 가족과 남주들의 관심을 받는 것을 질투하고 시기하다 못해 여러 번 독살을 시도하기도 했으니까.

그러니 어찌 보면 공작의 반응은 당연했다. 당연한데⋯⋯ 이토록이나 속이 쓰린 이유를 알 수 없었다.

"걱정 마세요, 아버지."

나는 필사적으로 미소 지은 채 되뇌었다.

"지금까지 제게 베풀어 주신 은혜만으로도 충분히 감사드리고 있어요. 아이도 아니고, 이제 철모르고 심술을 부릴 나이는 지났잖아요."

내 말에 한참 동안 침묵하던 공작이 입술을 달싹였다.

"그럼 그제는 왜⋯⋯."

아차 싶었는지, 그는 곧바로 입을 다물었다. 끝내 들리지 않는 뒷말에, 그저께 이클리스가 이본을 데리고 왔을 땐 왜 그렇게 길길이 날뛰었냐는 질문이 담겨 있다는 것을 못 알아챌 리 없었다.

나는 입가에 드리워진 미소를 천천히 지웠다.

"그렇지만, 제가 가진 몇 안 되는 것들을 뺏어서 그 애에게 쥐여

주려 하지는 마세요."

"무슨……."

"이클리스는 제가 데리고 와서, 제가 삼은, 제 호위 기사잖아요, 아버지."

"……."

"심문이 끝났으면 이제 그만 제게 돌려주세요."

내게 지금 당장 중요한 것은, 이본의 등장도 공작가 일가의 태세 전환도 아닌, 그놈이었다. 이토록 상황을 엉망진창으로 만들어 놓았음에도, 그는 아직도 99%인 내 몰빵 남주였기에.

"이클리스를 제게 돌려주세요, 아버지."

내 단호한 목소리에 공작의 얼굴이 딱딱하게 굳었다. 그는 깊은 한숨과 함께 답했다.

"이본, 그 아이가…… 그놈을 제 곁에 두고 싶은 눈치더구나. 영 낯선 곳이라 아는 얼굴이 필요한 듯해서 그런 듯해."

"그러실 건가요?"

"페넬로페, 얘야."

득달같이 되묻는 나를, 공작이 부드럽게 만류했다.

"이 아비는…… 그놈이 도통 마음에 들지 않는구나."

"같은 출신 노예들과 내통을 해서요? 하지만 이클리스가 한 진술과 모두 일치했다면서요."

"그런 게 아니야."

좀처럼 납득되지 않는 이유였다. 이해할 수 없다는 표정으로 그를 바라보자, 공작이 고개를 내저었다. 그는 답을 듣길 종용하는 내 눈빛에 마지못해 설명했다.

"……데릭이 노예들을 처형하기 직전에, 그들에게서 이상한 소리를 들었다더구나."

"어떤…… 소리요?"

"노예들이 도주 자금을 어떤 식으로 마련해야 하는지 고민하던 차에, 제가 준 약초를 팔라고 충고한 것이 바로 그놈이라고."

나는 그 말에 눈을 부릅떴다.

'그냥 밀고만 한 게…… 아니었어?'

파면 팔수록 나오는 놈의 밑 작업에 소름이 쫙 끼쳤다.

'대체 언제부터…….'

공작도 그것이 영 걸리는지 석연치 않은 표정을 짓고 있었다. 나는 파르르 떨리는 입술을 가까스로 숨긴 채 말했다.

"동향인들이 열악한 환경에서 노동하고 있다고…… 제게 하소연을 한 적이 있어요. 그저 생활에 보탬이 되라고 조언한 것이 아닌지……."

"그 농장은 그래도 적게나마 삯이 나오는 사정이 괜찮은 곳이라고 들었는데 이상한 일이로구나."

공작이 의아하다는 표정으로 답했다. 섬뜩한 생각이 흘렀다. 이본을 데리고 온 것은 별개였다.

어쩌면 놈은 애당초, 처음부터 이것을 계획하고 있었을지 모른다. 노예 신분에서 벗어나기 위해서.

"그렇다면 네 말이 맞겠구나. 도움을 주는 차원에서 그런 말을 한 거겠지."

놈을 향한 내 옹호에 공작이 수긍하듯 고개를 끄덕였다. 나는 그 말이 달리 들렸다. '설마 제 아무리 비참한 처지라지만, 면천을 위해 동향인들까지 팔아먹는 쓰레기일까.'라고.

"어쨌든 놈은 표면적으로 봤을 땐 불순분자들을 밀고하여 큰 공을 세웠다."

상념에 잠길 새도 없이 공작이 말을 이었다.

"그리고 애타게 찾던 내 막내딸도 데리고 왔지. 에카르트에 큰 빚을 지웠어."

"……."

"하여 지난 새벽 데릭이 놈에게 보상으로 무얼 원하느냐 물었다."

"……무얼 원한다던가요?"

나는 긴장한 채 공작의 입에서 떨어질 말을 기다렸다.

"……그저, 가문에서 내쫓지 말고 검술을 더 배울 수 있게 해 달라더군."

하지만 들려온 그의 대답에 곧바로 어리둥절해졌다. 나는 반신반의하며 되물었다.

"면천이나…… 작위가 아니라요?"

"그래."

'그러면 그놈이 나까지 들먹여 가면서 동향인들을 팔아먹은 이유가 뭐야?'

게다가 공작의 말처럼, '진짜 공녀'까지 데리고 왔으니 그는 억만금이라도 요구할 수 있었다.

'얼마 전에는 같이 도망을 가자 했으면서, 이제는 그냥 공작가에 있게만 해 달라……?'

도통 놈의 속을 알 수가 없었다. 심란한 마음에 눈살을 찌푸리자, 마치 그런 내 심정에 동감하듯 공작이 읊조렸다.

"어린놈의 새끼가, 도통 속을 알 수 없어."

그는 마땅찮음이 가득 담긴 음성으로 다시 물었다.

"그런 놈을 꼭 곁에 둬야겠느냐?"

"그런 놈을…… 이본의 곁에 두려는 이유는요?"

"페넬로페."

공작이 경고하듯 나를 불렀다. 그가 무슨 이유로 막는지는 알 듯 말 듯 했지만, 그런 건 지금 당장 내게 중요치 않았다. 나는 놈을 만나 봐야 했다. 만나서…….

"일단, 만나 보게는 해 주세요."

"안 돼."

"아버지, 제발……."

칼같이 잘라 내는 공작의 태도에 속이 타들어 가는 기분이었다.

"바로 내일모레가 네 성인식이다."

답답한 것은 매한가지인지, 공작이 눈살을 찌푸리고 엄포를 뒀다.

"안 그래도 다들 에카르트에 온갖 이목이 쏠려 있는 마당에, 그깟 노예 놈과 엮여 더러운 구설수라도 퍼지면 그걸 어찌 감당하려고 그러는 게야!"

안 그래도 꺼내려 했던 성인식 얘기를 공작 쪽에서 먼저 꺼내 주었다.

"그럼 답은 정해져 있네요."

나는 그에게 애걸하려던 표정을 지우고 자세를 바로 했다. 내가 오늘 그와 결판을 내려 했던 것은 두 개였다. 하나는 이클리스와의 접촉을 허락받는 것과 또 하나는.

"제 성인식을 취소해 주세요."

"페넬로페!"

내 말에 공작이 벌컥 역정을 내었다.

"구설수에 오르내릴지 모르는 이 예민한 시기에, 굳이 성인식을 진행할 필요가 있을까요?"

이것은 앞서 생각했던 궁여지책이었다. 이클리스, 그 빌어먹을 놈을 붙잡고 아무리 엔딩을 보려 발버둥 쳐도 혹시 모르는 일이었다. 나는 차선책이 필요했다.

'성인식을 아예 없던 것처럼 만들거나 혹은 미루기라도 하면……노멀 모드의 시작도 늦춰지지 않을까.'

비록 이것이 통할지 안 통할지 알 수 없는, 그저 눈 가리고 아웅일 뿐인 짓이라 해도, 나는 이곳에서 탈출하고 싶었다.

"고작 노예 새끼 하나 때문에 성인식까지 취소해 먹으려는 게냐?!"

공작은 더운 콧김을 내쉬며 분을 쏟아 냈다. 나는 그런 그를 멀거니 바라보다 내뱉었다.

"정확히는 그 노예 새끼 하나뿐만은 아니죠."

"뭐야?!"

"진짜 공녀가 돌아왔다는 소문이 퍼지기라도 하면, 그 성인식 연회가 얼마나 우스워지겠어요, 아버지."

"진짜 공녀라니! 그 무슨 망발……!"

버럭 화를 내려던 공작은 불현듯 내 얼굴을 마주하고 성질을 내리눌렀다.

"왜 그런 표정을 짓는……."

그는 불쑥 무언가를 물으려다가 힘겹게 입을 닫았다. 나는 영문을 몰라 한 손으로 얼굴을 더듬었다. 그러나 여전히 손바닥은 물기하나 묻어나지 않고 건조하기만 했다.

고개를 갸웃거리고 있을 적. 공작이 다소 지친 음성으로 말했다.

"……이본 얘기는 입단속을 시켜 놨으니 염려 마라. 확실해질 때까지 공표할 생각 없다."

"이미 저택에서 머무르고 있는데, 새어 나가는 소리를 어떻게 다 막을 수 있겠어요."

"스읍, 페넬로페 에카르트. 그만."

"……"

"네 성인식을 위해 얼마나 많은 공을 들였는지 아느냐? 이미 황궁에까지 초대장을 다 발송한 상태야. 취소는 절대 안 될 말이니, 그렇게 알도록 해."

이미 결단을 내린 듯한 그 단호한 말에, 실망이 망울망울 차올랐다. 나는 물끄러미 공작을 바라보다가 조용히 중얼거렸다.

"……아버지는 제게 이해를 요구하시면서, 들어 달라는 두 개 중 단 하나도 들어주시지 않는군요."

"……페넬로페."

"그만 일어날게요."

나는 그가 붙들기 전에 자리에서 벌떡 일어났다.

그러나 그건 기우였다. 허리 숙여 예의 바르게 인사한 후 집무실을 빠져나가는 동안, 공작은 나를 붙들지 않았다.

방으로 막 올라오자, 방문 앞에 우뚝 서 있는 두 명의 장정들이 보였다.

'호위가 아니라 무슨 교도관 같네.'

나는 눈살을 찌푸린 채, 묵례하는 그들을 싸늘하게 지나쳐 방 안으로 들어섰다. 막 침구 정리를 끝낸 에밀리가 반갑게 맞이했다.

"아가씨, 오셨어요?"

열심히 일한 에밀리에게는 미안하지만, 나는 깔끔해진 침대 위에 곧장 벌러덩 드러누웠다. 내 기분이 썩 좋지 않음을 알아차린 그녀가 조심스럽게 물었다.

"점심은…… 뭐 드시고 싶으신 거 없으세요? 제가 주방장님한테 말해서…….."

"에밀리."

"네, 네?"

"그 애는 온종일 뭐 하고 지낸다니?"

그나마 다행인 건 저택 밖으로 나갈 수 없는 것은 여주 또한 마찬가지라는 것이다. 방금 전, 성인식 이전에 공표할 생각이 없다는 말로써 공작이 직접 확인해 줬다.

"그 애라면…… 베키에게 물어보고 올까요?"

내 말을 알아들은 에밀리가 목소리를 낮췄다. 나는 고개를 끄덕였다.

"너무 세세하게는 말고. 지금 뭐 하고 있는지, 공작저에 와서 하루를 어떻게 보내고 있는지만 간단히 알아 가지고 와."

"네, 아가씨. 금방 다녀올게요!"

에밀리는 재빠르게 방 밖으로 나갔다.

몇십 분 후.

"아가씨."

에밀리는 제 말처럼 금방 돌아와서 소식을 전했다.

"……낮에는 기억을 되찾는 차원에서 하녀장님을 따라 저택을 구경 다니고, 저녁을 먹은 후에는 홀로 산책을 다녀온대요."

"하녀도 없이?"

"네."

"산책은 연무장 근처의 숲 쪽으로 가겠지?"

"어떻게 아셨어요?"

에밀리가 눈을 동그랗게 뜨고 되물었다. 이클리스를 만나러 가는 것이라는 건 너무 뻔한 일이지 않나.

"지금은 뭐 하고 있어?"

"그게……."

에밀리는 내 물음에 대답을 조금 망설였다. 그러다 재촉하는 내 눈빛에 못 이겨 입을 열었다.

"……소공작님과 다과를 들고 있대요."

나는 그녀가 왜 대답을 망설였는지 눈치챘다. 공작을 만나고 돌아온 직후 기분이 상당히 좋지 않아 보이는 내가 상처받을 것을 우려한 것이다.

그러나 놀랍게도, 나는 정말로 아무렇지도 않았다.

"물론 점심은 따로 하실 예정이라고……."

"그건 됐고. 하나만 더 부탁할 게 있단다, 에밀리."

나는 애써 위로를 건네려는 에밀리를 빠르게 막아섰다.

"어…… 어떤 것이요?"

"귀를 좀 대 주렴."

내 속삭임을 들은 에밀리가 눈을 휘둥그레 뜬 채 되물었다.

"그, 그건 왜요?"

"왜긴. 쓸 일이 있으니까 그렇지."

"하지만 그걸로는 힘들 것 같은데…… 바로 들키면 어쩌시려고요."

"걱정 말고 시키는 대로 해."

"알겠어요, 아가씨. 비, 비밀 탈출이죠?"

에밀리는 이해가 가지 않는 눈치였지만, 순순히 고개를 끄덕였다.

"금방 가져올게요!"

우려와는 달리 다시 빠르게 방을 나가는 그녀의 뒷모습이 묘하게 흥분에 차 있는 듯했다.

'이제 밖에 있는 놈들 몰래 나가는 일만 남았는데…….'

호위 놈들 몰래 나갈 방법이라면 또다시 벽을 타는 것밖에 없었다. 벌써 놈 때문에 시행하는 두 번째 탈주였다.

'망할, 그 새끼 때문에 이게 무슨 개고생이야.'

나는 우울한 눈으로 통창을 바라보았다.

성인식까지 고작 3일 남은 날의 시간은 빠르게 흘렀다.

땅거미가 지고 저택의 모든 이들이 저녁 식사를 하기 시작할 때쯤, 에밀리 또한 음식이 담긴 트레이를 끌고 내 방을 찾아왔다.

"아가씨, 그 여자도 지금 식사를 시작했어요."

"수고했어. 그만 나가 있어."

"벌써 준비 다 끝마치신 거예요?"

화장대 앞에 서서 길쭉한 소매를 접어 올리고 있는 나를, 그녀가 놀란 눈으로 바라보았다. 그녀는 걱정스러운 표정으로 조심스럽게 말했다.

"너무 티 나지 않을까요, 아가씨?"

거울에 커다란 남자 하인 옷을 주워 입은 내 모습이 비쳤다. 에밀리가 제일 작은 크기로 가져왔지만, 그럼에도 품이 많이 남았다.

하지만 크기의 문제가 아니었다. 아무리 하인들이 입는 옷을 주워 입었다고 한들 나는 누가 봐도, 기차 타고 가면서 봐도 공녀였기 때문이다.

"잘 보렴."

도움을 받는 처지에서 비밀 공유를 제한할 수는 없었다. 나는 별수 없이 에밀리 앞에서 데릭에게 받은 팔찌를 꺼내 들었다. 그리고 곧장 그것을 손목에 찼다.

자잘하게 달린 자주색 보석들에서 번쩍 빛이 도는 것과 동시에.

"세, 세상에!"

방금까지 거울에 비치던 내 모습은 온데간데없이 사라지고, 짧은 고수머리를 가진 예쁘장한 소년이 나타났다.

"어머나! 마, 마법인 거예요, 아가씨?"

에밀리가 바뀐 내 모습에 기절초풍하며 물었다. 나는 대충 고개를 끄덕였다.

"좀 이따 이 모습으로 돌아올 거니까 얼굴 외워 둬."

"아가씨인지 전혀 모르겠어요! 대체 그런 물품은 어디서 나신 거예요?"

나는 그 물음에 대답하지 않았다. 낮에 여주와 다과를 처든 데발놈이 줬다고 말할 수는 없으니까.

"이제 나 그만 내려갈 거니까 너도 나가 보렴, 에밀리."

내 원래의 것과는 좀 다른, 허스키한 목소리가 흘러나왔다. 그것에 '세상에, 세상에'를 연발하던 에밀리가 오만상을 짓는 내 표정을 보고 입을 '헙' 다물었다.

그녀는 잠시 내 눈치를 보다가, 창틀 쪽으로 이동하는 나를 졸졸 뒤따라왔다.

"……아가씨, 그런데 이 방법은 너무 위험한 것 같아요. 차라리 저랑 같이 문으로 나가시는 게 어떠세요?"

"밖에 놈들에게는 뭐라고 하게? 사실 공녀의 방에 숨어 살던 정부라고?"

"아, 아가씨! 그런 말씀 하시면 안 돼요!"

픽, 웃으며 핀잔을 주듯 말하자 에밀리의 얼굴이 잠시 붉게 달아올랐다.

"그렇지만…… 이렇게 높은걸요."

창틀 앞에는 내가 낮 시간 내내 묶어 놓은 이불보가 한 꾸러미 쌓여 있었다. 지난 축제 때의 실패를 되새겨 이번에는 있는 천, 없는 천 다 끌어모아서 부피가 꽤 컸다.

또다시 이불을 붙잡고 탈출을 감행할 생각에 막막한 것은 당사자인 내가 가장 심했다. 하지만 문 밖에 떡 버티고 선 호위 놈들 몰래 빠져나가려면 이 수밖에 없었다.

"하…….."

까마득한 아래를 내려다보며 나지막한 한숨을 내쉬던 그때였다.

〈SYSTEM〉 [순간 이동] 돌발 퀘스트 발생!

하드 모드의 제한 기간까지 앞으로 D-3! 아직도 호감도를 다 못 채웠다면, 당신을 기다리는 공략 대상을 직접 찾아가 보세요!

1. [데릭]
2. [칼리스토]
3. [뷘터]
4. [레널드]
5. [이클리스]

불현듯 눈앞이 환해지더니, 흰 네모 창이 떠올랐다. 멍하니 그것을 바라보던 나는 이내 와작 얼굴을 일그러뜨렸다.

'이 미친 게임아, 이런 건 이불보 묶기 전에 나왔어야지!'

한나절 내내 끙끙거리며 이불을 끌어다 묶었던 그 힘겨운 노력들이 무용지물이 됐다. 두 주먹을 꽉 쥔 채 허공을 노려보며 부들부들 떨던 나는, 이내 깊은 심호흡과 함께 입을 열었다.

"……에밀리."

"네?"

"이제 그만 나가서 너도 네 할 일을 하렴."

"하지만 어떻게 아가씨 혼자 이 험한 곳을 내려가는 걸 두고 볼 수가……."

"어서. 네가 제대로 일을 수행해야 내가 제때 들키지 않고 돌아오지 않겠니."

에밀리는 혹 누가 내 방에 들어오는 것을 방지하기 위해 망을 봐야 했다. 슬슬 짜증이 담기기 시작하는 내 목소리에, 에밀리는 금세 주눅 든 목소리로 답했다.

"……알겠어요. 아가씨. 정말 조심하셔야 돼요."

"알았어."

"정말요. 진짜 조심……!"

"빨리 안 나가?"

기어이 눈을 부라리는 내 모습에 그녀는 화들짝 놀라 부랴부랴 방을 빠져나갔다.

탁—. 문이 닫히고 방 안에는 정적이 찾아왔다. 나는 여전히 허공에 떠 있는 흰 네모 창을 바라보았다. 비록 지금 퀘스트가 나타난 것이 짜증은 났지만, 굳이 벽을 탈 수고를 들이지 않아도 되어 다행이었다.

선택을 하기 위해 손을 뻗던 나는, 잠시 시스템 창 위에서 멈칫했다. 그러다 이내 고개를 내저으며 재빨리 헛생각을 털어 냈다.

〈SYSTEM〉[이클리스]를 선택하였습니다. 지금 바로 이동하시겠습니까?

[예. / 아니오.]

[예.]를 누르자 곧바로 눈앞이 하얗게 점멸했다.

계획했던 일이 술술 풀리고 있음에도, 마음이 착잡한 이유를 알 수 없었다.

다시 눈을 떴을 때, 나는 한 건물 앞에 서 있었다.

'여긴…….'

건물은 입구를 제외하고 불 켜진 곳 없이 어두컴컴하기만 했다.

나는 을씨년스러운 주변을 두리번거리다가 깨달았다. 이곳이 바로 기사들을 연금해 놓는 '영창' 같은 건물이라는 것을.

확실히 감옥은 감옥인지, 이곳은 견습 기사들이 사용하는 건물보다 더 음침하고 구석진 곳에 박혀 있었다. 나는 곧장 그쪽으로 걸음을 옮겼다. 이미 감옥으로 들어가기 위한 변명은 생각해 둔 상태였다.

저녁을 먹으러 갔는지, 건물 입구를 지키고 있는 기사는 단둘뿐이었다. 그쪽으로 다가가며 생각해 둔 변명을 속으로 한 번 더 되뇌던 찰나였다.

저벅저벅—. 입구에서 누군가 빠른 걸음으로 튀어나왔다. 등불 바로 아래 드러났음에도 새카만 머리칼에 나는 눈을 부릅떴다.

'미친, 데발놈……!'

입구를 지키고 서 있던 기사 두 명이 막 나온 데릭에게 깍듯이 묵례했다.

"들어가십시오, 단장님!"

"고생해라."

근처에 다다랐던 나는 놈이 짧게 인사를 마치고 바로 걸음을 옮기자, 얼른 고개를 숙였다. 들킬까 봐 심장이 튀어나올 것처럼 벌렁거렸다.

'괜찮아. 팔찌 낀 후에 변신한 모습은 저놈도 못 봤어.'

나는 팔찌를 가리기 위해 빠르게 접은 소매를 내렸다. 어차피 어두워서 잘 보이지 않을 것이다.

지나가는 하인1로 여기라고 속으로 빌고 있을 즈음, 예상대로 놈이 내 앞을 대수롭지 않게 스쳐 지나갔다.

'휴······.'

안도의 한숨을 쉬며 숙였던 고개를 막 들던 순간이었다. 불현듯 놈이 우뚝 걸음을 멈췄다.

"이봐."

데릭 놈이 갑작스레 휙 뒤돌아 나를 불렀다.

'설마 눈치챈 건가?'

심장이 입 밖으로 튀어나올 것 같았다. 나는 내린 소매가 손등까지 가린 것을 확인하고 가까스로 고개를 들었다.

"······저, 저를 부르셨습니까?"

굳이 연기하지 않아도 허스키한 목소리 탓인지 어리숙한 하인 같은 말투가 튀어나왔다.

데릭 놈의 머리 위 주황색 게이지 바가 어둠 속에서도 선명히 빛났다. 서늘한 시선에 마른침을 삼키고 있을 즈음.

"저택에서 일하는 자인 듯한데."

나를 아래위로 훑던 놈이 툭 내뱉었다.

"여긴 어쩐 일이지?"

"아······ 수, 수감된 노예의 세탁물을 가지러 왔습니다."

나는 침착하게 준비했던 답을 내놓았다.

"노예? 감히 누구 명령으로 말이냐."

"공녀님의 명으로······."

"공녀?"

찰나, 푸른 동공이 살짝 커졌다. 그러나 이내 놈은 불쾌하다는 듯 미간을 구겼다.

"페넬로페······ 그 아이가 시키던가?"

"아니요. 이본…… 아가씨께서 시키셨습니다."

나는 놈의 눈치를 살피며 찬찬히 말했다. 일부러 눈을 피하지 않았다. 거짓말이었지만, 괜히 미심쩍게 굴었다간 놈이 그대로 여주에게 확인하러 갈 수도 있었기에. 그러면, 그보다 더한 낭패는 없으리라.

뒷목을 타고 식은땀이 흐르는 것이 여실히 느껴질 무렵.

"……입조심해라."

잠시 생각에 잠긴 듯하던 데릭이 돌연 사납게 쏘아붙였다.

"아직 확정도 나지 않은 일을 내뱉고 다니다니, 주둥이가 너무 가볍군. 분명 조심하라는 명령이 전해졌을 텐데."

나는 뜬금없는 화제 전환에 어안이 벙벙해졌다.

'먼저 물어봐 놓고 왜 갑자기 성질이야?'

극진히 대우해 줘도 지랄이라며 속으로 툴툴거리던 나는, 문득 여주도 초반엔 까탈스러운 형제 놈들에게 시달렸던 것을 떠올렸다.

'하여간 성격 더러운 놈.'

그러나 나는 정체를 들키면 큰일 나는 처지였으므로, 황급히 머리를 조아렸다.

"아…… 죄, 죄송합니다, 소공작님. 시정하겠습니다, 죄송합니다!"

허리가 90도가 될 만큼 비굴하게 구부리자, 내가 생각해도 제법 하인다운 모습이 됐다. 오만하게 눈을 내리깔고 그런 나를 내려다보던 데릭이 물었다.

"들어온 지 얼마 안 된 이인가?"

"예, 예."

"이상하군. 묘하게 낯이 익는데……."

놈의 말에 다시 한번 가슴이 철렁 내려앉았다. 아무 대답도 못 하고 그저 얼어붙어 있던 때.

"들어가 봐라."

못마땅한 듯 혀를 차는 소리와 함께 마침내 데릭 놈의 허락이 떨어졌다.

"네! 가, 감사합니다. 살펴 가십시오!"

마지막까지 굽신굽신 머리를 조아리자, 데릭 놈은 답도 없이 몸을 돌려 쌩하니 걸어갔다.

'망할 놈.'

어두운 숲 저편으로 사라지는 놈을 바라보던 나는, 소매 아래로 조심스럽게 중지를 펼쳤다. 그러다 정신을 차리고 허겁지겁 건물로 돌아섰다. 놈을 마주치는 바람에 생각보다 시간이 지체돼 버렸다.

"저, 노예를 만나러 왔는데……."

"들어가 봐라."

이미 데릭과 내 대화를 다 들었는지, 지키고 선 기사들은 순순히 길을 터 주었다.

"아, 그 노예 놈은 지하에 있다. 계단 위로 올라가지 말고 아래로 내려가라고."

친절하게도 설명을 덧붙여 준 덕분에 나는 헤매지 않고 곧장 이클리스 놈에게로 향할 수 있었다.

건물에 들어서자마자 계단이 곧바로 이어졌다. 깊은 지하인지 드문드문 등불이 걸려 있는 음산한 계단이 꽤 오래 이어졌다.

마침내 도달한 끝은, 진짜 감옥처럼 온통 쇠창살뿐이었다. 잘 이용하지 않는 건지, 낡고 오래된 감옥 안은 텅텅 비어 있었다. 등불조차 닿지 않는 가장 끄트머리만 빼고.

보안에 자신이 있는 건지, 지하에는 명목상의 간수 한 명조차 없었다.

'그래도 나름 견습 기산데, 대우가 형편없네.'

아직 확인 절차가 모두 완료된 게 아니라 석방은 당장 못 해 준다 치더라도 너무 열악한 환경이었다. 게다가 어찌 보면 '진짜 공녀'를 데리고 온 가문의 은인임에도 이랬다. 놈을 향한 공작과 데릭의 적대감이 얼마나 큰지 알 수 있었다.

'뭐 내 알 바는 아니지.'

지하 감옥을 쭉 둘러보던 나는 서둘러 소매를 걷고 팔찌를 풀었다.

예전 같았으면 원래 스토리대로 공작이 데리고 오지 않았기에 이런 것이라며 미약한 죄책감이나마 가졌을 것이다.

그러나 이젠 그런 감정을 느낄 새도 없었다. 놈이 때린 뒤통수가 너무 아팠기에.

마법이 풀리자 곧장 어깨 위로 구불거리는 머리칼들이 쏟아져 내렸다. 팔찌를 주머니 속에 넣자, 왼쪽 손에 남은 것은 커다란 루비 반지 하나뿐이었다.

시간이 촉박했기에, 나는 지체 없이 끄트머리로 걸음을 옮겼다. 저벅, 저벅—. 누군가의 발소리가 가까워지고 있음에도 불구하고, 구석에 처박혀 있는 인영은 움직이지 않았다.

저벅—.

마침내 목적지 앞에 우뚝 선 나는, 옆 벽에 있는 등불 하나를 뽑아 들고 쇠창살 너머를 비췄다. 어둠 속으로 훅, 빛이 쏟아져 들며, 처량 맞게 쭈그려 앉아 있는 회갈색 머리통을 비췄다.

"안녕."

나는 묵묵히 인사를 건넸다. 사람이 걸어오는 인기척에도 내내 미동 없던 몸이 흠칫, 들썩였다.

이클리스는 매우 느린 속도로 고개를 들었다. 내가 비추는 등불 때문에 눈이 부신지 잠시 꿈틀거리던 눈이, 이내 천천히 확장됐다.

"……주인님?"

갑작스럽게 나타난 내 모습이 믿기지 않는지, 이클리스가 처음 보는 얼빠진 표정으로 중얼거렸다. 그러더니, 그는 비척비척 자리에서 일어났다. 그리고 한 발짝씩 내게로 걸어오기 시작했다.

이렇게 음침한 지하에 가둬 뒀길래 퍽 억울한 취급을 당하는 줄 알았는데, 수갑도 족쇄도 없는 것을 보니 그런 것도 아닌 모양이다. 마음이 한결 가벼워졌다.

이클리스의 행색을 관찰하는 사이, 어느새 그가 코앞까지 당도해 있었다. 놈이 불쑥 창살 사이로 손을 뻗었다. 뺨에 서늘한 타인의 체온이 느껴졌다. 나는 주춤, 물러설 뻔한 몸을 가까스로 억눌렀다.

"꿈……?"

며칠 새 수척해져서, 진짜 인형 같은 얼굴로 이클리스가 혼잣말했다. 그 순간.

〈SYSTEM〉 [이클리스]의 호감도를 확인하겠습니까?
[1800만 골드 / 명성 400]

나야말로 그 누구보다 이 빌어먹을 상황이 꿈이었으면 좋겠다.

그러나 이렇게 시스템 창이 선명한 것을 보니, 꿈은 절대 아니었다.

"……그럴 리 없잖니."

나는 어금니를 사리물고 싱긋 웃으며 답했다. 그러자, 뺨에 닿은 손바닥이 움찔 떨렸다. 꿈 따위가 아님을 그제야 알아차린 건지, 빛에 반사되는 잿빛 눈동자가 마구 뒤흔들렸다.

"여, 여긴 어떻게……."

그가 믿기지 않는 표정을 짓고 물었다. 나는 여전히 내 뺨을 쓰다듬는 손을 피하지 않았다. 목적 달성을 위해서.

"잘 지냈니?"

이클리스는 한차례 숨죽였다가, 이내 고요한 음성으로 되물었다.

"……주인님은요?"

"글쎄."

격정이 일던 놈의 동공은 짧은 사이 침잠되었다. 언제나처럼 무미건조한 그것을 빤히 응시하며, 나는 입을 열었다.

"잘 못 지냈어."

"……."

"이런 허접한 꼴로 몰래 널 만나러 와야 할 만큼."

예전 같았으면 그에게 전혀 꺼내지 않았을 말들이 술술 잘도 흘러나왔다.

이클리스는 내 말에 동요하지 않았다. 한 꺼풀이 벗겨진 우리는 이토록이나 멀고 삭막한 사이였다. 부스러져 내리는 모래성처럼.

"소식은 들었니? 도망을 치려던 네 고국인들이 모두 붙잡혀서 처형당했다더구나."

"……."

"덕분에 농장에 남은 델만인들도 전국으로 뿔뿔이 흩어지게 되었다지."

얼굴을 보면 분명 순식간에 분노가 차오를 거라 생각했는데. 막상 이 곱상한 얼굴을 마주하니 그렇게까지 치밀어 오르진 않았다. 참을 만했다.

내 건조한 눈빛에 화답하듯 이클리스는 묵묵히 고개를 끄덕였다. 나는 그에 힘입어 무덤덤하게 하고자 한 말을 내뱉었다.

"……사흘간 수도 없이 생각해 봤어."

"……."

"네가 내게 왜 그랬을까. 내가 더 못 해 준 게 있었을까. 아니면 신분 상승이 그토록 중한 일이었는데, 내가 미처 알아차리지 못한 걸까."

내 시선은 점점 내려가 놈의 목에 닿았다. 여전히 그의 목에는 노란 구슬이 달린 초커가 고이 채워져 있었다.

"혹은 또 무슨 터무니없는 오해를 하고 있는 걸까……."

"……주인님."

"필사적으로 생각해 봤어, 이클리스."

나는 초커에 머물던 시선을 다시 정면으로 들어 올렸다.

"그런데 면천도, 작위도 원하지 않는다고 했다더구나."

얼굴은 여전히 무표정했지만, 뺨에 닿아 있는 손가락이 그 순간 미세하게 움찔거렸다. 나는 매번 그가 하는 것처럼, 손에 얼굴을 비비며 속삭이듯 물었다.

"……내가 그토록 원망스러웠니?"

"주…… 인님."

"널 사 온 나를 역모로 엮어서 죽이고 싶을 만큼? 혹은 공작의 친딸을 데려와 끌어내리고 싶을 만큼 밉고 증오스러웠어?"

"그게……."

이클리스가 천천히 숨을 들이켰다. 이렇게 가까운 곳에 있으니, 언제나 밀랍 같던 표정도 미세하게 창백해지는 것이 보이긴 했다.

"아니면, 면천해 줄 힘조차 없는 주인을 갈아 치우고 싶었던 건가?"

"그건……!"

불현듯 이클리스가 소리를 높였다.

"그런 거 아니에요, 주인님."

"……."

"제가 어떻게 감히 그런 생각을 하겠어요."

"그런데 내게 왜 그랬어, 이클리스."

최대한 부드럽게 회유하려고 했는데, 자꾸만 따지는 듯한 어투가 튀어나왔다.

나는 격해지는 감정을 힘겹게 억눌렀다. 그리고 내 뺨에 닿아 있는 손을 밀어낸 후, 역으로 창살 안으로 양손을 뻗어 놈의 얼굴을 살며시 붙들었다.

화가 나지 않은 것처럼. 이 상황이 누구보다 걱정스럽고 비통한 사람처럼.

"네가 고국인들과의 내통에 날 끌어들인 탓에, 난 이제 더는 네게 관여할 수 없게 되었단다."

"……."

"그렇다면, 이제 네 새 주인은 과연 누가 될까?"

"그럴 일은 없을 겁니다."

놈이 드물게 단호한 목소리로 대꾸했다.

"저는 곧 면천할 테니까, 이제 더는 주인이 필요 없어요."

"그게…… 무슨 소리야?"

"고발자가 같은 델만 출신 노예라는 것을 황궁에서도 알게 되었으니, 타국인들에게 전례를 보이기 위해서라도 평민으로 올려 두려 하겠지요."

"그럼 첫째 오라버니의 권유는 왜 거절했니?"

"그래야 별다른 의심 없이 이곳에 남아 있을 수 있으니까."

나는 풀리지 않았던 미스터리에 눈을 부릅떴다.

"……뭐?"

"소공작에게 면천이나 작위를 요구했다면, 그 핑계로 저를 저택에서 내보내려 하겠죠."

"……."

"역겹지만 순수하게 가문에서 베풀어 준 은혜를 갚는 충신 노릇을 해야…… 에카르트 공작저에, 당신 곁에 안전히 남아 있을 수 있으니까요, 주인님."

"내 곁……?"

나는 꼭 처음 말을 내뱉는 아이처럼 어물어물 되뇌었다.

"네. 주인님의 곁."

놈이 고개를 까딱이며 확답했다.

"하."

그와 동시에 헛웃음이 터져 나왔다. 너무 기가 막혀서, 놈이 지금 무슨 소리를 지껄이는지 알 수가 없어서.

"하…… 무슨 헛소리를 하는 거니, 이클리스."

"……."

"너는 지금까지 쭉 내 곁에 있었어. 하지만 네가 진짜 공녀를 데리고 온 덕분에 나는 공작령으로 쫓겨날 판이란다."

"……."

"그런데 네까짓 게 무슨 수로 내 곁에 남아."

"그러면…… 제가 주인님을 따라 공작령으로 전출 지원을 할게요."

"헛소리 좀 집어치워!"

그 순간, 나는 악착같이 내리누르던 모든 것들이 무용지물 됐다는 것을 깨달았다.

이클리스는, 그간 내가 가장 가까이 뒀던 등장인물이라고는 믿기지 않을 정도로 말이 통하지 않았다. 놈의 얼굴을 붙들고 있던 손이 보드라운 피부를 긁듯이 타고 내려가, 와락 멱살을 쥐었다.

"내가 언제 그걸 원한다고 한 적 있어?"

놈의 정수리 위 검붉은 게이지 바가 위태롭게 깜빡였다. 멈춰야 한다는 것을 알면서도, 터져 나오는 울화통을 참을 수가 없었다.

"네 멋대로 추측해서, 네 멋대로 결론 내린 거잖아, 이 미친 새끼야!"

"이번에는 아니에요, 주인님."

"……뭐?

"주인님이 아니라 저를 위해서였어요."

"……."

"당신이 아니라, 온전히 나를 위해서."

그 순간, 눈앞이 아연해졌다.

나는 언제나 등장인물들이 취할 모든 행동들을 기를 쓰고 예측하고, 그에 맞춰 행동했다. 그렇지 않으면 살아남을 수 없었으니까.

그런데 지금 이 순간, 모든 것이 저를 위한 행동이었다는 이클리스의 말에 머릿속이 진탕이 되다 못해 그저 새하얘졌다.

"……왜?"

멍청하고, 무의미한 소리가 새어 나왔다. 그럼에도 나는 정말로 알 수 없었다. 무엇이 문제인지.

"해 달라는 대로 다 해 줬잖아."

숨이 거칠어졌다. 몰빵 남주를 정한 직후부터, 나는 최선을 다했다. 공작과 두 아들 놈들의 신경에 거슬리지 않게 필사적으로 머리를 굴려 가며 이클리스를 두둔하고 보살폈다.

"필요한 물품도, 네 처우도, 스승도, 해 달라는 대로 다……!"

가끔 큰 위험 부담을 감수해야 하는 것조차 마다하지 않았다. 분명 게임 공략법대로 차근차근 진행해 왔다. 틀림없었다.

"……다 해결해 줬잖아. 다 해 주려고 노력했잖아! 그런데 왜?"

나는 놈의 멱살을 붙들고 절박한 목소리로 연신 물었다.

"바로 면천해 주지 않아서 그래? 아니면, 내가 스승을 더 빨리 구해 주지 못해서?"

"……."

"대답해! 왜! 왜 이제 와서 이러는 건데—!"

왜 하필, 탈출을 며칠 앞둔 이 시점인가. 왜 하필, 차선을 만들 수도 없는 이 상황에 이르러서야.

나는 대답 없는 놈을 마구 뒤흔들며 절규했다.

"넌 날 사랑하잖아. 맞지? 응?"

"……."

"날 사랑하면서, 내게 왜 이래? 응? 대체 왜—!"

99%면 사랑이 아닌가. 사랑이 아닐 리 없지 않은가.

"너 날 사랑하잖아, 이클리스."

그렇다고 말해.

나는 놈의 정수리 위를 올려다보며 애원했다. 아니, 그것은 흡사 구걸이었다. 천 자락을 쥔 양손이 부들부들 떨렸다. 악에 받친 채 그를 간절하게 바라보고 있을 때쯤.

"알고……."

허연 거스러미가 일어난 입술이 움찔, 달싹였다.

"알고…… 계셨어요?"

이클리스는 나를 내려다보며 메마른 목소리로 물었다. 그의 눈이 한순간 진동했다.

"모를 리가 없잖아."

당황하는 것 같은 그 기색에, 나는 울음 섞인 괴상한 웃음을 터뜨렸다.

나를 향한 이클리스의 눈이 점점 위험하리만치 짙어지던 순간을 기억한다. 어느 순간부터 감정을 조금씩 내비치고, 하나둘 발칙한 요구를 하던 그. 난 그 모든 것들을 청신호로 여겼다.

"세상 그 어느 노예가 그딴 발칙한 눈으로 주인을 바라보겠니."

흔들리던 이클리스의 잿빛 동공이 그 순간 우뚝 멈췄다. 그의 턱이 딱딱하게 불거졌다.

"알고 계셨으면서……."

"…….""

"……왜 제가 도망가자고 할 땐 거절하셨어요?"

"널 따라 도망가면. 그럼 뭐가 달라지는데?"

게임 공략 중이라는 특수 상황 때문에 그나마 한순간이라도 고려해 본 것이었다. 다른 남주들의 호감도 폭락이나 여러 돌발 상황을 고려하면, 지금보다 더 나을 것도 없는 루트였다.

그런 것을 다 떠나 진짜 페넬로페였다 하더라도, 그런 위험천만한 짓을 감행하지 않았을 것이다.

이미 다 끝난 마당이지만, 나는 마지막까지 도망에 집착하는 그가 조금도 이해 가지 않았다.

"널 따라서 멀쩡한 내 집, 내 돈 놔두고 쫓기는 처지가 되라고? 그러면, 그다음은?"

"……."

"아버지와 내 두 오라버니들에겐 뭐라 그래? 지금 영위하는 생활이 거지 같아서 타국으로 망명하는 거라고? 아니면 노예에 미쳐서 지위도 긍지도 필요 없다고 그럴까?"

"이럴까 봐 그랬어요."

내 말이 채 끝나기도 전에, 이클리스가 불쑥 대꾸했다.

"당신이 좀처럼 그 자리에서 내려올 것 같지 않으니까."

"……뭐?"

"세상 누구보다 불행한 표정을 짓고 있으면서, 이 빌어먹을 집구석에서 조금도 벗어나려 하지 않았잖아요."

"그게 무슨……."

그게 무슨 소리냐 되물으려던 나는 흠칫 입을 닫았다. 등불에 반사된 그의 눈이 기이하게 번뜩이고 있었기에.

"마물에 부상당한 이본을 만났을 때부터 얼마나 고민했는지 몰라요, 주인님."

"……."

"쥐도 새도 모르게 그녀를 죽여 버리면……."

"……."

"그래서 당신의 자리를 위협하는 모든 것들을 제거하면, 환히 웃
어 줄까."

그 말을 하는 이클리스가 문득 희미하게 웃어 보였다. 그와 달
리, 나는 날카롭게 숨을 들이켰다.

섬뜩함이 등줄기를 타고 흘렀다. 생각을 알 수 없다곤 여겼지만,
이토록이나 음험하고 끔찍한 속내를 감추고 있을 줄은 상상도 하
지 못했기에.

놈의 멱살을 잡은 손을 떼고, 나도 모르게 주춤 물러서려던 때.
그가 와락 내 손을 잡아 채, 억지로 제 뺨 위에 얹었다.

"그런데, 그러면 제가 오히려 주인님을 돕는 꼴이 되잖아요."

"……."

"주인님은 이 집에 있어서 불행한 건데, 이본을 죽이면 당신이
진짜 공녀가 돼 버리잖아."

"너……."

"그래서 달리 생각해 봤어요. 공작의 친딸을 이용해서, 주인님을
이 집구석에서 점점 고립시키고, 이 집 인간들에게 학을 떼게 하다
가……."

"이거 놔, 놔."

그토록 알고 싶었던 이유였지만, 나는 더는 놈의 질척한 속내를
듣고 싶지 않았다.

질겁하며 잡힌 손을 빼내려 했다. 그러나 놈은 놔주기는커녕 내 손바닥에 마구 뺨을 비볐다.

"이루려는 목적을 포기시키고 주저앉히는 게 어떨까…… 하고."

"목적……?"

순간 사고가 멈췄다. 나는 더듬더듬 되물었다.

"무슨 목적?"

"경매장에서 저를 사 와서 이용하는 이유 말이에요."

그 목적은 놈에게 호감도를 몰빵해서 이 미친 게임을 탈출하려는 것이었고…….

'그걸 눈치챘다.'

내가 모종의 이유로 놈을 데리고 와 철저한 계산 아래 행동하고 있다는 것을, 모두 알고 있었다.

흐읍.

나는 거칠게 숨을 들이켜던 그대로 딱딱하게 얼어붙었다.

"신분? 그까짓 게 뭐라고요."

그런 내 반응에 그의 입가에 뜬 희미한 미소가 조금 더 짙어졌다. 마치 나를 비웃듯이.

"그런 거야 제 힘으로도 얼마든지 이룰 수 있어요. 하나뿐인 소드 마스터를 제국에서 놓칠 리 없잖아요."

"너…… 너……."

나는 바보처럼 놈을 응시할 수밖에 없었다. 그간 나를 감쪽같이 속여 온 놈의 뺨을 내려치기는커녕, 잡힌 손조차 빼내지 못한 채.

놈은 그런 나를 보며, 풀 죽은 강아지처럼 눈꼬리를 조금 늘어뜨렸다.

"⋯⋯하지만 그러면, 내가 가질 수가 없잖아."

"뭘⋯⋯?"

"당신 말이에요, 페넬로페."

쪽—.

놈은 도망을 가자고 했던 날처럼 나를 응시하며 천천히 손바닥에 입을 맞췄다. 그리고 그대로 입을 떼지 않은 채 말을 이었다.

"목적을 위해 날 철저히도 이용하는 당신."

"⋯⋯."

"꿀처럼 달콤한 말을 늘어놓고, 조금이라도 다가가려 하면 곧바로 달아나는 당신."

나를 똑바로 직시하는 회갈빛 눈은, 전혀 사랑하는 사람의 눈처럼 보이지 않았다. 잔뜩 충혈된 흰자위, 붉게 달아오른 눈가. 그는 오히려 나를 증오하고 싫어해서 어쩔 줄 모르는 사람처럼.

"이런 나를⋯⋯ 조금도 사랑하지 않는 널."

그런 눈으로 나를 노려보며, 마침내 내가 원하는 말을 토해 냈다.

"사랑해, 페넬로페."

〈SYSTEM〉 [1800만 골드]를 차감하여 [이클리스]의 호감도를 확인합니다. (남은 보유자금 : 999,999,999+)

그토록 바라던 말을 들었음에도 나는 처참하게 얼굴을 허물어뜨렸다.

**[호감도 99%]**

사랑한다는 고백을 받았지만, 나는 여전히 이 빌어먹을 게임 속이었다.

"나라고 고국인이고 모두 팔아먹은 찢어 죽일 매국노가 되어도-."

호감도가 오르지 않았다. 남은 그 단 1%의 호감도가 오르지 않았다. 그리고 나는 그 순간, 영원히 그 1%를 채우지 못하리라는 것을 직감했다.

"널 가지고 싶어, 페넬로페 에카르트."

"너…… 너 정말 미쳤어?"

"맞아요. 당신이 날 이렇게 미치게 만들었어."

이클리스는 어둠 속에서도 형형히 빛나는 눈으로 나를 노려보며 지껄였다.

"날 이렇게 만들어 놓고, 그렇게 말간 얼굴로 모르는 척할 때마다…… 미치고 환장할 것 같아요."

"……."

"그런데 어쩌겠어요. 그런데도 이렇게 사랑스러운데……."

놈의 눈빛이 이제야 애틋함 비슷한 것으로 변했다. 그 모든 것이 내게는 가증스럽고 소름 끼치게만 느껴졌다.

새하얗게 얼어붙은 채, 거칠게 숨을 몰아쉬는 내가 썩 이상했는지 놈이 고개를 모로 기울였다.

"왜 이렇게 떨어요, 주인님."

"……."

"화났어요? 하라는 대로 다 했잖아요, 저야말로. 이제 이곳에 있는 걸 모두가 인정할 만큼 제 가치를 증명했어요, 주인님."

"……."

"아니면…… 처음 만났을 때처럼 제가 무서워요? 가엾게도."

"미친 새끼."

힘겹게 숨을 헐떡이던 나는 더는 참을 수 없어 진저리치며 읊조렸다.

그러나 놈은 상스러운 욕설에도 전혀 개의치 않았다. 오히려 내 손을 겹쳐 잡고 있던 손가락을 슬며시 움직여, 한쪽 손가락을 진득하게 문질렀다. 정확히는, 루비 반지가 끼워져 있는 검지를.

"……떨지 마세요, 주인님. 앞에 말은 그냥 의미 없이 지껄인 거고…… 아무 일도 없을 거예요."

"……."

"당신은 여전히 에카르트의 공녀고, 난 그런 당신의 하나뿐인 기사예요. 이 세상에서 단 하나뿐인."

"……."

"이렇게 당신에게 미쳐 버린 놈의 고삐를 직접 붙들고 있는데 뭐가 그렇게 걱정돼요."

루비를 누를 듯 말 듯, 아슬아슬하게 그 위를 넘나들던 이클리스는, 사랑스럽고 또 증오스럽다는 눈으로 나를 바라보며 속삭였다. 놈의 머리 위 검붉은색이, 고여 썩어 버린 피처럼 비릿하게 빛났다.

"……당신만이 내 목줄을 틀어쥘 수 있어요, 사랑하는 나의 주인님."

나는, 그제야 완전히 인정할 수밖에 없었다. 이클리스 몰빵 엔딩은 실패했다. 공략 대상인 그를 조금도 사랑하지 않았고, 그것을 그가 잘 알고 있다는 것. 그것이 내 패착이었다는 걸.

나는 이클리스 루트에 완전히 실패했고, 이제라도 다른 방법을 찾아야 할 때였다.

"……목줄?"

짧은 백일몽에서 깨어나듯, 뿌연 안개가 가득 찼던 머릿속이 서서히 걷혔다. 실패라는 게 확실해진 이상, 더는 놈에게 절절맬 필요가 없어졌기에.

"내가 왜?"

"……."

"버릇없는 개는 목줄을 당겨서 훈육이라도 시킬 수 있지. 가치? 넌 그럴 가치조차 없어."

나는 실패로 인한 충격을 받은 게 거짓말처럼, 입꼬리를 비틀어 올렸다.

"감히 주인을 물어뜯었잖아."

"……주인님."

"입, 닥쳐."

이클리스의 눈빛이 한차례 흔들렸다. 나는 놈에게 잡혀 강제로 놈의 뺨을 쓰다듬던 손을 뜯어내다시피 뿌리쳤다.

"……페넬로페."

그 와중에도 나를 붙들기 위해 뻗어지는 손을 싸늘하게 쳐 내며, 나는 창살에서 한 발짝 물러섰다.

"그래, 네 말이 맞아. 난 널 이용하려고 데리고 왔어. 그런데 그게 뭐? 결국 너 때문에 목적을 이루긴커녕, 개판 오 분 전이 돼 버렸는데."

"……."

"개는 개답게 굴어야지. 주인을 무는 개새끼에게 무슨 가치가 있겠니, 이클리스."

짓씹듯이 뇌까린 후, 나는 엉망진창이 된 얼굴로 웃었다. 넌 이제 효용 가치가 없어졌노라고.

이클리스의 얼굴이 일그러지는 것이 슬로 모션처럼 진행되는 그 찰나의 순간, 나는 놈의 눈앞에서 거칠게 루비 반지를 뽑아 들었다.

"주인······!"

그가 눈을 부릅뜨고 나를 부를 적에, 나는 망설임 없이 그것을 창살 안으로 있는 힘껏 집어 던졌다.

깡─! 챙, 캉─! 날카로운 파열음이 울려 퍼졌다. 몇 번 어딘가에 부딪쳐 번쩍이던 쇠붙이는 금방 어둠 속으로 자취를 감췄다.

이클리스를 데리고 온 후, 단 한 번도 반지를 빼놓은 적이 없던 검지가 텅 비었다. 그는 망연자실 내 허전한 손을 바라보았다.

"내가 말했지, 배신은 죽음뿐이라고."

"······."

"이제 내게 넌 죽은 존재야, 이클리스."

올 때와는 달리, 나는 망설임 하나 없이 휙 몸을 돌렸다. 그것으로 끝이었다.

챙─!

컴컴한 어둠 저편으로 집어 던져진 반지의 궤적을 좇을 무렵. 앞쪽에서 '쎄엑' 하고 미약한 바람이 불었다.

반사적으로 휙 고개를 돌리자, 진분홍빛 머리칼이 떨어지는 꽃잎처럼 아스라이 흩날렸다.

"잠깐……."

이클리스는 손을 뻗었다. 붙잡기 위해서였다.

"주인, 주인님."

그러나 채 잡기 전에 페넬로페는 완전히 그에게서 등을 돌렸다.

이클리스의 동공이 정처 없이 흔들리기 시작했다. 반지를 찾아 주워 줘야 하는데, 그의 주인은 뒤조차 돌아보지 않고 멀어져 갔다.

"가지, 가지 마세요, 주인님, 잠깐."

이클리스는 멀어지는 주인을 애타게 불렀다. 속 타는 심정과는 달리 건조하고 딱딱하기만 한 제 목소리가 원망스러웠다.

"주인님."

그런데 이상했다. 이쯤이면 주인이 한 번쯤은 돌아봐 줄 때도 됐는데…….

그의 주인은 항상 그랬다. 독한 말을 내뱉으며 당장 자신을 경매 장으로 돌려보낼 것처럼 굴다가도, 결국엔 그를 용서했다.

원하는 것은 모두 들어주며 항상 그에게 여지를 남겼다. 슬쩍슬쩍 선을 넘어도 관대하게 넘겼다. 그래서 주체할 수 없는 마음을 단념할 수도 없게끔.

그런데 자신을 그렇게 길들인 장본인이, 개새끼가 기어이 주제를 모르고 기어오르게 만든 그녀는 뒤돌아보지 않았다.

가느다란 신형은 멈출 기미를 보이지 않고 점점, 점점 멀어진다……. 불현듯 무언가 잘못됐다는 생각이 들었다.

"주인, 주인님! 가지, 가지 마세요, 아직 할 말이……!"

머리통을 세게 맞은 것처럼, 갑자기 번쩍 정신이 들었다. 혼탁했던 머릿속이 점점 맑아졌다.

'주인님이 반지를 왜 던진 거지?'

"페넬로페."

그 순간의 표정이 어떠했던가?

"페넬로페, 가지 마―!"

이클리스는 멀어지는 여자를 잡기 위해 좁은 창살 틈으로 팔을 뻗었다. 뿌드득―. 거의 몸을 욱여넣다시피 한 탓인지, 둔중한 통증과 함께 소름 끼치는 소리가 그의 몸에서 새어 나왔다.

당연하지만, 닿을 리 없었다. 훌쩍 멀어진 진분홍빛 머리카락으로 뻗어진 그의 팔이 허공에서 볼품없이 덜렁거렸다.

"페넬로페!"

제국으로 끌려온 이후, 처음으로 두려움이 엄습했다.

"페넬로페―!"

저벅, 저벅―. 그러나 발걸음은 멈출 기미를 보이지 않은 채 점점 희미해지고, 종국에는 정적이 찾아왔다. 그게 끝이었다.

그의 하나뿐인 주인은 떠났다. 이 춥고 어두운 감옥에 그, 그리고 그와 긴밀한 관계였다는 증표만을 남겨 둔 채.

창살에 딱 달라붙어 허망한 표정으로 감옥의 복도를 바라보던 이클리스가 문득 입술을 달싹였다.

"……반지."

그는 번뜩 몸을 물렸다. 그리고 아까 전 반지가 내동댕이쳐지는 소리가 났던 구석으로 한달음에 달려갔다. 등불 빛이 닿지 않는 감옥 안쪽은 한 치 앞도 보이지 않을 만큼 컴컴했다.

이클리스는 망설임 없이 더러운 바닥에 엎드렸다. 그리고 개처럼 기며 바닥을 더듬거렸다. 다행히 반지는 수챗구멍에 빠지기 직전,

돌바닥의 틈에 아슬아슬하게 껴 있었다.

그는 그것을 손에 꼭 쥐고 다시 불빛이 닿는 창살 앞으로 갔다. 방금 전까지 그의 주인이 서 있던 자리였다.

빛에 드러난 빨간 루비는 다행히 흠집 하나 없이 멀쩡했다. 그러나 루비 아래, 금반지가 완전히 찌그러져 있었다. 더는 손가락을 끼워 넣을 수도 없을 정도로. 그 순간의 주인이 얼마나 있는 힘껏 집어 던졌는지 알 듯했다.

이리저리 돌려 가며 유심히 반지를 돌려 보던 이클리스의 눈매가 미세하게 움찔거렸다.

"……왜지?"

그가 고개를 기울이며 혼잣말을 중얼거렸다. 좀처럼 이해가 가지 않았다. 방금 전의 주인이.

물론, 이본을 데려가면 그녀가 전에 없이 거세게 분노하리란 것쯤은 예측했다. 하지만, 이런 식은 아니었다. 꼭 자신을 내버리겠다는 것처럼…….

'주인님이 날 버릴 리 없어.'

이클리스는 생각했다. 왜냐하면.

"……날 계속 이용해야 하잖아, 페넬로페."

그러니 그 이루려는 목적 때문이라도 그녀는 자신을 버릴 수 없었다. 그래야 하는데…….


― 이제 내게 넌 죽은 존재야, 이클리스.


반지를 던지던 그 눈빛, 자신에게 눈길 한번 주지 않고 돌아서던 그 얼굴은 오히려 후련해 보였다. 차라리 잘됐다는 듯.

"왜…… 왜? 왜, 페넬로페?"

공작저로 이본을 데리고 오는 중에도 주인이 저를 놓지 않을 거라 여기던 그 굳건한 믿음이, 조금씩 뒤흔들리기 시작했다.

"그럴 리 없어."

이클리스는 반지를 부여잡은 채 혼란스러운 얼굴로 연신 현실을 부정했다.

지금은 주인이 너무 화가 나서 그런 것뿐이다. 곧 화가 풀리면 다시 찾아올 것이다. 그리고 언제나 그랬듯 꽃처럼 어여쁘게 웃으며…….

"……이클리스."

그때였다. 몽롱한 상념 속에서 맴돌던 그의 이름이 현실이 되어 그의 귓속을 파고들었다. 발치에 부드러운 치맛자락이 어른거렸다.

환희 대신 절망이 스며들었다. 상상 속에서 어여쁘게 웃던 이의 음성이 아니라는 것을, 머리보다 몸이 먼저 알아차렸기에.

"이클리스, 어디 아파?"

상냥한 음성에, 이클리스는 우두커니 숙이고 있던 고개를 천천히 들었다.

등불 아래, 연한 분홍색 머리칼이 넘실거렸다. 자신을 걱정스럽게 내려다보고 있는 푸른색 눈동자. 착각조차 할 수 없을 만큼 현저한 모습에, 부지불식간 뜨거운 것들이 들끓었다.

이클리스는 튀어 오르듯 자리에서 벌떡 일어났다. 그리고 눈 깜짝할 새 창살 사이로 손을 뻗어 가는 목을 와락 움켜쥐었다.

"커헉—!"

갑작스럽게 숨통이 잡힌 여자는, 푸른 눈을 부릅뜬 채 버둥거렸다. 이클리스는 당황과 경악으로 펄떡이는 작은 몸을 무감각하게 바라보았다.

"널 죽이지 않고 공작저로 데려가 주면 모든 게 다 해결될 거라며."

"이, 이클…… 컥!"

"소드 마스터가 아니면 주인님께서 실망하실지도 모른다고 해서 오러를 사용하게 되었다는 것도 밝히지 않았고, 그 때문에 동향인들도 다 팔아먹었어."

"커흑……."

"네가 하라는 대로 했어, 이본."

눈으로 사람을 죽일 수 있다면, 이본은 벌써 그의 눈에 몇 번이고 찢겨 죽었을 것이다. 이미 있는 힘껏 목을 죄고 있음에도, 이클리스는 더 없이 섬뜩한 살기를 내뿜었다.

"그런데 주인님이 꼭, 다신 나를 안 볼 것처럼 구셔. 날 죽은 존재로 여기겠대."

"이클, 리…… 헉."

"왜 그렇지?"

새하얗던 이본의 얼굴이 금방이라도 터질 것처럼 붉게 달아올랐다. 맑은 눈에 흉측한 핏발이 섰다. 곧 죽을 듯 껄떡이는 가녀린 여자의 모습에도 이클리스는 손의 힘을 풀지 않은 채 고요히 윽박질렀다.

"어? 페넬로페가 왜 그러는 거야."

"크흑, 커억……."

"대답해."

스르륵, 동공이 풀리면서 자꾸만 뒤로 넘어갔다. 이본은 종용하는 이클리스의 팔을 필사적으로 툭툭 쳤다. 대답을 할 테니 풀어 달라는 의사였다.

살벌하게 그녀를 노려보던 이클리스가 마지못해 목을 감싸고 있던 양손을 확 떼어 냈다.

"푸헉! 허윽, 허억⋯⋯."

이본이 숨넘어갈 듯 거칠게 기침을 토해 냈다. 한참 후 기침이 잦아들 무렵. 선명한 손가락 자국이 새겨진 목을 매만지며, 그렁그렁한 눈으로 물었다.

"뭐, 뭐가 문젠데?"

"뭐가 문제?"

이클리스의 눈빛이 사납게 일렁였다.

"오러를 사용할 줄 안다고 밝혔으면 바로 면천을 받았을 거다. 고국인들을 팔아먹는 더러운 짓까지 하지 않아도 온전한 내 힘으로 정식으로 작위를 받아서⋯⋯."

"받아서?"

이본이 중간에 그의 말을 끊고 답했다.

"작위가 생겨도, 그래도 공녀님의 곁엔 설 수 없어."

정말로 죽일 것처럼 제 목을 쥔 사내임에도, 이본은 퍽 서글픈 얼굴로 그를 응시했다.

"적국의 포로에게 작위를 내려봤자, 자작이 최대일 거야. 재산 없는 자작은 평민과 다를 게 없어, 이클리스. 공녀님은 까마득하게 높은 곳에 계시잖아."

"⋯⋯."

"가엾은 이클리스. 우리 같은 처지는 원래 그렇다는 걸 잘 알잖아."

"너와 내가 왜 같은 처지야."

이클리스가 짓씹듯 물었다. 이본은 슬픈 눈으로 그를 바라볼 뿐 답하지 않았다.

기분 더러웠지만, 인정할 수밖에 없었다. 그들은 같은 밑바닥을 기고 있었고, 그 밑바닥에서 벗어나려고 아등바등하는 중이었다.

언젠가, 그도 꿈을 꿨다. 정식으로 검을 배워 제 능력을 입증하고, 정식으로 작위를 받아 노예가 아닌 기사로 주인의 옆에 당당히 서겠노라고. 순진하고 순수했던 열망이었다.

하지만 언제부터였을까. 그는 차차 깨달을 수밖에 없었다. 아무리 기를 쓰고 노력해도 주인과는 가까워질 기미가 보이질 않는다는 걸.

그녀에게 떼를 쓰고 졸라 스승을 찾고, 가르침을 받고, 오러를 쓰게 되어도 그는 여전히 노예였다. 면천, 그 이상으로 오르려면 누구나 인정할 공로가 필요했다.

그런 그를 부추긴 것이 이본이었다. 농장에 마물이 나타나던 날, 공격을 받고 다친 채 쓰러져 있던 그녀를 노예들이 돌봤다. 그것이 그들의 첫 만남이었다.

이클리스는 첫눈에 그녀가 공작의 친딸이라는 것을 알아보았다. 그래서 페넬로페를 위해 제거하려 했다. 하지만 이본은 그의 손에 목이 죄이는 순간에도 그의 허황된 꿈을 동정했다.

"공녀님이…… 지금 혼란스러운 시기여서 그래."

목이 죄인 후유증 때문인지 이본은 쇳소리가 나는 목소리로 흥분한 이클리스를 달랬다.

"갑자기 내가 나타난 데다, 여러 상황이 겹쳤으니 얼마나 놀라고 속상하시겠어."

"……."

"처형당한 분들은 너무 슬프지만…… 그게 최선이었어, 이클리스. 그분들이 도주하려고 했던 것은 사실이잖아."

"……."

"공녀님께서도 곧 네 진심을 알아주실 거야. 응? 이 집에서 너만큼 그녀를 생각해 주는 사람은 아무도 없으니까."

그녀는 천사같이 선량한 얼굴로 제 목을 조른 자를 위로하고 희망을 덧씌웠다. 이본은 가족을 원했고, 이클리스는 페넬로페를 원했다.

거래가 성사되는 것은 순식간이었다. 그녀는 그를 통해 공작저에 들어갈 수 있었고, 그는 이본을 통해 까마득한 페넬로페를 제 곁으로 끌어내렸다. 아니, 곧 끌어내릴 예정이었다.

그런데 이클리스는 종종, 이것이 정말 맞는 길인가 의문이 들 때가 있었다. 그런 그의 망설임을 눈치챈 걸까.

"잘 생각해 봐, 이클리스. 만약 네가 이러지 않았다면, 공녀님이 어떻게 되었을지."

이본이 자장가라도 부르듯 사근사근하게 말을 건넸다. 이클리스는 그 말에 홀린 것처럼 상념에 잠겼다.

그날, 페넬로페가 마차도 없이 황궁에서 홀로 돌아왔던 그날이 도화선이었다. 양손에 얼굴을 파묻고 흐느끼던 그녀를 그대로 둘 수가 없었다. 그대로 뒀다면, 그녀는 기어이 공작저 놈들과 귀족 새끼들의 무시와 경멸 속에서 말라 죽어 갔을 것이다.

이클리스의 눈앞에 피폐해진 몰골로 울부짖는 페넬로페가 떠올랐다.

살려 줘. 죽여 줘. 아니, 살려 줘. 나를 죽여 줘…….

그녀를 이곳에서 구출해야 했다. 빨리 그녀를 데리고 나가야 그녀가 살 수 있는데…….

공녀의 불행한 환영을 상상하는 이클리스의 눈이 점점 혼몽하게 풀렸다. 그래서 그는 알아차리지 못했다. 슬며시 무언가를 꺼내 제게 들이미는 이본의 행동과.

"……디 아쑴."

작게 주문을 외는 소리를.

"너만이 공녀님을 구할 수 있어, 이클리스."

이본은 투박한 무언가를 이클리스의 눈앞에 들이댔다. 그녀가 들고 있는 지저분한 조각에서 점차 푸른빛이 새어 나왔다.

이클리스는 완전히 홀린 사람처럼 그것을 바라보았다. 회갈색 동공 위로 푸른빛이 일렁였다.

"그런데 공녀님은 너를 싫어해. 네가 보잘것없고 비참한 신세라. 고작 패전국의 노예 따위에 불과해서."

이본이 세뇌하듯 속삭였다.

"그러니 그녀를 너무 신뢰하지는 마. 공녀님은 너무 냉정하고 차가운 분이라서, 신경을 거스르면 너를 다시 노예 시장으로 보내거나…… 죽이실지도 몰라."

"……."

"공녀님에 대한 무서운 소문들은 이클리스 너도 잘 안다며? 오늘도 그런 말을 하셨다고 했잖아……."

"……."

"네가 믿을 사람은 나밖에 없어. 우린 이 세상에서 단둘뿐인, 같은 처지니⋯⋯."

"⋯⋯너와 내가 왜 같은 처지야. 주인님을 위해 너는 언젠간 죽어야 하는⋯⋯."

창살 위로 몸을 붙인 채, 상대방의 귀에 속삭이던 이본은 불현듯 흘러나오는 소리에 우뚝 말을 멈췄다.

푸른빛이 새어 나오는 거울 조각을 수십 번 보여 줬음에도 그는 좀처럼 제게 마음을 열지 않았다. 자신을 사랑하지 않는 가짜 공녀를 향한 증오를 심는 데만 해도 너무 많은 시간이 흘렀다.

유물에 정신을 빼앗긴 와중에도, 페넬로페를 향한 강한 집착을 드러내는 이클리스를 바라보며 이본은 낯을 바꿨다.

"⋯⋯빨리 조각을 찾아야 해."

언제나 천사같이 양순한 모습은 온데간데없이 사라진 채. 그녀는 악귀처럼 일그러진 얼굴로 꺼냈던 조각을 거두며 나지막이 중얼거렸다.

⁂

시간이 많이 지체되어 예상보다 빠르게 이본이 당도했다. 계단을 오르던 중 머리맡에서 들리는 발자국 소리에 서둘러 문 뒤에 숨었다. 그리고 일어난 광경은 그야말로 경악과 공포, 그 자체였다.

여주가 행하는 모든 것을 지켜보던 나는 미친 듯이 요동치는 가슴을 부여잡고 숨죽인 채 계단을 올랐다.

마침내 건물을 빠져나왔을 때, 나는 가까스로 참고 있던 숨과 함께 새된 비명을 토해 냈다.

"진짜였어."

솔레일에서 봤던 그 모든 것들이, 착각이 아니었다.

✦

나는 공포에 질린 채 누군가에게 쫓기듯 숲길을 마구 뛰었다. 혹시라도 나를 알아챈 여주가 푸른빛을 뿜는 조각을 들고 쫓아올까 봐.

연신 뒤를 돌아보느라 넘어질 뻔한 것도 여러 번. 환히 불이 켜진 거대한 저택이 멀찍이서 보이기 시작했다. 얼마 안 가 나는 숲을 빠져나와 후원에 도달했다.

"하아, 하아……."

사방을 둘러싼 채 후원을 아름답게 비추는 조명에 천천히 정신이 돌아왔다. 그 순간 다리의 힘이 풀려 쓰러질 듯 몸이 휘청거렸다.

나는 가까스로 옆에 있는 나무를 붙들고 거칠게 호흡을 골랐다. 두방망이질 치는 가슴이 조금씩 잦아들었다.

두려움이 어느 정도 가시자, 뒤늦게 변장도 하지 않은 채 내 모습 그대로 나다녔다는 것을 깨달았다. 나는 허겁지겁 주머니에서 팔찌를 꺼내 손목에 찼다. 얼마 후, 자주색 보석에 번쩍 불이 들어왔다.

"하……."

나는 안도의 한숨인지, 앓는 소리인지 알 수 없는 침음을 내뱉으며 터벅터벅 걸음을 옮겼다.

후원을 가로질러 저택의 뒷문에 도달했을 때였다. 누군가 초조하게 문 앞을 오가고 있었다.

"에밀리."

조용히 그녀를 불렀다.

"아가……!"

에밀리는 제자리에서 펄쩍 뛰며 무심결에 나를 부르려다, 변신한 내 모습을 보고 허겁지겁 입을 다물었다. 그녀는 발을 동동 구르며 다가와 내게 빠르게 속삭였다.

"왜, 왜 이렇게 늦게 오신 거예요! 그 여자가 산책을 하러 숲으로 갔어요."

당초 이본이 밥을 다 먹기 전에 빠르게 이클리스를 만나고 돌아오려 했지만, 그 계획은 다 어그러졌다. 나는 고개를 끄덕이며 묵묵히 내뱉었다.

"봤어."

"헉! 마, 마주쳤어요?"

"아니."

"그, 그럼……."

"일단 들어가자. 더 늦으면 이상하게 여길 수도 있으니까."

나는 궁금해하는 에밀리를 막으며 앞서 뒷문으로 들어섰다. 격렬한 감정 소모로 인한 탈력감이 전신을 지배했다. 피곤하고 지쳐서 더 생각할 정신도 남지 않았다.

나는 에밀리와 함께 빠르게 중앙 계단을 올랐다. 그러는 와중 사용인 몇몇과 마주쳤지만, 확실히 외양이 너무 달라서 그런지 모두들 대수롭지 않게 여겼다.

마침내 2층에 오르자, 커다란 장정 둘이 꿈쩍도 않고 방문 앞을 지키고 서 있는 게 보였다. 에밀리의 뒤에 선 채 그쪽으로 다가가

자, 호위 놈들이 대번 경계했다.

"누굽니까?"

에밀리는 미리 입을 맞춘 대로 말했다.

"아가씨께서 부른 아이예요."

"아가씨께서 말씀입니까? 처음 보는 얼굴인데…… 어디 소속이고, 무슨 일로 부른 겁니까?"

"정원에서 일하는 아이예요. 며칠 전에 아가씨께서 산책을 하시다가 액세서리 하나를 잃어버렸는데, 이 아이에게 찾아 달라고 부탁하셨어요."

호위 놈들은 미심쩍은 얼굴로 나를 돌아보았다.

"정말인가?"

"네."

나는 소매를 걷어 올려 보였다. 손목에는 사춘기 나이 때의 남자아이가 차기엔 썩 어울리지 않은 아기자기한 팔찌가 달려 있었다.

"잃어버릴까 봐 발견하자마자 제 몸에 찼어요."

나는 태연하게 답했다. 눈앞의 소년이 나라는 것은 꿈에도 모를 호위 놈들은 저들끼리 눈을 맞추더니 곧 고개를 끄덕였다.

"들어가 봐."

에밀리와 나는 무사히 방 안으로 들어왔다.

"자."

나는 서둘러 팔찌와 옷을 벗어 에밀리에게 건넸다. 이제 에밀리의 차례였다.

그녀는 '곧 돌아올게요, 아가씨!' 하고 답한 후, 비장한 얼굴로 하인 옷과 데발놈이 준 마법 팔찌를 차고 나갔다. 나에게만 마법이 한정된 것이 아니어서 천만다행이었다.

호위 놈들을 속이기 위해 나간 에밀리가 다시 제 옷을 갈아입고 돌아올 동안, 나는 대충 씻은 후 곧바로 침대에 드러누웠다.

머리가 너무 혼잡했다. 잠들고 싶었지만 좀처럼 잠이 오지 않았다. 하기야 잠이 올 리가 없지 않은가.

'여주가 레일라 일족이고, 남주를 유물로 세뇌했다.'

이클리스가 이렇게 극단적으로 변한 것에 그녀의 세뇌가 작용하지 않았다고 보기 어려웠다.

'게다가, 이클리스 하나만이 아니라 데릭이나 레널드에게도 손을 뻗었을지 몰라.'

그나마 다행인 것은, 유물이 완전한 상태는 아니란 것이다. 나는 직감했다. 이본이 내가 가진 거울 조각을 찾아 유물을 완성하려 한다는 것을.


— 저걸 발동시키면 안 됩니다.

— 고대 레일라 일족이 사용하던 유물입니다. 상대를 가장 절망스러운 상황 속으로 끌어들여서 정신을 파괴하는 겁니다.


뷘터의 무거운 음성이 귓가에 메아리처럼 울려 퍼졌다.

성인식을 3일 앞둔 밤. 나는 호감도를 한 명에게 몰빵하겠다는 계획에 실패했다. 그리고 원래 스토리보다 일찍 등장한 여주는 의미심장한 모습으로 남주들을 세뇌하고 있었다.

'……이대로 있다간 죽을 거야.'

이건 본능이었다. 하드 모드의 제한 기간이 훌쩍 다가온 만큼,

나는 죽음이 내 목전에 넘실거리는 것을 본능적으로 알아차렸다.

문득 벽을 맞닥뜨린 듯 끝없는 막막함이 느껴졌다. 눈앞이 아득해졌다. 죽지 않고 이 빌어먹을 곳을 빠져나갈 방법이, 뭐가 있을까.

나는 그렇게 뜬눈으로 밤을 지새우며 남은 호감도들을 계산하고, 생각하고, 필사적으로 머리를 굴렸다.


새벽이었다.

나는 자리에서 고요히 일어나 설렁줄을 당겼다. 충성스러운 전담 하녀가 졸린 눈을 억지로 치켜뜨며 방 안으로 들어왔다.

"아가씨, 부르셨……."

나는 붉게 핏발 선 눈으로 그녀를 응시했다. 에밀리가 그런 내 몰골에 흠칫했다.

"혹시…… 아직도 안 주무신 거예요?"

"에밀리."

"네, 아가씨. 말씀하세요."

"성인식은 어떻게 진행되지?"

"네? 성인식이요?"

꼭두새벽부터 불러서 뜬금없는 질문을 해대는 나를 보며 에밀리는 황당하다는 기색을 감추지 못했다. 그러나 그녀는 금방 표정을 갈무리하고 대답했다.

"보통은…… 황궁의 직인이 찍힌 칙서를 받고, 가문의 원로분들에게 축사를 받은 후 직계 가족들과 세리주를 나눠 먹어요. 성인이 된 것을 축하하는 의미에서요."

"그래. 세리주……."

다행이었다. 그것 하나는 게임과 똑같이 진행돼서. 잠시 생각에 잠겼던 나는 이내 그녀에게 아무도 몰라야 할, 은밀한 지령을 내렸다.

"날이 밝으면, 흰 토끼 상단에 좀 다녀오렴."

"상단이요?"

"그래. 가서 상단주에게……."

그녀의 귓가에 조용히 해야 할 일을 속삭이자, 에밀리가 눈을 부릅떴다.

"아, 아가씨. 그, 그건……!"

"할 수 있지?"

"하, 하지만……."

그녀는 순식간에 허옇게 들뜬 낯빛으로 주저했다.

"만약…… 만약 상단주가 의뢰를 거절하면요?"

"그럼 의뢰가 아닌, 일전에 내게 진 빚을 갚으라고 답하렴."

에밀리는 아연한 얼굴로 입술을 벙긋댔다. 나는 서늘한 음성으로 물었다.

"할 수 있어, 없어? 할 수 없으면 다른 아이를 시키고."

"아, 아니요! 하, 할게요, 아가씨! 할 수 있어요!"

에밀리는 황급히 고개를 저었다. 나는 연달아 할 수 있다고 외치는 그녀를 가만히 응시하다가, 입을 벌려 음산하게 읊조렸다.

"에밀리, 이건 그 어느 때보다 비밀스럽게 진행되어야 해."

"아, 아가씨……."

"만일 들키면…… 알지?"

에밀리는 울상을 지으며 망설이다가, 이내 천천히 고개를 끄덕였다.

"난 이제부터 너만 믿을 거야, 에밀리. 부디 내 신뢰를 저버리지 않았으면 좋겠구나."

"꼬, 꼭 성공할게요, 아가씨. 제가, 꼭 성공할 수 있도록 도와드 릴게요!"

망설이던 것이 언제였냐는 양, 에밀리의 동공이 기이하게 번들거 렸다. 처음 이곳으로 왔을 적, 나를 바늘로 찌르던 때 보았던 그 음 험한 얼굴이었다.

'악녀의 하녀답네.'

나는 그제야 딱딱하게 굳었던 표정을 풀고 희미하게 웃었다.

탈출을 위해 시도해 보지 않은 방법이, 아직 하나 남아 있었다. 비록 위험 부담이 극도로 높고, 이 미친 게임에서 과연 통할지조차 알 수 없지만……

'이대로 병신처럼 휘둘리기만 하다가 개죽음당할 순 없지.'

나는 허공을 노려보며 눈을 번뜩였다.

D-2.

에밀리는 지시대로 날이 밝자마자 집을 떠났다. 나는 호위기사 둘을 뒤에 달고 저택 밖으로 나왔다. 감시를 받는 것보다 방 안에 만 갇혀 있는 게 더 답답했기 때문이다.

우중충한 내 마음과는 달리, 하늘이 거짓말처럼 화창했다. 어젯 밤, 한숨도 자지 못한 탓인지 머릿속이 몽롱했다.

비칠거리며 후원을 한 바퀴 돈 나는, 유리 온실로 향했다. 호위 들은 재빠른 몸짓으로 유리문을 열어 준 후 입구의 양옆을 지키고

섰다.

'죄인 압송이냐고.'

짜게 식은 눈으로 그런 놈들을 노려보던 나는, 이내 한숨을 쉬며 유리문 사이로 들어갔다.

"아무도 들이지 마."

문을 닫기 전 스쳐 지나가듯 명령했다. 폭풍 전야이지만, 모처럼 평화로운 이 기분을 나돌아 다니는 여주와 마주쳐서 망치기 싫었다. 커다란 장정 두 명이 졸졸 뒤따라오는 것은 짜증 났지만, 이런 건 확실히 막을 수 있어 좋았다.

나는 걸음을 옮겨 온실 안을 휙휙 가로질렀다. 유리 온실에는 화려하고 신기한 꽃들이 한가득이었지만 별로 눈에 들어오진 않았다.

마침내 걸음이 멈춘 곳은 구석진 자리였다. 푸릇한 잔디 사이로 작고 흰 들꽃들이 소담스럽게 피어 있었다. 일전에 이클리스가 나를 찾아왔던, 그리고 그가 나를 위해 꽃을 꺾어서 화관을 만들었던 그 꽃 무리였다.

나는 그 앞에 선 채 무표정한 얼굴로 잠시 그것들을 내려다보다가, 이내 그 위에 벌러덩 드러누웠다.

이곳에서 꽃같이 미소 지으며 너밖에 없다고 속삭이고, 얼마 후 화관을 받았다.

'그리고 탈출이 얼마 남지 않았다는 희망에 잔뜩 부풀어 있었지.'

하지만 이제는 그 모든 것들이 아득하게만 느껴졌다. 느리게 눈을 끔뻑이던 나는 이내 완전히 눈을 감았다.

'피곤해……..'

사방이 고요했다. 슬그머니 잠이 몰려오는 것 같았지만, 완전히 잠에 빠져들지는 못했다. 나는 야트막한 한숨을 내쉬며 한 팔을 들어 눈 위에 얹었다.

　그저 눈을 감은 채 선잠도 깨어 있는 것도 아닌, 혼몽한 의식 어딘가를 부유하고 있을 때였다.

　달칵─. 문득 희미한 인기척이 느껴졌다. 문이 열리는 소리였다.

　'분명 아무도 들이지 말라고 했을 텐데.'

　팔로 가려진 눈살이 와락 찌푸려졌다. 일어나서 명령을 어긴 이를 쏘아붙일까 하다가, 그냥 관뒀다. 축 늘어진 몸으로는 그조차 귀찮았다.

　저벅, 저벅─. 기척을 숨길 생각도 없는지, 거침없이 내게로 다가오는 침입자의 발소리가 들렸다.

　'……호위들? 아니면, 에밀린가?'

　다소 급한 걸음걸이에 나는 오늘 아침 상단으로 보냈던 전담 하녀를 떠올렸다. 뷘터에게서 어떤 답을 가지고 왔을지 좀 궁금했다.

　'그놈이 끝까지 거절하면 일이 귀찮아질 텐데…….'

　만일 그가 끝내 거절한다면, 남은 이틀간 어떻게 해야 할지 곰곰이 생각에 잠겨 있을 즈음.

　저벅─. 불현듯 다가오던 누군가의 발걸음이 머리맡에서 우뚝 멈췄다. 나는 여전히 팔로 눈을 가린 채 짜증스럽게 읊조렸다.

　"아무도 들이지 말라고 했을 텐데."

　"그 아무나에 황족도 포함되나?"

　그러나 돌아온 음성은 전혀 예상치 못한 자의 것이었다.

　나는 퍼뜩 팔을 내렸다. 갑작스레 빛이 파고든 탓에 눈이 시렸다. 가물가물한 시야 사이로 찬란한 황금빛, 그리고 새빨간 루비가 반짝였다.

"……칼리스토?"

아직 잠이 덜 깼나. 멍하니 눈앞에 비친 인영을 바라보고 있을 적. 문득 새빨간 루비 한 쌍이 훌쩍 가까워졌다. 부스러지는 황금빛이 닿을 듯 말 듯, 이마를 간지럽혔다. 남자가 콧잔등을 찡긋거리며 말했다.

"이런, 벌써 깨면 안 되는데. 아직 키스를 안 했거든."

웃음기가 서린 낮은 저음이 보다 선명하게 귓가를 파고들었다. 나는 그제야 찬물을 뒤집어쓴 것처럼 번쩍 정신이 들었다.

"저, 전하!"

벌떡 상체를 일으키다가 하마터면 황태자와 머리를 박을 뻔했다. 그가 '어이쿠!' 하며 익살스럽게 몸을 물렸다. 나는 당황해서 우왕좌왕하다, 이내 더듬더듬 입을 열었다.

"여, 여긴 어떻게 오셨어요?"

"꽤 충성스러운 호위들을 뒀더군."

칼리스토는 어깨를 으쓱이며 대수롭지 않게 답했다.

"감히 황태자의 앞을 가로막기에 모두 기절시키고 들어왔다."

"기절……?"

"아끼는 자들인가? 욱해서 좀 세게 쳤는데."

"아니요, 그건 아니지만……."

어째서 이야기가 이렇게 흐르는지 모르겠지만, 때려서 기절시켰다는 말에 문득 속이 좀 시원해졌다. 공작의 명령 때문인지, 따라오지 말라는 내 말을 더럽게도 안 듣고 기어이 쫓아왔기 때문이다.

'나도 다음엔 힘들게 벽 탈 생각 말고 차라리 기절시켜 놓고 나갈까…….'

그런 생각을 하던 나는 "왜 이렇게 멍청한 얼굴이야?" 하고 묻는 말에 아차, 하고 정신을 되찾았다.

"여긴 왜 오셨어요?"

갑자기 등장한 놈으로 인해 당황스러움이 가시자, 나도 모르게 차가운 목소리가 튀어나왔다.

"허."

시큰둥해진 내 표정에 황태자는 기가 차다는 듯 헛웃음을 터뜨렸다.

"약혼자의 집에 마음대로 오지도 못해?"

"처음 듣는 소린데요. 오라버니들 중 어느 쪽이랑 약혼을 하셨습니까?"

또 시작되는 헛소리에 침착하게 헛소리로 대꾸하자 놈이 오만상을 찌푸렸다.

"무슨 그런 끔찍한 농담을 해? 그렇게 안 봤는데 공녀, 사람이 참 재미없어."

"진담입니다."

짧게 대꾸한 나는 눕느라 흐트러진 옷을 주섬주섬 간추리고 자리에서 일어났다. 그리고 몸을 돌려 황태자를 바라보았다. 그는 어느새 화려한 제복이 구겨지는 것도 상관 않고 잔디밭에 쭈그려 앉아 있었다.

새하얀 제복 바지 끝자락에 풀물이 조금 번져 있었다. 나는 미간을 좁히며 그에게 손을 내밀었다.

"그만 일어나세요, 전하. 옷 더러워지십니다."

"……."

황태자는 제 앞에 내밀어진 내 손을 묘한 표정으로 바라보았다. 이러다 그의 의복이 완전히 더러워질 것 같았다.

"뭐 하세요? 얼른요."

손을 흔들며 재촉했다. 타악—. 그러자 마침내 그가 낚아채듯 내 손을 움켜잡고 자리에서 일어났다.

완전히 일어선 것을 보고 나는 바로 손을 놓기 위해 힘을 풀었다. 그러나 이번에는 황태자가 내 손을 놓지 않았다.

나는 그것을 잠시 내려다보며, 억지로나마 뿌리칠까 생각했지만 이내 그냥 신경을 껐다. 쉽게 놓아줄 것 같지 않았기 때문이다.

손가락이 어릿어릿해질 만큼 억센 힘이 가해졌다. 나는 그런 그를 내버려 둔 채 걸음을 옮겼다.

유리 온실 한가운데에 마련되어 있는 테이블에 도착할 때까지 황태자는 묵묵히 내게 끌려왔다. 맞잡은 손을 타고 뜨거운 온기가 느껴졌다.

호감을 가졌다는 것을 바로 얼마 전에 깨달은 상태였지만, 그렇다고 우리 사이에 변화되는 것은 없었다. 그런 시시껄렁한 감정 따위를 신경 쓰기에, 나는 너무나도 극한 상황에 처한 상태였다.

고작 손 한번 맞잡았다고, 어린애처럼 가슴이 두근거리거나 하진 않았다.

심장이 요동치지도 않았다.

아무렇지 않았다.

"앉으세요."

테이블에 도달한 나는 그에게 자리를 권했다. 황태자는 그제야 꽉 움켜쥐고 있던 내 손을 놓고 의자에 앉았다.

피가 통하지 않았던 손이 아릿했다. 나는 내색하지 않고 테이블 위에 놓여 있던 종을 들어 두어 번 흔들었다. 온실을 관리하는 하녀에게 다과를 가지고 오라는 신호였다.

황태자가 그런 나를 의외라는 듯 바라보았다.

"바로 내쫓을 줄 알았는데."

"황태자 전하께 제가 어찌 감히 그러겠어요. 저는 그런 몰상식한 사람 아닙니다."

"성인식을 맞이하여 공작이 황궁 예절 선생을 새로이 붙여 주었나?"

"소양이 너무 완벽해서 더는 가르칠 게 없다며 극찬을 하더군요."

이를 악물고 미소를 지은 채 답하자, 황태자가 눈을 접고 키득거렸다.

얼마 후 하녀 하나가 유리문을 열고 다과를 가져왔다. 가까이서 보니 하녀의 얼굴이 창백했다. 호위들을 기절시키고 침입했다더니, 정말인 듯했다.

나는 차를 두고 도망치듯 밖으로 나가는 하녀의 뒷모습을 측은하게 바라보다가, 이내 황태자 쪽으로 고개를 돌렸다.

"공작저엔 어쩐 일로 오셨어요?"

"그대의 성인식에 줄 선물을 가져왔다."

"선물이요?"

"좀 많아서 미리 갖다 두라 지시했지. 성인식 당일엔 온갖 잡것들이 다 꼬일 거 아니야."

순순히 답을 내주는 칼리스토를 조금 놀란 눈으로 바라보다 물었다.

"저번에 주셨잖아요."

"그건 포상이었지."

그게 나름 '포상'이었다는 걸 깜빡 잊고 있었던 나는 그의 말에 고개를 끄덕이다가 무심결에 툭 내뱉었다.

"그런데 굳이 이렇게 직접 오셔서 알려 주실 필요까진 없을 텐데요. 바쁘신데 그때처럼 그냥 아랫사람을 시키시지 그러셨습니까."

"허."

황태자가 어처구니없다는 표정으로 나를 물끄러미 응시했다.

"……왜 이렇게 눈치가 없어?"

나는 영문을 몰라 고개를 갸웃거렸다.

"뭐가요?"

"당연히 얼굴 보러 온 거지. 안 그러면 이 바쁜 시국에 내가 뭣하러 이곳까지 직접 행차하겠어?"

당연하다는 듯 대꾸하는 놈의 말에 나는 순간 멍해졌다. 버벅이며 돌아가지 않는 머리와는 달리, 가슴이 수런거렸다. 찰나, 시야가 흔들렸다. 황태자가 심술이 덕지덕지 붙은 얼굴로 덧붙였다.

"내 입으로 꼭 이런 말을 해야 속이 시원하나? 그대는 가만 보면 둔해 터진 구석이 있어."

"……전하."

정신을 차린 나는 한숨처럼 그를 불렀다. 심장이 자꾸만 움틀댔다. 아니, 그렇지 않았다.

나는 입 안쪽 살을 꽉 물었다가, 이내 입을 열었다.

"마침 오셨으니 잘됐습니다. 성인식 날엔 바빠서 미처 답을 못 드릴 것 같았거든요."

"……."

"그때 제안해 주신 사안에 대해 확실하게 답변드리자면, 저는 전하와 그런……."

힘겹게 말을 끝맺으려던 찰나였다.

"잠깐, 공녀."

불현듯 황태자가 손을 들어 나를 막아섰다. 그리고 뜬구름 잡는 소리를 했다.

"듣기 전에 묻고 싶은 게 하나 있는데. 요즘 공작저의 재정 상태가 어렵나?"

"……예?"

"아니면, 친딸 아니라고 밥 안 줘? 요즘 세상에, 아직도 입양아라고 차별을 하나?"

"그게 무슨……."

나는 황태자가 대체 무슨 말을 하는지 알아들을 수 없었다. 어리둥절한 얼굴로 그를 바라보고 있자, 그가 불쑥 내게로 손을 뻗었다.

"뼈밖에 안 남았군."

테이블 위에 아무렇게나 놓여 있던 왼쪽 손목이 커다란 손아귀에 잡혀 휙 쳐들렸다.

"뭐, 뭐 하시는 겁니까?!"

"안 본 새에 얼굴 꼴이 그게 뭐야."

황태자가 살벌한 얼굴로 나를 빤히 노려보았다. 그저 놀란 눈을 끔뻑이고만 있자, 그가 내 팔을 잡고 그대로 자리에서 벌떡 일어났다.

"일어나."

"저, 전하!"

나는 대경실색하여 나도 모르게 그의 손을 와락 붙들었다.

"대체 갑자기 왜 이러시는……!"

"이러다가 제국에서 영양실조로 굶어 뒈진 최초의 귀족이란 비문이 새겨지겠군."

황태자는 낮은 음성으로 뇌까렸다. 그러더니 제가 잡은 내 팔을 획획 흔들었다. 그가 흔드는 대로 이리저리 흔들리는 팔목은 내가 보기에도 기괴할 만큼 앙상했다.

요 며칠 신경 쓸 게 많아 얼굴이 좀 갸름해진 것 같기는 했다. 밥이 목구멍으로 넘어갈 상황도 아니었기에 그냥 굶었더니, 눈치채지 못한 사이 민망할 만큼 살이 내려 있었다. 힘을 주면 그대로 똑 부러질 것처럼 가는 팔목에 나는 할 말을 잃었다.

"당장 가서 짐 싸."

황태자가 으르렁거리듯 거칠게 내뱉었다.

"황궁으로 가야겠다."

황궁으로 가자는 말에 퍼뜩 정신이 들었다.

"전하, 전하."

나는 황급히 내 팔을 낚아챈 황태자를 붙들었다. 그가 사납게 인상을 찌푸리며 나를 돌아보았다.

"뭐 해? 빨리 안 일어나고."

"전하께서야말로 좀 진정하시고 앉으세요. 별일 아니에요."

나는 점차 흥분하는 황태자를 뜯어말렸다. 굳이 내가 스트레스를 받는 게 아니더라도 페넬로페는 우악스러운 성정답게 몸 또한 예민한 것뿐이었다.

그러나 그를 진정시키려고 꺼낸 말이 오히려 역효과를 일으킨 듯했다.

"하, 그럼 공녀에겐 뭐가 별일이지?"

차가운 헛바람과 함께 황태자가 눈살을 꿈틀거렸다.

"정말로 굶어 뒈져서 땅에 묻혀 봐야 그대에겐 좀 별일이 되려나?"

"과장하지 마세요. 이런 걸로 안 죽어요. 그리고 그렇다 한들, 전하께서 무슨 상관이세요?"

무심한 음성이 새어 나왔다. 정말로 궁금해서 묻는 것이었다. 얼마 전까지 감정 없는 정략혼을 제안했던 그가, 고작 살이 좀 빠진 것 가지고 왜 이렇게 화를 낸단 말인가. 꼭 나를 사랑하기라도 하는 사람처럼.

— ……사랑?

— 우리 같은 처지에 그런 건 너무 어울리지 않는 순진한 단어지 않나? 답지 않게 왜 그래?

잠깐 든 생각은 곧, 부질없는 가정으로 변했다.

그날, 그가 했던 말들이 활자가 되어 머릿속을 둥둥 떠다녔다. 그 옆에 화인처럼 새겨진 '76%' 또한.

〈SYSTEM〉 [칼리스토]의 호감도를 확인하시겠습니까?

[400만 골드 / 명성 200]

나는 아까 전부터 허공에 떠 있는 하얀 네모 창을 물끄러미 응시하다가 천천히 그에게 잡힌 팔목을 떼어 냈다.

"제가 밥을 굶고 있든, 그로 인해 살이 빠졌든, 설령 제가 공작가에서 정말로 학대를 받든……."

"……."

"전하와는 상관없는 일입니다. 그러니 별일이 아닌 거죠."

완전히 그를 떼어 내자 시스템 창이 슬그머니 사라졌다.

물론 지금처럼 굴지 않고, 이클리스에게 하던 대로 더 살갑게 군다면, 어쩌면 100%를 채우고 원하는 말을 들을 수 있을 것이다.

하지만 나한텐 시간이 없었다. 그러니 이 상황도, 그의 호감도를 확인하는 짓도, 모두 부질없는 짓이지 않은가.

나는 황태자가 내 무례한 어투를 지적하며 화를 낼 줄 알았다. 하지만 그는 나를 말없이 응시하다, 이내 고요히 입을 열었다.

"……걱정하는 사람한테 말을 꼭 그렇게 못돼 처먹게 해야 해?"

표정은 잠잠했지만, 크게 들이 내쉬는 그의 숨결에서 가까스로 참고 있는 분노의 잔재가 느껴졌다. 하지만 나는 여전히 무감각한 음성으로 물었다.

"왜요?"

"뭐?"

"전하께서 왜 저를 걱정하세요."

"공녀."

"……우리가 무슨 사이라고요."

나는 경고라도 하듯 점점 차가워지는 황태자의 목소리에 개의치 않고 답했다.

"무슨 사이긴."

황태자가 득달같이 답했다.

"내가 그대에게 청혼했고, 정식으로 약혼을 할 사이지."

"돌아와서, 그때 하신 말씀에 대해 생각해 봤어요."

짓씹듯이 내뱉는 그의 말에는 알 수 없는 확신이 가득했다. 나는 그의 그런 확신이 어디에서 기인하는 건지 알 수 없었다. 어쨌든 이건 기회였다. 나는 방금 전 미처 못다 한 이야기를 냉큼 꺼냈다.

"아무리 생각해도, 전하의 제안은 거절밖에 할 수 없어요. 제 답변은 거절이에요, 전하."

"하…… 미치겠군."

속사포처럼 읊조리자, 황태자는 황당하다는 듯 헛웃음을 내뱉다가 손을 들어 마른세수를 했다.

우리의 대화가 조금 엇나가고 있다는 사실을 알고 있었지만, 나는 모르는 척 외면했다. 성인식 이전에 이 말을 할 수 있어서 그저 다행이었다.

한동안 얼굴을 문지르던 황태자가 이윽고 손을 내리고 나를 돌아보았다. 그런 그의 눈이 조금 붉게 충혈되어 있었다.

"공녀, 방금 전까지 우리는 그대의 섭식과 건강에 관해 얘기 중이었어. 이런 상황에서 꼭 그 말을 꺼내야 하는 건가?"

"저는 원래 이 말을 하려 했습니다만……."

"왜지? 이유라도 한번 지껄여 봐."

황태자가 짜증스럽게 내 말을 끊고 몸을 움직였다. 그는 다시 내 맞은편에 털썩 주저앉았다. 드디어 내 말을 들어줄 의향이 생긴 듯했다.

"참고로 죽일 뻔해서 그렇다는 둥 그런 말장난 같은 이유는 이제 안 통해, 공녀."

그는 문득 낮은 목소리로 경고했다.

"난 그대에게 충분한 기회를 줬어. 내게 복수할 기회 말이야."

상 미친놈 같았지만, 어쨌든 그는 내게 직접 목을 벨 기회를 주었고 하지 않은 건 나였다. 꽤 편리한 이유였는데, 이제 더는 쓸 수 없는 패가 돼 버렸다. 나는 고개를 끄덕이며 입을 열었다.

"그 이유는 아닙니다."

"그럼?"

"전하와 제가 지향하는 바가 다르고, 서로가 바라는 이상에 합당하지 않기 때문이에요."

"지향하는 바? ……이상? 허. 내가 그날 그런 말까지 내뱉은 적은 없는 것 같은데……."

황태자는 내 말에 기가 막힌다는 듯 헛바람을 터뜨렸다. 톡톡, 테이블을 두드리며 잠시 생각에 잠겼던 그가 불쑥 미간을 좁힌 채 물었다.

"어차피 집안에서 정해 주는 혼처대로 결혼할 거, 서로 적당히 마음 맞고 처지도 맞는 사람끼리 잘해 보자는 말이 그렇게 어렵나?"

말은 어렵지 않았다. 상황이 어려울 뿐.

대답하지 않자 그가 달래듯이 다정한 목소리로 속삭였다.

"나는 그대에게 황태자비가 되라 요구한 게 아니야, 공녀. 나와 인생을 함께할 파트너를 제안한 거지. 얼굴도 모르는 놈과의 정략혼보단 나은 선택일 텐데."

"어떻게 그렇게 확신하세요?"

"내가 더 잘생겼어."

그가 오만하게 고개를 쳐든 채 잘도 지껄였다. 복잡한 상념에 휩싸인 상태였는데도, 그 순간 작게 웃음이 터졌다.

"웃어?" 하고 칼리스토가 눈을 번뜩 부라렸지만, 새어 나오는 실소는 멈추지 못했다.

내가 진짜 페넬로페였다면, 진짜 이곳에서 나고 자란 귀족이었다면, 어쩌면 그의 말이 참으로 달게 느껴졌을 것이다. 하지만, 하지만 아니었다.

"전하."

나는 마침내 웃음을 갈무리하고 덤덤하게 입을 열었다.

"우선, 전하께서 말씀하셨던 '공작가에서 내놓은 미운 오리 새끼란 처지'에 제가 부합하지 않게 되었습니다."

다소 맥락 없는 내 말에 그가 눈살을 찌푸렸다.

"그게 무슨 소리야?"

"진짜 공녀가 돌아왔거든요."

"……진짜 공녀?"

"공작님의 친딸이요."

내 대답에 그는 턱을 한번 꿈틀거릴 뿐, 별로 놀라는 기색이 없었다.

"알고 계셨군요."

"……세작에게서 공작가의 분위기가 심상치 않다는 말은 전해 들었다. 사례금을 노린 가짜인 줄 알았는데, 진짜였군."

순순히 알게 된 경로를 털어놓던 그가, 불현듯 날카롭게 되물었다.

"그런데 그게 그대와 나의 관계와 대체 무슨 상관이 있지?"

"전 가짜잖아요."

나는 어깨를 으쓱이며 덧붙였다.

"진짜가 등장하면 퇴장할 가짜."

"요즘 세상에 그런 게 어디 있어?"

칼리스토가 황당하다는 표정을 지었다.

"6년이나 공녀 자리 꿰차고 살았는데 이제 와서 친딸이 등장했으니 공작이 파양이라도 하겠다 그러나? 그래서 밥도 안 주고 굶겨?"

"그런 거 아니에요, 전하. 그만 좀 하세요. 누가 들으면 제 꼴이 정말로 기아나 다름없을 거라고 착각하겠어요."

"……."

갑자기 놈이 입을 다물었다. 측은지심이 서리는 그 눈빛에 기분이 나빠졌다. 나는 미간을 찡그린 채 말을 이었다.

"이 상태로 제가 전하와 약혼을 한다 한들, 전하께 별로 득 될 것 없다는 소립니다."

"……."

"다른 귀족들의 시선이 있으니 파양까진 안 가도, 친딸만큼 대우해 줄 이유는 없겠죠. 피는 물보다 진한 법이니까."

"그때 내 말을 귓등으로도 안 들었군."

그때까지 입을 다물고 내 말을 듣던 황태자가 험악하게 뇌까렸다.

"내가 선택한 건 너야, 페넬로페 에카르트. 공작가를 선택한 게 아니라."

"전하."

"그대에겐 차라리 잘된 일이지 않나? 친딸이 돌아왔으니, 저택을 나가도 크게 관여 안 할 거 아니야."

"……."

"그대의 말처럼 공작이 그대를 당장 파양하진 않겠지. 그렇게 막 나가는 인사는 아니니까."

"……."

"쫓겨나기 전에 먼저 황궁으로 와. 그럼 끝나는 일 아닌가? 왜 그렇게 복잡하게 생각해?"

그는 아연해진 나를 살피며 이해할 수 없다는 듯 중얼거렸다.

"난 우리가 서로에게 꽤 호감을 가지고 있다고 생각하는데. 내 착각인 건가?"

그도 알고 있다는 사실에 문득 눈앞이 아찔해졌다.

그도 나도, 우리는 서로에게 호감을 가지고 있었다. 절대로 그 이상으로 발전할 수 없는 그 실낱같은 감정.

'이래서 너와 내가 안 되는 거라고.'

심장이 천천히 침잠했다. 나는 가까스로 목소리를 짜냈다.

"……그 호감이 사랑은 아니잖아요."

"어린아이도 아니고 무슨 사랑 타령이야, 공녀."

황태자는 다소 신경질적으로 답했다.

"그런 멍청한 감정놀음은 다 끝이 정해져 있는 착각에 불과해. 그대도 그쯤은 아는 처지잖아."

"……."

"진짜 공녀가 나타났다느니, 이상에 합당하지 않다느니, 다 변명처럼 들리는군. 그런 거 말고 진짜 이유를 말해."

"……."

"차라리 내가 싫다고 말하는 게 더 설득력 있겠어."

"싫어요."

그 순간 횡설수설하며 나조차 제대로 설명하기 힘들었던 거절의 이유들이 거짓말처럼 명료해졌다. 나는 고개를 들고 칼리스토의 눈을 똑바로 마주 보았다.

"제가 사랑 없인 싫어요, 전하."

"......"

"저를 사랑하지 않고, 제가 사랑하지 않는 당신을 선택하기 싫어요. 이제 이유가 됐을까요?"

찰나, 새빨간 동공이 미약하게 흔들리는 것을 보며 나는 '진작 이럴걸.' 하고 생각했다.

나는 갈피를 잃은 듯한 그의 눈을 바라보며 묵묵히 읊었다.

"저는 항상 언제 쫓겨날지 몰라 불안에 떨며 살았어요, 전하."

"......"

"물론 지금은 쫓겨나는 게 반쯤 기정사실이 됐지만요."

남들이 들으면 동정을 살 만한 말들이 삭막한 목소리를 타고 흘러나왔다. 칼리스토의 미간이 깊이 파였다.

애석하게도 나는 이런 말을 내뱉는 게 아무렇지도 않았다. 진짜 내 상황도 아니었고, 어차피 이건 정해져 있는 게임 스토리였다. 내가 어떻게 해도 바꿀 수 없는, 어쩔 수 없는.

"전하의 제안 중에서, 제가 언제까지나 공녀일 거라는 전제부터가 잘못됐어요, 전하."

나는 울렁거리는 속을 다독이며, 내가 숨기고 있는 비밀의 아주 일부분을 털어놓았다.

"저는 이 지옥에서 저를 꺼내 줄 수 있을 만큼 절 사랑해 줄 사람을 원하거든요."

"......"

"제국의 공녀로서, 적당히 이해관계가 맞아떨어지는 사람이 아니라, 저를요. 저를 이곳에서 꺼내 줄 사람."

"……."

"그리고 그게-."

나는 숨을 크게 들이마신 후 한숨처럼 내뱉었다.

"전하는 아니겠죠."

흘깃 시선을 들어 확인한 칼리스토의 얼굴에서는 표정이 사라져 있었다.

"나는…… 아니라고?"

그가 조금 멍해진 얼굴로 물었다.

"네."

다시 한번 시뻘건 동공이 한차례 미약하게 흔들리는 것을 보며 나는 천천히 고개를 끄덕였다.

"전하께선 황제가 되실 거니까요."

나는 가까스로 그의 시선을 피해 고개를 아래로 숙였다.

"찾아보면 더 있을 거예요. 적당히 이해관계도 맞아떨어지고, 함께 있으면 즐겁고 유쾌한 영애들이요. 예를 들면."

"……."

"예를 들면, 돌아온 진짜 공녀라든지요."

말을 하고 나니, 문득 노멀 모드의 황태자 루트가 떠올랐다.

여주를 무던히도 괴롭히던 악녀를 잔인하게 죽인 그는, 이후 여주와 약혼식을 올린다. 그리고 에카르트 공작가의 전폭적인 지원에 힘입어 불온 세력을 무찌르고 황좌에 오른 다음 여주와 결혼한다.

엔딩 직후 에필로그에서 나오던 황제와 황후의 화려한 성혼을 담은 일러스트가 뇌리를 스쳐 지나갔다.

솔직히 지금의 이본은 영 꺼림칙하기 그지없었다. 하지만 중요한 건, 결과적으로 황태자가 그녀를 등에 업고 피 터지는 황위 다툼에서 무사히 살아남아 황좌를 거머쥐었다는 것.

성장한 채 왕관을 쓴 일러스트 속의 그는, 더없이 만족스러운 사람처럼 환하게 웃고 있었다.

그게, 중요했다. 그것을 머릿속에 새기자, 울렁거리던 한 줌뿐인 무언가를 죽여 버리는 것이 어렵지 않았다.

"어쩌면 그편이, 전하께 더 도움이 될 수도 있겠네요."

제법 멀쩡한 목소리가 새어 나왔다.

"……뭐?"

칼리스토가 되물었다. 나는 테이블 아래 푸릇한 잔디 사이에 피어난 작은 흰색 꽃을 물끄러미 응시하며 중얼거렸다.

"제가 아니라 진짜 공녀와 교제를 하는 편이 전하께는 더 나은 선택일 수도……."

"그 입, 다물어."

그 순간, '까드득' 하고 뼈가 맞물리는 섬뜩한 소리와 함께 살이 뜨끔할 만큼 날카로운 살기가 쏟아졌다.

나는 화들짝 놀라 숙였던 고개를 쳐들었다. 황태자가 새빨간 눈을 형형히 빛내며 나를 살벌하게 노려보고 있었다.

"대체 어디까지 나를 모욕할 셈이야, 공녀."

"……전하."

"이젠 하다못해 중매인까지 자처하면서 황태자를 종마 취급해? 그대에겐 내 제안이 그리도 우습나?"

나는 그가 갑자기 왜 화를 내는지 알 수 없었다. 당황해서 눈을 굴리다가 가까스로 답했다.

"······그런 뜻이 아니란 걸 아시잖아요."

"몰라."

내 말이 채 끝나기도 전에 황태자가 짓씹듯이 내뱉었다.

"제기랄, 나는 네가 왜 이러는지 모르겠다고."

그가 한 손으로 거칠게 앞머리를 쓸어 올렸다.

"그럼 넌, 날 그 계집에게 보내고, 다른 새끼 찾아 붙어먹은 후에 이 집구석에서 유유히 나가시겠다?"

"갑자기 얘기가 왜 그렇게 됩니까?"

"어떤 새끼야. 말해."

나는 두서없이 튀는 대화의 방향에 눈살을 찌푸렸다. 내 탈출은 온전히 내가 알아서 할 일이었다.

"그런 사람 없어요. 그리고 있더라도 전하께서 신경 쓰실 일은 아니죠."

"나 지금 한계야, 페넬로페 에카르트. 대답 신중히 해야 할 거야."

정말로 한계인지 테이블에 얹어진 그의 손등 위로 푸른 힘줄이 섰다. 나는 도통 이해가 안 가서 물었다.

"왜 화를 내세요?"

"그럼 지금 화 안 나게 생겼어?"

황태자가 분을 참지 못했는지 그 손으로 테이블을 내리쳤다. 쾅—! 커다란 소음에 놀라서 어깨를 움츠리면서도 나는 벙찐 눈으로 그를 응시했다.

나야말로 모르겠다. 나를 사랑하지 않는다는 네가 내게 왜 이러는지.

"전하께서는 감정 없이 이해관계가 맞는 귀족 여식이 필요하고, 저는 저를 사랑해 줄 사람이 필요하고."

"……."

"이 말이 어려우세요?"

나는 황태자가 했던 말을 고스란히 돌려주었다. 칼리스토는 눈을 부릅뜨고 나를 살기등등하게 불렀다.

"……너."

하지만 그뿐이었다. 그는 무어라 말할 것처럼 입술을 달싹이다, 끝내 아무 말도 하지 않았다.

잠시간 유리 온실 안에 숨 막히는 정적이 내려앉았다. 서로를 바라보지 않은 채 우두커니 앉아 있는 우리.

나는 문득 깊은 피로감을 느끼며, 찬찬히 입을 벌렸다.

"……이제 공작저에 찾아오지 마세요, 전하."

나도 모르는 사이 입술이 제멋대로 움직였다. 주먹을 꽉 쥔 채 화를 삭이고 있던 칼리스토가 번뜩 붉은 시선을 들었다.

"선물을 주지도 마세요. 다른 곳에서 봐도 제게 알은척하지 마세요."

"왜."

"아무 사이도 아닌 사람들은 원래 그래요."

"우리가, 아무 사이도 아닌가?"

"네."

나는 고개를 끄덕이며 다시 한번 확답했다.

"전하와 저는 아무 사이도 아니에요. 앞으로도 계속."

"하……."

칼리스토는 기가 막힌다는 얼굴로 헛웃음을 터뜨렸다. 그는 힘줄이 솟을 만큼 꽉 쥐고 있던 주먹을 펴고 연신 자신의 얼굴을 쓸어내렸다. 지금 상황이 퍽 답답하고 착잡한 듯 보였다.

한참을 그러던 황태자가 제 얼굴에서 손을 뗐다. 잠깐 사이 피로에 찌든 얼굴을 하고 그가 물었다.

"……확실하게 해 둘 게 있는데, 공녀."

"네, 말씀하세요."

"지금, 나 차인 건가?"

"불쾌하시다면, 전하께서 저를 찬 거라 생각하셔도 됩니다."

나는 깔끔하고, 건조하게 답했다.

"일전에 제가 미로 정원에서 저지른 만행의 연장선으로서요."

"정말이지…… 이상하군."

묻기에 대답을 해 준 것뿐인데, 그가 불현듯 나를 보며 오만상을 찌푸렸다.

"나는…….."

그는 다시 한번 연거푸 마른세수를 한 후 입을 열었다.

"그대도 나와 같은 생각을 가졌다고 믿었다."

"……."

"나와 같은 곳을 바라보고, 같은 마음으로, 같은 길을 걸어갈 사람이라 생각했는데……."

"……."

"그대가 그렇게 말하니 기분이 정말…… 이상하군."

나는 뭐가 이상하냐고 물어볼까 주저하다, 그냥 입을 다물기를 택했다. 톡톡톡. 황태자가 정서불안처럼 또다시 정신 사납게 테이블을 두드리며 주절거렸다.

"분명 그대가 거절할 수도 있다고 예측했는데 말이야."

"……."

"그대는 원래 내 앞에서 썩은 생선 눈깔을 하고 미운 말만 잘도 골라 내뱉곤 했으니까."

한결같이 저질스러운 놈의 언어 선택에 절로 질색하는 표정이 지어졌다. 그러나 나는 침묵을 지켰다. 칼리스토가 허탈한 웃음과 함께 말을 이었기 때문이다.

"그런데 이딴 식으로 거절을 당할 줄은 미처 예상치 못해서 그런가…… 기분이 정말……."

"……."

"더러운걸."

그의 말에 심장이 덜컥였다. 나는 이를 악물었다. 그때, 황태자가 벌떡 자리에서 일어났다. 콰당—! 거친 몸짓에 의자가 뒤로 넘어갔지만 그도 나도, 신경 쓰는 사람은 없었다.

"그대의 답변은 알겠다."

"……전하."

"성인식 날 보도록 하지."

그는 나를 바라보지 않은 채 속사포처럼 내뱉었다. 나는 서둘러 대답했다.

"선물은 이미 주셨으니, 당일엔 오지 않으셔도 됩……."

하지만 말을 다 전하기도 전에 칼리스토가 찬바람을 일으키며 매몰차게 몸을 돌렸다. 그리고 빠르게 온실 입구 쪽으로 걸어가는 것이 아닌가.

쾅—! 얼마 안 가 거칠게 열린 유리문이 굉음을 울리며 닫혔다. 유리 온실은 순식간에 고요해졌다.

"······다행이지, 뭐."

놈이 이본을 만나 반한 후엔, 지금과 같은 말을 칼리스토 앞에서 입 밖에도 꺼내지 못할 게 아닌가. 그 전에 말할 수 있어서, 비참하지 않을 수 있어서 다행이었다.

나는 닫힌 유리문을 황망히 바라보며 연달아 다행을 읊조렸다.

페넬로페를 남겨 둔 채 유리문을 막 빠져나오던 칼리스토는 문득 발에 치이는 무언가에 시선을 내렸다.

"뭐야, 씨발."

바닥에 아무렇게 쓰러져 있는 장정 두 명. 그리고 작은 몸뚱이 하나가 쪼그려 앉아 그들을 조심스럽게 살피고 있었다.

'하녀인가?'

온실 안에 들어서기 전, 친히 주먹으로 다스려 준 이들은 쓰러진 후에도 그의 발길을 막고 있었다. 참으로 무엄한 놈들이 아닐 수 없었다.

심기가 매우 불편했다. 그는 발치에 널브러져 있는 누군가의 팔을 굴러다니는 쓰레기 차듯 구둣발로 거칠게 걷어찼다.

"으윽!"

"헉!"

누군가의 신음 소리와 날카롭게 숨을 들이켜는 소리 같은 건 귀에 와 닿지 않았다. 그런 것들은 언제나 그의 일상이었으므로.

더는 발을 막는 것 없이 길이 깨끗해졌다. 그는 그제야 걸음을 옮겼다. 아니, 옮기려던 찰나였다.

"저, 저기……."

문득 망토 끝자락이 잡아당겨졌다. 그가 천천히 고개를 돌렸다. 제게 고개를 조아리고 있는 분홍색 정수리가 보였다. 하녀였다.

"아, 안녕하세요. 저, 저는…… 저는 이 집에 신세 지고 있는, 이본이라고 하는데……."

"……."

"기, 기사님들이 쓰러져 있어서 너, 너무 깜짝 놀라서 살펴보고 있었어요."

하녀가 묻지도 않은 말을 줄줄 늘어놓으며 잘못을 빌었다.

"보, 본의 아니게 가시는 길을 막아서 불편하셨다면 저, 정말 죄송……."

"손 떼."

그때까지 침묵하던 칼리스토가 불쑥 입을 열었다.

"……네, 네?"

하녀가 슬쩍 고개를 들었다. 말을 제대로 알아듣지 못했는지 어리숙한 표정이었다. 안 그래도 더러운 기분이 진창에 처박혔다. 칼리스토는 이를 악물고 뇌까렸다.

"잘리기 싫으면 손 떼라고."

"어, 어……."

도통 제 말이 이해가 안 가는지 하녀는 멍하니 눈을 끔뻑였다.

스르릉─. 황태자는 언제나 그랬듯 곧바로 칼을 꺼내 들었다. 눈

깜짝할 새 여자의 목 밑에 바짝 칼을 들이민 그가 낮게 읊조렸다.

"귓구멍이 처 막혔나?"

"흐, 흐흑!"

"허락 없이 황족의 몸에 손을 대면 즉결 처형이라는 거 몰라?"

"저, 저…… 흐, 그, 그게 몰랐, 죄송……."

날카로운 칼날이 목 밑을 파고들었다. 뜨끔한 고통에 하녀가 사시나무처럼 떨며 흐느끼기 시작했다.

그는 여자의 울음소리가 정말로 듣기 싫었다. 유년 시절, 틈만 나면 그를 붙잡고 하염없이 흐느끼던 누군가가 떠올라서.

당장 죽여 버리고 싶었지만, 그는 가까스로 심호흡하며 화를 내리눌렀다. 바로 뒤, 온실 안에 있는 여자 때문이었다.

그 여자는 피를 싫어하고, 잔인한 것은 아주 질색을 했다. 저같이 곱고 어여쁜 것들만 보여 줘도 모자랄 마당에, 공작저 안에서 칼부림을 부렸다간 두 번 다신 자신과 상종하지 않을 것이다.

"후……."

칼리스토는 깊은 호흡을 내쉬며 꺼내 든 칼을 다시 칼집에 집어넣었다.

"엄선된 이들만 받는다더니, 공작저도 고용인 교육이 영 형편없군."

그리고 여전히 제 앞에 고개를 숙인 채 벌벌 떨고 있는 분홍 머리를 휙 스쳐 지나갔다. 더 상대할 가치조차 없다는 듯.

황태자가 붉은 망토를 휘날리며 사라지고 한참이 지나서야 이본은 고개를 들었다. 온통 눈물로 적셔진 얼굴이 참으로 가련하고, 아름다웠다.

그러나 황태자가 사라진 쪽을 바라보는 물기 가득한 푸른 눈은 전혀 그렇지 못했다.

허름한 조각 하나를 꽉 쥔 채 등 뒤에 숨겨져 있는 그녀의 손이 부들부들 떨렸다.

❀

나는 황태자가 황궁으로 완전히 돌아가고도 남을 시간이 돼서야 자리에서 일어났다.

온실을 막 빠져나오던 무렵이었다. 문 앞 바닥에 아무렇게나 널브러져 있는 장정 두 명, 그리고 그들을 살피고 있는 왜소한 체구를 발견했다.

'진짜 때려서 기절시켰네.'

황태자의 패악에 놀란 심정이 지나가자 이내 불편함이 찾아왔다. 퍼뜩 고개를 들어 나를 보는 분홍 머리 때문이었다.

기절한 호위 기사들이 안쓰러워서 울기라도 했는지, 그녀의 두 눈덩이가 붉게 달아올라 있었다. 여주는 울고 난 얼굴조차 예뻤다.

"……."

눈살을 찌푸린 채 잠시 그녀를 내려다보다가, 이내 걸음을 옮겨 지나치려던 순간.

"고, 공녀님!"

이본이 벌떡 일어나 앞을 막아섰다. 길이 막히자 본의 아니게 삐딱한 음성이 흘러나왔다.

"뭐야."

"아, 안녕하세요, 공녀님. 그…… 제가 산책을 하다가 공녀님의 호위 기사분들이 쓰러져 계신 것을 보아서요……."

"그런데?"

"사, 사람을 부르려고 하다가, 호, 혹시나 주변에 공녀님께서 혼자 남아 계실까 봐 걱정돼서……."

역시 게임 설정대로 여주는 몹시 선량하고 착해 보였다. 근처에서 서성이던 이유를 우물쭈물 털어놓던 그녀는, 돌아오는 답이 없자 점점 고개를 아래로 기울였다.

"죄, 죄송해요. 그런데 제가 그런 것 절대 아니에요."

퍼드득 어깨를 떠는 그녀는 꼭 사나운 살쾡이 앞에 선 한 마리의 가엾은 아기 사슴 같았다. 머리가 아팠다. 아무 짓도 하지 않았는데 벌써부터 세상 둘도 없는 악녀가 된 기분이 들었다.

'이러다가 데릭이나 레널드 두 놈 중 한 명이라도 나타나면 대박이겠네.'

내 안위를 위해선 빨리 자리를 피해야 한다. 나는 서둘러 입을 열었다.

"신경 쓸 것 없어."

"네? 그, 그게……."

"시간 되면 알아서 일어나겠지. 온실을 구경하러 온 거 같은데, 네 볼일 보렴. 안녕."

"어……."

버벅대는 이본을 남겨 둔 채 그녀의 앞을 스쳐 지나가려던 찰나였다. 문득 비릿한 냄새가 코끝을 스쳤다. 나는 우뚝 걸음을 멈췄다. 그리고 이본을 향해 고개를 돌렸다.

하얀 원피스 목깃에 두어 개의 핏자국들이 선명히 찍혀 있는 것이 보였다. 그것을 따라 시선을 올리자 분홍색의 부드러운 머릿결 사이로 얕게 베인 상흔이 눈에 들어왔다.

"너…… 다쳤니?"

나는 눈을 휘둥그레 뜨고 물었다.

"아…… 그, 그게."

이본이 한 손으로 제 목을 가리며 주춤 내게서 물러섰다.

"벼, 별거 아니에요."

"어디 봐."

나는 그녀가 물러선 만큼 성큼 다가가서 목을 가린 손을 억지로 떼어 냈다. 거추장스러운 분홍색 머리칼을 들추자, 이본이 숨을 들이켰다.

나는 심각한 눈으로 상처를 샅샅이 훑었다. 다행히 상처는 얕았다. 내가 베였을 때에 비하면 좀 긁힌 것에 그친 정도였다. 하지만 나는 이 짓을 해 놓은 미친놈 때문에 전혀 마음이 놓이지 않았다.

'미친놈! 진짜 친딸이라니까!'

두 번 생각할 것 없이 황태자가 범인인 것을 직감한 나는 오만상을 찌푸리며 여주의 상처를 노려보았다.

딱히 그녀가 걱정돼서는 아니었다. 이것을 안 공작이나 두 아들놈들이 어떻게 나올지가 걱정될 뿐.

'하…… 분명 노멀 모드에서는 안 이랬잖아요.'

이제 와서 그런 것을 따지기엔 무의미했다. 이클리스 때문에 모든 것이 걷잡을 수 없이 어그러졌는데, 빌어먹을 게임 탓을 해 봤자 뭐가 달라질까.

"……아플 텐데 너부터 가서 치료하는 게 좋겠어."

나는 터져 나오는 한숨을 삼키며 입을 열었다.

이미 황태자가 저질러 놓은 일이었다. 내가 할 수 있는 일은 없었다. 다친 애를 붙들고 오늘 일을 불문에 붙이라고 윽박지를 수도 없는 노릇이니까…….

"집사에게 가서 의원을 불러 달라 해. 그럼 수고하렴."

나는 이본을 잡았던 손을 깔끔하게 놓고, 다시 등을 돌렸다.

"고, 공녀님."

그러나 채 한 발짝도 떼기 전에 치마 끝자락이 잡혔다. 무심하게 고개를 틀자 여주가 입술을 달싹이다가 조심스레 물었다.

"그, 그분은…… 황족이신 거죠? 그 금발에 붉은 눈을 가지신……."

"황태자 전하셔."

"그분이랑…… 가, 가까운 사이이신 거예요……?"

순순히 답을 내어준 나는 이어 들려온 질문에 짐짓 얼굴을 굳혔다.

네가 그런 걸 왜 묻냐는 날카로운 말들이 혀끝에 아롱거렸다. 그러나 나는 그것을 애써 넘기며 태연히 내뱉었다.

"일개 백성 주제에 감히 제국의 작은 태양과 어찌 친분을 운운하겠니."

"아…… 죄, 죄송해요."

이본의 고개가 다시 아래로 꺾였다. 그러나 질문을 멈추진 않았다.

"그, 그런데."

"……."

"누가 왜 다쳤냐고 물어보면…… 그냥, 그냥 어디 긁혔다고 하는 게 좋겠죠?"

물기를 머금은 푸른 눈이 내 눈치를 살피며 미약하게 흔들렸다.
나는 참지 못하고 얼굴을 일그러뜨렸다.

"그걸 왜 나한테 물어보니? 너 하고 싶은 대로 해."

"……."

"일 크게 만들고 싶으면 사실대로 말하고, 조용히 넘어가고 싶으면 적당히 지어내든지."

그 말을 끝으로 나는 치맛자락을 붙잡은 손을 탁, 털어냈다.

"죄, 죄송해요……."

힘없이 사과를 중얼거리는 여주는 참으로 가엾어 보였다. 그러나 나는 경직된 눈으로 그녀를 주시했다.

정확히는, 아까부터 계속 뒤에 숨겨져 있는 그녀의 한쪽 팔을.

이본을 뒤로한 채 저택으로 막 돌아왔다. 방에 오르기 위해 중앙 홀에 도착하자, 어마어마한 상황이 펼쳐져 있었다.

사방 천지에 쌓여 있는 고급스러운 상자와 번쩍번쩍 빛을 뿜는 보석, 드레스, 사치품들. 웬만한 귀족가의 저택보다 두어 배는 큰 공작저 내부가 좁아 보일 만큼 어마어마한 수였다.

분주하게 돌아다니는 하인들이 나를 보고 당황한 낯으로 꾸벅 인사했다. 인상을 찌푸린 채 걸음을 옮기자, 그 한가운데에서 진두지휘하고 있던 집사가 나를 알아보았다.

"아, 아가씨!"

"하, 벌써부터 공녀 대접 해 주기로 결정 난 건가?"

나는 차게 조소하며 빈정댔다.

"예, 예?"

퍽 불쾌해 보이는 내 모습에 집사가 당황스러운 표정을 지었다. 이토록 기분이 더러운 이유는 하나뿐이었다.

— ……이본 얘기는 입단속을 시켜놨으니 염려 마라. 확실해질 때까지 공표할 생각 없다.

공작이 내게 그런 말을 한 게 바로 어제 아침이었다. 그런데 하루도 못 가 온갖 사치품들을 사다 나르는 꼴을 보니, 잠잠했던 심기가 절로 비틀리는 것 같았다.

"이럴 거면 그냥 아예 데리고 가서 머리끝부터 발끝까지 단장시켜 주지 그래. 진짜 공녀가 돌아왔노라 대놓고 광고라도 하면서 말이야."

나는 발에 치이는 황금색 상자 하나를 '퍽—!' 걷어차며 신경질적으로 뇌까렸다. 내가 생각해도 퍽 못돼먹은 악녀 같다는 자각이 들었지만, 치오르는 짜증을 억누르기 힘들었다.

"그, 그런 게 아닙니다, 아가씨! 그게 아니오라……!"

집사는 그런 내 행동에 허겁지겁 부인했다.

"이, 이것들은 모두 황태자 전하께서 가지고 오신 아가씨의 생일 선물입니다."

"……뭐?"

나는 멈칫했다. 한눈에 봐도 보통 액세서리가 아닌 것 같아 보이는 것들 수십 개가 바닥을 굴러다녔다. 상자마다 쌓여 있는 어마어마한 수의 드레스, 구두, 장갑, 모자, 그리고 석궁.

다시 한번 난잡한 중앙 홀을 둘러보던 나는 허탈하게 물었다.

"이게…… 전부?"

"예, 오다 주운 거니 부담 갖지 마시라고 전언하셨습니다."

"하……."

나는 기가 막혀서 헛헛한 실소를 터뜨리며 이마를 짚었다. 선물 주지 말라 했더니, 오히려 한 나라를 몽땅 털어 오기라도 한 것처럼 어마어마한 수의 선물을 떠안겼다.

"그…… 석궁이 종류별로 너무 많사온데 어떤 식으로 정리해 두는 게 좋겠습니까, 아가씨?"

심란한 표정을 짓고 있는 내 눈치를 보며 집사가 물었다.

"단순히 장식용으로 사용하는 것도 있고, 마법이 걸린 것과 전쟁에서 쓰이는 듯한 살상용도 있사온데……."

그가 가리킨 곳에는 정말로 수십 개의 석궁 상자들이 자리했다. 그중 몇몇 개를 열어 보던 하인들이 난감한 얼굴로 나를 돌아보았다.

'내가 무슨 밥 먹고 허구한 날 석궁만 쏘는지 아냐?!'

그냥 다 돌려보낼까, 하는 생각이 들었다. 그러나 그러면 놈이 또 득달같이 공작저로 찾아올지 모른다.

급격히 피로가 몰려왔다. 나는 대충 손짓하며 몸을 돌렸다.

"알아서 정리해 줘, 집사. 나 피곤해서 먼저 올라갈게."

"네, 아가씨! 그럼 제가 알아서 잘 정리하겠습니다. 쉬십시오."

집사는 고개를 숙여 깍듯이 나를 배웅했다.

"자! 액세서리는 먼저 종류별로 분류한다!"

'짝!' 하는 박수 소리와 함께 본격적인 정리를 시작하는 집사의 목소리가 등 뒤로 울려 퍼졌다. 어쩐지, 조금 신나 보였다.

방으로 돌아오자 누군가 초조하게 나를 기다리고 있었다.

"아가씨!"

"에밀리."

나는 반색하는 그녀에게 천천히 다가갔다.

"잘 다녀왔니?"

"네, 네."

그녀는 거칠게 숨을 헐떡이며 고개를 끄덕였다. 나는 걸치고 있던 숄을 벗어 그녀에게 건넸다. 그리고 책상 앞으로 가며 아무 일도 없는 것처럼 태연히 물었다.

"뭐래."

"……처음엔 정말 아가씨께서 보낸 게 맞느냐고 수차례 확인했어요. 여러 번 맞다고 답하자, 자기 상단은 그런 의뢰는 받지 않는다고 거절했는데……."

"에밀리, 결론만 말해."

나는 중언부언하는 하녀를 단호하게 끊었다.

"그래서 못 하겠대?"

"……아가씨께서 시키신 대로 말하니, 곧 준비해서 보내겠다 하였어요."

그녀는 아래로 고개를 숙이며 소심하게 대답했다. 내가 시킨 은밀한 지시가 꽤나 큰 부담으로 느껴진 듯했다.

"잘된 일이구나."

나는 칭찬을 담아 짧게 대꾸한 후, 한참 전에 읽다 말았던 책을 꺼냈다.

"그런데……."

그것이 끝이 아닌지, 에밀리가 조심스레 덧붙였다.

"상단주가 아가씨께, 말을 전해 달라 했어요."

"무슨 말."

"이것으로 아가씨께 진 빚은 모두 청산했으니, 두 번 다시 의뢰를 받을 일은 없을 거라고……"

책의 표지를 넘기던 손이 허공에서 멈칫 굳었다.

"……그래."

나는 한참 후 혼잣말처럼 중얼거렸다.

"두 번은 없어야지."

그날 밤, 거친 돌풍과 함께 내 방에 토끼가 나타났다. 일전에 보았던 아기 토끼가 아닌, 커다란 성체였다.

소스라치는 나를 보며 토끼는 아무 소리도 내지 않고 한동안 고요히 나를 바라보았다.

착각일까. 몽롱한 시선 속에서, 나를 비추는 반질반질한 동공에 일순 검푸른 색이 감도는 게 보였다.

"그그그, 그어억—"

얼마 후, 토끼는 주둥이를 쩍 벌려 무언가를 토해 냈다. 끔찍한 악몽처럼 괴기스러운 장면이었다.

무언가를 툭 내뱉은 토끼는, 다시 돌풍과 함께 온데간데없이 사라졌다.

꿈결처럼 아득하게 느껴졌지만, 꿈이 아니었다. 토끼가 토해 낸 물건이 내 눈앞에 분명히 존재했기에.

나는 그것을 아득 쥐고, 또 한 번의 밤을 뜬눈으로 지새웠다.

시간은 잡을 틈도 없이 쏜살같이 흘러 지나갔다.

그리고 마침내, 성인식 날이 밝았다.

Chapter 15

## Chapter 15

연회 때마다 늘 그랬듯, 나는 이른 새벽부터 하녀들에 의해 강제로 일으켜졌다.

어차피 잠을 거의 자지 못해, 억지로 일어나는 것이 다른 때처럼 짜증 나진 않았다. 그러나 얼굴과 몸에 무언가를 덕지덕지 바르고 향유를 푼 물에 씻기를 여러 번 반복하다 보니, 욕실을 나올 무렵 나는 파김치가 되어 있었다.

"다들 오늘이 무슨 날인지 알지?"

"우리 아가씨가, 그 어느 때보다 빛나야 해!"

"그럼, 그럼! 맡겨만 주세요, 아가씨! 영혼까지 끌어모아서 아가씨의 미모를 가장 돋보이게 해 드릴게요!"

평소에는 내 앞에서 고개도 제대로 들지 못하던 하녀들이 오늘도 주먹을 꽉 쥐고 의기투합했다.

"대충해, 제발⋯⋯."

내 힘없는 애원은 당연히 묵살되었다.

하녀들은 평소보다 몇 배의 공을 들여 화장을 하고, 머리를 손질했다. 꽤 오랜 시간이 흐른 후, 마침내 나를 주무르는 여러 손에서 벗어났을 무렵에서야 나는 거울에 비친 내 모습을 확인할 수 있었다.

"하……."

천천히 눈을 뜨자, 누군가 한숨 같은 작은 탄성을 내질렀다. 호들갑 떨던 평소와 달리 하녀들이 조용했다.

나는 곧 그 이유를 알았다. 거울에 비친 내 모습은 정말로 탄성이 나올 만큼 아름다웠다.

무표정한 얼굴을 다소 사나워 보이게 할 만큼 치켜 올라간 눈꼬리는 화장 덕분에 도도하고 화려한 눈매로 재탄생했다.

앙증맞은 코, 불그스름한 볼과 입술, 곱게 땋아 틀어 올린 진분홍빛 머리가 제법 사랑스러워 보였다.

나는 천천히 손을 들어 뺨을 더듬었다.

'……예쁘네.'

노멀 모드의 초기, 성인식 장면을 담은 일러스트에서 조그맣게 스치듯 나왔던 페넬로페는 이토록 숨이 멎을 만큼 예뻤다.

'이렇게 예뻤구나.'

그때 미처 알아보지 못한 것이 참으로 아쉽게 느껴질 정도로.

거울을 바라본 나는 조금 서글퍼졌다. 곧 내가 저지를 나쁜 짓에 속수무책으로 당할 주인 잃은 몸뚱이가 가엾어서.

"아가씨! 얼굴 만지시면 안 돼요! 오늘 하루는 얼굴에 손대는 거 금지예요!"

하지만 기겁을 하며 나를 뜯어말리는 하녀들로 인해 그 찰나의 연민은 온데간데없이 사라졌다.

"알았어."

나는 못마땅한 얼굴로 순순히 손을 내렸다. 오늘 하루쯤은 그녀들의 장단에 어울려주는 게 좋을 것 같아서였다. 처음이자, 마지막일 테니까.

그때, 또 다른 하녀가 말했다.

"아가씨, 그리고 드레스는……."

나는 평소 입던 대로 가져오라고 지시하려 했다. '평소 입던 대로'란 대체로 목까지 가려진 정숙한 것들을 뜻했다.

그런데 막 입을 떼려던 그 순간 하녀들이 슬금슬금 비켜서더니, 누군가 옷걸이를 밀며 걸어왔다.

"오늘은 이 드레스를 입어 주세요, 아가씨."

에밀리가 내 눈치를 보며 말했다.

"이건……."

"이 드레스만큼 오늘의 아가씨와 잘 어울리는 옷이 없어요!"

나는 그녀가 가지고 온 드레스를 보고 멈칫했다. 검푸른 빛이 일렁거리며 천 자락을 타고 아래로 퍼져 나갔다. 그 위를 반짝이는 은빛 가루가 장식했다.

점차 퍼져 나가던 색상은 아래쪽에 곱게 수놓아진 금사를 만나 찬란히 부스러졌다. 달빛이 비치는 고요한 밤바다를 연상시키는 드레스. 황태자가 준 선물이었다.

나는 그것을 보며 얼굴을 조금 허물어뜨렸다. 그런 내 표정에 에밀리가 안절부절못하며 애걸했다.

"누구보다 가장 빛나야 할 단 한 번뿐인 성인식이잖아요, 아가씨.

평민들도 이날은 빚을 져 가면서까지 비싼 옷을 입으려 하는걸요."

"……."

"한 번만요. 오늘만큼은 저희 뜻대로 해 주세요. 네? 아가씨이……."

"맞아요, 아가씨. 그간 자주 입으신 것들은 조, 조금 어둡고 단출해서……."

"무, 물론! 아가씨는 모든 옷들을 소화하실 만큼 아름다우시지만요!"

에밀리의 말에 하녀들이 기다렸다는 듯 저마다 한 마디씩 쏟아냈다. 외출 때마다 튀지 않으려고 주워 입었던 성당 룩이 그간 퍽 마음에 들지 않았던 모양이다.

'이게 뭐라고.'

사력을 다해 나를 설득하려는 하녀들이 조금 짠해졌다.

"알았어. 입혀 봐, 한번."

결국 나는 가볍게 고개를 끄덕였다.

"정말요? 정말이죠, 아가씨?"

"그, 그럼 액세서리도 드레스와 세트인 거로 하시는 거죠?"

"그런 당연한 건 묻지도 마, 애!"

하녀들이 뛸 듯이 좋아했다. 황태자가 선물한 것이 못내 마음에 걸렸지만, 이것도 다 한때의 추억이리라.

'……오늘 오지 않을지도 모르지.'

문득 화를 내며 온실을 빠져나가던 황태자의 뒷모습이 떠올랐다. 어쩌면 연거푸 제안을 거절한 내게 분노해서 두 번 다시 상종하지 않을지도 모른다. 나는 메마른 침과 함께 씁쓸한 무언가도 아득 눌러 삼켰다.

드레스와 액세서리를 모두 착용하자 하녀들에게서 다시 찬사와 감탄이 쏟아졌다. 요 며칠 제대로 자지 못한 탓인지, 나는 다시 거울을 확인할 여력도 없이 지쳤다.

휴식을 취하기 위해 그녀들을 빠르게 물린 후 에밀리에게 다과를 부탁했다. 얼마 후 돌아온 에밀리가 흐트러지지 않고 쉴 수 있도록 소파에 자리를 만들어 주었다.

나는 그녀가 받쳐 준 쿠션에 얼굴이 닿지 않게 기대며 가라앉은 목소리로 물었다.

"아직 멀었어? 언제부터 시작이니?"

"정오부터 손님들을 본격적으로 받을 예정이라고 해요. 식은 2시에 시작이에요, 아가씨."

"그 애는 뭐 하고 있어."

에밀리가 가져다준 냉차로 목을 축이며 짧게 물었다. 다과는 핑계였다. 내 물음에 에밀리가 망설이며 답했다.

"소공작님의 집무실에서…… 같이 차를 들고 있대요."

"지금 이 시간에?"

나는 놀란 음성으로 되물었다. 꼭두새벽부터 준비를 해서 그런지 아직도 점심이 되려면 한참 남은 이른 오전이었다. 티타임을 가지기엔, 날도 시간도 맞지 않았다.

'별일 없겠지…….'

불안함이 발끝을 감돌았다. 하지만 별일이 생기더라도 감수해야 했다. 게다가 데발놈은 어차피 세뇌를 당하든 안 당하든 그게 그거였다.

그때, 조심스러운 목소리가 상념에 잠긴 나를 일깨웠다.

"아가씨. 그런데 그, 상단주에게서 의뢰는……."

"스읍, 입조심."

나는 혀를 차며 곧바로 주의를 줬다. 그리고 눈살을 찌푸리며 확인했다.

"에밀리, 내가 시킨 대로 아무도 모르게, 은밀히 행동한 건 맞겠지?"

"네, 네! 그럼요, 아가씨."

에밀리가 퍼드득 어깨를 떨며 고개를 마구 끄덕였다.

"그런데 아가씨……."

그러다 불현듯, 그녀가 갈색 눈을 살살 굴리며 속삭였다.

"어젯밤에 좀 수상한 일이 있었어요."

"뭔데."

"씻으려고 잠깐 제 방으로 돌아가는데, 숙소 앞에서 베키를 만났어요. 그런데 그 애가 제게 상단 거리로 가는 길을 묻는 게 아니겠어요?"

"……뭐?"

베키는 이본의 임시 하녀였다. 나는 편히 기대고 있던 몸을 벌떡 일으키며 외쳤다.

"그걸 왜 이제 말해?"

"너무 늦은 시각이라, 아가씨를 깨울 수가 없었어요……."

에밀리가 금세 주눅이 든 얼굴로 변명했다.

"하지만 걱정 마셔요, 아가씨! 저는 당연히 모른다고 발뺌했지요! 그 애도 알았다며 그냥 제 방으로 돌아갔고요."

"……그건 좀 잘했구나."

나는 다소 성의 없이 대꾸하며 다시 풀썩 쿠션에 몸을 기댔다. 톡톡톡— 소파의 팔걸이를 두드리며 나는 깊은 생각에 잠겼다.

'걔가 왜 상단 거리를 찾을까. 뷘터를 만나려고?'

충분히 가능성 있었다. 노멀 모드에서도 여주는 공작저로 돌아올 수 있도록 도움을 준 뷘터를 찾아 헤매니까.

하지만 지금은 원래 게임 스토리와는 달리 이클리스가 먼저 그녀를 데리고 온 상태였다.

뷘터와 그녀가 이미 마주쳤을 거란 가정은 어디까지나 내 추측이었다. 결국 그는 그녀를 데리고 오지 않았으니, 그간 둘 사이에 어떤 일이 오갔을지는 알 수 없는 노릇이었다.

나는 자리에서 벌떡 일어나 책상으로 휙휙 걸어갔다.

"에밀리, 넌 잠깐 나가 있으렴."

"네? 아, 네!"

에밀리를 밖으로 내보내자, 방 안은 정적에 휩싸였다. 입으로는 너를 믿는다 하였지만, 실상 내가 이곳에서 믿는 사람은 아무도 없었다.

책상 앞에 선 나는, 항시 몸에 지니고 있는 열쇠를 꺼내어 잠겨 있는 마지막 서랍을 열었다. 그 안에는 처음 이곳에 왔을 때 남주들의 정보를 적은 것과 틈틈이 호감도를 정리한 종이가 있었다.

그리고 그간 퀘스트를 진행하면서 얻은 잡다한 것들, 뷘터의 물품과 지난밤 그와의 거래로 얻은 것 또한 자리했다.

나는 어제 토끼가 내뱉은 보라색 액체가 든 병을 더듬었다. 그때였다. 문득 서랍 안쪽에서 붉은빛이 쏟아져 나왔다.

"……응?"

나는 조금 놀라 멈칫하다가, 이내 빛을 내는 광원을 꺼내 들었다.

"……이건."

지난번 트라탄 봉사 활동 때 뷘터가 내게 걸어 준 고대 마법 목걸이였다. 별 모양의 화려한 장식 한가운데에 박혀 있는 커다란 구슬이, 검붉은색으로 빛나며 얕게 진동했다.

나는 멍하니 구슬의 빛이 향하는 방향을 따라갔다.

"……아."

검붉은 빛이 비추는 보라색 액체가 든 병을 본 순간, 머릿속에 떠오른 것은 아이러니하게도 이클리스였다. 내가 크게 신경 쓰지 않았던 호감도 게이지 바의 색깔.

"……죽음이었구나."

그 순간 가슴이 쿵, 내려앉았다.

내 몰빵 계획이 완전히 패도의 길을 걷고 있었단 사실을 까맣게 모르고 있어서, 아니 어쩌면 나는 그간 호감도에 눈이 멀어 애써 부정하고 있었을지도 모른다.

그것은 죽음 같은 사랑이었다. 나를 죽여서라도 가질, 지독한 사랑. 뜻밖의 깨달음에 눈앞이 아찔해졌다. 목걸이를 든 손이 바르르 떨리는 것을 느끼던 찰나.

똑똑—.

누군가 방문을 두드렸다. 나는 소스라치게 놀라 거칠게 고개를 들었다.

탁—. 목걸이의 빛을 죽이기 위해 병이 든 서랍을 거칠게 닫고, 숙였던 몸을 황급히 일으켰다. 그리고 곧바로 날카롭게 방문자를 확인했다.

"누구야."

"……아비다."

일순 머릿속이 하얘졌다.

'공작이 이 시간에 왜⋯⋯.'

뭉게뭉게 그런 생각이 솟아오르던 찰나, 똑똑— 노크 소리가 한 번 더 울렸다.

"페넬로페, 들어가도 되겠느냐."

"아, 네, 네. 들어오세요."

언제까지고 공작을 밖에 세워 둘 수 없어 나는 허둥지둥 외쳤다.

달칵—. 곧바로 문이 열렸다. 방 안으로 들어서던 그는 문득 나를 보고 멈칫 걸음을 멈췄다. 공작의 눈꼬리가 미세하게 움찔거렸다.

"⋯⋯아버지?"

영문을 알 수 없어 공작을 부르자, 그는 이내 방문을 닫고 안으로 완전히 들어섰다.

공작은 일전에 광산을 양도한다는 이야기를 나눴을 때처럼 통창 앞 테이블로 가서 앉았다. 책상 앞에 엉거주춤 서 있던 나는 그를 따라 맞은편에 앉았다.

정신이 없는 상황에서, 준비도 안 된 상태로 공작을 상대하려 하자 부담이 되고 막막했다. 나는 떨리는 가슴을 진정시키기 위해 여러 번 심호흡했다. 그리고 숨소리가 조금 차분해졌을 무렵 입을 열었다.

"⋯⋯차를 가지고 오라 할까요?"

"되었다."

공작이 짧게 일축했다. 어색한 정적이 내려앉았다. 그가 먼저 입을 열 기미가 보이지 않자, 마지못해 내가 먼저 다시 말을 건넸다.

"어쩐 일로⋯⋯ 오셨어요?"

내 말에 공작이 드물게 당황한 표정을 지었다.

"성인식 날 아침에…… 인사를 하러 와 달라 하지 않았느냐."

"아."

그런 부탁을 했었지, 참. 여주가 나타나기 전, 식당에서 했던 말이었다. 깜빡 잊고 있었다. 그만큼 별 의미 없었다.

그때는 오늘이면 탈출할 수 있을 거란 꿈에 부풀어서, 잠시나마 철이 든 행세를 하던 수양딸을 하루아침에 잃어버릴 공작이 좀 안쓰럽기도 했다.

'이렇게 될 줄도 모르고…….'

물론 지금 생각하면 다 헛소리였다. 나는 껄끄러운 심경을 내색하지 않으려 노력하며 무심히 답했다.

"감사해요, 들어주셔서."

"오늘……."

공작이 조금 망설였다.

"오늘 무척이나 예쁘구나, 페넬로페."

공작은 원래 칭찬에 박했다. 나는 의외로운 그의 칭찬에 좀 놀라다가, 이내 심드렁해졌다.

"감사해요, 아버지."

성장한 공작의 모습은 정말로 대귀족다운 위엄이 넘쳐흘렀다. 은장의 에카르트 문양이 선명히 새겨진 검은색 재킷을 바라보던 나는 무미건조하게 화답했다.

"아버지도 오늘 멋있으세요."

"못 보던 드레스와 액세서리인데…… 황후마마의 재단사를 통해 맞추는 건 싫다더니, 따로 샀느냐?"

"……네."

"네게 잘 어울린다. 예쁘구나."

황태자의 선물이라고는 차마 말할 수 없어 그냥 수긍하자 공작이 두 번이나 같은 말을 반복했다.

기분이 점점 이상해졌다. 속이 또 울렁거리려고 해서, 나는 쥐고 있던 주먹에 힘을 꽉 주었다.

"그런데, 손에 든 건 무엇이냐."

문득 공작이 내 한쪽 손을 흘끔거렸다. 그의 눈짓을 따라 시선을 내리니, 꽉 쥔 주먹 사이로 길게 삐져나온 은줄이 보였다.

"아."

나는 낭패스러운 침음을 내었다. 너무 긴장한 나머지, 아직까지 목걸이를 손에 꽉 쥐고 있었다는 것을 이제야 상기했다. 손가락 틈 사이로 별 장식의 끄트머리가 삐쭉삐쭉 튀어나와 있었다.

"목걸이인 게야?"

한눈에 봐도 특이한 모양새 때문인지 공작의 눈에 흥미가 서렸다. 나는 허겁지겁 손을 펴고 그것을 목에 걸었다.

"네, 선물 받은 거예요."

"선물? 누구에게 말이냐?"

"자주 오가던 무기 상단의 주인이 성년식을 축하한다며 마법이 걸린 목걸이를 보냈더라고요. 아버지의 애뮬릿을 샀던 그곳이요."

"아, 그곳. 대응이 꽤 괜찮군. 다음에 내 화살도 하나 맞춰야겠어."

대강 둘러댄 말에 다행히 공작은 쉽게 수긍했다.

"한데 오늘 입은 드레스와는 좀 어울리지 않는 듯한데."

"그래도 선물을 준 성의를 봐서 하고 있으려고요."

물론 진짜 할 생각은 없었다. 공작이 나가면 바로 벗을 생각이었다.

"……마음씨가 곱구나."

그러나 돌아오는 반응이 이상했다.

'오늘따라 대체 왜 이래?'

나는 해괴한 눈으로 그를 올려다보다가 조심히 물었다.

"……혹시 제게 하실 말씀 있으세요?"

"아니, 그런 것은 아니다. 그저 네가 부탁한 것을 들어주려고……."

"그러셨군요. 식전에 얼굴 봬서 좋아요, 아버지. 손님맞이 하시느라 바쁘실 텐데 제가 너무 오래 시간을 뺏는 게 아닌가 걱정되네요."

됐으니 이제 그만 가라는 소리였다. 그러나 할 말이 남았는지 공작은 자리를 뜨지 않고 머뭇거렸다.

한참을 그러던 그는, 이내 깊은 한숨과 함께 무언가를 토해 냈다.

"……미안하구나."

예상치 못한 사과였다. 나는 어리둥절한 얼굴로 되물었다.

"무엇이요?"

"……그간 내가 붙여 둔 호위 때문에 근신 아닌 근신으로 많이 답답했지 않느냐. 성인식이 지나면, 모두 물리도록 하마."

아, 그거. 답답해서 미칠 것 같은 시기는 이미 지났다.

"이해해요, 아버지. 저라도 그러겠어요."

상투적인 목소리가 흘러 나왔다. 나와의 대화 이후 뒤늦게 양심의 가책이 든 듯했다. 공작은 원래 종종 그랬다. 좀 심하다 싶으면, 물질적인 보상을 하는 것. 그것이 그의 사과 방식이었다.

'직접 미안하단 말까지 뱉을 줄은 몰랐지만.'

나는 항상 하던 대로 공작이 원할 만한, 그의 가책을 털어 주는 말을 내뱉었다. 어차피 마지막인데 그쯤 못 해 줄까.

"이본을 해코지하려는 저를 막으려면 장정들을 붙여 감시할 수밖에 없었잖아요. 어차피 나갈 일도 없었고, 전 괜찮아요."

"……뭐?"

공작이 멈칫하더니 놀란 표정으로 나를 돌아보았다.

"무슨 소리냐, 페넬로페. 애야, 그런 게 아니다."

"그럼요?"

"너를 위해 그리한 게야. 네가 걱정되었으니까."

"……네?"

"네가 이본을 데리고 온 그놈을…… 그런…… 그런 표정으로 바라보았지 않았느냐."

"무슨……."

나는 공작의 진중한 푸른색 눈에 깃든 위화감을 느꼈다. 며칠 전에 같은 주제로 대화를 나눴을 때와 답변이 미묘하게 달라졌다.

이전의 그는 끝내 확답하지 않았지만, 이본을 해코지 하는 것을 감시하기 위해 호위를 붙인 게 아니냐는 내 말을 부정하지 않았다. 그런데…….

"그게…… 무슨 말씀이세요, 아버지."

나는 혼란스러운 얼굴로 되물었다. 공작은 한참 동안 침묵하다가, 무겁게 입을 열었다.

"……사냥 대회가 끝난 직후였던가."

"……."

"레널드가 나를 찾아왔다. 잘못을 고백할 것이 있다면서."

"무슨 잘못이요?"

"네가 공작저로 온 지 얼마 지나지 않아 일어났던 사건을 기억하느냐. 3층을 폐쇄하게 된 이유."

"네, 물론……."

진짜 페넬로페가 아닌 나조차 잊을 수 없었다. 그때 그녀가 느낀 억울함, 공작을 아버지가 아닌 '공작님'이라 부를 수밖에 없었던 그 처참함.

"레널드 놈이…… 그때 일에 대해 털어놓았다. 사실 그때 네가 이본의 목걸이를 훔친 것이 아니라고."

나는 눈을 부릅떴다. 그런 일이 있을 거라곤 상상도 못 했기에.

"다…… 아셨어요?"

내가 겪은 일이 아님에도, 그 순간 뜨거운 것들이 목구멍까지 치솟아 올랐다.

게임에서 페넬로페는 죽을 때까지 그 누명을 벗어나지 못했다. 그렇지 않으면, 끔찍한 시체로 돌아온 그녀를 기어이 파묻하고 들판에 아무렇게나 내다 버릴 수 없었다.

"제가 그런 게 아니라…… 레널드가 그런 것이라는 것도, 전부……?"

벌벌 떨리는 목소리가 튀어나왔다. 공작이 어두운 얼굴로 고개를 끄덕였다.

"제게…… 벌을 내려 달라더구나."

나는 더는 참을 수 없어 얼굴을 왈칵 일그러뜨렸다. 공작이 천천히 말을 이었다.

"……나는 그놈에게 제대로 된 벌을 내릴 수 없었다. 근신과 강도 높은 훈련이나 좀 시키는 게 다였지."

"……."

"그놈을 있는 힘껏 후려 패고 싶었지만, 문득 내가 그럴 자격이 있는지 의문이 들더구나."

"……."

"……페넬로페."

공작이 후회와 회한으로 점철되어 붉어진 눈으로 나를 응시했다.

"너를 처음 보았을 때, 너는 너무나도 작고 삐삐 말랐었지. 어린 아이답지 않은 메마른 눈으로 내게 먹을 것을 구걸하러 왔을 때, 어딘가에서 이본도 너와 같이 그럴까 봐 계속 눈에 밟혔다."

"……."

"가끔 구걸하러 올 때마다 먹을 것이나 좀 챙겨 주려 했는데, 어느 날 네가 금화 하나를 받고 처음으로 웃어 주었지. 그게 참 예뻤다."

"……."

"죽은 네 어미 곁에서 굶어 죽어 가던 널 도무지 두고 올 수가 없었다. 그래서 결심했다. 내가 거둬서 굶지 않게, 배부르게 먹이자고."

처음 듣는 페넬로페와 공작의 첫 만남이었다. 게임에서조차 나오지 않았던.

"한데 내가 어리석어, 충동적으로 널 데려와 놓고 어떻게 돌봐야 하는지 몰랐다. 너는 물론이고 데릭과 레널드 또한 마찬가지였지."

"……."

"그래서 그때 사건 또한, 그저 네가 액세서리를 갖고 싶은가 보구나 하고 넘겼다. 아비로서 네 허물을 감싸 줘야 한다고 생각했지."

"……."

"그 후 네가 6년이나 나를 공작님이라 부를 줄 알았더라면, 그러지 않았을 텐데."

공작이 그날을 회상하듯 쓸쓸한 얼굴로 중얼거렸다.

'왜, 이제 와…….'

나는 이를 악물었다. 이미 늦어 버렸다. 그때 첫 단추를 잘못 끼운 나머지, 페넬로페는 학대당하고, 걷잡을 수 없이 삐뚤어져 종국에는 최악의 결말을 맞이하지 않는가.

아무 말도 하지 않은 채 허탈하게 바라만 보자, 그는 어렵사리 다시 입을 열었다.

"……그 일은 까마득하게 잊고 있었는데 말이다. 그날 네가 나를 바라보던 표정은 아직도 선명해."

"……."

"그리고 며칠 전, 이본을 데리고 온 그놈을 보고 똑같은 표정을 지었지."

"……."

"그 순간엔 그놈에게서 너를 어떻게든 떼어내야 한다는 생각밖에 들지 않더구나."

"제가…… 어떤 표정을 지었는데요?"

"그건……."

공작은 얼굴을 쓸며 제대로 말을 잇지 못했다.

"……아무런 표정도 짓지 않았다."

그는 주저하다가 힘겹게 뱉어냈다.

"너는 어렸을 때부터 곧잘 화를 내다가도 분노가 극에 달하면 오히려 입을 다물고 감정을 지우는 편이었지."

나는 좀 놀랐다. 본래의 내가 감정을 죽이는 방법이었기 때문이다. 튀어나오는 것들을 억지로 억누르고, 질식할 때까지 숨을 꾹 참으면 조금 후에 모든 것이 사라지고 평온이 찾아온다.

그때의 내 모습을 떠올리듯 공작이 혼란스러운 눈빛으로 두서없이 읊조렸다.

"그런데 눈이…… 점점 빛이 꺼져 가는 눈이, 생기가 사라져서 이상하게 변해 가곤 하는데……."

"……."

"그게, 꼭 죽은 사람처럼 느껴질 때가……."

공작이 눈살을 찌푸리며 끝내 말을 매듭짓지 못했다.

'아.'

그 순간, 벼락이 내리꽂듯 격렬한 깨달음이 찾아왔다. 나는 본능적으로 알 수 있었다.

페넬로페는, 죽었다. 감정을 죽이기 위해, 숨을 참고, 또 참고, 또 참아내다가 결국 진짜로 죽어 버렸다.

그렇게 악녀를 잃어버린 게임 속에, 내가 빙의했다.

나는 내가 생각해 놓고도 너무 소름 돋는 가정에 새파랗게 얼어붙었다.

'그럼 내가 탈출하면 페넬로페는?'

아무리 마법이 팽배한 환상 같은 게임 속이라지만 죽은 자가 살아오는 일은 없었다. 어디까지나 가정일 뿐이지만, 나는 뒷목을 타고 흐르는 섬뜩함을 떨쳐내기 힘들었다.

'게임 스토리는? 페넬로페 없이도 여주는 남주들을 공략할 수 있는 거야?'

머리가 잘 돌아가지 않았다. 여기서 가장 중요한 건 내 탈출이었다.

'난? 난 정말 이 게임에서 빠져나갈 수 있을까?'

출구 없는 미로에 빠진 것처럼 눈앞이 핑핑 돌았다. 숨이 거칠어졌다. 얕게 헐떡이는 나를 보며 공작이 놀란 표정을 지었다.

"말이 헛나온 게다, 잊어버려라."

그러나 사납게 날뛰는 가슴이 좀처럼 진정되지 않았다. 갈수록 창백해지는 나를 보며, 공작이 다급히 물었다.

"페넬로페, 어디 아픈 게냐? 의원을 부를까?"

"아니요. 아니요, 아버지⋯⋯."

나는 애써 고개를 저었다. 그리고 늘 하던 대로 숨을 죽이고 억지로 심장을 진정시키려고 노력하며 입을 열었다.

"⋯⋯아버지께서도 아셨다는 사실에, 좀 놀라서요."

공작은 굳은 낯빛으로 내 변명을 받아들였다. 그는 입술을 달싹이다가 힘겹게 내뱉었다.

"페넬로페, 나는⋯⋯."

"⋯⋯."

"나는 너무도 미숙하고 못난 아비라 아직도 널 어떻게 대해야 할지 모르겠구나."

나는 계속 숨을 죽인 채 처음으로 내게 진심을 내보이는 그를 말없이 바라보았다.

"그저 사 달라는 것들을 모두 쥐여 주고, 네가 매번 화를 내며 내게 소리치던 대로 신경 쓰지 않으면, 그러면 되는 줄 알았다."

"⋯⋯."

"⋯⋯그러면 되는 줄 알았어."

그게 아니라는 걸, 이제 그도 알았다. 서글픈 깨달음이었다. 끝내 대답 없는 나를 물끄러미 응시하던 그가, 불쑥 입을 열었다.

"……이클리스, 그놈이 그렇게 좋은 게냐?"

나는 난데없는 소리에 시선을 들었다.

"그게 무슨…….."

"네가, 그나마 마음을 열고 지내던 아이잖느냐."

"……."

"그런데 그놈이 이본을 데려왔으니…… 네가 상처를 받을까 봐 걱정되었다. 그래서 무작정 만나지 못하게 했던 것이야."

"……."

"하지만 네가 정 원한다면…… 성인식이 끝나고 다시 그놈을 네 호위로 복귀시켜 주마. 그러니…… 밥은 제때 먹거라."

나는 음울한 눈으로 공작을 바라보았다. 그 말은 3일 전에 했어야 했다.

아니 사실, 그때 이클리스를 만나는 것을 허락받았어도 달라지는 것은 없었을 것이다. 게이지 바의 색깔이 검붉은색을 띠었을 무렵부터, 나는 이미 몰빵 루트에 실패한 거나 다름없었기에.

"……그런 거 아니에요, 아버지."

나는 천천히 고개를 내저었다.

"그날은 너무 놀라서 그랬어요. 그냥 위급 시에 도와준 은인일 뿐, 그 이상으로 의미 있는 사람 아니에요."

"진심이 아니란 걸 안다."

이제는 진심이었지만 그간 너무 간절히도 이클리스를 원해서였을까. 공작이 쉬이 믿지 않았다.

"……그럼 이본은요."

나는 삭막한 목소리로 되물었다.

"그 애가 이클리스를 원한다고 했다면서요."

공작은 내 말에 난처한 얼굴을 하더니, 이내 차분히 대답했다.

"당분간 한집에서 살아가야 하는데, 네 말대로 자매 사이에도 선은 지켜야지."

"벌써 언니 동생까지 결정 난지는 미처 몰랐는데요."

"……페넬로페."

그가 타이르듯 나를 불렀다. 따지고 보면 이본이 언니였다. 공작저에 돌아왔을 무렵, 그녀는 축제 날을 생일 삼아 성인식을 간략하게 치렀다는 서술을 스치듯 본 것이 떠올랐다.

'말이 또 달라졌어.'

그와 동시에 나는 3일 전과 미묘하게 달라진 공작의 태도를 알아차렸다.

'그때는 이클리스를 이본에게 붙이는 게 반 확정된 것 같더니.'

어느 쪽이 공작의 진심인지 가늠하던 중, 문득 모든 게 다 무의미하게만 느껴졌다.

'……이제 와서 그걸 가늠해 봤자 다 무슨 소용이야.'

무수히 많은 기회들은 모조리 놓친 채, 나는 이제 하드 모드의 끝을 앞두고 있었다.

"공작님."

나는 오랫동안 부르지 않았던 호칭을 입에 담았다. 오랜만에 듣는 낯선 부름에 공작의 푸른 동공이 커다랗게 확장되었다. 나는 담담하게 말을 건넸다.

"이제 제게 그렇게까지 신경 쓰지 마세요."

"……페넬로페."

"6년간 이본 대신 공작가에서 머물며 큰 은혜를 입었어요. 저도 그간 보고 배운 것이 있어서, 퇴장할 때를 아는 것이 귀족의 미덕이라는 것쯤은 알아요."

"그게, 그게 무슨 소리냐. 대신이라니."

"저 하나 때문에 공작가 전체가 우스워지는 것을 원하지 않아요. 조용히 떠나고 싶어요."

"떠나다니!"

당황하여 말을 더듬던 공작이, 그 순간 버럭 노성을 내질렀다.

"이전부터 왜 자꾸 그런 소리를 하는 게냐, 결혼도 안 한 여식이 집 놔두고 대체 어디를 간다고!"

"친딸이 돌아왔잖아요."

"후⋯⋯."

공작이 깊은 한숨을 내쉬며 이마를 짚었다. 그는 나조차 알아차릴 만큼 막막한 눈으로 말했다.

"대체 무슨 소리를 하는 게냐, 페넬로페. 너 또한 내 딸이다."

"⋯⋯지금이라도 늦지 않았어요, 공작님. 성인식을 취소해 주세요."

"페넬로페 에카르트!"

그가 또 한 번 버럭 소리쳤다. 이건 단순히 성인식을 피하기 위해서가 아니었다. 그러기엔 이미 너무 늦었다. 미운 정도 정이라고, 제국의 온갖 귀족들에 타국 인사들까지 불러 모은 공작을 위한 일말의 충고였다.

"다른 사람들에게 체면이 깎이는 것을 염려하시는 것이라면, 잠시 미룬 것으로 하고 이본의 성인식을 다시 크게 치러 주시면 되잖아요."

"그깟 체면 때문에 성인식을 강행하는 게 아니야!"

또 한 번의 노성을 내지른 공작이 입을 다물었다. 나를 살벌하게 노려보던 그는 이내 눈에서 힘을 풀고 내 시선을 피했다. 언성이 오간 몇 초 사이 그는 10년은 늙어 보이는 듯한 표정을 지었다.

"……한 번뿐인 네 성인식을 최고로 치르게 해 주고 싶었다."

이윽고 그가 취소하지 못하는 이유에 대해 털어놓았을 때.

"기뻐하는 네게, 늦었지만 용서를 구했으면 해서……."

나는 또다시 얼굴이 형편없이 일그러지는 것을 막지 못했다.

"이본, 그래."

"……."

"죽은 줄 알았던 그 애가 돌아와서 뛸 듯이 기뻤다. 그동안 고생했을 것을 생각하면 한없이 죄스럽고, 지금 네 성인식 연회를 성대하게 여는 것조차 미안하더구나."

"……."

"……하지만 너도 내 딸이야, 페넬로페. 공작저로 데리고 온 순간부터 한 번도 내 딸이 아니라고 생각한 적 없다."

시야가 흐려졌다. 나는 이곳에 와서 한 번도 입 밖에 꺼낸 적 없던 억울함 한 점을, 힘겹게 토해 냈다.

"……그런데, 왜 제 부탁은 한 번도 안 들어주세요."

"내가, 또 잘못하고 있는 게냐?"

공작이 지친 음성으로 되물었다.

"이본을 숨기고 네 성인식을 누구보다 화려하게 치러 주고 싶은 것이, 그리도 못 할 짓인 게야?"

"……공작님."

"성인식을 취소해 달란 말을 들어주지 못해 미안하구나. 하지만 이미 도착한 손님들도 있는데, 취소가 어찌 말이 돼."

공작은 부드럽지만 단호하게 내 부탁을 거절했다.

"이본에 대한 것은 네 성인식이 끝나고 시간이 오래 흐른 후에 공표할 것이다. 그러니, 넌 그냥 오늘 식을 잘 치를 생각만……."

주절주절 말을 내뱉던 공작이 우뚝 말을 멈췄다.

"페넬로페."

푸른 눈이 서서히 커졌다. 끼익―. 공작이 의자를 끌며 거칠게 자리에서 일어났다.

"애야, 왜, 왜 그러는 게야. 응?"

안절부절못하던 그가 내게로 손을 뻗었다. 눈 밑에 따스한 온기가 닿았다. 나는 그제야 눈가가 축축하게 젖었다는 것을 깨달았다.

"생에 단 한 번뿐인 기쁜 날에, 왜 울고 그러니."

"……."

"아가, 아비가 다 잘못했다. 울지 말아 다오. 응?"

한 줄기 흘러내리는 눈물에 어쩔 줄을 몰라 하던 공작이 끝내 나를 얼싸안고 다독였다.

그다지 슬프지도 않은데 왜 눈물이 흐르는지 나도 알 수 없었다. 고작 게임 속 등장인물일 뿐인데.

하지만 그럼에도, 페넬로페를 방치하고 빙의 직후 나를 수없이 비참하게 만들었음에도 불구하고 그 순간 그가 정말로 아버지처럼 느껴져서.

"……아버지."

"그래, 다 말하거라."

안녕히 계세요.

나는 끝내 공작에게 내뱉지 못할 인사를 중얼거렸다.

— 이른 아침, 인사하러 와 주실 수 있으세요?

— 인사?

— 네. ……철없던 어린 딸과의 작별 인사요.

이로써 우스갯소리로 내뱉었던 공작과의 작별 인사가 완성되었다.

"아가씨, 가실 시간이 되었어요."

공작이 나간 후 얼마 지나지 않아 에밀리가 나를 데리러 왔다.

"그래."

나는 고개를 끄덕이며 천천히 몸을 일으켰다. 에밀리를 따라 아래로 내려가는데, 생각보다 무덤덤했다.

성인식 장소는 저택 내부의 연회장이나, 앞쪽 정원이 아닌 후원에 꾸며졌다. 공작의 뜻이었다. 내가 자주 시간을 보내는 장소라는, 정말 쓸데없는 의미 부여였다.

나는 다시금 요동치는 속을 억누른 후, 활짝 열린 뒷문 너머로 찬찬히 나아갔다. 환한 햇살이 후원을 비추었다. 식장 준비로 인해 이틀간 출입할 수 없었던 그곳은 별천지로 뒤바뀌어 있었다.

화려한 금사가 수놓아진 새하얀 색의 휘장과 천막, 꽃과 크리스탈, 각종 보석들로 아낌없이 장식한 단상과 수많은 테이블. 분명 며칠 전까지만 해도 없었던 거대한 분수가 한가운데를 차지한 채 물을 뿜었다.

　그 모든 것들의 대미를 장식하듯 하늘에서 드문드문 반짝이는 살 굿빛 꽃비가 천천히 쏟아졌다.

　"환상이 아니라 실체화 마법이에요, 아가씨."

　에밀리가 흐뭇하게 속삭였다.

　"오늘을 위해 공작님께서 마법사들을 대량 고용하셨대요."

　그 말을 듣자니, 공작이 왜 그리도 강경하게 취소할 수 없다고 말했는지 조금쯤 알 것 같았다. 식장은 그야말로 돈을 때려 부은 듯한 사치의 극치였다.

　"너무 아름답죠, 아가씨……."

　에밀리가 꿈결을 걷는 듯한 눈으로 하늘을 바라보며 중얼거렸다.

　나는 손을 펼쳐 내밀었다. 마침 산들산들 떨어지던 꽃잎 하나가 내 손바닥 위에 안착했다. 그 순간, 나는 왈칵 얼굴이 흐려지는 것을 막을 수 없었다.

　탐스러운 살굿빛 꽃잎의 정체는, 디 엘런윅 로즈였다. 레널드의 시비를 피하기 위해 공작 앞에서 아무 의미 없이 예쁘다고 말했던.

　그것을 가만히 내려다보고 있을 적, 턱―. 불현듯 누군가 허공을 향해 뻗은 내 손을 낚아챘다.

　"여기 멍청하게 서서 뭐 하나?"

　퍼뜩 고개를 들자, 낯익은 분홍 머리가 보였다.

　나는 오만상을 찌푸리며 물었다.

　"뭐야."

　"성인식마저 네 에스코트를 해 준다는 기사 한 명 없지? 어휴,

넌 진짜 나 없으면 어쩔 뻔했냐."

"필요 없어, 혼자 가면 되니까. 그리고 내가 당분간 말 걸지 말랬지."

나는 날카롭게 쏘아붙인 후 잡힌 손을 탁, 뿌리쳤다.

"야, 야!"

레널드가 다급하게 내 손을 다시 붙잡았다.

"놓으라니까, 안 들려?"

"이, 이대로 혼자 가면 에카르트의 위신이 어떻게 되겠냐? 오라비가 두 명이나 있는데, 한 명도 에스코트를 안 해 주냐고 손가락질할걸?"

"알 게 뭐야."

신경 쓰지 않고 팔을 뒤틀자, 레널드가 황급히 외쳤다.

"아버지가! 아버지가 너 사고 안 치게 돌보라고 하셨어! 야, 네가 말해 봐. 아버지가 시켰지? 어?"

놈이 에밀리에게 눈을 부라렸다. 겁에 질린 에밀리가 마구 고개를 끄덕였다.

"그, 그럼요. 아가씨! 저도 들었어요! 작은 도련님께서 식장까지 에스코트해 주시기로요……."

"거 봐, 얘도 들었다잖아!"

누가 봐도 급조한 거짓말이었다. 나는 티 나지 않게 한숨을 쉬며 팔에서 힘을 뺐다. 레널드 놈과 상종도 하기 싫었지만, 이대로 계속 실랑이를 하다간 모든 사람들의 이목이 쏠릴 것 같았다.

팔 하나 없는 셈 치고 말없이 걸음을 옮기자 놈이 얼른 따라붙었다. 히죽 웃는 꼴을 보기 싫어서 시선을 정면에만 고정했다.

한가운데에 있는 분수 너머의 단상까지 거리가 꽤 있었다. 제법 신사답게 내 허리와 손을 떠받치는 레널드와 함께 레드 카펫을 밟자, 아니나 다를까 익숙한 숙덕임이 들려왔다.

"내놓은 자식이 아니라, 공작님께서 애지중지하는 고명딸이란 소문이 정말로 사실인가 봐요."

"하긴, 그러니까 지금껏 그런 패악질을 부렸는데도……."

"오죽하면 둘째 공자께서 직접 에스코트를 다……. 그런데 이 장식은 뭔가요? 세상에, 너무 값비싸 보이는걸요."

그 순간이었다. 불현듯 눈앞이 환해졌다.

〈SYSTEM〉 공작저 주변인과의 관계 개선으로 명성이 +100 되었습니다. (total : 460)

나는 하드 모드의 마지막 날에 뜬 명성 증가 소식을 짜게 식은 눈으로 바라보았다. 레널드 놈은 엑스트라들의 수군거림이 썩 듣기 좋은지 맞잡은 손을 더 높이 치켜들었다.

우여곡절 끝에, 마침내 오늘 내가 있을 자리에 도달했다. 레널드는 임무를 완수했음에도 내 곁을 떠나지 않았다.

계속 신경 썼다간 나만 스트레스였으므로, 나는 물을 뿜는 분수를 무료하게 구경했다. 하지만 지긋지긋한 공포의 주둥이가 나를 가만히 놔두질 않았다.

"……아직도 그때 일로 삐져 있나?"

"아니."

나는 놈의 말이 채 끝나기도 전에 즉답했다. "허." 하고 헛바람을 터뜨린 레널드가 기가 막힌다는 듯 뇌까렸다.

"좀 듣는 시늉이라도 하고 대답해라, 어?"

"듣고 있어."

"단단히 삐졌네."

무시하려 했지만, 밉살맞은 언행에 눈 밑이 꿈틀댔다.

"왜 내가 화났을 거라 생각해? 난 아무렇지도 않아."

"말투가 딱 너 괴성 지르기 직전 말툰데?"

"기대에 부응하지 못해서 미안한데, 너한텐 그런 감정 쏟는 시간
도 아까워."

"아유, 우리 애기. 삐져쩌요."

놈이 내 볼을 살짝 꼬집으며 지껄였다. 나는 그 손을 팍 내치며
경악에 차 소리쳤다.

"너 미쳤어?"

"어쭈. 이젠 그냥 맞먹으시고."

"하…….."

나는 깊은 한숨을 쉬며 다시 시선을 분수대에 고정했다. 식이 시
작되지도 않았는데 벌써부터 하루가 끝난 기분이었다. 내 정신 건
강을 위해서라도 이제부터 철저히 무시하려고 마음먹던 그 순간이
었다.

"……미안하다, 오해해서."

나지막한 사과가 들려왔다. 나는 생소한 소리를 들은 사람처럼
다시 그를 돌아보았다. 그러나 이번엔 레널드가 나를 마주 보지 않
았다.

"일부러 그런 거 아니야. 너도 알잖냐. 내가 가끔 병신처럼 지껄
이는 거."

그걸 본인이 알고 있다니 정말 의외였다.

"시도 때도 없이 나한테 시비 걸고 싶어서 안달 나 있는 거겠지."

"이게, 오라비를 아주 물로 보고."

놈이 발끈하며 나를 흘기다가 이내, 인상을 찡그리며 중얼거렸다.

"사실, 그때 생각하면 나도 왜 그랬는지 잘 모르겠다고……. 시발, 꿈자리가 뒤숭숭해서 그랬나."

"……꿈? 뭔 꿈?"

"전날 밤에 그 상황이랑 똑같은 꿈을 꿨어. 그래서 난 네가 진짜 걔 패는 줄 알았지. 그 뭐냐, 데자뷘가 그거 있잖아."

레널드가 고개를 갸웃거리다가 이내 내 핀잔으로 넘어갔다.

"그러니까 평소에 좀 얌전히 지내라, 어? 오죽하면 네가 걜 패는 꿈까지 다 꾸겠냐."

불현듯 머리끝이 쭈뼛 곤두섰다. 나는 어렴풋이 그때 그 일의 경위를 알 것 같았다. 이본이 공작은 물론 레널드에게도 세뇌를 시도한 게 분명했다.

나는 바르르 떨리는 손을 뒤로 맞잡으며, 입을 열었다.

"넌 안쓰럽지도 않아?"

"뭐가?"

"내 성인식 때문에 네 진짜 동생일지도 모르는 애가 계속 숨어 있어야 하잖아."

내 말에 레널드가 어깨를 으쓱이며 답했다.

"뭐 어떠냐? 아직 확실해진 것도 아닌데. 진짜라고 아버지가 못 박으면 그때 가서 안쓰러워해 주면 되지."

세뇌의 영향에서 벗어난 레널드는 동생의 등장에도 퍽 아무렇지도 않아 보였다. 나는 좀 멍해졌다. 여주가 나타나서 온갖 경계와 신경을 곤두세우는 건 꼭 나 하나뿐인 것 같았다.

하기야, 공작 일가는 지금껏 사례금을 노린 사기꾼들을 수도 없이 상대해 왔다. 이곳이 현실이라면, 이편이 더 자연스럽긴 하지만…….

"웃차."

꼬리를 물고 이어지던 상념은 레널드의 기이한 행동으로 인해 끝 났다. 갑자기 훅 몸을 숙인 놈이, 단상 아래로 늘어진 천을 걷어 그 안에서 무언가를 꺼내 올렸다.

"자, 받아."

그가 내게 내민 것은 꽤 커다란 나무 상자였다.

"뭐야?"

나는 영문을 몰라 멀뚱멀뚱 바라보기만 했다. 그러자 놈이 막무 가내로 상자를 떠안겼다. 그리고 아차 할 새도 없이 뚜껑을 열었다.

얼떨결에 상자 안을 확인한 나는 천천히 눈을 크게 떴다. 폭신폭 신하게 깔린 짚더미 위에, 손바닥만 한 네 개의 솜뭉치가 옹기종기 모인 채 쌕쌕 잠들어 있었다.

"이건…….""

아기 토끼들이었다. 하얀색, 회색, 검은색, 그리고 마지막은 특 이하게도 하늘색 바탕에 녹색의 점박이었다.

"……웬 토끼야?"

"네가 풀어 놓으라던 토끼들이 연무장 근처에 새끼를 바글바글 하게 깠어. 이것들은 벌써 3세야."

"아."

까맣게 잊고 있었다. 사냥제가 끝난 후 갖고 싶은 사냥감이 있냐고 집요하게 묻는 놈에게 '토끼'라 답했다는 것을.

멍청한 소리를 내자, 레널드가 험악하게 눈살을 찌푸렸다.

"넌 들여다보지도 않았지?"

들여다보는 것은 물론이고, 놈이 토끼를 돌봐온 것조차 몰랐다. 당황스러움에 시선을 다시 상자 안으로 떨구자, 레널드가 새끼들 중 하나를 가리켰다.

"이게 내 선물이다."

하늘색 바탕에 녹색 점을 가진, 독특한 토끼였다. 멍하니 그것을 바라보고 있자, 레널드가 묵묵히 읊조렸다.

"비싼 돈 주고 남방의 녹색 토끼까지 사서 하늘색이랑 짝 붙였는데, 네 눈 같은 색을 가진 새끼는 안 나오더라."

"물감이야? 섞으면 색깔 진해지게?"

"이, 이게 오빠한테 못 하는 소리가 없어. 내가 바보냐? 어?"

어이가 없어 되묻자, 레널드가 발끈해서 소리쳤다. 그러나 정곡을 찔린 건지 놈의 얼굴이 시뻘게졌다.

"그리고 뛰는 모습 보면 얼추 청록색이라고! 성공한 건 맞거든?!"

잠시 버벅이던 그가 버럭 외쳤다. 그러더니 토끼들이 깰까 봐 금세 상자 안을 들여다보곤, 조심조심 뚜껑을 닫았다.

"잘 보살펴라. 이제 네가 엄마니까."

"어미는? 없어?"

"약해서 버려졌거나 부모가 죽은 애들이야. 그냥 내버려 뒀다간 다 굶어 죽었겠지."

그 말에 조금 숙연해졌다. 나는 곁에 서 있던 에밀리를 불러 상자를 내밀었다.

애석하게도, 잘 돌보라는 레널드의 말은 지킬 수 없었다. 하지만 데릭이 선물로 주겠다던 진분홍색 희귀 새처럼, 매몰차게 거절할 수가 없었다. 갓 태어난 것들이라 마음이 약해진 탓도 있지만, 레널드가 노심초사하며 기른 것이 느껴져서 차마 외면할 수 없었다.

나는 뒤늦게 작은 목소리로 속삭였다.

"……선물 고마워, 오라버니."

내 말에 레널드가 드물게 이를 드러내고 환히 웃었다.

"생일 축하한다, 페넬로페."

그의 머리 위 연분홍색 호감도 게이지 바가 반짝였다. 그것을 낯설게 바라보고 있을 적, 후원 한쪽이 소란스러워졌다. 휙 고개를 돌려 원인을 확인한 레널드가 인상을 찌푸리며 말했다.

"야, 할아범 왔다. 곧 잔소리 타령 시작하려나 보다."

성인식 축사를 하러 온 에카르트 가문의 원로였다. 게임에는 나오지 않았지만, 집사에게 미리 들어 알고 있었다.

"나 아버지 데리고 올 테니까, 잠깐 혼자 있어라."

레널드는 제법 가문의 일원답게 행사 진행을 위해 바쁘게 움직였다.

"그런데 형은 이 바쁜 때에 대체 어디 있는 거야? 지가 해야 할 일을 왜 내가 해야 하냐고."

구시렁거리며 멀어지는 그에게서 막 고개를 돌릴 무렵이었다. 문득 볼이 따가웠다. 무심결에 시선을 움직이던 나는 누군가와 정면으로 눈이 마주쳤다.

자리가 아직 다 차지 않아 한산한 테이블 가운데, 보라색 호감도 게이지 바가 깜빡였다. 뷘터 베르단디였다.

오랜만에 보는, 가면을 쓰지 않은 그의 맨 얼굴에는 날 선 서늘함이 맴돌고 있었다. 경계 어린 군청색 동공은 꼭 초기, 그의 비밀 공간에 침투했을 때로 돌아간 것 같았다.

'뭐, 이 정도면 양호한 건가.'

나는 묵묵히 그의 차가운 시선을 감내했다. 훌륭한 정보상이니 그는 이미 알 것이다. 이본이 공작저로 돌아와 저택 어딘가에 있음을.

뷘터는 본래 성인식 당일 여주를 데리고 올 만큼 그녀에게 마음을 쏟는 캐릭터였다. 트라탄에서 내게 저지른 실수까지 들먹이며 의뢰를 강요한 나를 보고, 그는 지금 무슨 생각을 하고 있을까.

그때였다. 내게 못 박혀 있던 그의 차가운 시선이 스르륵 아래로 내려갔다. 그가 내 얼굴이 아닌 드레스 쪽을 빤히 응시했다.

'아, 망할.'

덩달아 시선을 내리던 나는, 그가 무엇을 보는지 깨닫고 짧게 욕설을 읊조렸다.

공작과의 대화 때문에 목걸이를 벗는 것을 깜빡 잊고 그대로 하고 와 버렸다. 완벽하게 성장한 차림새엔 퍽 어울리지 않는 액세서리였다.

'어떡하지. 지금이라도 벗어 놓을까?'

물론 별일은 없을 것이다. 병은 방에 두고 왔으니까.

반질반질한 흰 구슬을 내려다보며 어떡할지 갈등하던 찰나였다. 문득 머리맡이 어두워졌다.

"공녀."

귀에 익은 음성에 나는 천천히 고개를 들었다. 햇볕을 받은 금발이 코앞에서 찬란하게 부스러졌다.

"……전하."

나는 오지 말라고 했음에도 기어이 내 성인식에 참여한 사내의 모습에 설핏 웃음이 터져 나왔다.

더는 나를 상종도 하지 않을 거라 여긴 것이 무색하게, 칼리스토는 붉은 망토를 휘날리며 당당히도 나타났다.

"제국의 작은 태양을 뵙습니다."

나는 고개를 살짝 숙여 묵례했다. 인사에도 답이 없던 황태자는 한참이 지나서야 입을 열었다.

"……고갤 들라."

그 말에 나는 고개를 들어 그를 마주했다.

"아는 척하지 말라고 했는데, 또 아는 척하시네요."

"아름답군."

시큰둥한 태도에 곧장 엉뚱한 대답이 돌아왔다. 나는 한발 늦게 그의 말을 이해했다.

오지 않을 거라 생각하고 입은 드레스인데, 선물을 준 당사자가 등장하니 당혹감이 밀려왔다. 눈을 마주치지 못하고 어쩔 줄을 몰라 하는 내 모습에도, 황태자는 개의치 않고 내뱉었다.

"상상했던 것보다 더."

"……."

"내 눈에만 그렇게 보이나 했는데…… 주변을 보니까 사내놈들 시선이 다 이쪽에 꽂혀 있더군."

그가 표정 없는 얼굴로 나를 바라보며 무뚝뚝하게 읊조렸다.

낯간지러운 말을 하는 황태자의 모습에 놀람도 잠시. 이렇게 삭막한 칭찬은 또 처음이라, 또 한 번 웃음이 터져 나왔다. 나는 담담히 그의 선물과 찬사를 받아들이기로 결심했다.

"과찬에 몸 둘 바를 모르겠네요."

"농담 아니야, 공녀."

그는 내 쪽으로 살짝 고개를 숙이며 낮게 속삭였다.

"저 새끼들 눈깔을 다 잡아 뽑고 싶은 걸 간신히 참고 있다고."

나는 퍽 잔인한 농담에 오만상을 찌푸렸다.

"식이 끝날 때까진 계속 참아 보세요."

"그게 오늘의 주인공이 할 소리야?"

"아니면 저 없는 곳으로 데리고 가서 하시든지요."

칼리스토가 그제야 살벌하게 경직돼 있던 표정을 풀고 피식, 웃음을 흘렸다.

"……그래. 그대는 잔인한 걸 싫어하니까."

고개를 가만히 끄덕이던 그가 불쑥 물었다.

"내 선물은 잘 받았나?"

"네. 너무 많아서 다 쓸 수 있을지 모르겠습니다만…… 어쨌든 감사드려요, 전하."

"오다 주운 거니 너무 부담 갖진 마."

엊그제 집사가 말을 전할 때는 그저 과장된 첨언이겠거니 여겼는데, 정말 본인이 직접 한 말이었다. 나는 허세를 부리는 그의 모습에 어이가 없어서 입을 열었다.

"전하께서는 공작저에 오실 때마다 어디 정복 전쟁이라도 하고 오십니까?"

"뭐, 어디 갖고 싶은 곳이라도 있나? 말만 해. 그대가 그렇게 호전적인 성격인 줄 미처 몰랐군."

"아니요, 없습니다."

내 대답에 칼리스토가 다시 짧게 웃었다. 그러다 문득 그의 시선이 내 가슴 아래쪽에 꽂혔다.

"그런데, 그거 지난번 솔레일에서도 하고 있었던 거 아닌가?"

"네? 뭐⋯⋯."

그의 시선을 따라 덩달아 고개를 내린 나는, 방금 전까지 고민 대상이었던 고대 마법 목걸이를 발견했다.

"아."

"괴상하군."

황태자가 영 어우러지지 않는 내 모습을 한마디로 일축했다.

"뭔데 그렇게 애지중지해? 감히 제국의 황태자가 내린 포상 위에 얹기나 하고 말이야. 무엄해."

그가 불쾌한 목소리로 덧붙였다. 나는 그의 불쾌함을 십분 이해해서 순순히 답했다.

"빈수가 준 선물이에요."

"빈수? 그게 누구지?"

"그때 도와준 그 타국의 마법사 있잖아요. 가면 쓴."

"아, 그 악령 쓴 맨발."

까맣게 잊고 있었는지, 황태자가 짧게 침음했다. 기억나는 게 악령과 맨발밖에 없는 듯했다. 나는 그의 뒤에 자리한 그 악령 쓴 맨발의 사나이에게 좀 미안해져서 그저 어색하게 웃기만 했다.

"뭐 하는 물건인데?"

문득 황태자가 눈을 가느스름하게 뜨고 물었다.

"착용자의 몸을 지켜 준대요."

"어떻게."

"주변에 위험이 있으면 가운데 구슬 색깔이 변한다는데…… 그 나라에선 애뮬릿 같은 건가 봐요."

정확히는 독성이나 마법으로 인한 성질 변화를 감지하는 것이었지만, 나는 대충 에둘러 말했다.

"꼭 저 같은 선물을 줬군."

그제야 수긍이 가는지 황태자가 집요하게 캐묻는 것을 멈추고 빈정거렸다. '저 같은' 게 뭔지 좀 궁금했지만, 나는 따져 묻기보단 서둘러 목걸이를 벗는 것을 택했다.

"그냥 차고 있어."

그런데 막 은줄을 잡는 순간, 칼리스토가 나를 저지했다.

"왜요?"

"오늘 같은 날엔 별별 놈들이 다 기어들어 왔을 것 아니야. 무슨 일이 생길 줄 어떻게 알고."

"그자 같은 선물이라면서요."

"그래도 마법 실력 하나는 믿을 만하잖나."

칼리스토가 어깨를 으쓱이며 산뜻하게 답했다. 그가 그렇게까지 말하니 서둘러 벗으려 한 게 머쓱해졌다. 은줄을 잡은 손이 스르륵 놓였다. 그리고 우리 사이에 짧은 정적이 찾아왔다.

실은 처음부터 느꼈다. 나처럼, 그도 오늘만큼은 다투지 않기 위해 많이 노력하고 있다는 것을.

이틀 전만 해도 다신 보지 않을 것처럼 헤어졌던 우리가, 이렇게 아무렇지도 않게 대화를 나누고 있다는 사실이 신기했다.

'……이 정도면 됐어.'

나는 그렇게 생각했다. 이 정도면 아무런 미련도 남기지 않을 수 있을 것 같다고.

"……전하."

나는 흘끔 주변을 곁눈질하며, 찬찬히 입을 벌렸다.

"……사람들이 쳐다봐요."

성인식을 맞이한 귀족에게 건네는 인사치고, 시간이 꽤 지체됐다. 이미 아까 전부터 이쪽을 흘끔거리는 시선들이 한가득이었다.

"이제 그만……."

"……이상하군."

이제 그만 대화를 마무리 짓자고 말을 꺼내려던 찰나, 칼리스토가 불쑥 내 말을 끊었다.

"분명 어제까지만 해도, 그대가 얄밉고 괘씸해서 미칠 것 같았거든."

"……."

"그래서, 아침까지만 해도 확 가지 말까 계속 고민했는데 말이야."

그 고민이 무색하게도 이 자리에 있는 자신이 우스운지, 칼리스토가 헛웃음을 지었다.

"그런데 오늘 그대를 보는 순간, 그대의 머리카락 위로 빛이 부스러져서."

"……."

"눈을 뗄 수가 없더군."

나는 잠시 숨을 멈췄다. 그는 나와 시선을 마주치지 않고 눈을 내리깐 채, 혼잣말처럼 조곤조곤 중얼거렸다.

"분명 햇빛 때문에 그런 줄 알았는데……."

"……."

"가까이 있는데도 계속 그래, 공녀. 눈이 부실 지경이야."

그가 문득 미간을 찌푸리며 시선을 들었다. 그리고 천천히 내게로 손을 뻗었다. 남자의 손가락 끝이 스칠 듯 말 듯 귀 옆으로 새어 나온 잔머리를 건드렸다.

"……이상해. 발광 마법이라도 걸어 놓은 건가?"

그는 정말로 영문을 모르겠다는 듯 고개를 기울였다.

나는 흔들리는 눈으로 내 머리를 어루만지는 손, 이어서 그를 바라보았다. 그를 보며 항상 느꼈던 감상을, 황태자가 고스란히 똑같이 내뱉고 있었다.

내가 그의 찬연한 황금색 머리카락 때문에 그렇게 느끼는 것처럼, 별것 아니었다. 머리 위에 꽂은 티아라라든지, 착용한 귀걸이라든지. 빛이 반사되어 그렇게 느껴질 만한 것들이 충분했다.

그런데도, 그런데도 그의 말처럼 기분이 이상해졌다. 가슴이 너무 울렁거려서……. 아니, 속절없이 떨리는 걸 참을 수 없어서.

〈SYSTEM〉 [칼리스토]의 호감도를 확인하시겠습니까?
[400만 골드 / 명성 200]

'마지막이니까.'

나는 그렇게 합리화하며 바르르 떨리는 손으로 [400만 골드]를 택했다.

〈SYSTEM〉 [400만 골드]를 차감하고 [칼리스토]의 호감도를 확인합니다. (남은 보유 자금 : 999,999,999+)

[호감도 89%]

그제야 참았던 숨을 천천히 내 쉴 수 있었다. 나는 새빨간 호감도 게이지 바 위, 반짝이는 수치를 가만히 올려다보았다.

지난번에 느꼈던 허무함과 실망감이 거짓말 같았다. 그가 나를 아직 완벽하게 사랑하는 게 아니라는 사실에, 나는 진심으로 안도할 수 있었다.

"……별거 아니에요, 전하. 다이아몬드 때문일 거예요."

얼굴을 허물어뜨리지 않도록 필사적으로 노력하며 가까스로 입술을 끌어올리고 웃었다.

"전하께서 주신 다이아몬드가 너무 값진 것이라 그래요."

"그런가?"

"네."

"……그렇군."

칼리스토는 고개를 끄덕이며 내 머리칼을 건드리던 손을 찬찬히 거뒀다.

"그대가 그렇다면 그런 거겠지."

멀어지는 그의 손이, 그 순간이 꼭 영원같이 느껴졌다. 스치듯 서로의 눈이 마주치던 순간.

"황태자 전하."

불쑥 누군가의 목소리가 우리 사이를 끼어들었다. 퍼뜩 고개를 돌리니 공작과 그를 데리러 갔던 레널드가 다가와 있었다.

"제국의 작은 태양을 뵙습니다."

멈춘 것만 같던 시간이 단숨에 빠르게 흘러갔다.

"고개를 들라."

황태자는 선선히 허락이 담긴 명을 내렸다. 그리고 무표정하게 나를 쳐다본 게 언제였냐는 양, 얼굴을 무너뜨리고 예의 그 사나운 미소를 지었다.

"오랜만이군, 공작."

"바쁘신 와중에 참석해 주셔서 무한한 영광입니다."

"장차 내게 큰 힘이 되어 줄 공작가의 대사인데 당연히 와야지."

황태자가 능청스럽게 턱을 치켜들며 말했다. 공작의 눈썹이 한차례 꿈틀거렸다.

"더 인사를 나누고 싶사옵니다만, 송구하게도 이제 식을 시작해야 합니다, 전하."

"아, 식. 그래, 공녀의 한 번뿐인 성인식이 늦춰질 순 없지."

황태자는 이내 내게로 다시 고개를 돌린 후 아무렇지도 않게 인사를 건넸다.

"생일 축하해, 공녀."

"감사합니다."

나는 시선을 아래로 떨군 채 화답했다. 이윽고 그가 몸을 돌려 제 지정석으로 돌아갔다. 나는 휘날리는 붉은 망토를 끝내 바라보지 않았다.

다시 고개를 들었을 땐, 어느새 수많은 귀족들이 마련한 테이블에 빽빽하게 착석해 있는 상태였다.

"이제 식을 거행하지."

공작의 엄중한 목소리를 시작으로, 마침내 성인식이 시작됐다.

나는 새도 떨어뜨릴 만큼 세가 드높은 공작가에서 키우는 미친개의 성인식이 거행되었다. 나를 포함한 공작 일가는 단상 뒤에 나란히 섰다.

"에카르트가의 독녀, 페넬로페 에카르트의 성인식을 진심으로 축하하노라. 대잉카 제국의 명예로운 귀족 일원이자 한 명의 충성스러운 백성으로서, 사는 동안 그 성과 이름을 세상에 널리 알리도록……."

병환으로 인해 직접 오지 못한 황제를 대신하여 직속 시종이 칙서를 읽었다. 지루한 연설이 반복됐다. 그다음 순서는 가문 원로의 축언이었다.

"비록 시작은 갇혀 있는 번데기에서 벗어나기 위해 발악하는 한낱 미물에 불과하였지만, 성년을 맞이하여 이제는 허물을 벗고 긍지 높은 에카르트의 일원으로……."

퍽 고상하고 길게 말했지만, 성인이 되었으니 더는 예전처럼 날뛰지 말란 소리였다. 왜 레널드가 늙은 원로를 가리키며 '잔소리 타령이 시작되려나 보다'고 했는지 알 것 같았다. 고도로 나를 까는 듯한 원로의 연설이 끝날 듯 끝나지 않을 듯 가늘고 길게 이어졌다.

"……따라서 페넬로페 에카르트가 성인이 되었음을 인정하고 정식으로 선포하노라."

탁―. 마침내 원로 할아버지가 말을 마치고 들고 있던 우단 서류철을 깔끔하게 닫았다. 객석에서 우레와 같은 박수가 터져 나왔다.

나는 미소를 짓지도, 다른 화답조차 하지 않은 채 묵묵히 그 소리를 듣기만 했다. 주인 없는 성인식을 대신 치러 주는 동안 내가 할 수 있는 일이 그뿐이었기 때문이다.

"집사."

박수 소리가 조금씩 잦아들 무렵 공작이 식을 총괄하는 집사에게 눈짓했다. 집사가 즉각 몸을 움직였다. 그는 한쪽에 미리 준비해 뒀던 트레이를 끌고 왔다.

마지막 절차였다. 직속 가족끼리 축하와 경애의 의미로 세리주를 나눠 마시는 것.

물론 이것으로 완전히 끝나는 것은 아니고, 이후 피로연으로 이 어졌다. 어쨌든 별일 없이 무사히 마지막을 앞두고 있기에 나는 한 시름 내려놓았다.

"그런데 데릭 이놈은 대체 어디 처박혀 있는 거야."

그때 공작이 노기 가득한 목소리로 레널드에게 읊조렸다. 나는 그제야 깨달았다. 식이 거행되는 동안 데릭이 자리에 있지 않다는 것을.

레널드가 휘휘 주변을 둘러보며 덩달아 눈살을 찌푸렸다.

"아오, 아까 전에도 한참 찾았는데 안 보이던데요. 지금이라도 데리고 올까요, 아버지?"

"당장 갔……."

그러나 공작이 채 이를 갈며 허락하기도 전에 집사가 당도했다. 공작이 재빨리 입을 다물고 다시 사람 좋은 낯을 뒤집어썼다. 집사 가 끌고 온 트레이 위에는 술병과 황금 잔 네 개가 나란히 놓여 있 었다.

"집사, 어서 데릭 놈 찾아 데리고 와."

잔을 건네는 집사에게 공작이 작게 명령했다. 그는 이내 객들에 게 양해를 구했다.

"잠시만 기다려 주십시오."

식이 멈췄다. 레널드면 또 모를까, 그토록 철저한 데릭 놈이 문제를 일으킬 줄은 몰라서 신선한 감상이 들었다.

　그러나 그것도 잠시, 나는 집사 대신 하녀가 단상 위에 술병과 잔을 놓는 모습을 심드렁하게 구경했다.

　달칵―. 내 앞엔 다소 투박한 금잔이 놓였다. 가문의 문장과 유려한 필기체가 새겨져 있는 공작과 두 아들놈들의 화려한 잔과는 달리, 이름조차 쓰여 있지 않은 단조로운 것이었다.

　성인식처럼 특별한 날에 사용하는 황금배(gold cup)는 새것이 아닌, 오래간 애용한 것을 쓴다. 그만큼 해당 날의 주인공을 향한 애정을 담는다는 뜻이었다. 그래서 이곳의 귀족들은 아이가 태어나면 금반지 대신 이름이 새겨진 금배를 주고받았다.

　페넬로페에게도 컵이 있다는 사실을 얼마 전에 에밀리에게 들어 알았다. 그녀가 공작을 따라 막 공작가에 왔을 땐 데릭의 성년식을 바로 코앞에 둔 시점이었다.

　그런 이유로 급히 금배를 준비하느라 안타깝게도 이름을 새기지 못했다. 그 이후엔 새길 시간이 충분했지만, 레널드의 성인식까지 4년이란 긴 틈이 존재했다. 주인에게마저 잊힌 성배는 아직까지도 민무늬 상태 그대로였다.

　멍하니 금잔들을 바라보고 있는 와중, 멈춘 식에 의아함을 느끼는 귀족들의 술렁임이 점점 커졌다. 데릭을 찾으러 간 집사는 아직도 돌아오지 않았다.

　"페넬로페."

　더 지체할 수 없다고 판단했는지, 공작이 별수 없이 술병을 들었다.

　"잔을 들거라."

　나는 군말 없이 내 몫의 잔을 들었다. 잠시 중단됐던 성인식이

다시 진행됐다.

쪼르륵—. 피처럼 붉은 액체가 황금잔 안에 쏟아져 들어왔다. 이어서 내게 병을 건네며 공작이 스치듯 속삭였다.

"너무 독하거든, 마시는 척만 하고 바닥에 버리려무나."

반가운 소리였다. 딱히 술을 마시고 싶지는 않았기에. 나는 미미하게 고개를 끄덕이며 그의 잔에 술병을 기울였다. 챙— 이윽고 잔이 맞부딪쳤다.

"페넬로페를 위하여."

짧게 구호를 외친 공작이 그대로 입 안에 술을 털어 넣었다. 다시 일정한 박수 소리가 터져 나왔다.

나는 공작이 알려 준 대로 마시는 척하고 잔디밭 위에 그대로 술을 버렸다. 다시 단상 위에 잔을 놓자 레널드가 자연스럽게 술을 따랐다.

"페넬로페를 위하여."

앞서 공작과 했던 행위가 한 번 더 반복됐다. 술을 버리는 게 좀 전보다 더 쉽고 자연스러웠다.

레널드와도 세리주를 나누는 것이 끝나자 공작이 고요히 입을 열었다.

"소공작은 안타깝게도 일이 있어……."

"늦어서 죄송합니다."

그때였다. 공작의 말을 막고 누군가 엄숙하고 고요한 자리에 끼어들었다. 모든 이들의 시선이 그쪽으로 휙 돌아갔다. 제일 먼저 눈에 들어온 것은 드물 게 당황한 표정을 짓고 있는 노집사였다.

그를 슬며시 밀치며 장신의 사내가 뚜벅뚜벅 단상 앞으로 걸어

나왔다. 늘 그랬듯 차갑고 서늘한 얼굴이 나를 마주했다. 나는 조금 놀란 눈으로 튀어나온 그를 쳐다보다가 멈칫했다.

'게이지 바가…….'

데릭의 정수리 위, 게이지 바 색이 바뀌어 있었다. 주황색에서, 샛노란 색으로.

눈이 부릅떠졌다. 데릭의 호감도 게이지 바가 바뀐 것에 신경이 쏠려 나는 미처 알아차리지 못했다. 그의 뒤에 끌려 나온 자그마한 인영을.

"저 아가씨는 누구죠?"

"소공작님의 숨겨진 연인인가요? 대체 무슨 일이…….''

고요한 장내에 소곤거림이 새어 나오기 시작했다. 그것을 먼저 알아차린 것은 다름 아닌, 공작이었다.

"데릭, 너…… 너……!"

공작은 그가 잡고 있는 가느다란 손목을 응시하며 차마 말을 잇지 못했다. 경악하는 제 아비를 보고 데릭 놈은 태연히 읊조렸다.

"직계 가족이 모두 참석해야 하는 자리가 아니겠습니까. 이본을 데리고 오느라 늦었습니다."

"아, 아버지……."

그의 등 뒤에서 작게 떠는 몸이 천천히 모습을 드러냈다. 여주였다.

조심스럽게 고개를 들던 그녀는 나와 눈이 마주치자, 파드득 어깨를 떨며 허겁지겁 도로 고개를 숙였다. 누가 봐도 가짜 공녀의 패악에 못 이겨 숨어 있다가, 친오라버니의 손에 끌려 나온 듯한 모습이었다.

"아버지……?"

"그럼 저, 저 아가씨가 설마⋯⋯."

작은 소곤거림은 금세 번잡한 웅성거림으로 번졌다. 나는 순식간에 엉망이 된 성인식을 무미건조한 눈으로 관조했다.

"데릭 에카르트! 너 대체 이게⋯⋯ 이게 무슨 짓이야—!"

시퍼렇게 변색된 얼굴로 파들파들 떨던 공작의 입에서 기어이 노성이 터져 나왔다.

"아무리 생각해도 납득할 수 없습니다, 아버지."

데릭은 제가 옳은 일을 하고 있다는 것에 한 치의 의심도 없는 사람처럼 지껄였다.

"왜 페넬로페의 성인식을 위해 이본이 돌아왔음을 알리는 것을 미루고, 존재마저 숨겨야 하는지요."

"너, 너! 네놈이 감히⋯⋯!"

"가솔들은 물론, 제국의 귀빈들이 대부분 모인 김에 이 자리에서 공표하시죠."

공작을 응시하던 그의 시선이 그 순간 내게로 슬쩍 이동했다.

"⋯⋯어릴 적 잃어버렸던, 에카르트 공녀가 다시 돌아왔음을."

찰나, 놈의 푸른 눈과 정면으로 마주쳤다. 생각보다 놀랍진 않았다. 아침에 둘이 다과를 든다는 소리를 듣고 이렇게 될지도 모르겠다고 이미 가정을 해서일지 모른다.

무표정한 나를 빤히 바라보던 놈의 눈이 그 순간, 미세하게 꿈틀거렸다. 동요하지 않는 내 모습이 썩 마음에 들지 않는 걸까. 놈의 턱이 도드라지게 불거졌다.

나는 놈을 무심히 스쳐 지나가 엉망진창이 된 성인식장을 둘러보았다.

‘이제 어떻게 되려나.’

고요했던 후원 안은 도떼기시장처럼 소란스러워졌다. 이본은 그 틈을 타 데릭의 등 뒤에서 완전히 벗어나 그렁그렁한 눈으로 공작을 바라보는 중이었다.

그때였다.

〈SYSTEM〉 하드 모드의 제한 기간이 끝났습니다.
〈SYSTEM〉 호감도 집계 중……
〈SYSTEM〉 ……
〈SYSTEM〉 ……
〈SYSTEM〉 호감도 집계 완료!

불현듯 눈앞이 환해졌다. 그리고.

〈SYSTEM〉 당신은 제한 기간까지 그 어떤 공략 대상과도 엔딩에 성공하지 못했습니다.

게임 공략에 실패했음을 알리는 시스템 창이 떴다.

여기까진 각오하고 있어서 괜찮았다. 그러나 그게 끝이 아니었다.

〈SYSTEM〉 실패로 인해 페널티가 발생합니다.

‘페널티……?’

꿈에도 예상치 못한 전개에 일순 머릿속이 하얘졌다.

'뭐야? 무슨 페널티가…….'

상황을 받아들이기도 전에, 시스템 창 안의 글씨가 빠르게 변했다.

〈SYSTEM〉 [모든 남주들의 호감도 하락] 페널티 적용.

[이클리스 −20%]

[데릭 −20%]

[레널드 −10%]

[뷘터 −10%]

[칼리스토 −10%]

눈 깜짝할 새에 모든 것이 무너져 내렸다. '−'를 단 흰 글씨가 사방에서 환영처럼 떠올랐다.

그간 내가 피눈물을 흘리며 쌓아 올렸던 호감도가 떨어지는 것은 순식간이었다.

〈SYSTEM〉 하드 모드 종료.

"하, 하아…… 하하하……."

눈앞이 시뻘겋게 변했다. 나는 무너져 내리는 모래성 사이에서 허탈하게 웃었다.

"야, 너……."

갑자기 미친 사람처럼 웃는 내가 이상했는지, 레널드가 생경한 얼굴로 나를 불렀다.

내 기괴한 웃음소리에 수군거림이 차차 잦아들었다. 내가 이상하다는 것을 알아차렸는지 노기를 띠던 공작도, 대립하던 데릭 놈도 놀란 눈으로 돌아보았다.

모든 것이 예상대로였다. 하드 모드는 처참함만을 남긴 채 끝이 났고, 나는 여전히 게임 속이었다. 이 빌어먹을, 이 빌어 처먹을 게임 속.

잔을 든 손이 바들바들 떨렸다.

'……괜찮아.'

하지만 아직 좌절하기엔 일렀다. 내겐 아직 쓰지 않은 하나의 방법이 남아 있으니까.

'그렇다고 가만히 당하고 있을 수만은 없지.'

이대로라면 꼼짝없이 진짜 공녀를 핍박한 가짜 공녀가 되지 않는가.

물론 이 빌어먹을 곳을 나가고 나면 내 알 바는 아니었지만, 결국 원래의 스토리대로 악녀로 전락하면 그동안 놈들 앞에 비굴하게 고개를 조아리고 목숨을 구걸해 온 내가 너무 불쌍하지 않은가.

나는 이를 한번 까득 사리물었다가 입을 열었다.

"첫째 오라버니 말씀이 모두 맞아요."

한껏 턱을 쳐들고 좌중을 둘러보았다. 언제나 오만하고 당당한 페넬로페처럼. 그러다 시선을 떨고 있는 가녀린 여자에게 고정했다.

"이본."

나는 거침없이 발걸음을 옮겼다.

"페넬로페……!"

공작이 뒤늦게 정신을 차리고 나를 다급히 불렀지만 늦었다. 나는 단상을 돌아, 이본에게 다가갔다. 송곳 같은 데릭의 시선도 개의치 않은 채 부드럽게 그녀의 손을 잡았다.

"신에게 감사하게도 제 하나뿐인 자매가 집으로 돌아왔어요, 여러분."

이본이 휘둥그레 뜬 눈으로 나를 바라보았다. 그녀뿐만 아니라 모든 남주들과 엑스트라들도 그랬다. 하지만 나는 사력을 다해 웃었다.

"아버지께선 이본이 돌아온 것을 알리려 하셨지만, 제가 손님들 사이에 혼란이 일 것을 우려해서 피로연 때 공표해 달라고 부탁드렸어요."

"……."

"언니를 숨기려 했다니, 첫째 오라버니와 소통에 오해가 있었나 봐요. 그렇죠, 아버지?"

나는 공작을 돌아보며 동의를 구했다.

"오늘 아침 제 방에 찾아와 그에 관해 대화를 나눴잖아요."

침도 바르지 않고 지어낸 말이 술술 쏟아져 나왔다. 처음 듣는 소리에 공작이 움찔거렸다.

그는 내게 무어라 말을 하기 위해 입술을 달싹거리다가도, 끝내 입을 다물었다. 당장에 터져 나오는 추문을 막으려면 그 수밖에 없었으니까.

후원에 소름 끼치는 정적이 내려앉았다. 나는 굳은 표정의 데릭은 거들떠보지 않은 채 이본을 잡아끌었다.

"이리 와, 이본 언니."

맞잡은 손을 타고 섬뜩한 한기가 전해졌지만, 내색하지 않았다. 나는 그녀를 데리고 단상을 돌아 내 자리로 돌아왔다. 당황스러운 기색이 느껴지는 이본을 내 곁에 바싹 세워 둔 후 앞에 있는 금잔을 들이밀었다.

"내게 세리주를 따라 주겠어? 우린 이제 가족이잖아."

"페넬로페!"

공작이 엄중한 목소리로 경고했지만, 나는 과장되게 시무룩한 표정을 지으며 애원했다.

"아버지, 제 생일이잖아요."

"……."

공작의 입이 딱 다물렸다. 소리 없는 묵언에 나는 생긋 웃었다.

그는 결국 집사에게 손짓했다. 여분의 잔을 가지고 오란 소리였다. 이런 와중에도 침착하게 상황을 정리하고 냉철하게 행동하는 그가 새삼 대단해 보였다.

수습할 수 없을 만큼 미묘한 분위기가 짙게 깔렸지만, 성인식의 마지막 절차는 내 의지하에 강행됐다.

얼마 후 집사의 지시에 따라 하녀 하나가 금잔을 들고 달려왔다. 공교롭게도 이본의 임시 하녀였다. 페넬로페의 황금잔 옆에 비슷한 민무늬 잔이 놓여졌다.

나는 곧바로 술병을 들어 이본에게 건넸다.

"따라 줄 거지?"

그때였다. 어쩔 줄 몰라 하며 사정없이 떨리던 이본의 눈에 기쁨이 듬뿍 차올랐다.

"그, 그럼……!"

그녀는 내게 끌려오며 풀 죽은 채 눈치를 본 게 거짓말인 것처럼 냉큼 세리주 병을 받았다. 나는 단상 위에 놓인 민무늬 잔 중 하나를 집어 내밀었다.

"고, 고마워, 페넬로페. 그리고 미안해, 성인식을 망쳐서……."

내가 내민 잔에 세리주를 따라 주며 그녀가 조심스럽게 속삭였다.

"그런 소리 마. 망치긴."

나는 빙긋 웃으며 그녀가 내민 술병을 받아 들었다. 반대로 그녀의 잔에 세리주를 따라 주며, 자애로운 자매를 흉내 냈다.

"미안해할 필요 없어. 어차피……."

그 순간이었다. 불현듯 가슴 쪽에서 미미한 진동이 느껴졌다. 쪼륵—. 나는 말은 물론이고, 병을 기울이던 것마저 멈춘 채 슬쩍 시선을 내리깔았다.

황태자의 권유로 결국 벗지 못한 고대 마법 목걸이. 그 한가운데에 박혀 있는 흰 구슬의 색이 변해 있었다. 노르스름하게.

나는 딱딱하게 얼어붙은 채로 간신히 시선을 들어, 이본을 바라보았다. 환히 내리쬐는 햇빛 때문에 아직 눈치채지 못했는지, 그녀는 의아한 눈으로 갑자기 행동을 멈춘 나를 응시했다.

— 그런데 그 애가 제게 상단 거리로 가는 길을 묻는 게 아니겠어요?

찰나의 순간, 에밀리의 목소리가 사정없이 귀를 후려쳤다. 나는 내 방 책상 서랍 속에 고이 두고 온 보랏빛 액체가 담긴 병을 떠올렸다.

내가 써 보지 않은, 남은 하나의 방법. 그것은 죽어서 탈출하기였다.

하드 모드를 코앞에 둔 채 극에 몰린 내가, 이곳에서 벗어나기 위해 택할 수 있는 것은 그것뿐이었다. 진짜 죽을지도 모른다는 위험까지 감수해야 하더라도.

나는 뷘터에게 잠든 것처럼 고요히 죽을 수 있는 독을 의뢰했다. 그리고 본래, 그 짓을 성인식 도중 진행하려 했다. 작은 심술이었다.

'내가 죽어 나자빠지는 꼴 보면서, 어디 한번 천사 같은 여주를 의심해 보라지.'

그러나 성인식 바로 직전 계획을 변경했다. 에밀리의 언질도 언질이었지만, 공작과의 대화가 컸다.

양딸의 성인식을 최고로 해 주고 싶었다는 그와 생에 딱 한 번뿐인 성인식도 치르지 못하고 사라져 버린 페넬로페. 그것을 생각하니, 차마 성인식을 엉망으로 망칠 수가 없었다.

독이야 언제든 마실 수 있는 것 아닌가. 어차피, 하드 모드가 어떻게 종료되는지 확인하고 싶었던 나는 깔끔하게 그 계획을 포기하고 서랍을 걸어 잠갔다.

분명, 성인식이 끝난 직후 아무도 모르게 홀로 조용히 시도하려고 했는데…….

"페넬로페……?"

꽤 오랫동안 미동 없이 서 있는 내가 이상했는지, 이본이 조심스럽게 나를 불렀다. 나는 잠시 멈추고 있던 손목을 기울여 마저 세리주를 따랐다. 아래에서 뿜어져 나오는 빛이 강해졌다.

"그, 목걸이는……."

부정할 수 없을 만큼 샛노란색으로 변한 구슬의 모습에, 마침내 이본 또한 눈치챘다. 그녀가 흠칫하며 목걸이를 흔들리는 눈으로 바라보았다.

쪼르륵―. 나는 잔 가득 시뻘건 술을 채운 후 단상 위에 병을 내려놓고 말했다.

"이본."

"어, 어……?"

그녀가 화들짝 놀라 내 목걸이에서 시선을 떼고 나를 응시했다. 짧은 새 결론을 내린 심장이 차분히 가라앉았다.

"잔이 바뀌었어."

"으, 응?"

"그 잔이 내 잔이야. 아무런 무늬가 없어서 헷갈렸나 봐."

나는 그녀가 들고 있는 세리주가 가득 찬 황금잔을 가리켰다.

거짓말이었다. 이본의 임시 하녀는 가져온 잔을 정확히 그녀의 앞에 두었으니, 헷갈릴 일 따윈 없었다.

"그, 그랬나? 미, 미안해……."

나는 당황한 기색으로 울먹이는 그녀에게서 막무가내로 잔을 빼앗아 들었다. 그 바람에 가득 따른 세리주가 흘러넘쳐 손등을 적셨다. 뚝뚝 떨어지는 시뻘건 액체가 꼭 손목에서 흘러나오는 피 같았다.

"헉, 페넬로페. 수, 술이 흐르는데……."

"네 잔 들어."

나는 허둥대는 여주가 정신을 차리고 방해하기 전에 짧게 읊조렸다. 그리고 그녀가 정말로 내 잔을 들든 말든 신경 쓰지 않은 채, 휙 몸을 돌렸다.

"오늘의 주인공은 제가 아닌 돌아온 이본이에요, 여러분."

나는 빼앗은 이본의 잔을 들어 보이며 관객들에게 말했다. 다시 한번 웅성거림이 후원을 점령했다. 나는 환하게 미소 지으며 말을 이었다.

"모두 축하해 주세요. 진짜 공녀의 귀환을."

'페넬로페!' 낮게 윽박지르는 공작과 경악에 가득 찬 레널드의 시선이 느껴졌다.

이것이 게임 스토리건, 여주의 함정이건, 그런 건 이제 아무런 상관이 없었다. 이곳에서 죽어 탈출하면 끝이니까.

'이 짓도 이제 끝이로구나.'

계획한 바는 아니었지만, 막상 이렇게 되자 속이 후련했다.

'결국 이렇게 될걸.'

무엇을 위해 그토록 두려워했는지 모르겠다.

나는 마지막으로 남주들의 얼굴을 차례차례 훑었다. 팔짱을 낀 채 무표정하게 내가 하는 행동을 물끄러미 응시하고 있는 데릭.

갑작스럽게 돌아가는 꼴이 좀 이상한지 눈살을 잔뜩 찌푸리고 있는 황태자.

그리고 불안함이 잔뜩 스민 얼굴의 뷘터.

놈들의 정수리 위에 아직도 게이지 바가 남아 있는 게 좀 이상했지만, 신경 껐다. 이제 저 지긋지긋한 면상들을 보는 것도 오늘로 끝이었다.

"주인공을 위하여."

나는 나지막이 중얼거린 후, 눈앞에 쳐들고 있던 잔을 단숨에 들이켰다. 누군가 말릴 틈도 없이 안에 있는 액체를 모조리 삼킨 후 탁, 잔을 내려놓는 순간.

"영애!"

끼익, 쾅—! 돌연 뷘터가 거칠게 자리에서 일어났다. 그의 얼굴이 처참하게 일그러져 있었다. 이제야 목걸이의 색을 눈치챈 것 같았다.

갑자기 자리에서 일어난 베르단디 후작을 사람들이 하나같이 놀란 눈으로 돌아보았다. 나는 아무런 표정도 짓지 않은 채 그런 그를 멀거니 응시했다.

문득 가슴에 뜨끈한 감각이 느껴졌다. 점차 심박 수가 빨라졌다. 일순 눈앞을 점령하는 아찔함에 나는 머리를 부여잡고 비틀거렸다.

심상치 않음을 감지한 듯 눈매를 꿈틀거리던 황태자가 벌떡 몸을 일으키는 것이 스치듯 보였다.

"의원을, 당장 의원을 불러야……!"

불안한 눈으로 연신 나를 살피던 뷘터에게서 버럭 커다란 소리가 터져 나올 즈음.

"으윽……."

가슴이 타들어 갈 듯 뜨거워졌다. 어마어마한 고통에 눈앞이 새하얘졌다. 목 밑에서 천불이 드글드글 끓는 느낌에, 나는 작게 기침을 토해 냈다.

"커흑!"

문득 눈앞이 시뻘게졌다. 아닌 게 아니라, 내 입에서 튀어나온 것은 정말로 시뻘건 핏물이었다.

"꺄아아악—!"

"페넬로페!"

사람들의 비명 소리가 아득하게 귓가를 둥둥 울렸다. 후원은 순식간에 아수라장이 됐다. 하지만 서서히 몸이 허물어지던 나는 그것을 느낄 새가 없었다.

타악—! 단상 끄트머리를 잡고 간신히 쓰러지던 상체를 지탱할 무렵. 불현듯 눈앞이 하얘졌다.

〈SYSTEM〉 메인 퀘스트 ~사라진 아이들의 행방~
[세 번째. 악의 세력으로부터 납치된 아이들 구하기] 퀘스트 기타 보상 발동!

'뭐야.'
가물가물한 시야 사이로 새하얀 네모 창이 떠오른 것이 보였다.

〈SYSTEM〉 고난이도의 퀘스트를 해결한 당신! 이대로 끝내긴 아쉽지 않겠습니까?
하드 모드를 열렬히 플레이해 준 당신께 특별 보상으로 절찬리에 히든 엔딩을 볼 수 있는 기회가 주어집니다!
1,000,000,000골드 -〉 500,000,000골드
[지불 / 거절]

'……히든 엔딩?'
모든 것이 아득하고 흐릿해지는 와중에도 정신이 번쩍 드는 기분이었다.

나는 자꾸만 무너지는 몸을 일으키려 안간힘을 썼다. 그러나 자꾸만 눈앞이 뿌옇게 이지러지고 팔이 뚝뚝 꺾였다. 그러는 사이 시

스템 창 안의 글씨가 변했다.

〈SYSTEM〉 보유 자금이 충분하므로, 5초 후 자동 지불됩니다.
〈SYSTEM〉 5
〈SYSTEM〉 4

'시발, 뭐야! 아니야, 아니야!'
나는 마구 고개를 내저었다. 그리고 [거절]을 누르기 위해 손을 내뻗었다.
"커헉—!"
그러나 그 순간, 또 한 번 요동치는 몸과 함께 입에서 피가 뿜어져 나왔다.
"페넬로페 에카르트!"
그때, 누군가 거칠게 나를 끌어안았다. [거절]에 닿을락 말락 했던 손가락이 저지됐다.
"의원을, 의원을 불러라! 어서!"
나를 껴안은 누군가 울부짖었다.

〈SYSTEM〉 3
〈SYSTEM〉 2

그러든지 말든지, 나는 시스템 창에 시선을 못 박은 채 절박하게 고개를 내저었다.
"안, 안…… 꺼…….

안 돼! 거절 눌러야 하니까 꺼지라고!

숫자가 빠르게 변했다. 나는 [거절]을 누르기 위해 필사적으로 손을 허우적거렸다.

"커억!"

그러나 또 다시 거칠게 몸이 들썩이고, 한차례 눈앞이 거무룩 죽었다. 비명, 경악, 혼돈, 절규, 울부짖음, 그 모든 것이 담긴 아수라장.

'아니야, 비켜! 아니야, 씨발!'

순식간에 나를 덮친 수많은 이들 때문에 나는 끝내 선택할 수 없었다.

〈SYSTEM〉 [5억 골드]를 지불하여 히든 루트로 진입합니다! (남은 보유 자금: 999,999,999+)

흐릿한 눈에 마지막으로 비친 것은, 공작도 남주들도 아니었다.

마침내 카운트다운이 완료되고 떠오른 시스템 창. 그 모습이 지옥에서 갓 올라온 악마처럼 느껴졌다. 쿠쿵―. 귓가에서 무언가 무너져 내리는 듯한 소리가 울려 퍼졌다.

'제발 그만 나를 죽…… 여…… 줘…….'

나는 눈을 감으며 소리 없이 절규했다.

갑작스러운 친딸의 등장에도 여자는 태연했다.

어그러진 분위기를 재빠르게 모면하고, 담담히 식을 강행하는 행동은 그 어떤 대귀족보다 우아하고 품위 있었다. '에카르트의 미친 개'라는 별칭과 전혀 어울리지 않는 모습이었다.

"주인공을 위하여."

그 나지막한 목소리가 마법 주문이라도 되는 것처럼, 그 순간 후원 안에 있는 모든 이들의 시간이 멈췄다.

그사이 여자는 홀로 고고하게 잔을 쳐들고, 단숨에 술을 들이켰다.

"커흑."

그리고 피를 토하며 쓰러졌다. 붉은색에 가까운 진분홍빛 머리칼이, 낙화하는 꽃처럼 천천히 스러졌다.

그래서 데릭은 무엇이 잘못되었는지 바로 알 수 없었다. 비단 그뿐만이 아니라 그녀의 바로 옆에 서 있는 이본, 레널드, 공작 모두가 상황을 인지하지 못하고 얼어붙은 채 서 있었다.

허물어지던 여자의 몸이 가까스로 단상을 붙들었다.

"커헉!"

그러나 또 한 번 작은 몸뚱이가 펄떡이며 피를 쏟아 낼 무렵.

"의원을……!"

"꺄아아아악—!"

한발 늦은 괴성과 함께 식장은 순식간에 아수라장이 되었다.

"페넬……."

데릭이 입술을 달싹거리며 본능적으로 주춤 앞으로 나섰다. 그때였다.

"페넬로페 에카르트—!"

퍼억—! 누군가 그의 몸을 거세게 밀쳤다. 균형을 잃고 비틀거리면서도 데릭은 그 짧은 찰나, 흩날리는 금발을 보고 의아함을 느꼈다. 뒤쪽에 얌전히 앉아 있었던 황태자가 튀어 오르듯 달려가는 중이었다.

순간 이동이라도 한 것처럼 쏜살같이 단상 너머에 도착한 그는 가까스로 무너지는 몸을 받아 제 품에 끌어안았다. 그가 입은 새하얀 제복에 붉은 물이 옮겨 드는 것은 순식간이었다.

그제야 데릭은 페넬로페가 토한 것이 피였음을, 정확히 인지했다. 그와 동시에 거대한 무언가가 그의 양어깨를 짓누르기 시작했다.

몸을 움직일 수 없었다. 그저 눈을 부릅뜬 채, 황태자의 품에서 축 늘어지는 진분홍빛 머리칼을 바라볼 뿐.

"의원을, 의원을 불러라!"

페넬로페를 끌어안은 채 황태자가 울부짖었다. 그 벼락같은 음성에 그제야 마법이 풀렸다. 경악에 가득 찬 채 얼어붙어 있던 사람들이 하나둘, 움직이기 시작했다.

"눈 뜨고 있어, 공녀. 응? 감지 마, 안 돼. 제발, 제발……."

끈적끈적한 핏물이 손에 묻는 것도 개의치 않은 채 황태자가 페넬로페를 어루만지며 속삭였다. 무성한 소문으로 점철된 두 사람 사이에 기묘한 애틋함이 감돌았다.

뒤늦게 정신을 차린 공작이 창백한 얼굴로 그들에게 다가섰다.

"……저, 전하."

"씨발, 의원은 대체 언제 오는 거야! 애 죽어 가는 거 안 보여?!"

그러나 말을 걸기가 무섭게, 황태자가 눈을 희번덕거리며 빛냈다. 꼭 공작이 품에 안긴 여자를 빼앗아 가기라도 할 것처럼 경계하며.

"제가, 제가 공녀님을 살릴 수 있습니다!"

그때, 누군가 다급히 소리쳤다.

"베르단디 후작."

몰려든 인파를 헤치고 등장한 이는 다름 아닌 뷘터였다. 그는 희게 질린 안색으로 의식을 잃은 공녀를 안고 있는 황태자에게 빠르게 읍소했다.

"황태자 전하, 제가 잠시 공녀님을 볼 수 있도록 허락해 주십시오."

"그대가 무슨 수로."

"위급 상황을 대비하여 평소 가지고 다니는 해독제가 있습니다."

"베르단디 후작! 지, 지금 공작저 내에서 누군가 독살을 시도하려 했단 말인가!"

공작이 예민하게 반응했다. 자칫 정치적인 문제로까지 이어질 수 있는 민감한 사안이었기 때문이다. 정황상 의심을 가질 뿐, 확정을 짓기엔 시기상조였다.

"그건…… 제가 감히 답을 내릴 사안이 아닙니다."

뷘터는 황태자와 페넬로페를 둘러싼 사람들 너머를 흘긋 바라보며 덧붙였다.

"저는 그저, 당장 할 수 있는 응급 처치를 해 드리고 싶은 것뿐입니다."

"자네를 뭘 믿고."

황태자가 그를 바라보며 무겁게 입을 열었다.

"설령 공녀가 독을 먹었다 한들, 자네가 가지고 있는 정체 모를 것과 어떤 작용을 일으킬지는 모르는 일 아닌가."

"극독 해독제입니다."

뷘터가 덤덤하게 답했다.

"공녀님이 드신 독이 정확히 어떤 종류인지 모르니 완전한 해독은 힘들겠지만, 어느 정도 중화 역할을 할 겁니다."

"……."

황태자는 눈을 가늘게 뜬 채 그런 후작을 노려보았다. 신뢰해도 되는지 가늠하는 듯했다. 공작이 침중한 표정으로 고개를 저었다.

"전하의 말씀이 맞소. 페넬로페가 독을 먹은 게 확실한 것도 아닌데 그냥 의원을 기다리는 것이……."

"독이든, 뭐든, 몸에 해되는 거 아니면 당장 뭐라도 먹여 봐요."

"레널드."

그때까지 멍한 얼굴로 얼어붙어 있던 레널드가 붉게 충혈된 눈을 하고 제 아비에게 손짓했다.

"하지만……."

"베르단디 후작님을 못 믿습니까, 아버지? 응급 처치라잖아요. 이러다 의원 오기도 전에 애 죽겠어요."

"……."

그 손가락 끝이 향하는 방향을 확인한 공작이 얼굴을 일그러뜨리며 입을 닫았다. 방금 전까지는 피를 토하며 경련하던 페넬로페의 몸이 어느새 잠잠해져 있었다. 칼리스토가 제발 뜨고 있으라고 애원하던 두 눈은 곱게 감긴 채 미동도 없었다.

시체처럼 서늘한 낯빛, 찬찬히 사그라지는 숨결. 그를 확인한 황태자가 꽉 조여드는 목소리로 명령했다.

"먹여."

"전하!"

"하지만 혹시라도 잘못되면."

만류가 담긴 공작의 외침에도 황태자가 짓씹듯이 읊조렸다.

"……각오해야 할 거야, 후작."

허락이 떨어지자 뷘터가 침착한 얼굴로 품 안에 손을 집어넣었다. 남들 앞에선 태연하게 되뇌었지만, 사람들의 시선에서 가려지자 우습게도 손끝이 벌벌 떨렸다.

혹시 몰라 해독제를 가지고 왔지만, 그는 맹세코 이것이 이렇게 쓰일 줄 몰랐다.

'……그때, 무슨 말을 듣더라도 거절했어야 했던가.'

한 줄기 회한이 뇌리를 스쳤다.

— 아가씨께서 만약 의뢰를 거절당한다면, 진 빚을 갚는 것으로 하라고 말씀하셨어요.

그러나 하녀의 그 말을 듣는 순간, 차마 재차 거절의 말을 뱉을 수 없었다. 그는 그녀에게 죄인이었다. 레일라와는 조금도 관련 없는 사람을 함부로 의심하고 시험한 죄.

— 하지만 관심 같은 헛소리로 사람을 기만하지는 말았어야지.

동시에 제 감정조차 추스르지 못한 주제에 말로써 그녀를 기만한 죄.

먼저 찾을 때까지 연락하지 말라는 말을 들은 후부터 그는, 연락을 취해 용서를 구하고 싶다는 충동과 단념하고 감내해야 한다는 이성 사이에서 끊임없이 번뇌했다.

그리고 마침내 그녀가 그를 찾는 하녀를 보내고, 또 그 하녀에게

서 의뢰 내용을 전달받았을 때, 그때 들었던 생각은 우습게도 실망보단 안도와 걱정이었다.

그간 굳게 지켜 온 신념과는 거리가 먼 불경한 생각이라는 것을 알았다. 그럼에도, 해독제 없는 독을 제조하면서도, 단 한 번도 그것을 그녀 스스로 마시리라 생각하지 않았다.

하물며 제가 준 것도 아닌 독을 먹고 쓰러지리란 것은 전혀…….

'그런데 왜.'

그녀는 분명 금배에 독이 든 것을 알고 있었다. 목걸이의 구슬 색이 변했으니까. 멀리 떨어져 앉은 그조차 알아볼 정도로 선명히 빛나던 그 색을, 그녀가 보지 못했을 리 없다.

그런데 왜 그렇게 무덤덤한 표정으로 그것을 들이켠 것인가.

혼란으로 뒤섞인 속이 매스꺼웠다. 그러나 태평하게 답 없는 질문이나 생각할 때가 아니었다. 그는 이를 사리물고 손끝에 닿은 병을 바깥으로 끄집어냈다. 보랏빛 액체가 담긴 작은 유리병의 마개를 열고 곧장 몸을 숙였다.

제 입으로 명을 내렸음에도 공녀를 꽉 끌어안은 채 내보일 생각을 안 하는 황태자의 모습에 쓴 물이 올라왔다. 그는 그것을 필사적으로 억누르며 말했다.

"전하, 영애의 얼굴을……."

황태자가 서슬 퍼런 눈으로 그를 노려보다, 마지못해 공녀의 얼굴을 품에서 내보였다. 핏물이 흥건한 얼굴이 드러났다.

그 참혹함에 잠시 눈을 질끈 감은 뷘터는, 이내 조심스러운 손길로 그녀의 입술을 벌리고 병을 기울였다. 한 방울, 두 방울, 세 방울. 입 새로 그녀에게 준 독과 닮은 액체가 똑똑 떨어졌다.

곧 멎을 것처럼 희미하게 이어지던 숨소리. 그것은 다행히 얼마 안 가 차차 원래대로 돌아왔다. 시체처럼 창백하던 안색 또한 혈색이 돌기 시작했다.

"공작님! 의원을 데려왔습니다!"

때마침 집사가 불러온 의원과 들것을 든 사용인들이 도착했다. 뷘터의 의해 응급 처치가 끝난 페넬로페는 저택 안으로 빠르게 이동되었다.

"하……."

숨죽인 채 그것을 지켜보던 사람들의 입에서 저마다 안도의 한숨이 터져 나왔다. 한 사람만 제외하고.

데릭. 그는 급박하게 돌아가던 상황 속에서 한 발짝 떨어진 채, 마지막까지 그 모든 것을 고요히 관망하기만 했다.

철썩—!

그가 정신을 차린 것은 뺨에 번쩍, 불이 붙었을 때였다.

"너 대체 뭐 하는 새끼야!"

눈을 뜨자, 흉흉하게 일그러진 얼굴의 아버지가 보였다.

"황제 폐하의 시종장은 물론 황태자 전하까지 온 마당에, 일을 그따위로 만들어 놔!"

공작이 화를 주체하지 못하고 버럭 노성을 질렀다.

데릭, 그는 어렸을 때부터 매우 의젓한 편이었다. 하나를 알면 열을 깨우쳤고, 굳이 시키지 않아도 혼자 알아서 할 일을 끝냈다. 때문에 레널드와는 달리 공작이 직접 손을 댄 적이 손에 꼽았다.

주르륵— 한 줄기 핏자국이 그의 입가를 타고 흘렀다. 데릭은 입 안 가득 느껴지는 찝찔함이 낯설게 느껴졌다. 이토록이나 분노한 아버지를 마주하는 것 또한.

그는 돌아갔던 고개를 천천히 원상 복귀했다. 그리고 입을 열었다.

"애초에 이본의 존재를 숨기지 않고 바로 밝혔더라면 일어나지 않았을 겁니다. 페넬로페의 응석을 받아 주느라 이본이 돌아왔다는 공표를 미루지만 않았어도……."

"이 새끼가 그래도 정신을 못 차리고!"

공작이 한 번 더 휙 손을 높이 쳐들었다. 그러나 그 손은 끝내 떨어지지 않고 허공에서 부들부들 떨렸다.

"……공표를 미루고 이본을 숨긴 것은 순전히 내 뜻이다, 페넬로페의 요청이 아니라!"

조금씩 어긋나던 가족은 이제 다시 기워 붙일 수도 없을 만큼 파국에 치달았다. 공작은 절망이 가득 담긴 목소리로 소리쳤다.

"생에 단 한 번뿐인 성인식이지 않느냐, 누구보다 주목받아야 할 순간!"

"……."

"떠들기 좋아하는 천박한 놈들한테서 곧 내쳐질 양딸 소리 나오는 꼴 듣기 싫어서 내가 직접 명했어!"

"……."

"그런데도! 그런데도 오늘 아침까지 내게, 이본이 돌아왔으니 성인식을 취소해 달라는 말이나 하면서……!"

마구잡이로 내뱉던 공작이 거친 숨을 몰아쉬다 입을 다물었다. 데릭의 푸른 눈이 일순 움찔거렸다. 그러나 막막함이 눈앞을 가린 탓에, 공작에겐 그 미세한 변화가 보이지 않았다.

듬직하고 자랑스러웠던 첫째 아들은 어린 여동생을 잃어버리고 말수가 급격히 줄었다. 그래도 지낸 기간이 있으니, 페넬로페를 가족으로 어느 정도 받아들였다고 생각했다.

착각이었다. 데릭은 페넬로페를 받아들인 게 아니었다. 그저 사사로운 감정보다 공적인 제 지위를 중시하고, 그에 걸맞게 행동했을 뿐.

바쁘다는 핑계로 아이들을 방치했던 과거가 사무치도록 후회됐다. 공작은 손으로 연신 얼굴을 문지르며 한탄처럼 중얼거렸다.

"……네가 이토록이나 페넬로페를 싫어하는 줄, 내가 미처 몰랐다."

"……."

"내가, 내가 몹쓸 짓을 했구나. 너희들 모두에게……."

데릭의 표정이 미묘하게 변했다. 아버지의 말이 좀처럼 이해가 가지 않았다.

"싫어해서 그런 것이 아닙니다."

그는 한 번도, 단 한 번도 페넬로페를 싫다고 생각한 적이 없었다. 그저.

"그런 유치한 감정에 치우쳐 벌인 일이 아니라, 성인식 때문에 친딸을 찾았다는 공표를 미뤘다는 소문이라도 잘못 퍼지게 되면 에카르트의 위신이……."

"되었다. 그 얘기는 그만하자꾸나."

그때, 공작이 한 손을 들고 그를 막았다. 그는 흥분이 조금 가셨는지, 의자 위에 털썩 주저앉았다. 그리고 다소 냉정하게 읊조렸다.

"이제 오늘 일은 공녀의 성인식에서 벌어진 단순한 해프닝이 아니라, 에카르트 공녀를 노린 독살 사건이 되었으니까."

"독살…… 말입니까?"

데릭의 푸른 눈이 그 순간 부릅떠졌다. 환히 웃으며 금배를 위로 쳐들다, 갑자기 피를 뿜으며 쓰러지던 그 애.

그는 조금 전 일어났던 그 모든 일들이 잘 기억나지 않았다. 마치 기억을 통째로 조각내서 오려 붙인 듯 그때 일이 드문드문 끊겼다. 그 사이로 지는 꽃처럼 스러지는 진분홍빛 머리칼만이 간간이 떠오를 뿐이다.

공작의 말이 시발탄이 되기라도 한 것처럼, 갑자기 맥박이 미친 듯이 펄떡이기 시작했다.

'내가, 왜 이러지?'

부동자세를 취하느라 등 뒤로 맞잡은 손에 땀이 차올랐다. 데릭은 제 아비처럼 냉정을 되찾기 위해 노력했다.

그는 객관적인 시선으로 차근차근 되짚어 보았다. 술을 마신 직후 피를 토하고 쓰러졌으니, 독을 의심할 만도 했다.

하지만 베르단디 후작을 제외한 그 누구도 쉽사리 확신하지 못했다. 같은 세리주를 마신 공작과 레널드가 멀쩡했기 때문이다. 게다가 그 누가 감히 에카르트를 상대로, 그런 무도한 짓을 저지를 엄두를 낸단 말인가.

데릭은 침중한 공작의 얼굴을 바라보며 입술을 달싹였다. 그럼 그 애는 지금 어떤지, 정신은 차렸는지, 독은 무슨 종류인지.

묻고 싶은 말이 혀끝을 뱅뱅 맴도는데,

"독을 먹은 것이…… 확실합니까?"

그러나 정작 나온 말은 전혀 다른 종류였다. 공작은 그런 아들을 그저 물끄러미 바라보다 짧게 대답했다.

"방금 전 주치의가 확진했다."

데릭은 그 순간, 손바닥이 미끌거릴 정도로 축축해졌다는 것을 느꼈다.

"감히 누가 에카르트를 상대로……."

그는 그를 감추기 위해 더욱 세게 두 손을 맞잡으며 뇌까렸다.

"베키라는 하녀를 지하 감옥에 가둬 놓고, 이본을 방에 연금해 두었다."

공작이 짧게 대꾸했다. 데릭이 퍼뜩 고개를 쳐들고 되물었다.

"이본을 왜……."

"잔을 가져온 것이 이본의 임시 하녀였으니까."

"아버지."

"페넬로페의 전담 하녀가 증언하더구나. 얼마 전 이본의 임시 하녀가 제게 상단 거리로 가는 길을 은밀히 물어보았다고."

데릭은 이어지는 공작의 말에 내심 놀랐다. 어느새 수사가 그만큼이나 진척된 건지 알 수 없었다. 그래서 그 애는 지금 어떻게 되었는지, 당장 묻고 싶었다.

"하지만 이본이…… 이본이 그럴 리 없지 않습니까, 아버지."

그러나 지금은 그런 사사로운 감정보다 일어난 사건을 냉철하게 되짚어 볼 때였다. 그게 에카르트의 소공작이 할 일이었기에.

데릭은 혼란스러운 생각들을 한쪽으로 젖혀 두고, 공작의 말에서 의문스러운 점을 지적했다.

"이본을 두둔하는 것이 아니라, 딱히 그럴 만한 당위가 없습니다. 페넬로페에게 독을 먹여서 무슨 이득이 있겠습니까."

"……."

"표적이 페넬로페라는 것도 납득 가지 않습니다. 어쩌면 아버지나 저를 노린 일일지 모릅니다."

"……."

"아니면 그 하녀, 누군가에게 사주를 받았을 수도 있습니다. 엘렌 후작 쪽이 아닐는지요. 최근 잠잠하다는 보고를 계속 받고 있긴 하지만, 아직도 사냥 대회 때의 일로 앙심을 품고 은밀히 진행했을 가능성이……."

심각한 얼굴로 횡설수설 떠오르는 생각을 내뱉던 데릭이 번뜩 고개를 쳐들었다.

"지금 당장 지하로 가서 그 하녀를 직접 심문하겠습니다. 시간이 길어져 봤자 빠져나갈 틈만 줄 뿐……."

"데릭."

당장이라도 집무실을 빠져나갈 것처럼 구는 데릭을 공작이 불렀다. 그리고 고요히 통고했다.

"넌 이번 사건에서 물러나 있거라."

"……예?"

데릭이 답지 않게 더듬더듬 되물었다.

"아버지, 잘못 들었습니만……."

"알아서 할 테니, 너는 가만히 있으라는 말을 한 게다."

잘못 들은 게 아니었다. 공작은 선명한 목소리로 소공작에게 명했다. 이번 사건에 관여하지 말 것을.

그를 알아들은 데릭이 아득, 어금니를 사리물었다.

"……이본을 데리고 왔다는 이유로, 제가 용의자가 된 겁니까?"

"그런 게 아니다."

"그런 게 아니면 이유가 뭡니까."

그는 조금도 납득 가지 않은 얼굴로 재차 따져 물었다.

"술병과 잔을 확인하는 것은 물론, 오늘 초대받은 이들을 모두 은밀히 뒷조사해야 합니다. 레널드나 집사가 그런 일을 모두 맡아서 하기에 무리라는 사실을 아시지 않습니까."

"베르단디 후작 쪽에서 손을 보탠다더구나."

공작의 대꾸에 데릭이 헛웃음을 지었다.

"그는 다른 가문의 수장입니다. 그런데 뭘 믿고 가문의 내밀한 중대사를 그에게 맡깁니까."

"……."

"게다가 따지고 보면 그가 가장 유력한 용의자입니다. 아무도 그 자리에서 페넬로페가 독을 먹었다는 사실을 바로 알아차리지 못했는데, 오로지 후작만이……."

"베르단디 후작이 아니었으면!"

쾅―! 침묵한 채 아들의 말을 듣고 있던 공작이 불현듯 주먹으로 책상을 내리쳤다.

"후작의 응급 처치가 아니었으면, 지금쯤 장례식 준비를 하고 있었겠지!"

"……."

"애가 왜 피를 토했는지, 무슨 이유로 쓰러진 건지! 독을 먹은 게 맞는지 네놈처럼 의심조차 하지 않고 그대로……!"

진노하던 공작은 차마 더 말을 잇지 못하고 입을 다물었다. 바로 독을 의심하지 못한 것은 자신 또한 마찬가지였다. 의심은커녕, 그는 쓰러지는 딸을 보고 아무것도 하지 못했다. 그저 얼어붙은 채 서 있는 것 빼곤 아무것도.

싫다는 아이에게 최고로 해 주겠다며 제 욕심으로 밀어붙였던 성인식은 결국, 최악으로 끝이 났다.

공작은 책상을 거세게 내려친 주먹으로 충혈된 눈가를 거칠게 쓸어내렸다. 손에 가려진 얼굴에 깊은 피로감이 내려앉아 있었다.

"……단숨에 끊어지는 극독은 아니지만, 제때 해독제를 먹지 않으면 출혈이 멈추지 않아 죽음에 이르는 희귀한 독이라더구나."

"……."

"결국 베르단디 후작이 죽어 가던 페넬로페를 살린 게야."

"……죽어요?"

그때였다. 들려오는 떨리는 음성에, 공작이 눈을 짓누르던 손을 떼고 고개를 들었다. 데릭이 생소한 표정을 지으며 우두커니 서 있었다.

초점 없이 아무렇게나 흔들리는 푸른 동공, 창백해진 얼굴. 처음 보는 아들의 모습이었다.

"그럴 리…… 없잖습니까."

"데릭, 얘야."

공작이 의아함이 담긴 눈으로 바라보다 그를 불렀다. 그러나 그는 부름이 들리지 않는 사람처럼, 그때까지 뒤로 맞잡고 있던 손을 앞으로 펼쳐 들었다.

데릭은 천천히 고개를 내려 땀이 흥건한 제 양손을 바라보았다.

"그 애가 죽을 리……."

그 순간, 잊고 있었던 무언가가 뇌리를 스쳐 지나갔다. 간밤에 꾸었던 꿈의 한 장면이었다. 제 품에서 붉은 피를 흘리며 죽어 가던 이본.

"……데릭?"

이상했다. 꿈이 뒤바뀌었다. 누가 머릿속을 주무른 것처럼 기억이 뒤죽박죽이었다. 하지만 그런 불길하고 재수 없는 꿈이 아니더라도…….

'독을 먹더라도 이본이 먹어야 하는 것이 아닌가?'

페넬로페라면 직접 독을 준비하면 준비했지, 독을 먹고 쓰러져 죽을 계집은 절대 아니지 않은가.

손도 모자라 등 뒤가 식은땀으로 흥건했다. 데릭은 다시 고개를 내저으며 두서없이 지껄였다.

"……그 애가 죽을 리 없지 않습니까. 그 애는, 그러니까, 직접 독을……."

"데릭, 너……."

공작이 그런 데릭을 놀란 눈으로 응시하다 누그러진 목소리로 권했다.

"……네 방으로 가서 좀 쉬는 게 좋겠구나."

"하지만, 심문을."

"이건 명령이야."

데릭은 그제야 입을 다물었다.

"……알겠습니다."

그는 한참 후 짧은 대답을 끝으로 공작의 집무실을 빠져나왔다. 그런 그를 기다리는 이가 있었다.

"소공작님."

하녀장이었다.

"뭐지?"

"저…… 이본 아가씨를 찾아 주시면 안 될까요?"

그녀는 수심이 가득한 얼굴로 소리 죽여 말했다.

"연금된 후로 계속 불안에 떨며 울고만 계셔요."

그 말에 데릭이 멈칫했다. 괜찮다던 그녀를 부득불 성인식장에 끌고 간 것은 저였다. 그런데 반나절 만에 범죄자 취급을 당하며 방에 갇혔으니 얼마나 두렵고, 억울한 심정일까. 오라비인 저라도 신경 써야 했다.

그리 판단한 그는 이본의 방 쪽으로 걸음을 옮기려 했다.

그런데 머리와는 달리 몸이 꿈쩍도 하지 않았다. 이상했다. 문득 그건 아니라는 생각이 머릿속을 맴돌았다. 조금 전 공작과의 대화 때 느꼈던 초조함과 불안함이 온몸을 타고 저릿저릿하게 퍼져 나갔다.

"……나중에."

데릭은 꽉 막힌 목소리로 힘겹게 한 마디를 내뱉었다.

"하오나, 밥도 드시질 않고 계속 소공작님만 찾으시는데……."

"나중에, 나중에 가겠다."

그는 간절하게 매달리는 하녀장을 피해 도망치듯 걸음을 옮겼다. 그는 어디로 향하는지도 모른 채 정처 없이 걸음을 옮겼다.

'왜 이런 기분이 드는 건가.'

페넬로페가 죽을지도 모른다는 소리를 듣는 순간부터, 그는 죄라도 지은 기분을 떨칠 수 없었다. 제가 한 짓이라곤 숨죽인 채 울고 있던 이본을 데리고 간 것뿐인데.


— 오라버…… 아, 아니 소공작님. 혹시…… 시간 되세요?

이른 아침, 이본이 찾아와 함께 다과를 들길 요청했다. 아무렇지도 않은 척 애써 웃음 지었지만 침울한 기색이 한가득이었다.

그럴 만했다. 페넬로페의 성인식 준비로 인해 그녀를 신경 쓰는 이가 아무도 없었다. 더군다나 성인식 내내 방 안에 숨어 있었는데, 오죽하면 어려워하던 저를 찾아왔을까.

낯간지럽게 위로 같은 건 할 줄 몰랐다.

— 저, 저는 괜찮아요. 성인식은 이미 치렀는걸요.

그저 괜찮냐는 한 마디에, 그녀는 곧 사라질 안개처럼 아스라이 웃으며 말했다.

— 성인식보다는…… 이번 축제를 같이 보내지 못해 아쉬워요. 승전 기념으로 이번 축제의 불꽃놀이가 다른 때보다 훨씬 더 화려하고 예, 예뻤…… 잖아요.

— 조, 조금만 더 일찍 기억을 되찾았더라면, 이번에야말로 오라버니들과 함께 볼 수 있었을 텐데…….

제 눈치를 보며 덧붙여진, 아쉬움이 가득한 떨리는 음성. 그것은 데릭이 그간 잊고 있었던 그날의 기억을 생생하게 되살리기 충분했다.

십여 년 전, 이본을 잃어버렸던 그날.

위험하다며 축제 밤거리에 가는 것을 금한 공작 몰래 세 남매는 개구멍을 기어나갔다. 어린 여동생이 불꽃놀이를 가까이서 보고 싶어 했기 때문이다.

처음 가 본 축제의 밤거리는 무척이나 재밌었다. 싸구려 장식품을 사고, 길거리 음식을 먹고, 들려오는 음악에 맞춰 춤을 출 즈음. 퍼레이드 행렬이 그들을 덮쳤다.

— 오빠!
— 이본—!

동생은 눈 깜짝할 새 사람 떼에 쓸려갔다. 눈물이 가득 담긴 채 점점 제게서 멀어지던 푸른 눈동자. 제게로 뻗어지던 그 작은 손을, 그는 끝내 잡지 못했다.

순식간에 되살아난 그 기억에 데릭은 눈을 질끈 감았다.

'오라버니?' 하는 작은 기척에 다시 눈을 뜨자, 걱정이 가득 담긴 눈으로 자신을 바라보는 말간 얼굴이 보였다.

그 순간, 데릭은 확신했다. 노예 놈이 데리고 온 평민은, 잃어버린 제 동생이 확실하다는 것을.

— 죄, 죄송해요. 소공작님. 제가 괜한 말을 해서 심려를 끼친 것 같아요. 그냥 갑자기, 그때 기억이 나서…….

— 그래도…… 정말로 보고 싶었어요. 기억을 잃었을 때도, 항상.

일그러진 제 얼굴을 보고 이본은 허겁지겁 자리에서 일어났다. 그 일을 겪고도 여동생은 자신을 놓친 그를 원망하기는커녕 되레 걱정하고 위로했다.

제 집을 찾아 돌아왔음에도 기가 잔뜩 죽어 '오라버니'란 말조차 제대로 내뱉지 못했다. 2층을 차지한 그 애와는 다르게.

그래서였다. 성인식 직전, 이본을 찾아 숨죽여 울고 있던 그녀를 데리고 나온 것은.

그 누구보다 화려한 성인식을 앞둔 페넬로페와는 달리, 평민들 사이에 섞여 살아 성인식조차 제대로 치르지 못했을 이본이 안타까웠다. 전날에 꿨던 불길한 꿈 내용도 한몫했다.

'제아무리 망종 같더라도, 모두의 앞에선 함부로 굴지 않을 테지.'

— 너도 같이 가자.
— 네? 하, 하지만 공녀님이…….
— 너 또한 공녀이지. 직계 가족들이 모두 참석하는 자리인데 친딸은 참석하지 않는 것이 더 우스운 일 아니냐.

그 말에 기뻐하며 울먹이는 이본을 후원으로 데리고 가는 도중, 문득 궁금증이 들었다. 제가 데리고 온 이본을 보고 그 애는 어떤 반응을 할지.

화를 내며 악을 지를까. 아니면 평소처럼 입을 다물고 아무런 표정도 짓지 않을까. 아니면…….

아니면 제가 모두 잘못했다고, 자신을 버리지 말라고, 제게서 스카프를 받았을 때처럼 그 사랑스럽게 웃는 얼굴로 제게 애원을 할지…….

데릭은 불현듯 떠오른 생각에 놀라 퍼뜩 걸음을 멈췄다.

"여긴……."

어느새 이곳까지 올라온 건가. 주위를 둘러보니, 자신은 중앙 계단의 마지막 층계 위에 서 있었다.

저 멀리 복도에 초조한 얼굴로 서 있는 집사와 하녀 하나가 보였다. 그는 잠시 망설이다가 이내 그쪽으로 걸음을 옮겼다.

"소공작님."

인기척에 고개를 든 집사가, 놀란 표정을 지었다.

"안에…… 있나?"

데릭이 물었다. 잠시 모호한 물음의 주체를 가늠하던 집사가 이내, 가볍게 고개를 끄덕이며 답했다.

"주치의가 진찰을 보고 계십니다."

"잠깐 상태를 확인했으면 하는데."

"아, 그게…….."

방에 들어가겠다는 말에 집사가 눈에 띄게 당황했다. 난감한 표정에 의아함을 느낄 적, 문득 안쪽에서 낯선 음성이 들려왔다.

"어떤가, 상태는."

묵직한 남성의 목소리였다. 일순 놀란 데릭이 살짝 열려 있던 방문을 활짝 열어젖히기 위해 문고리를 잡았을 무렵.

"소공작님, 황태자 전하십니다."

집사가 서둘러 그를 막아서며 낮게 읊조렸다. 그 말에 데릭은 문고리를 쥔 채 굳었다.

문틈 새로 자욱이 내려앉은 뿌연 연기와 함께 두 사람의 신형이 비쳤다. 침대를 가운데에 둔 채 주치의와 황태자가 서 있었다.

"고비는 넘겼습니다만, 아직 피가 완전히 멎지 않았습니다. 의식을 언제 차리실지는…….."

의원이 말끝을 흐리며 고개를 내저었다. 닦아 낸 건지 그의 손에 붉은 물이 흥건한 천 뭉치가 들려 있었다.

다리의 힘이라도 풀린 사람처럼, 황태자가 비틀거리며 침대 옆에 둔 의자에 털썩, 주저앉았다.

놈은 이불 밖으로 삐죽 삐져나온 손을 잡아 입가에 가져다 대고 고개를 숙였다. 방 안에 죽음 같은 음울한 침묵이 찾아왔다.

"……내가, 매번 못돼먹었다고 놀려서 그래? 그래서 이번엔 엿 좀 먹어 보라고 이러는 건가?"

한참 후, 황태자가 무어라 중얼거리는 게 들렸다. 데릭은 숨을 멈춘 채 잘 들리지 않는 그 소리에 귀를 기울였다.

"사실 잘 알고 있어. 그대가 소문처럼 피도 눈물도 없는 악녀와는 거리가 멀다는 것을."

"……."

"그런데 그 말을 할 때마다, 내게 눈을 흘기는 그대가 너무 예뻐서."

"……."

"그래서 나도 모르게 자꾸 그런 거야. 진심이 아니었어."

두서없이 뇌까리던 황태자가 페넬로페의 손에 깊이 얼굴을 묻었다.

"그대는 피도 눈물도 없는 악녀라는 소문을 꺼렸지. 피도 눈물도 없기는커녕, 잔인한 것은 아주 질색을 하는 사람인데……."

"……."

"그런데 피가 아직도 흘러나와. 그대는 이런 걸 싫어하는데……. 그렇지?"

시체처럼 창백한 손에는 온기 하나 없어 보였다. 황태자는 그 손에 제 입술과 뺨을 마구 비비며 제 체온을 전했다.

“이 지옥에서 꺼내 달라며…… 그러니 제발 눈떠.”

“…….”

“죽지 마, 페넬로페.”

“…….”

“이 지옥에 나만 두고…….”

그 속삭임을 듣는 순간.

쿠구웅―. 데릭의 귓가에 거대한 굉음과 함께 무언가 부서져 내렸다.

‘이런 것을…….’

이런 것을 원한 건 아니었다. 그저, 궁금했다. 과연 이본을 데리고 가면 어떤 반응을 할지.

하지만 이런 것을 원한 건 아니었다.

저도 모르는 사이, 데릭의 얼굴은 거멓게 일그러졌다.

“그 하녀의 방에서 나온 겁니다.”

달칵―. 탁자 위에 투명한 액체가 들어 있는 작은 유리병이 올려졌다.

“상단 거리를 뒤져 가며 확인해 본 결과, 페넬로페가 먹은 독의 해독제였어요.”

증거품을 꺼내 놓기 위해 몸을 일으켰던 레널드가 다시 제자리로 돌아가 착석했다.

현재 응접실에는 무거운 얼굴의 다섯 남자가 앉아 있었다. 공작,

데릭, 레널드, 뷘터, 칼리스토. 이번 사건의 실마리를 찾기 위해 모인 자리였다.

데릭은 공작의 명대로 사건을 조사하는 과정에선 빠졌지만, 소공작으로서의 상황 수습을 위해 자리했다.

"······하녀는 뭐라더냐."

무겁게 내려앉은 침묵을 먼저 깬 것은 공작이었다. 레널드가 잠시 뜸을 들이다 답했다.

"페넬로페가 이본에게 먹이기 위해 구해 오라고 시켰답니다."

"그럼 공녀가 남 먹이려고 구한 독을 등신처럼 자기가 처먹었다는 건가?"

황태자가 날카롭게 맞받아쳤다. 신경질적인 음성에 레널드가 오만상을 찌푸렸다.

"······사실이라면, 잔이 비슷해서 착각했을 수도 있습니다."

그때, 후작이 입을 열었다. 공작은 그의 말에 놀라 눈을 치켜뜨고 그를 돌아보았다.

"후작, 말조심하게."

"하녀의 주장대로라면 말입니다."

뷘터가 고개를 들어 맞은편에 앉아 있는 레널드를 바라보았다. 그러자 레널드가 퍽 심기 불편한 표정으로 고개를 끄덕였다.

"새 잔을 일부러 비슷한 것으로 준비하고, 그 안에 독을 바르라 시킨 것도 페넬로페랍니다."

"하지만 페넬로페 영애는 범인이 아닙니다."

방금 전에 한 발언이 무색하게 뷘터는 바로 말을 바꾸었다. 그때까지 침묵하던 데릭이 고개를 쳐들고 반응했다.

"그걸 어떻게 확신하는 겁니까."

"페넬로페 영애는……."

베르단디 후작은 망설이는 기색이 역력한 얼굴로 말을 멈추었다가, 이내 한숨처럼 쏟아 내었다.

"……세리주를 마시기 전 이미 독이 들어 있다는 사실을 알고 계셨기 때문입니다."

응접실 안에 있던 모든 이들이 얼어붙었다.

"……뭐?"

가장 먼저 반응한 것은 황태자였다.

"그게…… 무슨 소리지?"

"들으신 그대로입니다."

뷘터는 짧게 대답했다. 경악으로 홉뜨여진 세 쌍의 푸른 눈이 하릴없이 흔들렸다. 제가 들은 게 믿기지 않는다는 양, 공작이 더듬더듬 물었다.

"독인 줄…… 독인 줄 알고 마셨다니. 그 무슨……."

"후작님께서, 그걸 어떻게 확신하십니까?"

데릭이 공작의 말을 받아 날카롭게 되물었다.

"그건……."

"빨리 말해 보게, 후작! 독인 줄, 독인 줄 알고 마셨다니!"

"……영애께서 걸고 있었던 목걸이."

숨넘어갈 듯 재촉하는 공작의 큰 소리에, 뷘터는 망설이다가 진실을 토했다.

"영애께서 술을 들이켜기 전, 목걸이 정중앙에 있는 구슬 색이 변했습니다."

"그게 무슨……."

"그 목걸이는 독성에 반응하는 마법이 걸려 있는 아티팩트입니다. 근처에 독성 물질이 있을 시 구슬의 색이 변하는데, 페넬로페 영애가 잔을 들었을 때 노란색으로 변한 것을 보았습니다."

앞서 페넬로페에게 목걸이에 관해 대강 설명을 들었던 공작과 황태자의 얼굴이 동시에 흙빛으로 물들었다. 황태자가 가라앉은 목소리로 천천히 말했다.

"그럼 공녀가…… 그걸 뻔히 보고도 마셨다, 이 말인가?"

"영애께서 목걸이의 색이 변하는 것을 보셨는지는 확신할 수 없습니다만 아마, 보셨을 겁니다."

"어떻게."

"멀리 있는 제 쪽에서도 보일 만큼 뚜렷한 원색이었으니까요."

"하……."

황태자가 헛바람을 터뜨리며 앞머리를 거칠게 쓸어 넘겼다. 공작 또한 파르르 떨리는 손을 들어 연신 메마른 얼굴을 문질렀고, 레널드는 혼이 나간 듯 멍한 표정으로 앉아 있었다.

오로지 데릭만이 처음처럼 무표정한 얼굴이었다. 무심결에 그를 바라본 뷘터는 찰나, 의아함이 들었다.

"그런데……."

그때, 황태자가 입을 열었다. 고개를 돌리자, 자신을 향해 형형히 빛나고 있는 시뻘건 눈동자가 보였다.

"그대는 그 아티팩트에 대해 어떻게 그토록 상세히 알고 있지? 제국에서 통용되는 종류도 아닌 듯하던데."

그의 눈매가 가느스름해졌다. 후작의 군청색 눈이 얕게 흔들렸다.

그러나 착각이라 여길 수도 있을 만큼, 매우 찰나의 순간이었다.

"제국에서는 희귀한 물건인지라……."

뷘터는 변함없는 얼굴로 황태자를 똑바로 응시하며 답했다.

"저 또한 그 아티팩트를 보유한 적이 있습니다. 그것이 통용되는 나라에서는 악령을 두려워하여 여러 물건들을 몸에 걸치는 풍습이 있지요."

"그대는 참, 별걸 다 가지고 있군. 해독제부터 시작해서 먼 타국의 희귀한 물건까지."

"……그건."

"공녀가 소유한 것과 같다니, 참으로 공교로운데."

묘한 눈으로 후작을 바라보던 황태자가 천천히 고개를 기울였다.

"그래서. 악령은 잘 막아 내었나?"

"물론입니다."

사람 좋은 얼굴로 답한 뷘터는 공작 쪽으로 자연스럽게 시선을 돌렸다.

"따라서 페넬로페 영애가 이본 영애를 해치기 위해 독을 구해 오라 명했다는 하녀의 증언은 실상황과는 맞지 않습니다."

"……반대의 경우는요."

그때까지 침묵하고 있던 또 다른 누군가가 입을 열었다.

"그 평민이 베킨지 뭔지를 시켜서 계획한 걸 수도 있잖습니까."

"레널드."

공작이 놀란 눈으로 둘째 아들을 돌아보았다. 하지만 채 무어라 말을 하기도 전에 소공작이 득달같이 경고했다.

"여기가 어느 안전이라고 함부로 입을 놀리는 거냐. 말조심해라."

"기억을 되찾았다고 아직 확실하게 판명 난 것도 아닌데, 거슬리는 입양아 따위 죽여 버리고 싶을지 알 게 뭐야."

"이본은······!"

잔뜩 충혈된 눈으로 잘도 얄밉게 빈정거리는 동생의 모습에 데릭의 이마에 굵은 핏줄이 솟아올랐다.

"······이본은 본래 페넬로페의 성인식에 참석하지 못할 예정이었다."

한순간의 실수로 10년간 잃어버렸던 여동생에게, 그들은 죄악이었다. 간신히 되돌아온 그녀에게 사죄와 용서를 구해도 모자랄 판에, 어떻게 그런 잔인한 의심까지 지우는가.

넌 그 애에게 미안하지도 않냐는 말이 목 끝까지 차올랐다. 데릭은 그것을 힘겹게 참았다.

"내가 아니었다면 후원에 발도 들이지 못했을 애가, 어떻게 성인식에 갈 줄 알고 독살을 계획하지?"

"그건 공녀 또한 마찬가지 아닌가?"

하지만 되돌아온 대답은 레널드가 아닌, 황태자 쪽이었다.

"소공작, 그대가 갑작스럽게 친동생을 데리고 올 줄 공녀가 예언이라도 했나 보지?"

"······."

조롱이 잔뜩 담긴 비웃음에 마침내 데릭의 입술이 닫혔다. 한동안 무거운 정적이 내려앉았다.

"······그럼 두 가지 가정으로 나뉘는군요."

얼마 후, 뷘터가 조심스럽게 상황을 정리했다.

"누군가 페넬로페 영애 또는 이본 영애를 노리고 그 하녀를 사주했거나, 아니면······."

차마 내뱉지 못하고 흐려지던 말을 공작이 받았다.

"……페넬로페가 자작극을 벌인 것이겠군."

그녀가 잔을 들이켜기 직전, 일부러 잔을 바꾸었다는 것을 아무도 보지 못했다. 이로써 공작의 친딸은 자연스럽게 용의자에서 제외되었다.

톡톡톡—. 팔걸이를 손톱으로 빠르게 두드리며 생각에 잠겨 있던 황태자가 불쑥 물었다.

"……공녀가 그런 자작극을 벌일 이유가 뭐가 있지?"

"이유야 충분합니다."

언제나 그녀가 벌인 사고의 뒷수습을 맡아 해 왔던 데릭이 묵묵히 답했다.

"말씀드리기 부끄러우나, 페넬로페는 종종 이런 식으로 관심받는 것을 자처하곤 했지요."

"그대들도 소공작의 말에 동의하나?"

칼리스토의 물음에 공작과 레널드는 숙연하게 눈을 내리깔 뿐 다른 답을 하지 못했다.

데릭의 말은 더도, 덜도 아닌 사실이었다. 페넬로페는 종종 파괴적인 방법으로 시선을 집중시키곤 했다. 최근 철이 좀 든 듯하나, 자작극이라는 관점에서 보면 어느 정도 납득이 가는 상황이었다.

황태자는 그 무렵에 전쟁터에 나가 있었고, 공작가에서는 저택 내부의 소문이 퍼지는 것을 기를 쓰고 막아 왔으니 후작 또한 이해하지 못할 만했다.

하지만 자식의 허물은 곧 아비의 허물인 법.

"……페넬로페가 그렇게까지 했을 거라 생각은 하지 않습니다."

공작은 무거운 얼굴로 입을 열었다. 레널드가 재빨리 고개를 끄덕였다.

"아버지 말이 맞습니다. 걔가 그렇게까지 할 일이 뭐가 있어요. 매번 주는 돈 받아서 놀고먹기 바쁜 앤데."

"페넬로페는, 이본이 돌아온 것을 싫어했습니다."

오로지 데릭만이 다른 소리를 했다. 이번 사건의 결말이 페넬로페의 자작극이라 굳게 믿는 사람처럼.

"사용인들이 말하길, 두 사람이 우연히 마주칠 때마다 이본이 매번 울며 돌아왔다더군요."

"……하?"

레널드가 기가 막힌다는 듯 웃었다.

"어떤 눈 삔 놈이 그래? 걔는 별말 하지도 않았는데 그 평민이 그냥 처운 거라고!"

"그 애의 언행은 따지고 보면 사교계에 발도 들일 수 없는 것들 뿐이지."

아름다운 외양과는 달리 양동생의 혀는 칼과 같은 것이 사실이었다. 그 칼에 여러 번 난도질당했던 레널드는 잠시 말문이 막혔다가, 이내 제 형을 쏘아보았다.

"그래서, 평민한테 쏠린 관심을 제게로 돌리려고 걔가 독까지 처먹으면서 자작극을 벌였을 거라고?"

"비약하지 마라. 자작극을 벌였다면 이런 이유일지도 모른다는 추측일 뿐이니까."

"둘 다 그만하지 못해!"

공작이 벌컥 화를 내며 둘을 저지했다.

"페넬로페가 자작극을 벌인 일이라는 게 확실한 것도 아닌데, 벌써부터 억측할 것 없다! 좀 더 조사를 해 보는⋯⋯."

"자작극, 자작극, 말은 참 쉽게도 하는군."

가족 간의 싸움에 불쑥 타인이 끼어들었다. 공작이 퍽 불쾌한 표정의 황태자에게 고개를 조아렸다.

"전하."

"공녀가 정말로 자작극을 벌였다면, 일생에 딱 한 번, 모두에게 주목받는 날을 노리고 계획했다는 소리가 아닌가."

"⋯⋯."

"뭔가 이상하지 않나? 직접 독을 마신 이유가, 고작 그대들의 관심을 받고 싶어서라는 게?"

공작과 두 아들의 얼굴이 딱딱하게 굳었다.

황태자가 말한 '고작'에 담긴 의미가 그들의 관심이 그만큼의 가치가 있냐는 뜻인지, 아니면 그 관심 하나를 못 얻어서 그런 짓까지 벌였냐는 뜻을 내포한 것인지 알 수 없었다.

공작이 무어라 대답을 하려고 입을 벌렸다. 그러나 황태자가 앞섰다.

"게다가 가만히 들어 보니까 말이야⋯⋯ 소공작은 꼭, 이 소동의 원인을 공녀의 탓으로 돌리고 싶어서 안달이 난 것 같군."

황태자의 시뻘건 시선이 공작에게서 데릭으로 옮겨졌다.

"공녀와 관련된 일은 매번 그렇게 얼렁뚱땅 해결해 온 건가? 정확한 원인을 찾아낼 생각은 않고, 모든 것을 공녀의 탓으로 뭉뚱그린 후에 빠르게 마무리 짓는 것. 그게 에카르트의 해결 방식인가?"

"⋯⋯."

"나는 새도 떨어뜨린다던 대단하신 공작가라더니, 별거 없군. 이거 참……."

"……."

"실망스러운걸."

혼잣말처럼 되뇐 황태자의 중얼거림에 공작과 데릭의 얼굴이 동시에 일그러졌다. 수치로 붉어진 낯빛으로 진노를 꾹꾹 참아 내며, 공작이 대꾸했다.

"전하. 송구합니다만, 그것은 가문 내부의 일입니다. 제 여식을 걱정해 주시는 마음은 감읍하오나 황궁과는 관련이 없는 일임을……."

"공녀와 약혼을 기약했다."

가문의 일이니, 네놈과는 관련 없는 일이란 말을 끊고 황태자가 거칠게 뇌까렸다. 공작 일가의 얼굴이 하나같이 멍해졌다.

"그, 그게 무슨……."

"지금 뭐라…… 하셨습니까?"

"성인식 이후, 예비 황태자비의 가문에 정식으로 청혼서를 넣으려 준비하던 중이었지."

"……."

"그러니 공녀가 만약 이대로 죽는다면 더는 집안일이 아니게 될 거야, 공작."

칼리스토는 응접실 내에 있는 사람들을 하나하나 돌아보며 이를 드러내고 천천히 웃었다. 하지만 호선을 그리는 입과는 달리, 시뻘건 눈 안은 알 수 없는 것들이 들끓었다.

사납고 잔인한 얼굴로 웃는 황태자로 인해 장내는 찬물이라도 쏟아부은 듯 얼어붙었다. 살벌해진 분위기에 침묵을 고수하던 빈터가 가까스로 소리를 내었다.

"저도, 자작극은 아닐 거라 판단……."

똑똑—. 그때였다. 누군가 닫혀 있던 문을 두드렸다.

"공작님, 펜넬입니다."

집사의 다급한 알림에 '쩡—' 하고 얼음이 깨졌다.

"……들어오게."

공작이 더듬더듬 허락했다. 곧바로 달칵, 하는 소리와 함께 집사가 안으로 들어왔다.

"말씀 중에 죄송합니다만, 급히 전달드릴 말씀이 있습니다."

고개를 조아리며 사과를 구한 집사는 창백해진 얼굴로 빠르게 급보를 알렸다.

"지하 감옥에 가둬 두었던 베키라는 하녀가 죽었습니다."

"뭐…… 뭐라?"

공작을 포함한 모든 남자들의 얼굴에 경악이 서렸다.

"하녀가 죽어……?"

집사가 어두운 얼굴로 통고했다.

"예, 혀를 물고 자진했습니다."

"자, 자진……? 레널드."

공작은 심문을 맡았던 둘째 아들을 돌아보았다.

"그, 그럴 리 없습니다! 분명 고문까지 갈 필요도 없을 정도로 순순히 진술했는데 어째서……."

레널드는 전혀 이해가 가지 않는 얼굴로 변명처럼 중얼거렸다.

페넬로페가 시킨 대로 했을 뿐이라며 주장하던 하녀는, 제가 끌려온 상황 자체만으로도 바들바들 떨었다. 그 얼굴에는 거짓 한 점 없었다. 그러나 자진은 임무를 실패한 암살자들이나 하는 관례였다.

분위기는 순식간에 심각해졌다. 응접실 안에 기괴한 침묵이 감돌았다.

"……우선, 죽은 하녀의 행적을 샅샅이 조사해라."

꽤 오랜 시간이 지난 후, 황태자가 묵직한 목소리로 명령했다.

"독은 어디서 구했는지, 공작저에서 평소 무슨 일을 도맡아 했는지, 성인식 전에는 뭘 하고 있었는지, 그간 공녀와 접점은 얼마나 있었는지."

"……."

"정말로 공녀가 시킨 게 맞는지. 내가 전장에서 쓰던 방법으로 알아보고 싶었는데 뒈져 버려서 아쉽군그래."

농담처럼 어깨를 으쓱이면서도, 칼리스토의 얼굴은 전혀 웃고 있지 않았다.

여전히 누군가 공녀를 타살하려고 했다는 것에 중점을 둔 것 같은 그를 보며, 공작이 조심스럽게 아뢰었다.

"그 애는…… 이본의 하녀입니다."

"그럼 그 계집도 조사 대상에 포함하는 게 좋겠군."

"전하!"

"아직 친딸로 확정 지은 단계는 아니라며?"

"그, 그건……."

공작은 말을 잇지 못했다. 그건 사실이었으나, 모든 일에는 법도라는 것이 있었다. 가문 내부의 예민한 일을 아무렇지도 않게 주무르는 황태자의 모습에 공작의 얼굴이 굴욕으로 물들었다.

그러거나 말거나, 황태자는 좋을 대로 결론을 지었다.

"잘됐군. 이참에 그 평민에 대해서 낱낱이 확인해 보도록 해, 공작."

"페넬로페가 독인 것을 알고도 마셨다는 후작의 진술이 있음에도 말입니까?"

그때, 누군가 딱딱하게 반문했다. 칼리스토가 휙 고개를 돌렸다. 공녀를 잡아먹지 못해 안달이 난 소공작이었다.

"아, 그렇지."

황태자가 가볍게 고개를 끄덕이다가, 데릭에게서 휙 시선을 돌려 다른 이를 바라보았다.

"그러고 보니, 베르단디 후작. 자네는 왜 공녀가 자작극을 벌인 게 아니라고 생각하지?"

집사가 들어오기 전 그가 내뱉으려던 말을 용케도 기억하고 있던 황태자가 물었다.

"그건……."

뷘터는 바로 답하지 못하고 입술을 달싹였다. 죽은 하녀를 통한 자작극은 확실히 아니었다. 그녀는 전담 하녀를 통해 제 상단에 독약을 의뢰했기 때문이다.

게다가 술잔을 들이켜기 전, 그녀는 자신과 눈이 마주쳤다. 분명 목걸이의 색이 원색으로 변했다는 것을 알고 있었다. 어쩌면 그녀는, 제가 준 독과 다른 것임을 모르고 마신 걸지도 모른다.

어느 쪽이든, 그는 그녀의 의중을 조금도 파악할 수 없었다. 이런 상태에서 제가 아는 모든 것들을 털어놓는 것이 그녀에게 득이 될지, 실이 될지도 알 수 없었기에.

"……후작?"

대답 없는 그가 이상한지 황태자가 고개를 갸웃거리며 불렀다.

뷘터는 묘한 황태자의 시선에 입 안쪽 살을 아득 깨물다 마침내 입을 열었다.

"······공녀님께선 전담 하녀가 이미 있으시지 않습니까."

그럴싸한 핑계가 흘러나왔다.

"전담 하녀를 놔두고 왜 다른 이를, 그것도 하필이면 이본 영애의 임시 하녀를 맡은 이에게 그런 은밀한 일을 시키겠습니까."

"모처럼 생각이 일치했군. 내 말이 바로 그거야."

황태자가 다시 새빨간 눈동자를 데릭에게로 스륵 옮겼다. 데릭이 또다시 반박했다.

"하지만 자작극이 아니라면 해독제는 왜 발견된 것이고, 페넬로페는 왜 독이 든 것을 뻔히 알면서도 술을 들이켰겠습니까."

"그러니 조사를 해 보자고, 소공작."

황태자가 눈을 번뜩이며 말했다.

"누가 공녀에게 독을 먹인 건지, 아니면 정말로 그대들의 관심을 받고자 공녀 스스로 독을 먹은 건지."

"······."

"······아니면, 또 다른 누군가가 계획한 자작극을 눈치챈 공녀가 그를 저지하려 그런 건지."

"그, 그게······!"

"같이 한번 알아보자 이 말이야. 응?"

그의 말에 세 쌍의 푸른 눈이 천천히 커졌다. 그쪽으로는 조금도 생각해 본 적이 없는지 그 눈빛들에서 짙은 의구심이 읽혔다.

칼리스토가 아는 페넬로페는 충분히 그런 선택을 할 만큼 영민한 여자였다. 그간 공작가 일가가 그녀를 얼마나 멍청하고 어리숙한 애송이로 여겨 왔는지 알 만했다.

"낱낱이 조사해, 공작."

칼리스토는 세 사람을 번갈아 보며 이를 악물었다.

"내가, 일개 목격자가 아니라 황족으로서 직접 개입하기 전에."

칼리스토는 공작저의 응접실을 빠져나와 빠르게 걸음을 옮겼다.

공녀의 독살 사건의 정황을 알아보고자 회담에 참여했지만, 그 얼마 안 되는 시간조차 아까웠다. 그사이 의식이 없는 여자에게 무슨 일이 있을까 봐 발걸음이 절로 분주해졌다.

거의 뛰어가다시피 복도를 지나, 중앙 계단을 막 오르려던 찰나.

"전하."

중앙 홀에 앉아 있던 누군가가 달려오는 그를 보고 벌떡 일어났다. 멈칫한 칼리스토가 천천히 몸을 돌렸다.

"뭐야."

다른 때 같았으면 '여어, 세드릭 포터.' 하고 능글맞게 맞이했을 황태자가 소름 끼칠 만큼 무표정한 얼굴로 제 보좌관을 응시했다.

며칠 만에 보는 상관의 얼굴은 무척이나 까칠해져 있었다. 이런 때일수록 언행을 조심해야 한다. 세드릭은 마른침을 삼키며 용건을 말했다.

"페하께서, 전하를 모셔 오라고 하셨습니다."

"왜."

"크로니아 반란군들이 북쪽 변경을 점령했습니다."

"하……."

헛웃음을 터뜨린 황태자는 이내 층계로 거칠게 몸을 돌렸다.

"바빠서 못 가니까 다른 놈들 보내라 해."

"부, 북쪽에 진을 치고 다른 패전국들의 잔당과 결탁하여 점점 세를 불리고 있답니다!"

세드릭이 서둘러 외쳤다. 그렇게 외치는 그의 얼굴 또한 착잡함으로 뒤덮여 있었다.

"엊그제 케르트 후작령이 점령당했습니다. 당장 가서 진압하라는 명이십니다."

케르트 후작령은 북쪽 변경 중에서도 장벽이 견고하고 사병들의 훈련이 잘되어 있는 편에 속했다. 그곳이 뚫렸다면 이미 반란군들의 머릿수가 꽤 모였다는 소리일 터.

"씨발……."

계단 난간을 콰득 움켜쥐었던 황태자가 다시금 보좌관 쪽으로 몸을 돌렸다. 뚜벅뚜벅 계단을 걸어 내려오는 그의 안광이 시뻘겋게 빛이 났다.

"이 나라에는 나 말고 장수가 한 명도 없나? 속국으로 만들어서 코앞까지 떠먹여 줬으면 됐지, 싸지른 똥까지 일일이 치워 줘야 해?"

"……."

"근 10년을 전쟁터에서 개처럼 굴렀다. 그런데 사랑하는 여자가 언제 죽어 나갈지 모르는 상황에 빌어먹을 전쟁 놀음이나 해야겠냐고, 내가!"

"폐하께서……!"

'한 대 맞는다!'

휙 쳐 올라간 커다란 손에 눈을 질끈 감은 세드릭이 벌컥 소리쳤다.

"폐하께서 이번 임무를 마치시면 공녀님과의 약혼에 대해 긍정적으로 검토해 보겠다고 하십니다."

이어서 눈을 뜬 그는 간절한 음성으로 황태자를 설득했다.

"아시지 않습니까, 전하······. 폐하의 입김이 없으면 약혼은 성사될 수 없습니다."

사실이었다. 그가 아무리 청혼서를 넣어도 공작이 거절하면 소용없었다. 그 이전에 공녀가 싫다 하면 무용지물이었지만, 그는 자신이 있었다.

이제 그녀가 원하는 것이 무엇인지 알았으니까. 그것이 무엇이든, 그에게는 들어줄 수 있는 권력과 재력이 있었다. 물론 약혼이 성사된다는 전제하에.

"제기랄!"

세드릭을 쳐 패기 위해 높이 쳐들렸던 그의 주먹이 결국 길을 잃고 계단 난간에 휘둘러졌다.

콰앙―! 난간 위, 나무로 조각된 둥그런 장식이 움푹 일그러졌다. 세드릭은 그것이 제 머리통이 되었을지도 모른다고 상상하며 달달 떨었다.

사춘기가 시작될 무렵. 아무것도 모른 채로 쫓겨나듯 전쟁터에 내팽개쳐진 후, 그는 개처럼 구르며 아득바득 살아남았다.

승전보와 함께 수도로 돌아오면서, 다시는 황제의 손아귀에 놀아나지 않겠노라고 수천 번을 다짐했다. 지금 수락하면, 또다시 저를 옥죌 목줄을 제 손으로 바치는 꼴이 된다는 것을 알았다. 하지만.

"······기다려."

그는 격양된 숨을 천천히 내리 쉬며 짓씹듯이 말했다.

"하오나, 전하. 상황이 시급-."

"제기랄, 작별 인사는 하고 와야 할 것 아니야!"

버럭 외친 칼리스토는 세드릭이 채 잡기도 전에 휙 몸을 돌려 계단을 올랐다. 그런 그의 뒤로 쏟아지는 피처럼 펄럭이는 붉은 망토를, 세드릭은 끝내 잡지 못했다.


2층으로 올라간 칼리스토는 곧장 공녀의 방문을 열었다. 이제 그의 존재에 제법 익숙해진 공녀의 전담 하녀는, 놀라는 기색도 없이 서둘러 몸을 피했다.

저벅, 저벅─. 방 안을 가로지르는 발길이 거침없었다. 얼마 안 가 커다란 구두 한 쌍이 침대 앞에 우뚝 멈춰 섰다.

침대 주변은 해독초가 타오르며 내뿜은 뿌연 연기로 자욱했다. 독한 약초 향기 사이로, 공녀는 여전히 죽은 듯이 눈을 감고 있었다.

창백한 안색, 독 기운을 내뿜으며 부르튼 입술, 빛을 잃고 푸석해진 진분홍빛 머리칼이 꼭, 시체 같았다.

그 언젠가, 공작저를 찾아온 저를 속인답시고 억지로 분장을 한 모습조차 이렇지 않았다. 생기 넘치는 얼굴과 입술 위로 펴 바른 허연 분과 눈두덩이에 시커먼 칠을 한 우스꽝스러운 모습.

'참…… 깜찍했지.'

감히 자신과 만나기 싫다는 이유로 분장까지 했던 괘씸한 여자. 그러나 페넬로페 에카르트는 그 모습조차 예뻤다.

"……페넬로페 에카르트."

황태자는 손을 뻗어 희멀건 거스러미가 진 여자의 입술을 어루만졌다.

그녀가 독을 먹고 쓰러진 지 벌써 삼 일째였다. 그는 삼 일 내내 피가 바싹바싹 마르는 느낌이 뭔지 절감할 수 있었다. 단 몇 초도 잠을 잘 수가 없었다. 그사이에 그녀가 죽을까 봐.

지금은 다행히 멎었지만, 눈을 꾹 감은 채 입새로 하염없이 피만 줄줄 흘리는 그녀를 볼 때마다 수십, 수천 번 생각했다.

누가 이렇게 만들었을까.

그 생각을 하다 보면 속에 천불이 일고 머릿속이 뜨거워졌다. 황태자는 알 수 없는 감정들이 드글드글 끓는 눈으로 공녀를 내려다보며 조용히 읊조렸다.

"……네게 누가 독을 먹인 건지, 아니면 죽고 싶어서 네 손으로 직접 먹은 건지. 이제 그딴 건 상관없어."

"……."

"어차피 내가 시퍼렇게 눈뜨고 살아 있는 이상, 넌 못 죽어."

"……."

"기다려. 돌아와서 널 이렇게 만든 놈들을 다 조질 거니까. 죽지 않게 심장을 마법으로 얼리고, 네가 흘린 피만큼 사지를 하나하나 잘게 찢어발겨서 그놈의 주둥이에……."

시뻘건 눈을 희번덕거리며 점점 격양된 소리를 내뱉던 황태자가 문득 말을 멈췄다.

이렇게 잔인한 소리를 하면, 여자는 으레 오만상을 찌푸리며 질색을 하곤 했다.

'하실 거면, 저 없는 곳으로 가서 하세요.'

금방이라도 일어나서 제게 타박할 것 같았다. 하지만 온기 없는 차가운 몸뚱이는 미동도 하지 않았다.

"아니, 아니야……."

황태자는 그제야 서서히 몸을 허물어뜨렸다.

"이런 말 하려는 게 아니었어."

침대 옆에 쓰러지듯 무릎 꿇은 그는 두 손으로 더듬더듬 페넬로페의 얼굴을 어루만졌다.

"방금 건 못 들은 걸로 해, 공녀. 인사를, 인사를 하러 왔어. 내가 지금 급히 가 봐야 하거든."

"……."

"금방 올게. 그러니 내가 돌아왔을 때, 뜬 눈으로 맞이해 줘. 그 말을 하고 싶었어. 그 말을……."

횡설수설 얼버무리던 칼리스토가 문득 절박하게 얼굴을 일그러뜨렸다. 그는 찬찬히 상체를 숙였다. 연인에게 작별 키스를 하기 위해서였다.

거슬거슬한 입술이 닿았다. 그는 온기 없이 바싹 마른 그것에 제 입술을 마구 짓눌렀다. 제 숨결을 전해 주고 싶은 듯.

"……다 해 줄게."

그리고 작게 속삭였다. 아무도 들으면 안 되는 비밀이었다. 그러니, 그녀만 들을 수 있도록.

"여기서 벗어나고 싶으면 벗어나게 해 줄게."

"……."

"사랑이든 뭐든 제기랄, 원하는 대로 다 해 줄 테니까……."

"……."

"죽지만 마."

그는 다시 한번 메마른 입술을 삼키며 처절하게 애원하고, 구걸했다.

"죽지만 마, 페넬로페."

—4권에서 계속—

악역의 엔딩은 죽음뿐 3

1판 1쇄 발행 2020년 9월 18일
1판 5쇄 발행 2022년 4월 29일

지은이  권겨을
펴낸이  신현호
편집장  예숙영
편집  박상희
편집디자인  한방울
영업  김민원
물류  이순우 박찬수

펴낸곳  ㈜디앤씨미디어
출판등록  2002년 5월 1일 제117-90-51792호
주소  서울시 구로구 디지털로 26길 111 JnK디지털타워 503호
대표전화  (02)333-2513  팩스  (02)333-2514
전자우편  dncbooks@dncmedia.co.kr
디앤씨북스 블로그  http://blog.naver.com/dncbooks

ISBN  979-11-264-5223-1  04810
ISBN  979-11-264-5220-0  세트